镜头下的岁月

郭凯波 著

陕西新华出版
陕西旅游出版社

图书在版编目（CIP）数据

镜头下的岁月/郭凯波 著.　— 西安：陕西旅游出版社，2019.6（2024.1重印）

ISBN 978-7-5418-3611-4

Ⅰ. ①镜… Ⅱ. ①郭… Ⅲ. ①纪录片－解说词－中国－当代 Ⅳ. ①I235.1

中国版本图书馆 CIP 数据核字(2018)第 049556 号

镜头下的岁月　　**郭凯波 著**

责任编辑：邓云贤
出版发行：陕西新华出版传媒集团　陕西旅游出版社
（西安市曲江新区登高路1388号 邮编：710061）
电　　话：029-85252285
经　　销：全国新华书店
印　　刷：盛大（天津）印刷有限公司

开　　本：787mm×1092mm　1/16
印　　张：24
字　　数：317千字
版　　次：2019年6月　第1版
印　　次：2024年1月　第2次印刷
书　　号：ISBN 978-7-5418-3611-4

定　　价：99.80 元

读那流金播绿的年华

◆杨焕亭

在一个“清溪流过碧山头，空水澄鲜一色秋”的日子，凯波对我说，他准备将十多年来拍摄的电视片整理一下，出一部文集。一则，是对半生镜头生涯有一个理性与形象的总结；二则，是多年来用镜头语言阐释生活的创作成果的集中展示；三则，是对多年合作单位和朋友之间友情的文字留痕。我的脑际自然地浮现出盘桓在山乡弯道上，奔波在城市街巷里，沉醉在春华秋实里，一幅幅涂满岁月色彩的画面，一串串足迹。毫无疑问，本书所容纳的，只是他影视人生最精彩的一部分。然而，正所谓“观一叶而知秋”“窥一斑而知全豹”，这冰山一角带给我们的是对他人生风景的审美，对生命价值的思考，对“我是谁，我曾经是谁，我将会成为谁”这些文化命题的答卷。

法国著名作家司汤达说：“伟大的热情能战胜一切，一个人只要热情地坚持不懈地追求，他就能达到目的。”凯波就是这样一个激情燃烧的生命个体。

我与凯波相识在“上溯秦汉雄风在”“淳德教化称楷模”的淳化县。那时候，因为我的工作单位的原因，他与我常常以“师生”相称。但是，在我的心目中，总是将其视为我的挚友和兄弟。凯波正值青春年华的时候，中国开始发生历史上最伟大、最深刻的变革，不仅带来了经济的迅速发展，更带来人们的思想和理念的多元存在。“时间就是金钱”一时成为媒体上出现频率最高的词语。凯波是那一代人中少有的对时代充满热情，对生活充满激情，对艺术充满纯情，对事业抱定盛情的人。无论是在剧团从事音乐工作，还是在工人俱乐部担任艺术指导，他那种全身心的投入常常使我感到惊异，“疲倦”这个词在他的生命词典中绝没有存在的空间。记得是20世纪80年代的最后一个年头，他忽然生出要为淳化籍的戏曲工作者编一部传记的想法，随即找到我谈了他的大体构思，准备以淳化县政协文史资料丛书的名义付梓。这些文艺工作者，只有很少一部分在本县，大部分漂泊异乡，散居外地。然而，对于凯波而言，目标就是生活的加速器，他不知牺牲了多少个周末和节假日，奔西安，走咸阳，甚至远赴甘肃、宁夏等地，一次次地录音采访，一篇篇地伏案疾书，一字一句地斟酌，一场场地围炉夜话。每有可心精彩之作，他总是情不自禁地叩开我的斗室，绘声绘色地诵读分享。说到高兴处，眉飞色舞，引吭高歌；而每逢难题需要破解时，他总是在第一时间与我切磋琢磨。这部书是在我离开淳化以后才出版的，但我带走的是他的职业精神。当他来到城市，并且建立了自己的影视拍摄公司时，我终于发现“性格是两件东西的结果：我们的精神形态以及使用时间的方法”（埃尔伯特·哈伯德语），凯波属于将这两种要素完美统一的电视艺术家。

叙利亚著名诗人阿多尼斯认为：“真正让人成为人的，恰恰是人的梦。”并明确指出所谓的“梦”，“指一种基于想象力的创造力，当它强大，它可以重构现实”。凯波成为电视艺术家，正是多梦人生的最好诠释。

与作家一样，电视艺术家用镜头和画面实现自己对生活的审美表达。虽然手段不同，然而在本质上，它所反映的乃是主体界对客体界的审美经验。收在这部集子中的作品，每一件都包含着两部分：一部分是撰稿人对时代和生活审美的文字语言系统，另一部分是电视艺术家的画面语言系统，两者在

"故事"这个交汇点上达到艺术层面的统一，最好的结果就是"二为一体""珠联璧合"。事实上，在这个创作过程中，这两者始终处在互动状态。凯波是一个天分很高的艺术家，因而当他一旦从音乐领域转入影视领域后，综合实力很快地就在创作实践中得以喷薄和发挥。

凯波对镜头画面有着强烈的美学敏感，经他拍摄的画面，无论是取景，还是色彩运用；无论是大景的扫描，还是近景的特写，甚至为丰富文字语言而运用的"空镜头"，都表现出艺术家独特的艺术直觉、独到的艺术视角和独有的艺术追求。这种天分优势，使他成为基层艺术工作者中引人注目的人物。我在文广系统工作的时候，经常会听到许多县级电视台邀请他去做学术报告的消息，而且列举大量现实的例子印证他的报告对记者实践的指导效用。后来，有机会与他一起合作完成过不少电视片，每逢在一起讨论脚本时，"画面美感""画面层次感""物象质感"等是他表达思想时运用最多的术语。至于为了表现时空交错的立体而采用的"蒙太奇"画面切换和拼贴剪辑，不但给作品带来强烈的视觉冲击力，而且体现了他追逐电视画面现代性的前沿思维。因而，从他手中诞生的历史或者现实纪录片，总是以凝重的"纪实性"而成为"现实的缩影"；经他创作的人物片，总是以丰富的"表情性"打动大众的心。

艺术家与"匠人"最大的不同就在于，艺术家总是能够从理论的层面去诠释自己的创作过程，从而对于自己的行为有着高度的文化自觉。凯波对于作品文字语言系统的关注丝毫不亚于撰稿人，于是我和他的关系就往往多了许多花絮。或者在"东方欲晓"的清晨打来电话，就某一段文字提出自己的看法与建议；或者在"天阶夜色凉如水"的晚上，从QQ上发来脚本片段，希望能够再就主题的某个侧面强化一下，在语言上加以润色，以强化作品的文学性。这些修改既是局部的，又是紧锣密鼓的，常常希望在一个小时之内完成。也许是出于对电视艺术综合美学的追求，看片常常成为他度过漫漫长夜的一种艺术咀嚼。当然，他的看片与大众的角度完全不同，一旦发现有不够完美的疵点，思维会立即进入高速运转，分析原因后寻找突破，在“雄鸡唱晓”中进入暂短的梦乡，然后又投入新一天的生活激流。他身边的工作人员总会对他旺盛的精力钦佩而又不解。对此，我常常想起美国著名电视评论家苏珊·桑塔格的名言：“作家的生活是相当清苦的生活，你大量的时间都是独自一人度过。”然而，精品往往是对这种孤独最贴心的回报。凯波就是这样，吃的是青草，挤出的是牛奶。

我认为，不能用“忙碌”“奔波”这样的词语去概括凯波的生存状态。我想起海德格尔的一句话：“时间性是人的存在方式。”作为一位艺术家，凯波把以时间为轴心的世界作为生命绽放的舞台，构成了“我在我思”的人生诗意。这是我与他构成共同审美通感的重要基础，也是我们有许多共同话题的深层原因。“最先朝气蓬勃投入新生活的人们，他们的命运是令人羡慕的。”当我以伟人箴言结束这篇小文的时候，我送上深深的祝福，祝福已经进入耳顺之年的凯波健康快乐，精品迭出。

2017年9月17日 于梅轩

（本文作者系中国作家协会会员、咸阳师范学院兼职教授、咸阳市作家协会原主席）

目 录

第五辑 专题片

第一辑

电视散文

怀念那些远去的背影

2017年农历八月初九，是母亲郑孝英83岁生日。下了几天的雨，在这天戛然而止。所有的亲朋好友、邻里乡党，都赶来给母亲祝寿。大哥志凯主持寿宴，他说："我娘是她们这一辈最幸福的人，坐过飞机，到过首都，逛过上海，游过西湖，吃的是白米细面，穿的是名牌衣衫，在咬马村也算是最幸福的老人了。"听着大哥的讲述，看着已是耄耋老人的舅父、姨母、表哥、表嫂，我的思绪飞扬……

我的爷爷辈在咬马村是最穷的人家，没有留下任何传承的只言片语，只是从母亲和三爸那里得知爷爷辈的大概情况。

爷爷辈有兄弟姊妹四人，两个爷爷，两个姑婆。一个姑婆嫁到了乾县上官村，一个姑婆嫁到了北可村，都没有儿子。乾县上官村的姑婆生育了一个女儿，嫁到乾县西南村（上官芙英）；北可村的姑婆也生育了一个女儿，嫁到河道村（尚岢岑）。两个爷爷，一个是家族中的老大，一个是老四。四爷爷因病去世早，四奶奶因为生活困难改嫁到东川村，带走了四爷爷唯一的女儿郭白娃，也就是我的姑姑。我的姑姑后来嫁到了河道刘家堡。

我没有见过爷爷。据三爸回忆，中华民国十八年（1929），关中一带大旱，庄稼颗粒无收，奶奶领着大伯郭秋娃、二伯郭森娃（大名郭义森）、父亲郭森领（大名郭建义）和两个姑姑（大姑郭巧巧、二姑名字不详）到户县一带讨饭吃，留下爷爷一个人看家。爷爷没有扛过那段艰难的日子，在生他养他的这块土地上，被活活饿死了。没有儿女的哭声，没有亲朋的送葬，邻里乡人用一张芦席把爷爷埋了，我们至今也没有找到爷爷的坟。每年的春节、清明节，孙辈们只能在奶奶的坟前点上三炷香，烧上几张纸，让爷爷享用。这也是孙辈们寄托对爷爷思念的唯一方式。

我对奶奶何稳香的印象比较深，因为我和大哥（郭志凯）、二哥（郭志选）、大姐（郭芳琴）、补屯（郭凯玉）是被奶奶疼爱着长大的。村里人不知道奶奶的名字，只知道她姓何。20世纪50年代后期，因为成立互助组、人民公社，村里人给奶奶起了个名字叫何长寿。

奶奶一生都是在困苦和清贫中度过的。她一生生养了五个儿女，三男二女，也就是农村人常说的“要想家里兴旺，要有三男二女”。但是，我的奶奶没有因为有三男二女而使生活有所改变，她依然生活在贫苦线上。每次到奶奶的坟前祭拜，我的脑海里总萦绕一个疑问，大伯被国民党拉壮丁带走后杳无音信，田南姑姑因病早亡，留下姐姐（高水贤）由奶奶养大嫁人。这样艰难的岁月，不知道奶奶一个人是怎样支撑的，一个人怎么样挺过来的。

大姑郭巧巧是兄弟姊妹伙中年龄最大的，照顾弟弟妹妹的责任，她自然而然要承担的多。中华民国十八年（1929），奶奶带着孩子们到户县要饭时大姑已经结婚，但是婆家的日子也难以为继，大姑只好随着奶奶到户县维持温饱，她生下第一个儿子后没有办法养育，只好送给当地一户吴姓人家。

二伯和父亲分家后，由二伯赡养奶奶，我们两家十几口人就住在一间半的庄子里。虽然住得拥挤，但是在我的记忆中，二伯和父亲、二妈和母亲从来没有发生过矛盾，更没有语言上的冲突，他们和和睦睦共度时光。

那时候，我们兄弟姊妹五个是最幸福的，父亲、二伯和北可姑姑孝敬奶奶的食物，都被奶奶偷偷地给了我们。

奶奶84岁辞世，爷爷没有享的福，奶奶享了；爷爷没有享的天伦之乐，奶奶也享了。我不知道，奶奶临走时是不是还想着没有音信的大伯和离开她多年的姑姑她一定是为最终没有能够见到大伯和姑姑而带着不尽的遗憾离世的。

二伯和父亲给奶奶举行了隆重的葬礼。我记得，当时二伯患病，但他们克服一切困难，为奶奶用砖箍了墓，请了8个乐人，把奶奶风风光光地葬了。我至今仍然清楚地记得，安葬奶奶那天，天下着大雨，苍天似乎也为一辈子劳作在土地上，一辈子为儿女操劳的乡间女人的离去而伤心流泪。

二伯是个饱经风霜的庄稼汉，他的音容笑貌还时时萦绕在我的脑海，1949年以后他当过最大的“官”是生产大队的贫农代表。他一生最显耀的事是在解放战争中支援前线，给解放军当过向导、抬过担架、救护过伤员，得到了部队领导和当地政府的赞扬。

据老辈人讲，二伯从青壮年起就爱田如命，1949年以前为养家糊口，当过长工，打过短工。

中华人民共和国成立以后，我们家分到了土地，二伯更是爱地如命。他早出晚归，在分到的田地里拼命干活，耕地、耱地、撒种子、扬场、赶驾马车样样精通。所以，我们家地里的粮食收成最好。

农业合作化时，土地集体耕种、统一管理，二伯响应上级的政策，积极交出土地，参加集体劳动，为集体化做出了贡献。上级让二伯当生产队队长，他认真负责，领导队上社员按时出工，按时耕种，按时收获，积极交纳公购粮，处处给群众办好事。在开会时，或在跟别的群众说话时，他的口头语总是让现场“高潮叠高潮”，表现了一个农民对新生活的希望和憧憬。

二伯曾给生产队喂牲口多年。二伯十分疼爱牲口，除精心饲养外，闲暇时还给牲口拍打蚊子、搔痒。牲口是全队社员的命根子，有它们就能拉车、耕地、拉磨，等等。所以，喂养牲口的活都是交给群众信任的人去干。喂养牲口是全天候的活儿，二伯就常年住在饲养室，精心照看着十几头牲口。他起早贪黑，与牲口为伴，视牲口为集体的宝贝。一年四季，牲口的饮水和防寒、吃草、喂养，他都安排得井井有条。

二伯有一颗仁爱、善良的心，经常抽空给街坊邻居帮忙，夏季打麦、扬场，秋季耕地、撒种子，只要有人来找他帮忙，他总是先别人后自己。尽管自己家不宽裕，但是若邻里遇到天灾人祸，他总是慷慨解囊，帮他们渡过难关。

记得有一年夏天，村里有一位中年人不知道因为什么事，抱着他喜爱的女儿跳进了深井里，父女双双身亡。在打捞尸体时，村里人犯了难，没有一个人愿意下到井底捞人。这口井当时是村里人唯一吃水的井，尸体捞不上来，全村人吃饭都成了问题。这时候，二伯站了出来，下到极深的井底，把父女的尸体打捞了上来。我当时还小，看到大家用大绳将二伯拉上来时，他整个人都虚脱了。当死者的其他儿女想给二伯磕头致谢时，他却悄悄地离开了。

这就是我的二伯，一个中国农民。不论何时何地，只要左邻右舍有困难，他都会挺身而出。这种珍贵的品质，使他赢得了村里人的尊重。他去世时，正值夏收农忙，全村人放下一切农活，都去给二伯送葬。

二伯从未上过学，但他常对我们说："我没文化，上不起学，是社会不好。你们现在遇上好社会，能上学，一定要好好上学……"

听大哥讲，二伯从不乱花钱。大哥说记得他参军后第一次回家探亲时，二伯准备赶着生产队的马车去长宁镇赶集拉东西。大哥给了二伯10元钱，让他在集市上买些吃的，可他舍不得吃，只给自己买了个八角钱的小茶壶。二妈问他在集市吃啥好吃的了，二伯说："咱拿的有馍，还买啥吃的呢。"大哥在旁边听了二伯这句话后，内心很难受。

我小时候想学习吹笛子，家里人都不支持，二伯却很支持，并对我说：

“家有金银万贯，不如薄艺在身。”

二伯勤劳朴素的品质影响着我们，成为我们家家风的精神尺度。他的三句话直到今天依然影响着我们：“只有身体是自己的。力气是用不完的。不要将钱看得太重。”二伯的这些话看似平常，却蕴含着深刻的人生哲理。人不能延伸生命的长度，却可以延伸生命的宽度。

二妈王秀云是1987年腊月二十八零时五十五分离开我们的。当时，天下着大雪，大雪飘落在大地上，天白了，地也白了，好像天地也在为二妈去世穿白戴孝。

二妈的娘家在河南（河南省郑州市荥阳市刘河镇架子沟村西沟队）。在我的记忆中，二妈是一个贤惠的女人。我14岁就离开了家，只知道大哥他们兄弟姊妹多，又要赡养奶奶，所以家里的日子过得很恓惶。对二妈的了解，大多数是从母亲那里和大哥的回忆文章中知道的。

三年困难时期（1960年前后），全家人吃淀粉，吃树叶面。二妈为了让大哥兄弟姊妹们多吃一口粮食，她自己在地里找野菜充饥，特别是在麦收、秋收季节，除强度劳动外，她还要起早贪黑地在地里多捡些遗留下的麦穗和玉米棒，来补充口粮的不足。

二妈的身体本来就弱，但她白天埋头弯腰给生产队干活，晚上还要在昏暗的煤油灯下，为大哥兄弟姊妹们缝补衣服、纳鞋底。她用千针万线编织着对儿女们无尽的爱，含辛茹苦养育儿女们。

二妈一生清贫。她勤劳朴实、尊老爱幼、待人宽容，这些品质是她留给我们的家传美德。她的一生虽然平凡，但是值得我们尊敬。

大哥说，1964年底，他18岁时去报名参军，由于家里劳动力少，没有发入伍通知书。后来，公社突然通知他去入伍。那天晚上，二妈来不及和他说几句心里话，他就要走了。二妈送大哥出门时只说了一句：“娃，你在外要管好自己。”二妈再也说不出话，流下了她一生来最痛心的热泪，大哥永远难忘。

大哥的回忆文章中写到："曾记得，我参军后服役三年可以探亲，我发回电报时，您高兴得不知怎么好，几天几夜未睡好觉等儿回家。您早就给儿留下了自己种的红薯，在地窖里放着。当我回到家时，您高兴得不知说啥好，儿叫声妈，您忍不住热泪直往下流。您在很短的时间内为儿做了一顿好吃的面条，儿吃了几大碗，香在儿的嘴上，高兴在妈的心里。"

大哥说，记得他结婚时，二妈为他做了一套棉衣（专为结婚那天穿），也叫棉褂褂。二妈为做这套棉衣不知费了多少心思，她说："咱家穷，穷也得给你做一套棉衣。你是妈的大儿子，况且新疆那儿冷。"二妈的话使大哥万分感动，从此那套棉衣冬天时一直穿在身为他御寒挡风，穿了十几年。

大哥说，当他有了儿子后，二妈不知有多高兴，逢人就说："我有长孙了，有长孙了。"在为孙子过满月时，左邻右舍都来贺喜，他们高兴地抓住二妈，给她脸上抹黑。她在院子里跑来跑去，别提有多精神，有多高兴。

我对河南舅婆（二妈的妈妈）的印象比较深。舅婆带着慈祥的笑容，在春日的阳光下，坐在二伯在后城墙外打的窑洞前做鞋做衣服，总喜欢叫我土麦土麦（我小名叫普麦），那时候我就坐在舅婆面前听她说河南话。不知道什么原因，舅婆每次走时，二妈都会流泪。后来才知道，河南老家离陕西远，二妈不能常回老家看望母亲、孝顺母亲，这是她永远抹不去的痛。

二妈的心里总是放心不下河南老家。二妈去世后，大哥在山东、河南出差时，利用空闲时间都要去看望舅舅家人。大哥说："当时外婆不相信是我，后来我拉着外婆的手说：'婆婆，我真的来了，就是你的外孙子……'"这时，外婆放声大哭叫着他的小名，左邻右舍的乡亲都来家里看他们。那次，他和外婆住了两个晚上。

大哥的外婆去世前，他和我大姐芳琴两个人去舅舅家给外婆送葬，见了外婆最后一面。那次共去了4天，虽然时间短，但也帮二妈尽了未能尽的心，未能尽的孝。

借用古人的诗怀念亲人：“人间爹妈情最真，泪血融入儿女身。殚竭心力终为子，可怜天下父母心。”

1993年冬天，父亲离开了我们，没有任何前兆，没有住过一天医院。当我们赶回家里时，父亲已静静地躺在冰冷的床上了，任凭儿女们哭天抹泪，再没有看一眼他疼爱一生的儿女。

斗转星移，掐指算算，父亲离开我们已经整整25年了（父亲生于1921年农历八月初九，1993年农历十一月十三日辞世）。

我干的是照相、摄像的工作，但给父亲留下的影像资料仅有一段3分钟的视频和一张照片。每当夜深人静时，我就不由自主地打开那仅有的3分钟的视频，借助画面，回忆父亲。

我家的辈分在村里是最高的，父亲在他们弟兄们中排行第三，所以村里大人、小孩儿见了父亲都叫三爷爷。就连村里新娶的媳妇、刚学会说话的小孩，都跟着叫三爷爷。

父亲年轻的时候，大多数时间都是在外奔波闯荡。听三爸讲，父亲也被拉过壮丁，在国民党部队里当过司号员，又在国民党武功县公安局工作过。

在我的印象中，没有父亲办不成的事，为了让我们生活得好一些，他常年在外做生意。记得“文化大革命”期间，父亲被划为“国民党残渣余孽”，村里难办的事情都让父亲去办。有一年，雪下得特别大，有一尺多厚，村里为了活跃村民的体育生活，做了一副篮球架，却买不到篮环。这个艰巨的任务就落在了父亲身上。那时已经是腊月二十三了，家家户户都开始祭灶爷、办年货了，父亲还是冒着漫天飞舞的大雪，没有目的地四处寻找篮环去了。我和母亲每天都在不安中度过，不论雪多大，我都要站在大队部门口等着父亲归来。腊月二十七，我吃过早饭，又一次来到大队部门口等待父亲归来。中午12点多，父亲熟悉的身影出现在我的视线里。在茫茫的大雪中，父亲背着篮环，深一脚浅一脚地走了回来，完成了大队交给的任务。父亲回来告诉我们，他先到普集镇，又到周至，再到户县，最后是在兴平买到篮环的。当村里的小伙子春节期间欢天喜地在篮球场上奔跑时，有谁记着在大雪没膝的路上，父亲4天走了150多公路给他们买篮环呢。

父亲比母亲大15岁，家里的大多数家务活都是父亲做的。父亲的饭菜做得非常好吃，逢年过节我们都等在灶房里，等着吃父亲给我们煮的第一口肉。直到今天，我还问母亲，那时过年，父亲给我们做的饭菜怎么那么香呢?

我离开家比较早，14岁就到宝鸡峡工地代替父亲干活，15岁到凤县的171厂当民工，16岁时在杨凌砖厂干了两年，18岁才到淳化县文工团工作。我和弟妹之间年龄差距比较大，又常年不在家，只有农忙放假时才回去帮父母干些农活。那时，我的工资特别低，第一年每个月18元，第二年每个月20元，第三年每个月24元，第四年每个月才涨到32元，一直到我离开文工团，工资都没有再涨。那几年，家里有困难时，我尽自己最大努力，帮助父母支撑困难的家庭，给家里用汽车拉过煤、拉过木头。我记得1983年，父亲给我说："我年龄大了，实在没有能力了，你把平世带出去吧！看着给娃找个工作，我也就放心了。"我遵照父亲的嘱咐，把平世带出去，给他安排了工作，让他结了婚，了却了父亲的心愿。

父亲在村里的人缘特别好，自己受再大的委屈，也不愿声张。让我最心痛的是，父亲为生产队干活时手被打麦机切了，在医院做了截肢手术，出院后没有让生产队赔一分钱。直到今天，母亲每当讲到这件事，还愤愤不平。

我的两个儿子郭音、郭乐没有在家里长大，父亲对两个孙子的爱却一点儿也不少。记得有一年秋天，我带着大儿子郭音回武功老家，回家后的第二天就下起了连阴雨，那几天父母把他们所有的爱都倾注在孙子身上。我们走的那一天，天还下着蒙蒙细雨，路上的泥有半尺深，父亲背着郭音，一走一滑地把我们送到了贞元镇。整整十里路，父亲中途没有休息一次，我几次要替换他，他都不肯。这就是父亲对孙子的爱，如高山一样坚韧和宽厚。

亲戚们都非常尊重父亲，逢年过节父亲都会把家里最好吃的东西拿出来招待客人。北可康康表哥对我说："有一年春天，小舅拉了一架子车桐树苗给我送下来，怕我栽不活，到地里一直和我把桐树苗栽完，才放心地拉着空架子车回去了。"

我的几个表妹对我说："姨父人最好，小时候我们都愿意到咬马村去，姨父那时候最疼我们，一去就给我们做最好吃的。姨父的辞世很突然，我们没有看过一次，直到今天还时时内疚得很。"

如今，我们家族老一辈人健在的越来越少，而我也在事业的奔忙中送走了如火的青春，送走了一个个春夏秋冬。在看着儿子们成家立业的欣喜中，我逐渐步入人生的夕阳。每逢夜阑人静之际抚今追昔，总有一种"此情可待成追忆"的感慨。一个家族，绵延不绝，靠的是代际传承；一个家族，似兰之馨，如松之盛，靠的是家风馨然。我想，纪念的最好方式就是将郭氏家族的好传统、好家风一代一代地传下去，以此告慰长眠在地下的先人们!

母 亲

——写于我的朋友万民为母亲庆八十大寿之际

我的母亲是渭北黄土高原上，上千万女性中再普通不过的农家妇女。

在我饱受苦难的祖母眼里，她是传承美德、恪尽孝道的儿媳；在我勤劳朴实的父亲眼里，她是同甘共苦、相濡以沫的贤妻；在我和睦相处的叔父、叔母眼里，她是深明大义、宽以待人的兄嫂；在我一脉同胞兄弟姐妹眼里，她是我们平生最可爱的母亲；在我们的儿女眼里，她是世界上最疼爱、呵护孙辈的祖母；在乡亲眼里，她是善良仁厚、古道热肠的尊长。

2006年农历十月二十日，母亲80大寿。为了报答她老人家的养育之恩，我们兄弟相商着给老人家过个生日。

那天，来了许多亲朋好友，大家由衷地祝福老人能健康长寿。也许这种喜庆的氛围，对平淡而普通的母亲来讲太过突然；也许是80年来她经历过的人生风雨太多，母亲的表情淡然、平静，和与家人共度其他节日所流露出的喜悦全然不同。

我心想，母亲的内心一定万分感慨。也许这个为她举办的生日寿宴，让她想起了勤劳节俭、守着农民本分、已永远离开我们的父亲，让她回想起了当年的艰辛世事。为母亲过寿的行为，了却了我们做儿女的一桩心愿，可又有谁知道，母亲到底在想什么呢？

母亲一定想起了隐藏在白发中的往事，想起了依附在皱纹间的日子，想起了留存在记忆中那一双小脚丈量过的岁月……

1925年，母亲生于彬县西坡镇白保村，家中有兄弟姐妹四人，母亲排在中间。

听母亲说，外公是孤儿，是被他的外公、姥姥及舅父养大成人的。家道艰难，母亲跟着外公、外婆学会了针线活、沏茶做饭和各种农活。应该说，母亲勤劳节俭的美德是从小时候养成的。

母亲是如今正逐渐消失的小脚女人。

自明清以来，缠脚陋习在渭北山区十分盛行，这种以小脚为美的“时髦”，曾让不知多少人家的女儿经受了疼痛难忍的肉体折磨。外婆为了母亲的“前程”，让母亲不得不承受这剜心之痛。因为在当时，只有缠了脚的女孩才能找到婆家，否则会遭到众人的耻笑和责难。

我的家乡，在渭北黄土高原一个叫龙子头的小山村。这是一个沟壑遍布、鸡鸣三县的地方，西与彬县接壤，东北和甘肃正宁县宫河乡相望，南为沟坡，与本县的湫坡头镇隔沟相连。

龙子头村在行政区划上隶属旬邑县底庙镇，村里塬面开阔，村民生息有赖农耕。龙是中华民族的象征，也是黎民百姓寄托祥瑞安宁的标志。家乡先辈赋予这个村庄这样一个富有灵性而不失气势的名字——龙子头，多少看得出老辈人对家乡的美好期盼。

在我们龙子头这个不大的村庄，共有张、王、李、赵、豆、樊、孙、韩、万等9个姓氏安居于此，尤以万姓居多。

过去，听上了年纪的老人讲，我们祖上大约是在清代从东牛村迁徙而来，但由于“文化大革命”时期家谱被烧毁，家族资料缺失，无法考证。在当时鲜有名门望族一说，却因长辈与人为善、忠厚睦邻而颇得乡亲们的口碑。

曾祖父万忠信奉行农耕为本的治家传统，日出而作，日落而息，不舍寒暑，振兴家业，名扬方圆数里。老村址上，有几院窑洞的门楼、石狮、盛水的大铁盒、几挂牛车和1970年初冬烧毁的祖上留下来的5间大瓦房，多少可显示出万家当年的荣耀和富足。万家家业最丰厚时，曾广置田地500多亩。曾祖父膝下三子，长子生苗、次子捉苗（也就是我爷爷）、三子双苗，他们的名字都与稼穑有关。

20世纪二三十年代，中国大地满目疮痍、民生多艰、灾祸连绵，靠天吃饭的渭北旱塬的百姓生存十分艰难，也让常怀怜悯之心的祖辈不忍目睹。每临夏收，无论丰歉，年轻力壮的祖父辈常常故意留些庄稼不收，好让那些碍于情面难为告借的穷苦乡邻采拾回家度过饥荒。春秋下种时，祖父辈专门留下牲口帮助那些没有家畜、少劳力的人家耕种。祖父辈宽仁厚德的门风至今时常被提及。到了父亲一辈，也是兄弟三人，祖父过世得早，父辈一代随着家道中落受尽了磨难，好在一大家人相扶相帮，共克时艰。

母亲16岁那年嫁到我们万家，当时家中生活已大不如从前，母亲随父亲一道持家劳作，伺候奶奶和照管两个年幼的叔父，挑起一家人的生活重担。母亲白天下地干活，晚上纺线织布，除自家穿用外，大多卖了钱维系家里的生活。逢年过节，母亲常常熬夜给父亲和叔父赶做新衣、新鞋，她孝敬奶奶、礼让兄弟，没有因家境贫寒而背弃祖上遗留的优良家风。因此，我们一家人每提起当年母亲所做的一切就十分感慨，她一生与族人、邻里和睦相处，从未与任何人红过脸，在家乡留下了贤惠之名。

母亲与父亲结婚时，二叔只有5岁，小叔年仅3岁。当时，奶奶已不管家事，母亲以长嫂如母的情怀照料两位叔父，使他们得以健康成长。叔叔成年后，又是母亲和父亲一道张罗，将两位叔母娶进家门。身为长嫂，母亲处处关照两位弟媳，帮她们带孩子，操心一大家人的饮食穿戴，三个妯娌和睦相处几十年。1965年，当这个有着几十口人的大家庭分家时，父母商量后将所住宅子分给两位叔父，自己动手修建了一处窑洞，搬出去住。家虽分了，可兄弟、妯娌间仍和过去一样和气。

母亲一生共生育了11个子女，有5个儿女因当时生活困苦、医疗条件差而夭折。幸存的我们兄弟姐妹6人，都是奶奶和母亲亲手带大的。

曾听母亲说，中华人民共和国成立前夕，兵匪常来滋扰，父母常在星夜带着家人躲藏于沟壑山洼，把村周围的山沟都转遍了。在困难年月，母亲为我们能果腹充饥，经常挖野菜。当时，家里没有钱去染坊染布，母亲就用马莲草熬成的汁液做染料，把她披星戴月织出的土布加染颜色，做成衣服、鞋袜。

表姐群芝家遭变故，从小失去亲人，母亲将她认作女儿。多年来，表姐待母亲如亲娘，母亲也视表姐为亲生女儿。

大哥成家后，按说母亲到了含饴弄孙、尽享天伦之乐的时光，但是1978年大嫂意外早逝，嗷嗷待哺的侄儿、侄女成了没娘的孩子。母亲承受着白发人送黑发人的心灵创痛，毅然担当起抚养孙子、孙女的责任。依母亲的说法，那些年为了几个孙子能够茁壮成长，她付出了极大的努力，在背地里没少流泪。

20世纪60年代，村里物质匮乏，医疗条件差。我曾大病一场，肚子痛得腰都直不起来，还引发了其他并发症，生命垂危。父母束手无策，天天祭天求神、寻医问药。在我患病的20多天里，母亲昼夜守候在我的炕前，几经努力终于把我从死亡线上拉了回来。村民们说我福大命大，实际上是母亲的功劳大，要不是母亲的日夜守护、精心照料，哪有今天的我。

随着我们一天一天长大，在那段“以阶级斗争为纲”的日子里，全家人单靠几亩瘠薄的自留地和生产队分得的口粮，实在难以为继。于是，母亲和父亲承包了当年队上二十几亩坡地，图的是能开点儿荒沟地，多种些粮食和蔬菜，多养几只鸡，以此有些买生活用品的钱。

那时，尽管生活清苦，可每到周末，母亲总是想方设法给全家人擀上一顿麦面吃，凡是在外上学的孩子，都争取为他们把馍做得好一些。所谓好一些，就是在苞谷面里掺和一些麦面。大哥上初中时，由于没钱交学费，母亲就把她出嫁时娘家陪嫁的银首饰托人在彬县（今彬州市）银行变卖了9元钱，作为大哥上学的学费。

母亲乐善好施，族中、村邻谁家有困难，她总能及时出手相助。村里人有些什么矛盾或纠葛，都乐意找她调解。

1970年，渭北一带大旱，沿门乞讨者随处可见。在那年春季青黄不接之时，母亲巧用心思把野菜做成菜团来填饱我们的肚子。

还有一年，甘肃省正宁县宫河乡一带粮荒严重，母亲一位住在那里的表亲多次来我家。每当他来的时候，母亲都会招待他吃住，也会给他家接济些米面。有一年春上，一对祖孙讨饭到我们家里，母亲在还为我们吃饭而发愁的情况下，依然尽最大努力给予他们救济。

母亲饱经沧桑，四弟很小就过继给没有儿子的舅舅。舅舅家住在山区，由于水土的原因，那里地方病十分流行，四弟因此双腿患病。每当母亲见到她的四儿子腿脚不便就十分愧疚，这也给母亲平添了一份难以割舍的牵挂。1997年，我们兄弟几经努力，把已为舅母尽了养老送终责任的弟弟带了回来，也把健在的舅父接过来由四弟赡养，了却母亲多年的心愿。

母亲一生中，有许多令她伤心难过的事情，遭遇了与多位亲人的生离死别：三叔英年早逝，五个子女夭折，大嫂意外早殁，两个孙子遇难。一辈子的磨难，历练出一个农家妇女少有的刚强，只是这件件滴血切肤之痛的往事，成了她一辈子无法抹去的记忆。

母亲心灵手巧，缝补浆洗、针线茶饭经她的手做出，犹如赏心悦目的艺术品。母亲做的花馍、臊子面、甜食、油炸干果，色香味形一应俱全。家乡人祭祀用的贡排、贡顶大多出自母亲之手，造型之美常得到乡邻称道。

母亲豁达乐观、热爱生活，特别喜欢向我和兄弟姐妹讲述她所经历的社会变化。什么时间原上有了架子车、兴起了自行车，村里什么时候通了电、铺上了柏油路、吃上了自来水，她全都记得一清二楚。

人常说，羊知跪乳，乌鸦反哺。如今，父亲一辈中大半人已作古魂归，龙子头乡亲们的日子发生了天翻地覆的变化。每当我回到家乡，回到母亲身边，常被一种谓之生生不息的力量所攫取。任何个体的生命都不是孤立的，都和血脉亲情有着千丝万缕的联系。

龙子头，这个在渭北再寻常不过的村庄，演绎了我们家族的过去和今天，也默默记录了我们的父母从青年到中年直到晚年的岁月痕迹。这片生养我们祖辈和我们兄弟姐妹的热土，是我内心深处永远的守望。我深情地为这片土地祈福，愿乡亲们的日子越来越好，我将用心记着并感谢乡邻们对我母亲的关照。

感激母亲，这一生让我有幸成为你的儿子。

为了寄托永远的念想，我为母亲定格这永恒的慈祥。

相逢总在风雨后

我离开淳化剧团已经20多年了，但是“淳化剧团”这4个字仍不时地在我脑海萦绕，过去与同志们相处的镜头仍不时地闪现在我的眼前。几次在大街上错将他人误认为是淳化剧团的老同志。

在几位热心人的建议下，我终于战胜了复杂的心态，下决心让我的领导、老师、师兄师弟、师姐师妹来我的牛馆相聚。经过半年多的筹划及联络，我们终于团聚啦！

首先，我感谢大家在百忙之中前来参加这次聚会，感谢为这次活动出谋划策、主动联络的热心同志，感谢凯波同志一年来为联系大家打了数以千计的电话，感谢杨昌祥同志搜集整理的珍贵照片，这些珍贵的照片记录了我们走过的路程！特别是李小平同志得知这一消息后激动万分，千里迢迢从深圳赶回来参加这次难得的相聚。

我真没想到今天来了这么多同志，我真为大家的到来而感到由衷的喜悦！我没想到大家虽已饱经风霜，但还是那么精神焕发，大家见面的欣喜若狂，使我不由得掉下了欣喜的热泪，不容易呀！

我们的老局长张兴信同志虽然有些消瘦，但他开怀大笑的瞬间，使我们回忆起当年他为淳化剧团发展付出的艰辛；我们的老团长赵三乐老师虽已年逾古稀，但是他脸上的笑容依然还是那样亲切，使我们想起他为淳化剧团栽培了许多新秀；我们的老团长王文才老师激动得热泪盈眶，使我们想起他当年为淳化剧团的业务贡献了自己全部的心血；白发两鬓的杨淑兰老师依旧还是那么优雅健谈，使我们想起当年的“江水英”；高艺中老师虽已是耄耋之年，但还是那样和蔼可亲；年已八旬的陈艺坤老师的一招一式，仿佛使我们看到了当年的“孟良”……

遗憾的是有些同志由于种种原因没有来到我们的聚会现场，但是他们的音容笑貌依然历历在目。我们一定要想方设法继续联络，力争下次聚会时能够见到更多的老同志，让我们尽量减少一些遗憾。

这几天，过去的事情不时地闪现在我的脑海里！过去的日日夜夜，过去的点点滴滴，总是在我的眼前萦绕。

想起那赤日炎炎的盛夏，我们下乡巡回演出。想起那大雪纷飞的寒冬，我们大家同台唱戏。想起有一年年三十，我们在外演出被暴雪阻隔，不能与家人团聚而就地安营扎寨的情景，不由得心生酸楚。想起毛主席逝世的1976年，我们在延安停演一月的悲痛心情时，仿佛延安宝塔又重现在我们的眼前。汶川地震那一年，我们在富平县演出还未开场，就有一位同志因工失足身亡。想起我们常年夜晚演出结束后，拆台装车赶往下一演出场地时，紧张打点行李的场面。想起回到住地都是在夜深人静的时候，我们总是摸着墙壁回到自己冰冷的宿舍……

回忆起当年欣喜若狂的激动场面时，我不由得联想起大家共同为打造一幕新剧而挑灯夜战。尽管条件艰苦，但大家毫无怨言。尽管大家生活都不富裕，但心里总是热乎乎的。尽管有时吵吵闹闹，但是相互之间从不结怨。不管大家在台下如何情绪激昂，但只要开演的锣鼓一响，我们每个人都会像一个战斗团体中的一员，个个精神抖擞，有的同志将此情景描述为“锣锣一响，黄金万两”。

所有这些，我想大家都不会忘记吧！几十年来，大家由于种种原因离开了淳化剧团，走上新的工作岗位。虽然天各一方，但是大家的心始终因“淳化剧团”这个集体而从未分离，彼此的记忆都因几十年的朝夕相处，而铭刻在每个人的心中。这种记忆永远不会淡忘，这种铭刻永久不会褪色。

同志们，我们都期盼着今日的相聚，今天终于到来啦！我真诚地希望大家尽情畅谈，谈出多年来想说而说不完的话。品味这重逢相聚，见面后又要马上分别的同志之情！

人生不易，在那个年代，大家或许会争多论少，同志间可能有争高论低，相互间难免有许多过节。但是，随着时间的推移和年龄的增长，所有过节都已成为过去！我希望通过这次聚会，大家能够消除误会、忘记恩怨，珍惜这难得的机会。“今日大家相会，见面比金都贵”。

在此，我提议：今后每三年我们聚会一次，让大家有个期盼，让各位有份牵挂。有一首歌，这样唱：“相逢是首歌，同行是你和我，分别是明天的路，思念是生活的火……”

我想，大家会珍惜这次聚会，大家会记住这次重聚！我们这次聚会的组织者一定会将这次聚会的情景图文并茂地奉献给大家，使大家永远记住这次聚会，使大家珍惜同志友情，使大家永恒地心系淳化剧团！

再见吧，同志！再见吧，战友！期盼2012年在冶峪河畔再聚！

分别是暂时的，记忆是永久的！

怀念姐姐

农历七月二十一日，弟弟有世打电话告诉我，住在下岸子（武功县长宁镇田寺村侯家）的姐姐去世了。噩耗传来，我忍不住泪流满面。

记得小时候，每到逢年过节，父亲和伯父总要专门抽时间去离家十五里地的下岸子，看望和他们年龄差不多却与我们同辈的姐姐，我们弟兄们只要听说去下岸子，都格外兴奋。尽管姐姐家比其他亲戚家要远得多，我们还是争先恐后地想着能随父亲、伯父去一回姐姐家。

姐姐是我们没有见过面的大姑的女儿。

奶奶在世时曾告诉我们，大姑有了姐姐后不到6年，就因病离开了人世。祖母就把姐姐接到我家抚养，渐渐地也就少了姑表亲的称谓，血脉亲情的交融倒像是一家人了。姐姐是我们咬马寨子乡党所说的，在舅家门上长大、从舅家门上出嫁的女子。我的父辈对姐姐格外关照，做表弟的我们兄弟几个也都把她当亲姐姐一样看待。我们兄弟几人在父辈过世后，依然把逢年过节看望姐姐作为十分重要的事。

2006年农历二月二十三日，是咬马寨子古会的日子。这一年姐姐79岁了，为儿女长年累月操劳的她苍老了许多。我们兄弟几个提议，要求姐姐的儿女们给姐姐过寿，可是姐姐连自己的生辰八字都不知道。我们兄弟几个商量了一下，就把每年农历六月初八定为姐姐的生日。

姐姐生日这天，我们兄弟几个早早来到下岸子，姐姐看上去精神状态大不如从前。原来在一月前，姐姐不慎摔伤了腿。也许是姐姐一生中从没有给自己过过生日，她的脸上很少流露出笑容。或许，姐姐心里有很多感慨甚至有几分激动，我当时想问但最终没问出口，没有人知道她这一天都在想些什么。

在我的印象中，姐姐总是那样谦和贤惠，姐姐的容颜总有着母亲般的慈祥。我家是姐姐的舅舅家，可姐姐从来没有把我们一家看作亲戚，而是当娘家一样看待。奶奶、伯父、二妈、父亲分别过世的时候，姐姐总是替我们兄弟姐妹操着心，给老人们守孝送终。姐姐一身缟素、扶棺相送、痛不欲生的情景，至今仍让咬马寨子的乡党和我们兄弟姐妹们历历在目。

姐姐是一个勤劳节俭的人，为了抚养儿女，含辛茹苦，省吃俭用。

秦腔戏《三娘教子》里有这样一段唱词：“娘为儿周身衣衫补纳遍，娘为儿东邻西舍借米面，娘为儿这边湿了换那边，娘为儿吃饭穿衣受熬煎。”

姐姐何尝不是“三娘”的化身！待儿女成家，本当共享天伦之乐时，大儿媳却不幸病故，姐姐承受着白发人送黑发人的心灵创痛，默默担当起抚养孙辈的责任，抓锅燎灶，心系饱暖，嘉德品行，有口皆碑，乡里称贤。

姐姐是一个普通的农家妇女，平凡得和许多农家人没有什么两样。她宽厚善良和崇尚亲情的美德，足以让我们这些亲人受用终生。

可叹人生无常，姐姐不幸于农历七月二十一日与世长辞了。为寄托哀思，特撰文追悼，聊以告慰姐姐的在天之灵。

亲爱的姐姐，一路走好。你永远活在我们的心中！

四十年的思念

——献给淳化文艺班同学聚会

爷台山的青松一年四季涛声不息，
冶峪河的流水留下了永久的记忆。
淳化戏校五十六个同窗，
在离别的四十个春秋里，
相聚山城甘泉大酒店，
重温在淳化戏校凝聚的友谊。
难忘啊，难忘在天各一方的日子里，
难忘啊，我们刻在岁月里的生命足迹。
有些人似风，
轻轻地吹过你的面。
有些人似花，
像绚丽温暖的春天。
有些人似雪，
纯如晶莹洁白的世界。
有些人似月，
静静的如水一样清澈悠然。

你不时在我的梦中出现，
儿时的喊嗓声与我相伴。
花儿一样的青春岁月，
彼此无语掩饰着朦胧腼腆。
五十六个孩子二十八朵花，
还有二十八个小子在文艺的土壤里露出了芽。

我们的心没有走远，
往日的情景恍如昨天。
练功场上，你最怕教练扳腿，
眼角里的泪花诉说起航的艰难。
你最怕张宏哲老师喊你练唱，
因为你嗓子倒呛，再努力也唱不出完整的唱段。
你最怕上数理化课，
因为每次考试都徘徊在二十分左右。
在排练演出《长征组歌》时，
为借一顶灰色军帽，你跑遍县城大半。
为翻筋斗，你从早练到晚，
在梦中还起劲地喊着一二三。
我知道，大家都不容易，
因为我们从小就离开父母的呵护。
我知道，大家都很艰辛，
因为十一二岁就品尝生活的辛酸苦辣。
我知道，大家都很幸福，
因为播种之后必然是春花烂漫。

无论富贵也罢贫穷也罢，
还是辛苦也罢委屈也罢。
岁月在我们每一位身上，
烙下无悔的青春年华。

风儿吹皱了你我的脸庞，
不变的是心中对你的挂牵。
我和彩玲、王峰、红莲、亚绒商议，
让老师、同学从四面八方重逢在冶峪河畔。
这消息像春风，
首先让宏哲、宝琴老师激动得一夜未眠。
这消息像春雨，
滋润着每一位同学的心田。
无论你在地北还是天南，
在网上找你，呼唤你回到难忘的昨天。

你出现在我的面前，
看着似曾相识的容颜。
雪儿似乎冻僵了我的回忆，
我还是能把你的名字呼唤。
这么多年没有你的消息，
其实我就在你身边。
今日相聚冶峪河畔，
理长话短共叙当年。
浊酒一杯容得下岁月悠长，

容不下我们海一样的心苑。
已在总后工作的孙谊川，
对不能参加同学的聚会表示深深的遗憾。
任毅同学对逝去老师和同学的怀念，
泪花中饱含着生命的庄严。
你在远村咀嚼过委屈、惆怅和不甘，
但在老师和同学面前，你却无遮无掩地倾谈。
彩玲、明理、爱玲为同学聚会，
把佳酿、鲜果、特产贡献。
郭凯波老师放下手头繁忙的工作，
用相机为我们留下一个个美好的瞬间。
让欢乐成为永恒，
把记忆写成不朽的诗篇。

相见时难别亦难，
可我们依旧期待相逢在春天。
道一声珍重期待明天，
说一句祝福同学少年。
轻轻地转过身，慢慢地走远，
任泪水模糊我的视线。
看着你渐渐消失的身影，
却早已把浓浓的情谊埋在心田。

这川 这水 这村落

这川叫冶户川，地处陕西韩城北部。以字面意思推断，似乎这里有人烟的时候，曾落居着不少冶铁炼铜的人家。

这水叫清水河，从冶户川里流出，蜿蜒向东大约流7千米，流淌到被中华民族奉为母亲河的黄河。

这村叫坪头村，被冶户川环抱，逐清水河而居，至今也就百十户人家近700口人。自打我记事起，这村落就住着孙姓大户族。这个比周围地势相对较高的台地，正是我祖祖辈辈安身立命的所在，也是生我养我的家乡。

光阴荏苒，岁月无情。不知不觉，我已是50开外的人了。

自18岁从父母身边离开，又因为工作的缘故，我辗转韩城、渭南、铜川、咸阳、西安，很少有长年和父母相聚的机会。直到如今，或许是年龄的关系，我每有闲暇就不由得陡生念亲的情结。

大半辈子的人生阅历，令我时常勾起对家乡的感念。这个在地图上只能估摸大概位置的小山村，每每浮现在我的眼前时，心头总会涌动起一股别样的温暖。这是一方盛满着亲情的热土，这是父母含辛茹苦养育我们兄妹长大成人的地方。

2005年6月30日，是父亲79岁寿诞。在这一天，我得以用影像的方式，给我们全家定格下这珍贵的记忆。

这一天，一辈子没有照过几张相的父母，自然是镜头里的主角。

可是，父母似乎并没有意识到镜头的存在。透过镜头，我仔细端详父母的时候，清晰地发现那两张布满岁月沧桑的脸庞，一如平常一样的淡定和从容。

就在我按下快门的这一刻，我蓦然被一种酸楚的情绪所感染。这就是我的父母，一辈子为了儿女默默奉献着爱，在冶户川里、清水河畔相扶相携辛勤劳作，共度苦乐年华的我的农民父亲和我的农民母亲。

我的父母都出身穷苦人家。据父亲和村里的长辈讲，父亲年轻时为了生计，给川里川外的地主、大户人家做过短工、扛过长工。一辈子性格耿直、为人忠厚的父亲，做起农活来不惜力气，处理事情有板有眼，掷地有声。父亲一生最怕没有做好事情而落人话柄，他以自己勤劳质朴的品质，赢得了冶户川里一个本分农民难得的名望。

母亲嫁过来时，还没有解放。那时，我们家和村里大多数乡亲一样，都住在窑洞里。这些被风雨剥蚀看上去有些年代的窑洞，就是我家的故居。不熟悉我们这里的人，常会凭这些砖砌的民居，认为坪头村乃至东杨湾比较富庶。

其实，这些砖石多是乡亲们就地取土，在夏收冬藏后为改善居住条件，自家烧制的砖块。据此可以看出，这些错落有致、处处彰显着黄河两岸秦晋民居特色的院落，曾让先辈们付出了多少汗水。透过上辈人具备的这种普遍会烧制建材的手艺，也多少印证了冶户川早年可能有冶炼金属的历史。

一方水土养一方人，父母一生中共养育我们兄弟姐妹6人。靠天吃饭的地理地貌，使得面朝黄土背朝天的父母，为了一家人的吃穿用度受尽了苦难。春天青黄不接的时候，老人忙完地里的活，还得细心地剜些野菜回来，掺和到金贵的米面里做成饭让一家人充饥。尽管这样，他们依然秉持着中华民族传统文化里“养不教，父之过”的遗训，潜移默化、身体力行地给予我们严格的教育。

中华人民共和国成立后，父亲因处事公道、乐于助人，在农业合作化初期被乡亲们推举为村干部。这样忙了村上，就顾不了家里，自然家中的一切重担就落到母亲的肩上。长期的操劳使母亲年轻的身体落下了疾病，因此大姐仅上了3年学就回家帮着料理家务。

1960年时，母亲患病，怕再耽搁下去连命都保不住，父亲就带母亲去韩城住院治疗。我们被留给祖母照顾，去村上食堂打饭，围在碾盘上抱着清亮照人的一碗用苞谷皮洗下来的淀粉熬成的汤水，这些场景至今都令我和大姐铭记在心。

后来祖母凄凉地过早离开我们，这令父亲非常愧疚，为了一家人能够活下去，他除了正常的生产劳动外，开始披星戴月地做豆腐，以贴补家用。榨完豆汁剩下的豆渣，在很长一段时间里，是母亲做饭必备的物料。二姐每逢和我们说起父母当年为抚养我们所受的苦时，总是动情得热泪盈眶。

在土地集体所有制时，我们家因人多劳力少的缘故，是生产队有名的短款户。直到1971年，因大哥、二姐辍学回家参加集体劳动，这一年我们家终于成了分得几块钱的长款户。也就是从这时候起，我家的情况才略有好转。忙着操心全村百十户人家生计的父亲，总算扬眉吐气了。

也就是在这段岁月，父亲带领村里的青壮年改河造田、修建水库、引水上塬，试图给坪头村的后辈们创造一方富足的家园。当时，父亲为弥补对哥哥姐姐的亏欠，坚持让我去读书，终使我成为家里唯一、我们村里当时少有的高中生。由于学习认真刻苦，我经常受到表彰。从坪头村小学到卓立中学，父母亲把内心深处渴望耕读传家的美好向往寄托在我身上，他们力所能及地供我上学，哪怕再苦再累也无怨无悔。

18岁那年，我这个正儿八经的高中生，被王峰公社选中搞路线教育，不久就被税务所看中，成了一名税务助征员。不想这一生就以这里为起点，和维系国之血脉的税务工作结下不解之缘。

我参加工作后，当了几十年乡村干部的父亲，经常以一个农民对家国的朴素情感，谆谆教诲我不忘农民儿子的本质，要对得起帽檐上庄严的国徽和肩上闪亮的税徽。尤其令我感动的是，父亲从没有给我的工作添过一次麻烦，也决不允许我利用职权谋私。

1999年3月，我从渭南地税局奉调到铜川工作，除了节假日，很少再回到父母身边。吃了一辈子苦的父亲，到了晚年患白内障，母亲的身体也大不如从前。为了支持我的工作，二姐和小妹没少为父母操心。

弟弟是我们兄弟姐妹中最小的，当兵复员回乡后买了一辆拖拉机从事运输，按说是不用老人操心的年龄了，可一辈子都牵挂儿女的母亲，依然对他时时挂心。

2005年3月，父亲在我们兄妹的一再坚持下，做了白内障手术。父亲视力的恢复，令我们一家人都很欣慰。出院后，借这个机会，我得以陪老人在西安、铜川游玩了几天，这是我工作后和父亲真正在一起最开心的日子。

可万万没想到的是，父亲回到家里不久之后又病了。2005年10月29日，本应尽享天伦之乐的父亲终不敌病魔离我们而去。临走时，父亲竟只言片语都不曾留下，就这样走完了他79岁的生命历程。

父亲走了，母亲一下子苍老了许多，她的心脑血管病曾两度复发。带着对父亲的歉疚，我再不能让母亲的晚年留下难以弥补的缺憾，就尽量在有限的属于自己的假日里，陪母亲去她喜欢的景点游玩，去看看她曾经熟悉的来自关中乡间的物什，静下心来聆听缭绕在家乡上空、余音袅袅的东府大塬上的秦腔。在我看来，这不敢奢谈就是尽孝，因为与父母倾注在我们身上的情感和心血相比，我所做的显然是微不足道的。

“谁言寸草心，报得三春晖。”如今每回到家乡，总让我百感交集。就是这个令我魂牵梦萦的地方，演绎了我们举家不堪回首的贫苦岁月。也正是这个地方，永远是安妥我心灵的圣地。那些已经废弃的窑院，曾回荡着我儿时的欢乐；这些曾经容身的窑洞，氤氲着亲情的暖意。

我深情眷恋着布满我父母履痕的冶户川的塬梁沟峁，我深情感念滋养着坪头村我的父老乡亲的清水河，但愿绿水长流、青山不老，也唯愿这方养育我的坪头村的父老乡、亲兄弟姐妹的家园，明天会更加美好。

第二辑

微电影 情景剧

仲夏的一天

剧中人物：李燕（女，33岁），咸阳市地方税务局办税服务厅主任。

张渭（男，35岁），咸阳市地方税务局驻村第一书记。

张雯雯（女，8岁），李燕、张渭的女儿。

群众演员若干。

【场景一】太阳从咸阳湖上冉冉升起。

【场景二】环卫工人在打扫街道。

【场景三】人民路上已经开始有人流了。

【场景四】咸阳湖边开始有人跑步。

【场景五】咸阳市地方税务局家属区大楼。

【场景六】地税局干部李燕的家，李燕和女儿还在休息。时钟指向5点40分，李燕醒来，看见女儿没有醒来，悄悄地穿好衣服，走进厨房做早餐。

【场景七】这时候，李燕妹妹李琼打来电话。

【场景八】李燕边做早餐边接电话。

李燕：（轻声地问）喂，李琼，这么早打电话有什么紧要事？

李琼：姐，你怎么还没有回来呀？说好的今天给妈检查身体。妈最近身体一直不舒服，她从昨天晚上就没有吃饭，这么重要的事你怎么忘了？

李燕：李琼，不好意思，我真把这件事忘了。你哥这一年多都在旬邑县张洪村当第一书记，这一个多月就没有回来过，家里的事都要我操心。今天我们省局计算机专家要到我们办税厅升级纳税申报系统，我实在走不开，好妹子，实在对不起，你就多费心了。我们这里的事情一完，我就到医院去。

【场景九】李燕边挂电话边叫女儿。

李燕：雯雯快穿衣服，时间不早了。

张雯雯：好，我就起来。

【场景十】张雯雯边说边看表。

张雯雯：妈妈，能不能让我再睡一会儿？

李燕：不行，快起来！（边说边拉张雯雯起床）快，妈妈给你做好早餐了，吃完赶快上学。

【场景十一】李燕、张雯雯吃早餐。吃饭时雯雯不小心把饭打倒了，李燕生气地说着，边说边给张渭打电话。

李燕：张渭，得是把你招到张洪村上了，你一个多月都不回来，家里的这一摊子事都叫我一个人管，我都快崩溃了。

【场景十二】张渭正和贫困户说事，一边走一边接电话。

张渭：李燕，有什么事，不要急，慢慢说。

李燕：我能不急吗？妈有病，要到医院检查，我又脱不开身，单位上还有一大摊子事。今天计算机专家要到单位给纳税申报系统升级，我实在没有办法解决这一摊子事了。

张渭：对不起，实在是为难你了，这几天我这里也有几件棘手事，一个是贫困户的建档立卡，另外关键是村里贫困户的刺绣销售不出去，群众急得整天让我想办法呢！你看是这，你那里的计算机专家不是今天要来吗，你让他想想办法，看能不能用咱们局现有的大数据平台帮助这里的贫困户把刺绣销售一下。

李燕：你看你这人，我的事还没有解决，你又让我帮忙。好了好了，我送娃上学去了，我把你的事问一下。

张渭：好媳妇，真的为难你了，妈妈检查的结果要及时告诉我，我把这里的事情安排好就回来。

李燕：好，再见。

【场景十三】李燕家里。吃完早餐后，李燕为女儿整理衣服、书包，带着自己的包出门，门从外面倒锁。

【场景十四】咸阳市地方税务局办税服务厅，李燕穿着整齐的工作服，精神抖擞地从门口走了进来，几个正在摆放资料的同志冲着李燕喊。

干部甲：李主任好，今天你打扮得特别漂亮。

李燕：你好，大家不是都很漂亮吗？

【场景十五】办税服务厅整齐干净，工作人员集合，互相整理服装，做岗前准备工作，迎接纳税人。门迎站在引导台前为问询的客户解答问题，其他工作人员都在自己的工作岗位上忙忙碌碌，为纳税人服务。李燕在自己的工作室里为两个有问题的纳税人解决问题。

【场景十六】旬邑县张洪镇张洪村刺绣工作室。

20多位姐妹都在忙着刺绣，张渭正在和负责人说事。

张渭：感谢你，短短几天，就让村上18户贫困户的姐妹到你这里来上班。现在的紧要问题是，让她们尽快熟练业务，尽快地给家里补贴生活。

经理：书记，你太客气了，这是我们应该做的。你为我们公司的刺绣产品申请了“马栏”牌商标，又给我们请来了西安美术学院教授，真应该好好感谢你。下一步，你还得为咱们的产品销售出力，最好把咱们的产品销售和你们的大数据平台结合起来，把咱们的产品放到平台上销售……

群众甲：张书记，快走，修路的地方出问题了，二蛋不让从他家地里过，村主任说不通，两个人吵起来了，你快走吧。（边说边拉张渭走出群众家）

【场景十七】办税厅计算机中心机房，镜头从表上拉开，时间是中午11点10分。

【场景十八】计算机专家坐在计算机前，给李燕说存在的问题，李燕手语表示如何解决，中心机房负责同志用手语表示这个问题比较棘手。（这时候只有背景音乐）

【场景十九】在中心机房没有解决问题，李燕给专家说。

李燕：老师，咱们再到大客户机房看一下吧。

专家：好，咱们把那里的软件再升级一下。

【场景二十】三人从中心机房出来到大客户机房，显示办税服务厅大客户机房牌，推开门，三人进。

【场景二十一】旬邑县张洪镇张洪村空中航拍村大景，转场到群众家里，张渭边说边走进来。

张渭：这个二蛋，其他事没有办好，拿这件事出气呢。

群众：解决了？

张渭：解决了，嫌把他家困难户取消了，头疼在腿上医呢，我把责任承担了，二蛋把气消了，咱还继续说咱们的事。

【场景二十二】旬邑县张洪镇张洪村群众家，张渭和群众在一起商量事情，时间显示11点30分。这时候，出每一个人的特写镜头，张渭边记录边看表，时间显示11点40分。这时候，张渭电话铃响，他捂着电话走到会议室外面。

张渭：李燕，我这里的会还没有完，妈的病检查完了没有？你给李琼打个电话问一下。

李燕：好了，好了，还用嘴落空头人情呢。

张渭：我的好媳妇呀，我张不开口，你代我问一下。

李燕：好。

【场景二十三】大数据中心，时间显示12点20分。

李燕：老师，咱们先吃饭吧。（工作人员送盒饭到现场……）

【场景二十四】办税服务厅。

李燕：谢谢老师，今天总算升级好了。

专家：不用谢，有什么问题你就打电话，我会及时赶过来。

李燕：好，再见。

【场景二十五】办税服务厅，大家忙碌的身影等。时钟指针指向4点50分。李燕电话铃响，李燕接电话。

张渭：李燕，我有个事想让你帮忙。

李燕：什么事，你说。

张渭：我村贫困户的刺绣产品最近在销售上出现了困难，你能不能在你的微信朋友圈发个消息，我今天再拍些刺绣产品照片，帮我把这事解决了。

李燕：我简直成了你的第一书记助理了。好，我想想办法，你不要太着急，注意身体。

张渭：谢谢老婆，那我挂了，再见。（挂电话）

【场景二十六】办税服务厅的同志们整理资料，关电脑。

李燕：姐妹们辛苦了。明天周末，你们去哪里？

甲妹：我们全家明天去爬华山。

李燕：我不行，要接孩子，还要去看我妈。

甲妹：我先走了，拜拜！

乙妹：拜拜！

【场景二十七】时钟指针指向5点30分，其他工作人员都告别而去，办税服务厅的大门徐徐下落。这时候，一位客户边跑边喊："等一下，等一下。"

李燕：（放下挎包，热情地）你好，请问你是要办什么业务？

客户：都下班了吧？实在对不起！我、我、我……

李燕：（亲切地）别着急，你需要办什么业务，我马上给你办。（边说，边重新开启电脑）

客户：我刚从市里赶过来，要报税，还要赶6点30分的火车回家看人，怕把时间误了。实在抱歉，麻烦你了，对不起！

李燕：没关系！特殊情况特殊处理嘛。况且，把纳税人的事及时办好，是我们的职责。

【场景二十八】电话铃声响起，李燕接电话。

李燕：喂，马老师，实在对不起，我这里有事耽误了，我马上就来接孩子。

客户：实在不好意思，耽误你接孩子了。

李燕：没关系！你以后报税，就不要跑这么远了。现在，咱们咸阳实行的是同城通办，到哪个地税服务厅都行。

客户：好，好，真快！非常感谢你！下班了，你还为我办业务，我真的很感动！

李燕：不用客气！这都是我应该做的。

【场景二十九】镜头从二人转向办税服务厅的"让纳税人只跑一次"的

标语牌。

【场景三十】学校门口，在老师看护下，孩子靠着墙看书。李燕骑着电动车来到学校门口，看着孩子有些心酸。镜头推上孩子，镜头推上李燕眼睛上，镜头交替转换。

李燕：谢谢老师。宝贝女儿，咱看你外婆去。

【场景三十一】李燕骑电动车带着女儿的身影逐渐远去、模糊，咸阳飞行夜景。

剧终

【音乐响起，深情。依次字幕：编剧、导演、摄影、主要演员等。】

六月花为英雄开

——追忆优秀刑警权党和、张伟

【讲述者上】【追光】

讲述者：六月，我捧着太阳追寻你的身影

六月，我举着警徽送你远行

权党和啊我的战友

你走得这样悲壮，这样血染黎明

张伟啊我的兄弟

你走得如此壮烈，如此铁骨铮铮

生命，只在短短的几秒钟刻度定格

你倒下了，生命化作六月的彩虹

我们的故事就从这里开始

去拥抱两个英雄的魂灵

【讲述者隐，大屏幕播放】

【刑警大队长打电话】喂！权队长，接到110报警服务台指令，福银高速永寿停车场一辆货运车辆价值3万元轮胎被盗，犯罪嫌疑人驾驶一辆无牌车逃走。命令你和民警张伟立即出警追击。**【效果：车辆出动】【刑警大队长上】【追光】**

刑警大队长：6月23日，那是一个什么日子啊！

忘不了分手时战友拥抱曾相约

兄弟啊！等你归来举酒酿

可党和、张伟，我的兄弟

此一别，竟成永诀，血染的情殇

【大屏幕出现权党和、张伟遗像】

权党和：队长啊！我的战友、我的兄长

张　伟：请您不要流泪，不要伤心

权党和：我们知道，平安中国使命庄严

张　伟：我更知道，人民利益至高无上

刑警队长：兄弟！可……可我……

我该怎样对你的亲人讲

二人合：你就说，好男儿热血为国抛洒

你就说，好警察乐为改革保驾护航

刑警队长：你们站着，是一道城墙

你们倒下，就是崔嵬的山冈

战友们，集合，奔向平安中国的太阳

【大屏幕出现警察集合、报数，摩托车、警车出发视频镜头】

【正步或者跑步下，权党和妻子喊着丈夫的名字，张伟的父亲喊着儿子的名字】【追光】

张艳飞：党和！我给你送粽子来了

党和！我看你来了

那一声报警电话，是怎样催你从梦中醒来

那一声报警电话，是怎样让我挂肚牵肠

王　俊：张伟，你都来不及尝一口我包的粽子

张维明：来不及看一眼病中的父亲、爱儿的亲娘

张艳飞：就这样，一声鸣笛，你走进子夜

张维明：就这样，脚步疾疾，你奔往案发现场

张伟啊！做父亲的哪个不爱自己的儿子

可我明白，国事比天大

做刑警，就要忠于人民忠于党

【忽然彼此发现】

张艳飞：大叔！你这是？

张维明：我白发人来送好儿郎

王　俊：那一年，他一连两月出警上岗

张维明：那一天，他刚到家，报警电话就追到门上

王　俊：嫂子啊！他没有顾上喝一口我做的热汤

张维明：他风尘仆仆就告别了爹娘

【大屏幕出现权党和、张伟】

权党和：那一天，望着父亲的背影

我默默无言，热泪流淌

张　伟：那一天，我望着病床上的父亲

一步三回首，步步诉衷肠

权党和：父亲啊！是娘给了我生命

张　伟：你给了我做人的脊梁

权党和：父亲啊！请不要用泪水为我送行

因为我仍然在行进的征程中

张　伟：这一生，做你的儿子是我的幸福

来生膝下，再续父子血脉长

权党和：爱人啊！请不要用泪水为我送行

请代我为父母送上儿子的深情

张　伟：就说我正在整装待发

就说我开始了新的远征

权党和：儿子啊！请不要用泪水为我送行

云彩里我看你长成新一代的刑警

【英雄与亲人相望造型，两群众上（陕西方言）】

群众甲：权警官，塬上的果子红了

多想送你一篮六月的樱桃

群众乙：张警官，地头的麦子熟了

多想让你尝一尝新麦的芬芳

群众甲：可你走了，走得这样惊天动地

群众乙：可你走了，走得这样步履匆忙

【叙述者、战友、亲人、群众面向英雄遗像】

叙述者：六月的石榴花为什么这样火红

六月的月季花为什么艳丽香凝

群　颂：因为它浸着英雄的鲜血

因为它浇灌着英雄的爱情

叙述者：六月的青松为什么满枝苍翠

六月的竹影为什么郁郁葱葱

群　颂：因为它化为英雄的雄姿

因为它承载着英雄的风骨

叙述者：沿着英雄走过的路前进！前进

群　颂：共和国的山河永远阳光普照

【切光】

第三辑 纪录片

魏野畴

（以此纪念魏野畴烈士诞辰120周年、阜阳“四九”起义90周年）

秦岭逶迤起伏，岿然屹立在关中平原南缘。

渭水滔滔东去，不舍昼夜地流过广袤的兴平大地，诉说着他荡魂摄魄的故事。他就是中国共产党早期优秀党员和宣传活动家，西北地区共产主义活动的先驱者，陕西党团组织和皖北工农民主政权的创建者，陕北革命根据地的缔造者之一——革命先烈魏野畴。

推出片名：魏野畴

随着清明节临近，我对爷爷的思念与日俱增，我和爷爷没有见过面，对爷爷的印象都是听奶奶、伯父和爸爸讲的。2016年清明节前，安徽省阜阳市临泉县将爷爷的陵园改造完成，大哥魏北京建议我们在陕西兴平、湖北武汉和北京等地的亲人们应该到安徽省阜阳市临泉县爷爷的陵园祭拜爷爷。自这件事提起之日，我的心就不能平静下来，时时想起爷爷的事迹，并被他的事迹感动得心潮澎湃。爷爷为了劳苦大众的解放，为了中国革命的成功，献出了自己年仅31岁的宝贵生命。爷爷虽然离我们远去，但是我们对爷爷的思念、对爷爷的敬重从没有因为他的离去而减弱……

【字幕】（2017年4月5日，安徽省阜阳市临泉县魏野畴烈士陵园）

高大雄伟的魏野畴烈士汉白玉雕像岿然屹立，苍松翠柏下的魏野畴烈士墓被鲜花覆盖，滔滔颍河水仿佛在向人们诉说着这片土地上曾经发生的那段可歌可泣的故事。

（魏野畴之孙魏北京同期声）：“我爷爷那一辈老革命者，他们为了建立中华人民共和国，为了新的红色政权，牺牲了自己的生命。我们要把革命精神传承下去，要一代一代地、坚定不移地走爷爷的革命道路。”

（魏野畴纪念馆讲解员王娟同期声）：“首先，非常欢迎大家莅临阜阳市临泉县，走进魏野畴烈士纪念馆。”

关于魏野畴，毛泽东在1962年有一段谈话。魏野畴1898年3月8日出生于陕西省兴平县（今兴平市）板桥乡魏家村的一个农民家，幼年丧父，尽管如此，他的母亲还是把他送入私塾读书。在1917年的时候，魏野畴以优异的成绩考入北京高等师范学校（今北京师范大学），从那个时候起他开始接触新的思想和文化，和同学一起参与到救亡图存的运动当中。

一张张珍贵的照片、一份份珍贵的资料和一件件珍贵的革命文物，真实地记录着魏野畴烈士光辉而短暂的一生，把我们的思绪带到百年前那个风雨如晦的时代。

19世纪末20世纪初，既是中国沦为半殖民地半封建社会、旧民主主义革命爆发的历史转型期，又是各种矛盾急剧激化、各种思潮空前活跃的历史启蒙期。一方面，清政府腐败，列强横行，民不聊生；另一方面，一大批仁人志士纷纷奋起，寻求救国图存的真理。

魏野畴就是在这样宏阔而复杂的历史背景下，诞生在民贫时艰的陕西兴平。虽然家境贫寒，但是天资聪颖的魏野畴读书特别用功，1912年春考入西安三秦公学，1917年又以优异的成绩考入北京一所知名高等学府。然而，昂贵的学费使魏野畴望而却步，不得已选择在北京高等师范学校史地部上学。

俄国十月革命的一声炮响，给中国送来了马克思列宁主义。1919年，以反对北洋政府签订丧权辱国的《二十一条》为导火索，爆发了反帝反封建的五四运动。正在北京求学的魏野畴以青春的激情，投入这场被历史学家称为“新民主主义革命开端”的反帝爱国运动中，并结识了中国共产党的创始人李大钊、陈独秀。在他们的影响下，魏野畴开始接触新思想、新文化，学习马克思主义。1920年，魏野畴和杨钟健、刘天章、李子洲等人发起改组了陕西旅京学生联合会，创办了《秦钟》月刊。

（中共陕西省委党史研究室原处长王学明同期声）：“他（魏野畴）在《秦钟》上面发表一篇文章叫《通关外资新四条》，比较前卫，介绍了当时共产主义的一些学说，观点（也）比较前卫。”

魏野畴思维超前，他是第一个试图从历史学切入，研究中国过去，“明白现在，指挥将来”的现代知识分子。

1921年，魏野畴撰写了长达15万字的《中国近世史》，初步运用马克思主义的立场、观点和方法解释中国近代历史，基本奠定了中国近现代史学教材的体例，受到蔡元培、毛泽东等人的称赞。

（魏野畴之孙魏北京同期声）：“蔡元培老先生也认为，这个《中国近世史》从不同的角度、不同的观点，来阐述中国近代史的问题，所以，有学术价值。”

（中共陕西省委党史研究室原处长王学明同期声）：“当时，魏野畴还是个学生，蔡元培先生就提出了，应该把他的第一个书稿印刷成书。”

20世纪50年代，毛主席在接见孔从洲期间曾经提到，魏野畴是一个很有学问的人，曾经出版过一些书，他也看过，很有水平。

《中国近世史》的理论魅力，即使在今天看来，依旧光彩熠熠。

1923年初，经李大钊、刘天章介绍，魏野畴加入中国共产党。从此，他由一个追求自由民主的进步青年，成为一名共产主义战士。

塞上古城榆林，位于黄土高原和毛乌素沙地交界处，是黄土高原与内蒙古高原的过渡区。特殊的地理位置，使榆林受山西和京津的文化影响较大，成为新思想落地的一方沃土。中国近代著名教育家和政治活动家杜斌丞，在这里创办了榆林中学。

（榆林中学校史馆原馆长刘世平同期声）：“1917年，杜斌丞先生从北京师范专科学校（今北京师范高等专科学校）毕业以后，来到榆林中学任教，后担任榆林中学校长，因为他接受新思想、新文化的东西，所以，他在担任校长以后，陆续聘请了一些共产党人和进步人士到榆林中学教书。”

虽然榆林春寒料峭，然而黄河春潮涌动，夹裹着冰块滔滔流去。杜斌丞站在凛冽的寒风中，迎接魏野畴的到来。

魏野畴到榆林中学后，担任国文和英语教员。他按照党组织的要求，以榆林中学为阵地，积极地向学生传播马克思主义。

（榆林中学校史馆原馆长刘世平同期声）：“魏野畴先生到榆中以后，首先倡导组织了学生自治会，然后同学们选举刘志丹担任学生会主席。”

他利用三尺讲台，向学生讲授《资本论》《共产党宣言》等马克思主义著作；他是一位中国革命理论的拓荒者，翻译了《政治经济学原理》，是最早把马克思主义政治经济学介绍到中国的知识分子之一；他是一位辛勤的耕耘者，用《向导》《共进》《新青年》这些我党早期的进步刊物塑造学生的心灵。

（榆林市魏野畴研究专家钟自鸣同期声）：“他（魏野畴）是‘共进社’榆林方面的负责人。因此，《共进》和《秦钟》等一些进步刊物在他的积极推动下，在陕北各地得到发行，进一步广泛地传播了马克思主义。他也引起了陕北军阀井岳秀的恐慌，井岳秀曾经说过：‘我不怕大共，怕小共’。大共指共产党，小共指的是《共进》杂志。”

（中央党史研究室第一研究部副主任李蓉同期声）：“（魏野畴）通过办学的形式，培养了一大批进步青年。这些青年以后有的担任了非常重要的领导职务，有的在创建西北革命根据地的过程中成为具有杰出贡献的重要人物，其中包括了像刘志丹、谢子长这些人物。”

魏野畴在榆林中学的教学活动，极大地活跃了陕北学生的思想，活跃了陕北的文化和学术风气，给榆林中学乃至陕北的新文化运动，带来了前所未有的生机和希望。

魏野畴高举信仰的火炬，宣传共产主义思潮，宣传共产党的主张，在广大学生心灵深处点燃理想的火焰。他们甚至不惜自己的生命，追随魏野畴加入党团组织，参加革命。

在魏野畴的教育和影响下，榆林中学涌现出了像刘志丹、谢子长、曹力如、吉国桢、高克力、苏士杰、潘自力、阎揆要等一大批思想进步、信仰马克思主义的学生骨干。

在榆林中学任教期间，魏野畴经杜斌丞先生介绍，认识了寓居榆林的杨虎城将军。

（杨虎城之孙杨瀚同期声）：“魏野畴在和爷爷交往中，向爷爷系统地介绍了共产主义思想，使爷爷对共产主义有所了解，对爷爷后来走上长期和共产党合作这么一条道路，起了一个非常重要的作用。”

（杨虎城长孙杨协同期声）：“杜斌丞是榆林中学的校长，魏野畴是那里的教员，魏野畴当时是共产党员，他是在北京加入的共产党组织。三人经常在一起商谈国家大事。”

魏野畴对世界局势的了然在胸，对中国国情的深入透析，对马克思主义基本原理的熟稔把握，都给杨虎城留下了深刻的印象。他在杨虎城面前打开了一个全新的世界、多彩的世界和充满矛盾而又蕴含希望的世界。

（榆林中学校史馆原馆长刘世平同期声）：“杨虎城将军在和这些榆中共产党人、进步教师的接触中，可以说懂得了许多革命道理。可以说，杨虎城将军在榆中才系统地接触了马列主义新思想新文化。”

1923年秋天，为了躲避陕北军阀井岳秀的迫害，魏野畴离开榆林回到北京，以共进社为阵地，继续进行革命活动，并千方百计地把榆林中学一大批学生引入投身革命的道路。田伯荫就是其中一个。

（榆林市魏野畴研究专家钟自鸣同期声）：“田伯荫后来成为陕北第一个党支部的负责人。从这个角度上来说，魏野畴为陕北建党做出了突出贡献。”

1925年秋天，魏野畴的学生刘志丹和7位同学北上京华，全部考到了北京的大学。其中，刘志丹以优异的成绩考进了北京大学。有一天，刘志丹在他们住宿的延安会馆，意外碰到了自己的老师魏野畴。师生相见，抚今追昔，感慨万千。在听了刘志丹的介绍后，魏野畴从容而又清晰地向他分析了第一次大革命如火如荼的形势，介绍了国共合作和北伐战争前夜广州沸腾的革命春潮，满腔热情地建议他们去投考广州黄埔军校。

（榆林中学校史馆原馆长刘世平同期声）：“后来，魏野畴先生把（刘志丹）他们领到北大以后，还去见了李大钊先生。李大钊先生给他们讲，‘国共迟早可能要分裂，咱们的理想、共产党的理想和国民党的理想是不一样的。我们共产党也需要军事人才，建议你们到黄埔军校去念书。’”

经过黄埔军校的磨砺，刘志丹等一大批青年成为反帝反封建的骨干，成为陕北革命根据地建立与发展的主要力量。

魏野畴撒下的革命火种燃成燎原烈火，燃出一片片红色的土地。以刘志丹等人为首创建了陕甘边革命根据地，以谢子长、郭洪涛为首创建了陕北根据地，以王兆相、刘林玉、杨文波为首创建了神府革命根据地。

（榆林中学校史馆原馆长刘世平同期声）：“所以用毛泽东的话说，陕北有两点，第一点是党中央、红军的落脚点，没有这个落脚点，我们就下不了地。‘下不了地’是湖南人的方言、土话，用我们现在的话说，就是了不得了。所以说，从这意义上来讲，魏野畴先生这些学生，可以说影响了中国近代史的进程，为中国共产党的发展壮大做出了重大贡献。”

然而，“冥雷惊恐震四方，千秋波浪泄苍茫！”

1927年4月12日，蒋介石在上海发动“4·12”反革命政变，轰轰烈烈的大革命宣告失败。我们党决定发动武装斗争，以革命的两手对付反革命的“两手”。同年7月，中共陕甘区执委会改为陕西省委，魏野畴任省委军委书记。8月，经陕西省委同意，魏野畴来到正在河南的杨虎城部队开展工作。

魏野畴是我们党的历史上较早认识到武装斗争对于革命意义的职业革命家之一。

（中共安徽省阜阳市委党史研究室主任李维亚同期声）：“1927年8月，魏野畴由陕西东渡黄河进入河南，遇到了杨虎城将军，并随杨虎城的国民革命军十军部队进入了皖北的亳州太和境内。”

魏野畴在杨虎城部队，组建了士兵委员会、宣传队、民运工作队，派出大批党团员到附近农村进行革命活动。

在淯北特委的领导下，驻阜阳四支部队的党组织和各县党的力量有了很大发展。阜阳、亳州、蒙城、寿县、周口等地，先后建立了党组织，党团员发展到近千人。

（安徽省阜阳市文物管理局局长刘建生同期声）：“（太和）这个地方处在几县的交界处，同时有沙颍河作为天然屏障。这里农运基础相当浓厚，农协会员有5万多人，是当时特委领导下的支部农协会员最多的。”

革命力量的发展，引起了国民党反动派的极度恐慌。1928年1月，蒋介石派人到杨虎城部“清党”反共，威逼杨虎城逮捕南汉宸、魏野畴等共产党员，遭到杨虎城的拒绝。在杨虎城赴南京面见蒋介石时，十军军长由孙蔚如代理。孙蔚如表面接受蒋介石的“清党”命令，暗中将南汉宸送出太和，并通知魏野畴等共产党员离开部队。

（中共安徽省阜阳市委党史研究室主任李维亚同期声）：“在1928年2月9日夜里，70多名党员召开了会议，根据‘八·七’会议精神，决定执行皖北土地革命大暴动。在这个会议上成立了皖北临时特委，魏野畴任书记。”

中共皖北临时特委下辖太和、亳州、寿县等豫皖周边的10个县委。会议通过了在皖北开展土地革命大暴动，建立豫皖平原根据地的决议。

【字幕】（安徽省阜阳市颍州区“四·九”起义纪念馆）

安徽省阜阳市颍州区王官集小学，这个当年中共皖北临时特委所在地，如今已经成为“四·九”起义纪念馆。

这里林丰树茂，风景秀丽。这棵魏野畴亲手栽植的枣树，诉说着一代共产党人为人民谋幸福的故事。

这些当年魏野畴和中共皖北临时特委发动“四·九”起义的重要文献资料，以及“四·九”起义中留下的珍贵遗物，把人们带回了那段峥嵘岁月。

（阜阳“四·九”起义纪念馆原馆长李树银同期声）：“1928年2月21日，魏野畴就到行流湾，就是现在这个地方，在这里发动群众，做地下工作，和谭维北召开了会议，确定了在阜阳搞一次武装起义。”

魏野畴到阜阳王官集小学后，就着手对王官集、行流湾一带的党组织进行整顿，帮助成立了十几个党支部和党的行流湾区委，并指示党组织大力发展农民协会和赤卫队，为举行武装暴动做思想上、组织上的准备。

1928年4月初，魏野畴接到党中央3月25日给皖北临时特委的指示信。中央指示，现在的策略是“发动群众斗争，领导群众暴动，实行土地革命，建立苏维埃政权”，强调必须“给工农群众、党员以武装的训练”，创造“工农武装暴动的必需条件”。

4月5日，根据党中央的指示，魏野畴在阜阳城召开会议，听取起义的部署和群众发动准备情况的汇报。

4月7日，魏野畴在阜阳城外的西湖亭主持召开地方党委和军队党委联席会议，决定成立皖北革命军事委员会，作为起义指挥机关，魏野畴任总指挥。

起义准备正在加紧进行之时，4月8日临时特委获悉，时任第十军代理军委书记的宋建勋叛变。魏野畴当机立断，决定在4月9日提前起义，并任命共产党员申明甫、胡怀西任敢死队队长；命令阜阳行流湾、王官集的赤卫队和阜阳插花集、太和县苗集农协会员携带武器到阜阳城集合。与此同时，李端甫、李力果等根据魏野畴的指示，在王官集小学召开紧急军事会议，一面派刘贯一去界首发动肖之楚师的兵变，一面布置赤卫队当夜攻城。

（魏野畴纪念馆原馆长李树银同期声）：“1928年4月9日，魏野畴为贯彻党的‘八·七’会议决议，组织发动了著名的阜阳市‘四·九’起义。”

1928年4月8日夜，敢死队队长申明甫冒雨在约定的时间、地点，给棉被浇上汽油，点燃了武装起义的信号。

（政协阜阳市委员会文史资料委员会主任杨新同期声）：“由于4月9日凌晨下起了倾盆大雨，魁星楼上的信号被雨水浇灭了，与起义部队失去联系。”

面对这个情况，魏野畴命令起义部队分两路转向外线，一路由昌绍先、杜聿德率领350多人渡颍河向阜阳城以北的行流湾、王官集方向挺进，一路由魏野畴、胡景陶率领百余人向阜阳以西的临泉县老集一带转移。

（魏野畴纪念馆原馆长李树银同期声）：“魏野畴最后率七路起义部队200余人，于1928年4月9日来到临泉老集。当时老集正在逢集，很多穷苦百姓看到了这支部队，都围观了，看过来。魏野畴利用老集逢集很多穷苦百姓都在这里，积极宣传共产党的主张。”

在老集镇，起义部队遭到国民党第十二军任应岐部收编的谭万国土匪部队及当地地方武装的包围，魏野畴、胡景陶、胡怀西等不幸被捕。

我自横刀向天笑，去留肝胆两昆仑。

魏野畴被捕后，保持了一个共产党人坚忍不屈的英雄气节，匪首谭万国多次封官许愿进行劝降，均遭到魏野畴等人的严厉拒绝。敌人随即对魏野畴等人进行严刑拷打，但他们始终坚贞不屈。敌人恼羞成怒，于4月10日凌晨将魏野畴杀害于临泉县老集镇东洼地，他当时年仅31岁。

（政协阜阳市委员会文史资料委员会主任杨新同期声）：“‘四·九’起义虽然失败了，但是它的历史意义是深远的。一个是打响了皖北工农武装向国民党反抗的第一枪，燃起了皖北起义的熊熊烈火；另一个是成立了皖北第一个苏维埃政权，培养、锻炼了一批干部，也为后来各地风起云涌的起义提供了经验和教训。所以，毛泽东同志给这次起义很高的评价。”

“四·九”举义旗名垂千古，皖北洒碧血光照后人。魏野畴烈士是一座耸立在中国革命征程上的丰碑，他的英名光耀千古，他的精神与日月同辉，与山河共存。每年清明节，在临泉县老集镇魏野畴烈士陵园，都有许许多多的群众前来缅怀先烈的丰功伟绩，激发为实现民族复兴“中国梦”而奋斗的激情。

【解说】“‘一拜哀思起，如披烽火光。浩气贯长虹，眠愁忧民殇。临泉颍水泪，月牙枣荫长。何以度英魂，他乡作故乡。’魏野畴烈士的曾孙女魏策策写的这首诗深切表达了亲人们对先烈的思念和怀念。”

（魏野畴烈士的长孙魏北京同期声）：“当年参加‘四·九’起义主要负责人是我爷爷，年龄比较大是我爷爷，留下后人多也是我爷爷。所以，我们感觉到自己是所有‘四·九’英烈的后人，每年到皖北来呢，除了临泉的陵园，另外这两处地方我们都要去扫墓。”

青山埋忠骨，烽火铸英魂。魏野畴烈士离开我们90年了，但他的功业永在英名永在，永远是兴平人民的自豪和骄傲，永远令我们怀念和敬仰。

先烈回眸应笑慰，擎旗自有后来人。

魏野畴等老一辈革命家含笑九泉，魂依青山。

精彩武功

这是一方史韵悠悠的土地

这是一方人文璀璨的土地

来了，你会为她的川媚山晖而流连陶醉

去了，你会因她的魅力四射而魂牵梦萦

推出片名：精彩武功

秦岭逶迤，群峰如浪，岚浮翠涌，积雪明霁，站成亘古的屏障；渭水滔滔，蜿蜒东去，映日辉月，披彩携虹，舞动她翩跹的裙裾。关中平原，就在这山水对视间，展开她的沃野广畴，一马平川。

武功，这曾经沧桑而又厚重沉雄的历史热土，曾经古老而又充满生机的时代热土，曾经缔造辉煌而又孕育希望的魅力热土，明珠一样地镶嵌在山与水的怀抱中。岁月的斗转星移，季节的春秋更迭，书写着她生机盎然的绿色，描绘着她沉实丰盈的金色，铺展着她天地人和的昨天、今天和明天。

武功，地处关中平原中西部，总面积397.8平方千米，人口45.83万。境内地势平坦，土壤肥沃，物产丰富，农业历史悠久，素以“关中米粮仓”著称。渭河、漆水、 水、漠峪河四水如条条玉带穿境而过，西宝北线、中线高速公路及陇海铁路、西（安）天（水）高铁似腾飞巨龙横贯东西。这里毗邻国家唯一的农业高新技术开发区——杨凌，地处国家级关中—天水经济区核心地带，距西部最大的航空枢纽港西安咸阳国际机场仅40分钟车程，是西安咸阳国际化大都市卫星城市。武功具有独特的区位优势和便捷的立体交通，是陕西现代农业科技产业示范基地、绿色生态有机食品保障供给基地、关天经济区食品工业基地。

观天地以极变，察人文以成化。

以武功古镇为代表的丰富历史遗存、厚重文化积淀，使武功成为印证煌煌五千年中华文明进程的历史断面。这里是业已形成的以西安为中心、陕西西线文物旅游黄金线上，继乾陵、法门寺景区之后，备受海内外游客关注的又一个人文旅游胜地。

（陕西民俗学者、研究馆员梁澄清同期声）：“武功这个地方确实不可小视。学者们研究人类社会发展史，认为大致上就是草原文化和农耕文化构成了全人类社会形态的一个基本状况，而中国是一个比较完整的、经典的农业文化的典型，‘教稼台’三个字让武功在中国几千年的农业文化里边占有举足轻重的地位。”

（咸阳师范学院教授雷一群同期声）：“武功是一个神奇的文化底蕴特别深厚的地方。说它神奇，它是集中国传统文化于一身的一个地方。在这个地方，我们不但看到古老的农耕文明，而且看到了道教、佛教，还有民俗文化，在武功可以说是随处可见。”

（咸阳市作家协会主席、文化学者杨焕亭同期声）：“武功这块土地十分厚重，厚重在它深厚的文化底蕴上。就历史来讲，武功的历史具有时代穿越性，它几乎涵盖了中国历史上周、秦、汉、唐以至宋的文化。”

如果说文明在任何时候都总是以个性的地域魅力而让古往今来每一个走

近她的生命个体“心游万仞，思接千载”，那么当我们拂去岁月的尘埃，会发现走过千载风雨的武功县，对于中国历史来说无疑已经成为一件具有史诗意蕴的拓片。那一座座笔走龙蛇的碑刻，那松柏苍郁的庙堂，那阅尽沉浮悲欢的雕塑，那古韵犹存的巷闾，无不引发我们对中华文明古国在一座古老城池上烙印的悠悠情思，不尽追怀。

你要追寻中国农耕文明的源头，武功捧给你农业始祖的智慧，文明薪火的辉古耀今，文明长河的奔腾不息。

早在远古时期，这里就遗留下人类与自然相仞相靡的印记。武功郑尚坡遗址，曾作为我国夏商周断代工程在全国选取的3个考古点中的一个而闻名世界；武功浮沱村遗址出土的陶屋，因破解了史学界关于古人类最早居住的屋形之谜而轰动全球；位列关中四大名台之首的教稼台，成为中华农耕文明源头的里程碑。

历史总是因为人的生存而充满着可触可摸的质感，教稼台对于中华农耕文化的意义不只是一个象征，更重要的在于它是人类摆脱茹毛饮血、采撷渔猎生活的代表，从而使中华农耕文明领先世界一千多年。

（咸阳师范学院教授雷一群同期声）：“周人对中国农业的贡献是非常大的。首先，我讲它贡献的第一个，在中国历史上没有任何一个部族，曾经用一种谷物的名字作部族的名称。后稷的‘稷’实际上就是我们现在讲的谷子，后稷用谷子来命名一个部族。第二个，后稷被尧舜任命为农师，被尧舜封为后稷，都是主管农业的官吏，这个分封对今天而言，有非常重要的意义。这个意义在什么地方？就是从后稷开始，他把农业或者说谷物的种植，已经推向了当时的全国。”

后稷，不仅仅属于历史，他就在后裔们生生不息的代际传承中活着。出于对后稷的敬仰，每到一年中的冬闲时节，人们自发地从四面八方赶来教稼台拜谒农神后稷，表达对五谷和土地的敬畏。

（陕西民俗学者、研究馆员梁澄清同期声）：“在教稼台，武功有一个东河滩会，这个是典型的对农耕始祖神后稷进行的民间祭祀的一个活动，我们现在看到的更多画面，都是到教稼台里去烧香燃表，表达祭祀。”

但是，民间还有更古老更世俗化的祭祀，就是在武功还有一个赛白蒸馍会，这个现在被人们慢慢地忘记了。可是，据武功的老人们讲，武功每在东河滩会的时候，农村的人就用当年最好的麦子，把他们蒸的白蒸馍端上来，用大盘端着送到教稼台，用他们的劳动果实来祭祀后稷。这就是最真实的民间感情，也可能是在全国唯一的一个祭祀活动。

1933年，遭际旱魃肆虐、满目疮痍的大饥荒后，民国政府要员于右任、戴季陶等在焦易堂、杨虎城等人陪同下，寻访、膜拜于教稼台下，躬身武功，勘察创立了今天西北农林科技大学的前身——西北农林专科学校。

武功——千年古镇，对于中国历史的人文含量，绝不仅仅是一座教稼台。它的风云际会，它的铁马雄风，它的锺鼎俎豆，铺垫起它嵯峨崔嵬的历史高度。至少从公元1961年上溯到秦孝公十二年（前350）的2300多年间，它曾经是武功（郡）县治的所在地，是秦汉隋唐时期辅望长安的重要京畿之地。因地制宜的筑城形制暗合了中国古代的风水学说，“龟形”的设计格局至今仍是学者探究的热点。

你要感受大气磅礴的汉唐雄风吗？武功捧给你人杰才俊的壮怀，英雄主义的气概，民族精神的瑰宝。

春日的武功镇龙门村，碧树葱茏，麦波吐秀，菜花芬芳，以气节名垂千古的大汉名臣苏武的墓地，沉静地处在蓝天白云之下。

面对一个伟大的灵魂，浪漫主义诗人李白向天放歌，“苏武在匈奴，十年持汉节”；以死殉国的文天祥洒泪赋诗，“在秦张良椎，在汉苏武节”。

“弟兄们相会在荒郊外，我含羞戴罪跪尘埃……”（秦腔古典剧《苏武牧羊》片段）

对于千百万百姓，则是通过这出经久不衰的秦腔剧《苏武牧羊》，走进苏武崇高、瑰丽的精神世界。

苏武忠贞不屈的精神品格值得后人敬仰。

徜徉古镇街头，映入眼帘有一座古塔，便是与西安大雁塔、扶风法门寺塔齐名的报本寺塔，它诠释了大唐王朝“以孝为本”的文化内涵。

（咸阳市作家协会主席、文化学者杨焕亭同期声）：“在公元632年，也就是贞观六年，李世民怀着对故乡的一片深情，回到家乡去感谢家乡的父老，举行了盛大的宴会。在宴会之后，李世民写了一首诗，诗句是‘垂衣天下治，端拱车书同。白水巡前迹，丹陵幸旧宫’。《幸旧宫》充分表现了李世民对武功的情感。”

在这里出土的金棺、银椁、豹斑玉俑、舍利子等100多件文物美不胜收，印证了儒家文化与佛教文化相映生辉、互为观照地构成了大唐王朝意识形态的体系。

你要感知民俗风情的魅力诱惑吗？武功捧给你“相见语依依”的醇厚民风，精彩纷呈的民俗精粹，动人心弦的民间传说。

走进武功，就走进了一座天然的民俗博物馆。位于武功镇东街中段的城隍庙，坐北向南，占地4500平方米，建筑面积1645平方米。整体建筑具有明代建筑特征，高台建筑，嵯峨有致，中轴对称，严肃均衡，负阴抱阳，居中为尊，庄重雄伟。尤其3座主殿的木作、彩绘、琉璃、灰陶饰品、砖石雕刻、木器仍保存完好，在关中西部独树一帜，极为珍贵。

你要探访人文精神的光焰灼灼吗？武功捧给你关学的清流隽永，大秦腔的大气磅礴，《璇玑图》的织锦描绣。

披着春日的暖风，走在绿野中学书声琅琅的校园，那莘莘学子一张张青春的脸庞，使人的思绪穿越岁月的流云，追溯关学的雨痕足迹。

绿野中学的前身绿野书院，距今已有近千年历史，因北宋大儒、著名哲学家、关学创始人张载在武功旧城西廓外的绿野亭讲学而得名。

（咸阳师范学院教授雷一群同期声）：“中国关学的创始人张载，曾经在武功的绿野书院执教多年，在这个地方传播着关学。关学的研究，现在来说越来越走红，他和南方的朱熹一样，都是对宋、元、明、清及以后的中国历史最具有影响的人物。”

绿野书院的规模约与全国四大书院中的江西白鹿洞书院、陕西五大书院中的味经书院类同，是明清时期秦陇的著名书院。近千年绵延不断的文脉，使绿野书院英才辈出、代不乏人。明代从绿野书院走出、蟾宫折桂的状元康海，可谓武功人文教化中莘莘学子的杰出代表。

康海，字德涵，号对山，武功镇浒西庄康家河人，明代著名文学家，位列“明前七子”。

（咸阳市作家协会主席、文化学者杨焕亭同期声）：“康海的重要贡献有两点。第一点，就是康海在对中国方志书的撰写体例上，提供了很好的范本。康海不仅仅是给武功写过县志，给其他地方也写过县志，这对中国的志书贡献很大。另一点，就是对秦腔艺术的贡献很大。”

康海一生著述甚丰，他创作的《中山狼》《王兰卿服信明忠烈》杂剧广为流传。他编纂的《武功县志》体例新颖，言简意赅，考证精详，文笔优美，独辟蹊径，自成一家，被后世奉为方志上品，以创志书体例而收入《四库全书》。

“织锦人何在？遗图尔自衰。秋风吹蔓草，野日照荒台。缭绕悲心极，会还妙绪开。此乡多好女，重识二班才。”清人李因笃笔下眷恋缅怀的奇女子是谁？正是妙手织出回文丝锦的武功才女苏蕙。

苏蕙用五彩丝线织成的回文丝锦上有一首841字的回文诗，把一个痴情女子对丈夫的一片衷情尽表其中。璇玑回文丝锦因此成为武功手织布的代表作而昭彰史册。

（陕西民俗学者、研究馆员梁澄清同期声）：“织锦回文丝锦这个图，现在已经申请成为陕西省第三批非物质文化遗产。那么，这是从哪个角度来申请的呢？这个织锦回文丝锦，直到现在我们看到了多种版本。武则天称苏蕙是天下第一才女，许多版本都在破解苏蕙的织锦回文诗究竟有多少首，直到现在没有一个最后的结论，给我们留下了神奇的想象。”

时至今日，善纺线、好织布的武功乡间妇女，依然沿袭着1600多年的纺织历史，将手工布艺、草编工艺与一村一品的开发相融合。目前，武功推出的手织布已形成苏惠、若兰等品牌，产品销往北京、上海、广州等地，并走出国门，成为日本、韩国等国家和地区消费者青睐的珍贵物品。

一方水土养一方人。得益于悠久发达的农业文明，优越的种植条件，盛产五谷的富足，武功由此孕育出独有的食文化。

武功锅盔除形象地注解了“关中八大怪”外，其厚、其大、其香也使全国同类烙饼概莫能比。

武功旗花面，从和面到做汤，再到端上餐桌，达十几道工序。面条薄、筋、细、光，汤料烹调讲究，吸引八方游客纷至沓来、争相品尝。一碗入口，留香多日。

让历史的武功焕发时代的光彩，让时代的武功天蓝水绿。着力打造彰显武功历史文化内涵、城乡经济全面发展的生态景观工程，是武功县委、县政府以科学发展观谋划“十二五”发展，着力转变经济发展方式，在渭水莽原间铺开的崭新画卷。

一处民俗风景区，就是一幅色彩斑斓的风情卷轴。流连于错落别致的农家庭院，倾听重织“璇玑图”的声声机杼，领略陶艺旋轮的炫彩瑰丽，关中素风，欣欣扑面，流连忘返，缱绻绵绵。

听吧！湿地洲碧草丛中群鸟鸣翠，悠悠谷笑语欢声。

看吧！示范区百业兴旺，银浪波涌，温室大棚，叠绿洒翠。

当武功县委、县政府为挖掘武功旅游资源，邀请上海同济大学建筑设计研究院的专家、学者一同探讨武功旅游的发展前景时，这些曾主持了全国多处旅游景区开发的专家学者们一致认为：如此景点遍布、层次分明、种类丰富的文物旅游资源集中在一个地方，在全国实属少见。武功镇乃至武功县，俨然一座硕大无比、集成中国传统文化的标本。

踏遍青山人未老，风景这边独好。

这就是武功，一个人文生态与自然生态和谐的武功，一个负载着历史文明、创造着现代文明的武功，一个正在成为国内外工商巨子兴业投资的武功，一个彰显着旅游文化魅力的武功，一个展开双臂、拥抱世界的武功。

人民心中的好书记李德馨

我们要把淳化的荒山荒坡用树盖起来，把沟沟岔岔用树填起来。

——李德馨

（中共淳化县委书记刘涛同期声）：“我们要学习老书记那种艰苦奋斗、苦干实干的拼搏精神，在‘三严三实’活动中，把淳化各级干部的精气神凝聚起来。”

（时任淳化县委办公室、淳化县革命委员会办公室主任李家望同期声）：“他忠诚党的信仰，忠诚党的宗旨。”

（时任淳化县方里公社通信员陈纵同期声）：“千军万马奔爷台，万亩林带英雄开，淳化儿女多壮志，要把山河重安排。”

（时任淳化县林业局副局长倪凤林同期声）：“要求在林业上一定要保证质量，要栽一片成一片，栽一棵活一棵。”

（时任淳化县石桥公社党委书记宋涛同期声）：“他从川道爬上山顶，一个坡面一个坡面地跑，一个山头一个山头地看。”

（时任中共淳化县委常委、淳化县革命委员会副主任张述忠同期声）：“过去淳化（森林覆盖率）是3%，李德馨7年干的结果，森林覆盖率到了

18.8%。”

（时任淳化县委办公室、淳化县革命委员会办公室主任李家望同期声）：“他实事求是，注重调查研究。”

（时任淳化县方里公社常村大队党支部书记宋忠廉同期声）：“把我村的地基本修完咧，末了我村里这几年产量好，与他有很大关系。”

（李德馨儿子李纪明同期声）：“父亲在晚年的时候，他最大的心愿就是他老了以后要回到淳化。”

推出片名：人民心中的好书记李德馨

淳化——一颗镶嵌在黄土高原上的绿色明珠。这里山峦起伏，郁郁葱葱。

一座座山梁，一道道深沟，宛如一条条绿色的青龙，辗转腾挪，变化万千。

淳化山水记着一个名字——李德馨，淳化老百姓心中刻着一个名字——李德馨，淳化的岁月流传着一个名字——李德馨。

他虽然去世17年了，可是他的名字一直铭刻在淳化干部群众的心中。

每逢春天千山披绿的季节，人们挂念着老县委书记李德馨；每当秋收硕果飘香的日子，人们想着老县委书记李德馨。

李德馨在淳化工作的7年时间里，和县委一班人带领全县人民植树造林、整地造田、兴修水利、开山筑路，在黄土地上创造出了淳化人民绿化山川、改造自然的奇迹，书写了淳化人民誓叫旧貌换新颜的历史新篇章。

淳化的名字，第一次刊登在《人民日报》头版头条。淳化，第一次被国际友人誉为“黄土高原上的绿色明珠”。

李德馨不仅带领淳化人民改变了地瘠民穷的落后面貌，更把一面艰苦奋斗、顽强拼搏的精神旗帜，插在了高高的爷台山之巅。

淳化以前曾是一方山清水秀、岁月峥嵘的热土。

秦直道从这里贯通南北，汉甘泉宫在这里诉说沧桑。这里曾是皇家狩猎场，古木参天，鹿鸣呦呦。然而到了近代，由于常年的战火动乱和水土流失，这里山光岭秃，沟梁裸露，风沙肆虐，呈现出一片荒凉的景象。

20世纪70年代以前，淳化人广传着“穿的旧衣裳，吃的救济粮，住的破烂窑，穷得叮当响”“天上下雨地里流，肥土冲到沟里头”的顺口溜。这就是当时淳化和淳化人民贫困生活的写照。

1971年，上任伊始的李德馨带领县委常委深入基层，逐社、逐队、逐山头进行调查研究，寻找一条让淳化群众尽快富起来的路子。

（时任中共淳化县委常委、淳化县革委会副主任张述忠同期声）：“因为穷，县穷，群众穷，因为生态不好，打不下粮食，才穷嘛。李德馨到这以后，通过调查研究认识了淳化，就是要把这40万宜林面积搞起来，让群众富起来。”

（淳化县十里塬园艺站站长程秉哲同期声）：“他说，淳化群众老说咱淳化山高没水气候寒，根本不能办果园。咱把这试一下，看来看去，淳化要富就得走这一条路呢，要大力发展林业，大力种植果树。”

在总结推广20世纪五六十年代成效显著的十里塬公社园艺场、谋庄大队荒坡造林及西坡大队办果园等典型经验的基础上，李德馨主持县委确立了淳化以发展林业作为改变贫困面貌的根本大计和发展战略。

淳化县的许多老干部，现在仍然记忆犹新。在全县植树造林誓师大会上，李德馨代表县委、县政府向全县人民发出了“把淳化的荒山荒坡用树盖起来，把沟沟岔岔用树填起来”的豪言壮语。

（时任中共淳化县委常委、淳化县革委会副主任张述忠同期声）：“那时候就提出来‘一场五带六个十’，把沟沟洼洼用树盖起来，用树填起来。”

在全县植树造林誓师大会上，李德馨对全县干部“约法三章”：一是坚持一把手抓关键，二把手抓经常，领导班子人人抓的过硬作风；二是坚持常委蹲点示范的“样板先行”；三是坚持布置、检查工作都要讲林、抓林的工作规程，为全县群众的植树造林运动吹响了冲锋号。

当时的林业局局长张积玉回忆县委常委会研究林业工作时的情景，至今都难以忘怀。

（时任淳化县林业局局长张积玉同期声）：“他说，你先说咱一年能种多少树？我说，淳化的林业实际上宜林面积不到30万亩，这几年还造了几万亩地。一年下来，还有20来万亩，这20来万亩地，咱扎扎实实地一年栽上2万亩，10年咱们淳化绿化完全可以。老李当时就把我的话打断了，说你是坐的啥车走路呢？我知道，说得保守啦。我说，我是按历史上说的，淳化造了多年不见林，今年还放了大炮仗，扎扎实实地说2万亩就是2万亩。老李吭哧地笑了，说是你思想还保守得很着呢。你是这样子，你给我把苗子供给上，我一年给你造10万亩，把我当时吓坏了。”

1973年春节刚过，李德馨穿一双布鞋、戴一顶草帽，带领科技人员跋山涉水，普查勘测，完成山区造林设计，实行“以集体造林为主发展国有林，鼓励社员植树和国造国有、社造社有、队造队有、房前屋后归个人所有”的鼓励方针。3月，县委做出了《绿化爷台山的决定》。

爷台山是一片红色的土地。解放战争时期，震惊中外的爷台山反击战就发生在这里。昔日的战火硝烟已远去，为了使这块红色土地披上绿装，淳化人把植树造林的首次大会战选在这里。

三月的淳化，冷风扑面。天刚微微亮，李德馨的北京吉普车就第一个赶到了造林现场。随后，全县1万多名干部群众提着马灯在天亮之前全部集结到了造林现场，在爷台山摆开了植树造林的新战场。经历过那次会战的人们，至今还有着难忘的回忆。

（时任淳化县方里公社徐村大队第二生产队队长张俊亮同期声）：“那时4点多，队上就把铃打了。那时，我正好是队长，铃一打，集中，撵天麻麻亮就到工地了。”

（时任淳化县委办公室主任李家望同期声）：“我是现场指挥，县委领导都参加了。不巧的是，到了中午，突然之间天气大变，又是雨又是风。”

（时任中共淳化县委常委、淳化县革委会副主任张述忠同期声）：“那时候天气还冷，棉衣都没有脱，棉衣都湿透了，雨大的时候，有些人就想着走呢，结果李书记一声不吭，他仍干着呢。一看书记没动，所有人都没敢动，一直干到把任务完成。”

李德馨的行动感染着干部群众，大家没有一声怨言，坚持在风雨中劳动，直至天黑。连续3天，李德馨带领全县万余干部群众会战爷台山，整地造林两千亩。

（时任淳化县方里公社常村大队党支部书记宋忠廉同期声）：“老汉（李德馨）在这儿植树造林，不说我方里，其他地方也是一样。老汉领导着绿化爷台山，这里你看喔树、喔沟，到现在，我的咣啊，你上去还能看着，喔都是树。”

自此以后，淳化人民在李德馨的带领下，掀起了植树造林、改天换地的会战热潮，先后投入近百万人力，硬是凭手中的镢头和汗水，给昔日的荒山秃岭披上了绿装。

仅以1974年的黑松林至姜嫄河绿化会战为例，前后11天，纵横近百千米，每日4万多人在13个山头、91条支毛沟道、51道梁上摆开植树的战场。

（时任淳化县石桥公社党委书记宋涛同期声）：“根据县委会战爷台山的经验，石桥把黑松林作为突破口，组织动员了3000名劳力，再加上机关单位的干部职工、学校师生一共4000多人，在黑松林拉开了造林现场。当时，县委李书记亲临其境，现场进行具体指导，他由川道爬上山顶，一个坡面一个坡面地跑，一个山头一个山头地看。”

（时任中共淳化县委常委、淳化县革委会副主任张述忠同期声）：“经过7年奋战，淳化的沟沟岔岔、坡坡洼洼、道路、原面、村庄，那树基本上罩起来了。李德馨在咱县7年时间，确实是下了大功夫了，把淳化这旧貌换新颜，人们的生活面貌也有了进一步改变。”

短短7年间，淳化人民造林27.4万亩，森林覆盖率由3%提高到18.8%。1977年，淳化县荣获“全国林业生产先进县”称号。

同年9月，联合国粮农组织水土保持和管理考察组19人来淳化考察，赞誉淳化为黄土高原绿色明珠。1982年，人民日报头版头条以《淳化县荒沟变绿水变清》为题进行了大篇幅报道。

植树造林初见成效，淳化的山山水水在慢慢地、无声无息地发生着令人惊喜的变化，领头人李德馨书记却把眼光投向更为艰巨的战场。

经过一轮更为艰苦的调查研究、反复论证之后，大搞农田基本建设，山、水、田、林、路综合治理的议题被李德馨提到县委常委会上。一个个更为宏大的规划，一幅幅承载希望的蓝图，在他的手中徐徐展开。

山、水、田、林、路综合治理，采取以路定田、以田划方，将原面30万亩耕地划为1387个方，每方面积160~300亩，使原面农田与“改、整、修”道路及路旁植树相结合，并根据山、水、林、田、路综合治理的原则，实行一山、一坡、一沟集中成片绿化。林造到哪里，路修到哪里；路修到哪里，树栽到哪里。

（时任淳化县石桥公社党委书记宋涛同期声）：“山、水、田、林、路综合治理，这个田当时就叫农田基本建设，土地平整因为原面都是三跑田，把三跑田变成三保田，以道路为骨架，搞方田路网建设，就是村路、社路、生产路一次成，地成方，树成行，方内大搞土地平整，控制水土不下原，泥不出沟，沟坡兼治，沟道打坝，拦泥蓄水。”

（时任淳化县方里公社常村大队党支部书记宋忠廉同期声）：“伢老汉（李德馨）在这，那把地到底修扎了，把我们村里的地基本上修完了。末了，我村这两年产量好，与那有很大的关系。”

“白天干一天，晚上加一班。昼战太阳夜战星，没有月亮点马灯。”这是淳化当年妇孺皆知的口号。

李德馨带领全县人民发扬革命加拼命、苦干加实干的精神，用实绩缔造了传奇。

（时任淳化县石桥公社党委书记宋涛同期声）：“当时的任务都比较大，光靠白天不够用，怎么办？晚上加班，挑灯夜战，不仅把县内的马灯买光了，就连泾阳、桥底、云阳一带的马灯也买光了。”

面对当年那么多辛苦而又无偿的劳动，今天人们回忆起来，多的是自豪和感慨，却很少抱怨发牢骚。

（时任淳化县城关公社党委书记吴新有同期声）：“我认为，李书记是个实干家，不是叫群众干呢，他自己也干，自己在工地拉车子，自己在坡里栽树，挖鱼鳞坑，确实是个实干家。”

这个时期的李德馨几乎像一位铁人，把所有时间和精力都挥洒在一个又一个农田基建工地上。

（时任淳化县石桥公社党委书记宋涛同期声）：“我记得，有一次，他在西部检查工作，车坏了，走不动了，他和随行的同志们步行走了7个公社——十里原、卜家山、下来城关、大店、石桥等，他只穿着一身棉衣。当时，李书记已经是54岁的人了，贾盛育同志背过李书记给我一说，我的心情既沉重又感动。哎呀！我说是作为县委书记付出这么大的代价，实在是叫人感慨万分。”

这些发自肺腑的心声，既是当年深藏在心底的难以磨灭的回忆，也是那种火热生活的写照。全县人民在李德馨书记带领下，仅仅7年时间就使淳化的每一寸土地都发生了翻天覆地的变化，深沟里两坡绿色苍翠，沟底水库波光粼粼，方田成网路成格，风景如画春满园。如今，你若驱车在淳化大地，青山绿水，松涛荡漾，瓜果飘香。深深地做深呼吸，一股清馨通彻肺腑，令人陶醉，令人飘然。

不知不觉39年过去了。岁月流转，日月如梭，往事如云。然而，李德馨这个名字却从来没有从淳化人民心头消退。他的工作作风，他的一言一行，依然鲜活而清晰地镌刻在每一个与他接触过、生活过的人们心中。

对干部“苛”，对子女“严”，对群众“亲”，这是我们采访过的每一位同志对李德馨的共同评价。

（时任中共淳化县委常委、淳化县革委会副主任张述忠同期声）：“李书记的作风过硬，毫不马虎，你像这蹲点，蹲死点呢，蹲点在这达，就要把这达搞好。常委四件宝人人都有，镢头、锨、剪树剪子、笔记本，这四件不离身。和群众同吃、同住、同劳动，一年劳动多少天有指标呢，要劳动100天呢。”

有这么一件事，在当时震动很大。淳化县委办一名工作人员的妻子装病，不想参加劳动。李德馨知道后，在全体干部大会上点名批评对其进行教育，让其回工地参加劳动，补回少干的活。

（时任淳化县委办公室主任李家望同期声）：“你不按照县委的要求去执行，他就要批评。因此，好些人觉得不给面子、不留情面，实际上是要求严格的结果。”

（时任淳化县革委会政工组长郭金宽同期声）：“李书记在工作中善于抓落实，有部署有检查。在检查班子建设中，在检查农田基建时，发现有搞得不好的给插黄旗，搞得好的插红旗。对特别好的单位，在大会上表扬；表现差的个别谈话，甚至大会点名批评。”

（时任淳化县委办公室主任李家望同期声）：“我（在淳化）一干就是8年。那个条件，那个环境，说老实话，支撑我在那里好好干的，很重要的因素，遇上李德馨了，值得，值得。”

这就是干部们眼里的李德馨，他的实干苦干，他的严格认真，他的身先士卒，他的炽热情怀，就是在几十年后的今天，依然在他们的眼前浮现，依然触发着他们心头的涟漪。在广大群众眼里，却永久保留着另一种让人难以忘怀的回忆。

（时任淳化县方里公社常村大队党支部书记宋忠廉同期声）：“伢跟群众在一块儿，那谝得热闹得很，干部伢可甚没有（谝）。”

陈纵当时是方里公社的通信员，李德馨每次来方里，总喜欢叫他一起下去走走。

（时任淳化县方里公社通信员陈纵同期声）：“有一次，他和我步行翻沟到固贤，当时是收麦，有一户麦出芽啦。老汉（李德馨）当时很难过，走到路上都不言传。”

这就是群众眼里的李德馨，他哪里像一个全县的最高领导，分明就是身边一位和蔼的老农，一身泥土，朴实无华。他急群众之所急，忧群众之所忧，以至于他的一言一行，都能被身边的这位忘年交活灵活现地模仿比学。

（时任淳化县方里公社通信员陈纵同期声）：“今年这个植树造林，一定要狠抓质量，不能这个呢唵，一镢头一棵树，一镢头一棵树，能不能保证质量嘛。”

对群众，对百姓，李德馨总是满面春风，有拉不完的家常。下乡途中，他经常顺着田间地埂走到群众当中，和群众一起间苗、翻地、上粪、收麦子，与群众谈心，了解群众的想法。群众的事在他心中永远是大事。

1976年秋季，阴雨连绵，一下就是40天。群众的麦子种不到地里，眼看就要误了农时。李德馨带领县委办、水利局的干部，一人披一张塑料纸，挽起裤腿，冒着大雨撒麦种，抡镢头翻土，一干就是十几天。看着群众的收成终于有了希望，一身泥泞的李德馨会心地笑了。

然而，被干部群众所敬佩、所热爱、所乐道的李德馨，在他的家人和亲戚眼里并不是这样。在李德馨儿子李纪明的记忆中，父亲永远是一个没有笑容的人。

（李德馨儿子李纪明同期声）：“印象最深的是连续几年春节都不回家过年。有一次，我母亲看伢过年不回来，叫我上淳化去把伢看一下。结果我一人到了淳化，伢就把我交给通信员，把我吃的睡的地方一安顿，伢就走了，我在外等了3天，就没见上他人。”

李德馨有个外甥，高中毕业想找舅舅解决工作。说明来意后，李德馨摘下眼镜说：“你去把铺盖背过来，就铺在我的床上，干我这事吧。”

李天伦是李德馨的侄子，说起叔父，他也有着相似的经历。

（李德馨侄子李天伦同期声）：“好多人就鼓励我下去把叔找一下，县上据说要成立氮肥厂，看是不是要人，我的意思也不是要找个工作，就是搞个临时工。所以，我怀着巨大的勇气找伢去了，伢当时没有吭声，我也不走。最后给我的答复是，现在都是凭推荐呢，只要你表现好，你劳动积极，人家推荐上你就去，找他也不顶啥。”

（李德馨儿子李纪明同期声）：“我学校毕业以后，知识青年都不上山下乡了，我这一届学生县上（泾阳县）统一安排不下乡。这时候，我父亲就给我说了，往农村去，以后就当农民。”

这就是李德馨，一位在今天都可能使人无法想象的县委书记，他似乎已经离我们非常遥远，却又仿佛就在我们身边。是什么东西赋予他如此不懈的精神动力？是什么力量支撑起他铁一般的意志和脊梁？对此，原淳化县林业局局长张积玉的几句话，似乎给人们一些解答。

（时任淳化县林业局局长张积玉同期声）：“淳化的人到淳化工作一整，到最后工作多年，走的时候（淳化的）面貌上如果不改变一点儿，感觉到出去以后给人不好说，意思就是说，脸上不光彩。”

几句朴实的话语，既不壮烈，也不激昂，却真真切切地坦露出一位真正的共产党员的使命感和责任心，诠释了一个党的干部应有的抱负和担当，彰显了一位领导者一心为民、廉洁奉公的公仆意识和自觉要求。

1998年8月，76岁的李德馨同志因病去世。弥留之际，他的最后要求，就是把自己葬在淳化的土地上。他对这块土地的眷恋，他和这里干部群众间的感情，他对那段峥嵘岁月的回忆，都化作了一缕留在这方热土上的灵魂。

李德馨走了，一个永远都无法逝去的灵魂正默默地注视着身边发生的一切，故乡的人民也从来不曾把他忘记。他牢记宗旨、扎根基层、无私奉献的操守，扎实的工作作风，忘我的实践精神，廉洁的从政品行，正在激励着人们去开拓和改变着淳化的未来。

（中共淳化县委书记刘涛同期声）：“李德馨是淳化人民心中的好书记，也是淳化人民优秀的儿子。他在淳化任县委书记期间，带领全县人民艰苦奋斗，大搞植树造林、基本农田建设，使淳化的面貌发生了翻天覆地的变化，使淳化人民过上了幸福的日子。这次市委做出了向李德馨书记学习的决定，我们要学习李德馨热爱家乡、奉献家乡的奉献精神，思想解放、善谋实干的创业精神，艰苦奋斗、率先垂范的表率精神，对自己严格、对家人苛刻的榜样精神，对人民群众亲切的公仆精神。按照五中全会‘五大发展’的要求，把淳化的经济社会发展推向新的台阶，让淳化一年更比一年好，让淳化人民的日子一年更比一年富裕。”

辛勤地劳作，诗意地栖居在大地上。

爷台山松涛滚滚，冶峪河水声潺潺。李德馨给淳化人民留下了绵延无尽的绿色，用自己的行动诠释着一名共产党员的神圣职责。

他的精神与天地同在，与时代共存。

他永远活在父老乡亲的心中。

第四辑　短纪录片

心 诺

一个插队知青，两位孤寡老人；

一句话的心诺，四十年的牵挂。

——题记

推出片名：心诺

再过几天，年届六十的淳化县电力局干部范秋明就要退休了。这些天，老范除了坚持站好最后一班岗外，每有闲暇就着手整理自己的东西。

另外，他心里还一直惦记着一件事，就是一定要到离县城20多千米的爷台山下，被沟壑切断的偏僻闭塞的朱登村去一趟。用他自己的话来说，不去，心里不安；去了，也无法保证往后什么时候还能再去。

（范秋明上坟同期声）：“王伯伯，杨妈妈，我以后退休了回西安，来这儿的机会就少了，看望你们的机会就少了。”

阴阳两界，相顾无言。透过范秋明在老人坟前的表白，让人隐约觉得他们之间有着一种别样的情感与牵挂。正是因为这份萦绕心头的牵挂，让范秋明对渭北高原上的这个小山村平添了一段挥之不去的记忆。

1968年12月，从小在西安长大的范秋明作为一名知识青年，和他的4名同学被分配到距离西安100千米的淳化县方里公社西柳大队插队。这一年他18岁，落户的朱登村是西柳大队第三生产队。对于42年前初到朱登村的情形，范秋明至今记忆犹新。

（范秋明同期声）：“这儿的群众就是欢迎，把沟里的雪路全都扫净。然后，村里几十个年轻小伙子到沟那边欢迎去接。”

深冬的小山村寒冷落寞，令初来乍到的这些城里娃很难适应。好在乡亲们热情好客，使他们很快融入了这里的生活。不久，范秋明就结识了自己房东隔壁的王智信、杨秀英夫妇。

（范秋明房东张秀英老人回忆王、杨夫妇同期声）：“就老两口，没娃，他（范秋明）就在隔壁住着呢。”

从房东大娘口里得知隔壁老人的家庭情况后，范秋明就寻思着给这对孤寡老人在生活上提供点儿帮助。

朱登村人吃水不便，范秋明就经常随着村里的青壮年下到沟底，为老人挑水吃。柴火烧完了，范秋明就把地里的苞谷秆背回来。老人做了好吃的饭菜，也必会叫范秋明。遇到缝缝补补的针线活，大妈杨秀英不由分说地就给他做好。出于对两位老人的尊敬，范秋明就以当地人的称呼把他们称为伯伯、妈妈。王智信乐观豁达和杨秀英淳朴善良的性格，给范秋明留下了很深的印象。两位老人视范秋明为儿子，他们善良的品质也深刻影响着范秋明。

（范秋明同期声）：“这老两口待人善良、真诚、豪爽、豁达，这一点使我获益匪浅。后来，在我的处事待人接物上，我有时候就反省自己，应该向他们学习。这两位老人的所作所为，奠定了我后来做人处事的一个底线和基本准则。”

1971年夏天，范秋明和大伙儿一起忙着收割小麦时，因为对收割的农具镢子用得不熟练，一不小心抡到腿上伤了小腿，他不得不回到住处静养。由于当时的医疗条件差，包扎的伤口没几天便化脓感染。老两口看在眼里、疼在心上，为了方便照顾范秋明，干脆把他接到自己家，和他们住在一起。对自己疗伤的这段往事，范秋明没齿难忘。

（范秋明同期声）：“伤口当时缝了4针，因为失血较多，好像有些贫血，两位老人就让我住到了他们家，叫我在这儿养伤。咱当时是年轻人，觉得心里过意不去，不能这样子。但是，两位老人就像对待自己的孩子一样。我到厕所去，王伯伯还把我扶上，扶到厕所去。因为那时腿上伤口有些发炎，每天吃饭时，老人就把饭做好端过来，在这炕上吃。应该说，我和老人（们）在一个炕上睡了半个月，他们像对待自己的亲儿子一样，这个情景我是永远也忘不了的。”

疗伤期间，范秋明的母亲曾专程赶到朱登村探望儿子。王智信、杨秀英夫妇，对范秋明的悉心照料令他们母子十分感动。有两位老人的精心护理，半个月后范秋明终于可以下地了。

一对普通的农民夫妇，默默心系一个原本素昧平生的城里娃的点滴行为，给了这个时候村里剩下的唯一的知青范秋明莫大的安慰。回想几年来老人给予自己的关心，他在自己的日记里将其记录了下来（配音）。这句落在纸上的内心独白，在以后的几十年里，没有第二个人知道。可就是这句话，影响并维系了范秋明和这个村子大半辈子的牵连。

到了第二年9月，范秋明被招工进城，成了淳化县变电站筹建处的一名工人。临别的那几天，就连村里人都发现，王智信老人在小范跟前总是有说有笑，可在大伙儿跟前竟和他平时性格判若两人似地沉默起来。

近4年的朝夕相处，在王智信、杨秀英夫妇眼里，范秋明分明就像他们的儿子。对范秋明来说，两位老人何尝不是自己的亲人？朱登村，这个裹挟在山沟深处的小地方，就这样在接纳并完成了范秋明人格的塑造后，包括这对农民夫妇在内的朱登村的父老乡亲们，依依不舍地将他送到一干就是38年的淳化电力建设的舞台。

人走了，心相容。范秋明和两位孤寡老人的故事，在朱登村方圆传为佳话。淳朴的乡亲们没有更多奢望，只想着范秋明能有更大的作为，有关他的故事能传给朱登村的后生们，大家就知足了。可就在这一年的春节前，范秋明却提着置办的年货突然出现在他叫惯了的伯伯、妈妈面前。

（范秋明同期声）：“当时老人很高兴，见了以后也流泪了，觉得我出去咧，还能回来看他们。后来，没有多长时间，王智信伯伯就到淳化县城里来看我。这以后来往就多了，老伯伯一年到县城就来两三次，来了就吃住在我那儿。”

从此，为兑现自己曾经用心的承诺，不管是骄阳似火的夏日，还是寒风刺骨的隆冬，这条通往山外的崎岖小路，见证并承载了是亲情却无血缘、说是爱堪称大爱的范秋明的心路历程。即便是他从一个青年被岁月磨砺成中年直到退休，一句话的心诺竟伴其左右演绎成乡亲们最动情的记忆。

（范秋明房东张秀英老人同期声）：“老婆（杨妈妈）在说到范秋明时还两股眼泪，老婆说把他（范秋明）亏扎咧，没啥补范秋明那个心。”

（淳化县方里镇朱登村村民张竹梅同期声）：“我就给老婆（杨妈妈）说，范秋明好得很，四时八节都来看你，来时啥都拿着。我说，这比亲儿子都好，啥菜都给买，还有吃货，特别是给置办的衣服好得很，穿上很合身。”

1986年夏天，王智信老人过世了，范秋明知道后非常悲痛，很快赶回朱登村，和乡亲们一起料理了老人的后事。望着孤苦伶仃一辈子没离开过朱登村的杨妈妈，范秋明很难过。王伯伯走了，决不能让杨妈妈没了依靠，范秋明对杨秀英老人的照料愈加细心。除和以往一样，每次遇到村里人到县城办事，他都要给杨秀英老人买好吃的，并捎回些零花钱。另外，怕老人寂寞，他专门给买了一台电视机，送到她屋里。

（淳化县方里镇朱登村村民程继忠同期声）：“范秋明自七几年（1972年）走，到2010年快40年咧。这个贵在坚持，确实不容易。村里人

（上县城）回去临走的时候，他（范秋明）就让人给村里捎菜和副食。比如，到春天菜季，新鲜菜各样买一点儿，叫咱捎回来；太忙时就给我二三十块钱，让我看着买些东西带回来。”

每逢春节，考虑到要回西安和父母团圆，范秋明便赶在腊月二十三前后，先把给杨秀英老人过春节的年货买停当后，送到朱登村再回西安。遇到大雪封山，就租车送到方里电管站，委托同事一定要赶在年三十以前送给杨秀英老人，并一再叮嘱同事，自己做的这些事情不要张扬出去。2009年秋天，淳化供电分公司党支部副书记陈群娥到方里镇检查通电线路，一同陪她下乡的同事在不经意间才说出了老范默默照顾孤寡老人40多年的事迹。

（陕西地方电力集团淳化分公司党支部副书记陈群娥同期声）：“有一次，我到方里下乡的时候，在他（范秋明）当知青下乡的朱登村的邻村去，和我一块儿去的还有咱供电所的一名电工。路过方里镇的菜店的时候，这个电工说：‘陈书记，能不能停下车？我去买点儿菜。’这个电工上车后就给我讲了范师（范秋明）在这儿插队，管了这个老人几十年，有时工作忙，或雨雪天交通不便的时候，捎这捎那的，就让站上这几个同志帮他做，给老人送菜、买药、送钱。”

2009年岁末，86岁高龄的杨秀英老人自觉精力已大不如前，就特意向村民安耀东托付了一桩心愿，其实也是全村人的心愿。

（淳化县方里镇朱登村村民安耀东同期声）：“范秋明不同意记者采访，再咋说，他高低不愿意，电台（电视台）的人最后回复说，本人不愿意接受采访。在侄儿要给范秋明披毯披红的时候，他还是一直不让弄。”

不几天，杨秀英老人与世长辞。已经把范秋明当作朱登村人的乡亲们，不假思索地把杨秀英老人去世的消息传到范秋明那里。与此同时，大家希望通过电力局联系到县电视台予以报道，可范秋明硬是挡了回去。

（陕西地方电力集团淳化分公司党支部副书记陈群娥同期声）：“他这种精神值得提倡和宣传，更值得我们每个人学习。我们给范师（范秋明）说了，他仍然不同意。范师说，这样做就违背了他做人的原则，违背了他的良心，亵渎了两位老人的在天之灵。”

出殡那天，方圆几里的群众都赶来了，范秋明依照当地风俗，被敬重他的乡亲们拥在中间，一路相送，将杨秀英老人送到墓地。送葬途中，范秋明热泪长流，令所有在场的人不禁动容。

（淳化县方里镇朱登村村民张秀英老人同期声）：“像我这一茬人都落泪了，也受了感动，想想自己的难受，这人老了就是这样。”

（陕西地方电力集团淳化分公司职工范秋明同期声）：“我觉得，不宜宣传这件事情是对的，这就如同这两位老人，在村子里逢人只说我对他们后来的好，却从来不提我当初的4年里，在这儿得到他们给我的爱。”

弹指一挥间，42年过去了。当年那个风华正茂、在朱登村插队4年的知青，在乡亲们的一再恳请下，第一次面对我们的采访时，已是60岁的老人。在我们的采访中，当年和范秋明一起同吃同住同劳动的乡亲们，多已变成爷爷辈的人。在他们的儿孙眼里，这个一脸慈祥谦和的老人压根儿就是他们的爷爷，这个爷爷曾是沟畔边一户窑洞院落的主人。只是现如今，那些曾经洋溢着亲情、友情、爱情、乡情气息的包容着温暖的窑洞已经废弃，那条曾经插队来时的崎岖山路已变成了水泥路。一切变得让人感叹，不变的倒让我们颇费思量。一句话的心诺，40多年的牵挂，很难让我们做一个高度的概括。伫望这交融着万千情愫的一方山水，我们蓦然被称之为“亲人”的这个高贵的词语所淹没。

是啊，亲人，也唯有亲人，才会在朱登村与范秋明间有着这种千丝万缕的缠绕，才会不在乎岁月的更迭，而一如既往般久远绵长。

仲山脚下党旗红

一场秋雨，使淳化县的仲山山脉过早地披上了金色盛装，一束束红叶点缀着蓝天白云下的仲山山脉。这里的人们，也和这风景如画的仲山一样，脸上洋溢着幸福的微笑。他们追着季节走进这流金岁月，他们踩着舞步旋转在漫山红枫叶中。

在这漫山红遍的枫叶中，淳化县车坞镇党委一班人犹如枫叶中最红的那一片，带领全镇党员干部，转变工作作风，提升服务水平，提高工作效能，在仲山脚下，为党旗增光添彩。

推出片名：仲山脚下党旗红

淳化县车坞镇党委共有20个党支部，其中村支部16个、机关支部2个、“两新”支部2个，党员416名。车坞镇党委始终以建设服务型党组织为目标，扭住干部队伍建设这个根本凝人心、聚全力，提升各领域基层党建工作水平，为车坞镇镇域经济健康发展提供坚实基础。

（淳化县车坞镇党委书记冯军荣同期声）：“近年来，我们车坞镇党委始终坚持以建设服务型党组织为目标，围绕提升服务水平，抓好机关党建；

围绕提高群众收入，抓好农村党建；围绕服务产业发展，抓好‘两新’党建。根据各党支部的具体情况，坚持分类指导，创新活动载体，围绕提升服务水平，抓培训；围绕提升服务水平，转作风；围绕提升服务水平，提效能；围绕服务产业发展，建立党组织；围绕服务产业发展，开展支部活动；围绕服务产业发展，抓好支部管理，开展了‘立体联创十星党支部’活动。这些活动的开展，提升了各领域基层党建工作水平，提高了群众收入，加快了产业发展步伐。”

今天，淳化县车坞镇车坞村四组村民刘均民非常高兴，平常要跑几趟才能办好的事，而今用了几分钟就办好了。

（淳化县车坞镇车坞村四组村民刘均民同期声）：“原来办这些东西，要到单位找人呢，找了这个找那个，有时找不着，人到一下不到一下。现在到大厅来，啥事一切都办了。”

原来群众办事可没有现在这么方便，这是车坞镇党委围绕提升服务水平，抓好机关党建带来的变化。镇党委要求党员干部对群众从服务内容、服务标准、限时完结等方面给出承诺。为了使承诺能落到实处，他们在镇机关设立了便民服务大厅，在村建立综合服务中心，减少了办事环节，方便群众办事。

（淳化县车坞镇便民服务大厅工作人员、计生专干王庭莉同期声）：“便民服务大厅作为群众服务的窗口，直接和群众打交道，代表党的形象，代表政府的形象。作为服务大厅的一名工作人员，我们要热情服务、认真工作，尽职尽责地为人民服好务、办好事。”

淳化县车坞镇龙虎村是仲山脚下的一个小村，这里的村民原来以种植苹果为主，产品单一，上市较晚，不适应旅游产业的发展。

（淳化县车坞镇党委副书记王峰同期声）：“近年来，镇党委在抓产业调整这一块，主要发展一村一品这个模式。针对龙虎村位于仲山脚下，来这里旅游的人比较多的情况，镇党委到该村进行了认真调研，认为这个村发展沙红桃比较有优势。”

（淳化县车坞镇龙虎村党支部书记王栋良同期声）：“经过村党支部会议研究，我村适宜栽沙红桃，我认为是可以的。但是，给群众一说，群众不同意，说这里只适宜栽苹果树。把群众拉到沙红桃种植面积比较多的村参观，群众积极性很高。”

龙虎村村民吴兴芹看到了沙红桃这个产业发展的前景，在村里率先栽上了沙红桃。

（淳化县车坞镇龙虎村村民吴兴芹同期声）：“沙红桃这个是好作物，管理容易，技术好掌握，而且见效特别快。我家现在种了十几亩沙红桃，拿2015年来说，就是一亩地能投七八千块钱。”

淳化县车坞镇党委在村党支部中开展了“立体联创十星党支部”活动，把升级晋档20项指标具体为十颗星50项指标，围绕村级班子建设、基础设施、产业发展和和谐稳定，设置了政治星、团队星、民主星、阵地星、发展星、产业星、文明星、惠民星、创优星、和谐星，用立体联创的方式助推农村科学发展。

在立体联创十星党支部标准中，车坞镇贤仓村就缺了文明星。

（淳化县车坞镇贤仓村村委会主任王平生同期声）：“2015年，我们村在立体联创活动中，没有评上文明星。通过反思，主要原因是只顾抓旅游产业嘛，忽视了群众的日常文化活动，群众对这方面也有意见。”

镇、村干部通过征求意见，在广场上安装了照明灯，组建了锣鼓队、舞蹈队、群众自乐班表演队等，开展文体娱乐活动，丰富群众文化生活。通过多种活动的开展，引导精神文明建设健康发展。

（淳化县车坞镇贤仓村村民杨小莉同期声）：“村上办的农家乐，白天人忙生意，晚上妇女都来跳广场舞、唱戏，带着娃来玩，快乐得很。”

（淳化县车坞镇镇长郭维恒同期声）：“通过农村党建，农村党员干部致富带头雁的作用得以显现，出现了居集村陈兴红、张志明，贤仓村陈先红等一批基层党员干部的带头人。大力发展农家乐，有农家乐接待户30户，建成温氏模式家庭农场40户，多渠道增加农民收入，将党员干部真正的示范带动作用突显。”

淳化县车坞镇党委围绕服务产业发展，抓好“两新”党建。在“两新”组织中开展了党员找组织、组织找党员、党员找党员的“三找”活动。按照产业相近、地域相邻的原则，在具备建立党组织条件的温氏车坞猪场、贤仓农家乐协会建立了党支部。

从2005年开始，车坞镇贤仓村利用仲山的旅游资源发展农家乐，全村有30户从事这项产业。贤仓村农家乐协会党支部，在党员经营户中开展了“党员示范户”评选活动。

（淳化县车坞镇贤仓村平常苑农家乐经理陈赟同期声）：“我们平常苑农家乐是示范户。所以，我在农家乐的经营上，始终以共产党员的标准严格要求自己。在经营管理上，从不恶意竞争；在饭菜质量上，做到味美价实；在服务态度上，力争尽善尽美，努力让游客高兴而来，满意而归。在协会中带头做到诚实守信经营，科学规范管理，以游客需求为先，游客利益至上。”

（淳化县车坞镇贤仓村永晟农家乐经理刘阿辉同期声）：“原来刚发展的时候，经常出现恶意竞争，同时，饭菜质量和服务都有好多问题，游客意见大。后来建立了党员示范户，他们带头做到诚信经营，不断提升菜品质量和服务水平，农家乐的经营走上了良性循环。今后，我们将向党员示范户看齐，把我们的农家乐做大做强。”

广东温氏集团车坞猪场党支部发挥党员模范带头作用，党员在猪场建设中积极协调解决基础设施等问题，推进了项目顺利进行。

（广东温氏集团咸阳公司车坞猪场场长金运才同期声）：“我们咸阳温氏食品有限公司成立党支部以后，我们这边住场的有几个党员，他们在里边起到了很好的带头作用。这几个主要岗位上的党员都是我们的骨干，在里面发挥了很好的作用，整个管理都能上一个新的台阶。”

（淳化县车坞镇党委书记冯军荣同期声）：“今后，我们车坞镇党委要继续把建设服务型党组织这项工作抓好。根据我们车坞镇的实际，开展党建工作始终围绕提高群众收入，始终围绕产业发展开展，始终围绕提高党员干部服务群众的意识开展，促进党员服务常态化，使党员干部在各领域基层党建工作中发挥先锋模范作用，在车坞镇经济发展中担当起排头兵。”

车坞镇党委通过建设服务型党组织活动，提升了各支部党建工作的水平和能力，使党员干部在转变工作作风、提升服务水平、提高工作效能上有了大的转变，使车坞镇各项工作都走在了全县前列。

血脉相连情更真

——乾县开展“千帮千”活动纪实

一条路，连接着党群心心相印、骨肉难分的深厚情谊；

一座山，矗立起党的光辉形象，转变着干部思想作风；

一道河，滋润的是群众的幸福，承载的是社会的和谐。

在这有路、有山、有河的地方，乾县千名党员干部用实际行动诠释着“千帮千”活动的深邃内涵，让血脉相连的真情化作群众心中缕缕温暖的阳光，在党员干部和人民群众之间连接起一条条生生不息的根脉。

推出片名：血脉相连情更真——乾县开展“千帮千”活动纪实

乾县位于渭北高原南缘，面积1002.71平方千米。全县辖16个镇，4个社区管理服务中心，256个行政村，总人口58万。举世闻名的唐乾陵就坐落于此。这里是全省闻名的农业大县、旅游名县和商贸强县。

2011年10月，乾县县委、县政府组织千名党员干部与千户贫困群众结成帮扶对子，解决贫困群众的产业发展难题、留守儿童的教育成长难题和鳏寡孤独的看病医疗难题。

2013年腊月二十二，58岁的赵海利搬进了政府帮她家盖的新房里。现在，她和孙子、孙女一起生活。她说，他们是她活下去的希望。

（乾县阳峪镇前进村村民赵海利同期声）：“我32岁时丈夫去世，拉扯两个儿女，给儿子娶了媳妇。2006年，女儿出了门。2007年，我儿子出了事，媳妇就走了。”

儿子溺水身亡，媳妇离开了破败的家，抚养孙子的责任落到了她的身上。就在她陷入绝望时，她被列入乾县“千帮千”活动的帮扶对象。

（乾县阳峪镇前进村村民赵海利同期声）：“政府关心得很，没有政府，我住不上这房，原来的房裂缝了。”

有了房，政府扶贫送来的羊又下了两只小羊羔，小生命的到来让赵海利有了新的希望。两个孙子的教育，由村里学校的校长和老师对口包了。

（老师王政博同期声）：“这两个孩子是我们祝家堡学校的重点帮扶对象。这个家庭情况特殊，孩子性格内向、孤僻、不善言谈，上课不发言，与同学不交流，学习成绩较差。我们对这两个孩子的帮扶重点放在心理帮扶和学习帮扶上。”

“千帮千”活动解决了贫困家庭无法解决的难题，也使长期在机关工作的党员干部深入到基层了解困难群众最真实的一面。

（乾县财政局干部李保锋同期声）：“孙引鹏是我局2013年的帮扶对象，第一次来到他家，看到他家的情况，我的心情很沉重，我没有想到现在还有群众的居住条件这么差。”

双目失明的孙引鹏和77岁的老母亲相依为命，院子里的残垣断壁诉说着年代的久远。

（乾县阳峪镇新店村村民孙引鹏同期声）：“在一次事故中，我被炸伤了双眼和左手。我妈77岁了，还有冠心病。她是我的眼睛，我是她的精神支柱，我们娘儿俩相依为命。”

（孙引鹏母亲张秀芳同期声）：“我连厕所都盖不起，还盖房子呢。”

过去想都不敢想的事情，在“千帮千”活动中得以实现。乾县财政局的党员干部帮助他家盖起了新房，又送来5只羊羔，让他们增加收入。

（孙引鹏母亲张秀芳同期声）：“房盖起了，高兴得很，给我娃说个媳妇，我眼睛就能闭上了。”

（乾县阳峪镇新店村村民孙引鹏同期声）：“我养了5只羊，想扩大养殖数量，还想娶个媳妇，有了寄托，摆脱政府对我的扶贫。”

54岁的董怀生已不记得自家的窑洞有多少年了，而此时周围的邻居们早已经陆续搬出了窑洞。

（乾县阳峪镇新店村村民董怀生同期声）：“我想搬，没能力，为啥？家里有老母亲，八十多了，媳妇还残疾，想打工，出不去。”

托底安置综合帮扶措施，从根子上解决了董怀生家搬不起的贫困问题。2013年，他家被列为县委书记刘勇锋帮扶的对子。经过多方努力，今年收麦前，他家搬进了新房。

（乾县阳峪镇新店村村民董怀生同期声）：“政府帮我把房盖了，我一家都上来了，再没有后顾之忧了，我好好出去打工挣钱，把日子搞好。”

梁山镇官地村王振亭兄弟俩双双脑梗，蜗居在破旧的窑洞里。县长谢军在一次走访中得知他们的情况，决定把他们列为帮扶对象，经过努力后筹集11.5万元，给他们建成3间新房。乾县城管执法局的干部职工为他们捐款，购买了液晶电视、沙发等日常用品。

（乾县梁山镇官地村村民王振亭同期声）：“我在窑里住了50多年了，一下连阴雨就害怕，想住房没有钱，实在没有办法。能住到这房里，我感谢县、乡领导。”

题记：群众对美好生活的向往，就是干部的奋斗目标。

“千帮千”活动开展以来，乾县各级党员干部想得最多的，就是如何才能让群众尽快富起来。

梁山镇官地村胡秋生家是个因病致贫的家庭。因为家里穷，儿媳妇离家出走，他又得了一场大病。

（乾县梁山镇官地村村民胡秋生同期声）：“2010年11月8号，我在乾县人民医院查出胃癌，到西安交通大学第一附属医院做了手术，东借西借花了13万元。”

（乾县扶贫办党支部副书记周瑞超同期声）：“胡秋生对生活失去了信心，作为扶贫办，我们把他作为扶贫对象，经过市场调研，让他发展养羊产业脱贫致富。”

（乾县梁山镇官地村村民胡秋生同期声）：“过年以后，扶贫办决定帮扶我，给了1万多元启动资金，让我养羊。现在39只，产奶的羊一天能卖140多元，一个月收入4000多块钱。”

阳峪镇兴民养殖专业合作社原来的规模比较小，乾县财政局经过调研，决定扩大养殖规模，让合作社把帮扶户吸纳进来，为帮扶户的羊提供统一防疫、统一管理，解决帮扶户没有场地、缺少劳力、不懂技术的饲养难题。

（乾县财政局党组书记、副局长许争光同期声）：“按照‘千帮千’的安排，我们实地调研，争取资金，改造羊舍，吸纳20户群众入股，帮助群众脱贫致富。”

（乾县阳峪镇兴民养殖专业合作社场长孙有民同期声）：“原来只能养160多只羊，财政局找到了我，扩大了规模。”

扩大后的养殖专业合作社，现在能养500多只羊，还吸收了两个单身汉贫困户在这里干活。

（乾县阳峪镇兴民养殖专业合作社员工陈增民同期声）：“我在这里给养殖场放羊，管吃管住，一月1200元。”

乾陵脚下的城关镇邀驾宫村，这里有种植葡萄的优势，果农李建军想扩大规模，更换品种上档次，但因妻子患病，缺劳力，少资金。

（乾县供销社副书记王瑞同期声）：“我们确定了他之后，投入资金3000多元，买了防护网、水泥杆。”

（乾县城关镇邀驾宫村李建军同期声）：“在他们的帮助下，产量比过去好了，我还要把这抓好、务好，有更大的收获。”

题记：教育“千帮千”为留守儿童撑起了一片蓝天，在教师与留守儿童之间架起了亲情的桥梁。一个个“爱心爸爸”“爱心妈妈”和千百个“爱心小家庭”，让希望的阳光温暖着一颗颗幼稚的心灵。

和建房和孟敏是乾县城关镇张家堡小学的一对教师夫妻。3年前，妻子孟敏班上的学生李荣荣成为他们夫妻的帮扶对子。

（乾县城关镇张家堡小学教师孟敏同期声）：“荣荣自小没有母亲，父亲常年在外打工，孩子的日常生活经常没有着落。我就把孩子带到我的家里，给娃做饭洗衣，带着娃去西安和杨凌玩。娃很高兴，就像我自己的孩子一样……”

爱心的温暖终将融汇成别样的亲情，就是在放暑假的日子里，这两口子还是牵挂着荣荣的学习和生活。一转眼3年过去了，和建房、孟敏已经在不知不觉中成为小荣荣心中最亲近的“爸爸”和“妈妈”。

每个周末，城关镇张家堡小学的马淼老师，都会把10岁的留守儿童张思妍带到县城自己的家里去给她洗澡，让她和远在青海打工的爸爸、妈妈视频聊天。

（乾县城关镇张家堡小学教师马淼同期声）：“她慢慢喜欢了我，她叫我恩师妈妈。我不让她这么叫，我让她叫老师妈妈。我周末带她回我家，给她买衣服，她很喜欢。”

（乾县城关镇张家堡村村民张文清同期声）：“这老师对娃很重视，经常接到她家，还给娃买东西，2011年成绩很好。”

（乾县城关镇张家堡完全小学校长高杰同期声）：“我们学校有留守儿

童13名，学校为了让他们心灵不再孤单，制订了方案，根据他们不同的特点，让老师帮助他们。”

乾县教育系统千名教师在“千帮千”活动中，用热情和关爱温暖留守儿童的心灵，在教师与留守儿童之间架起了亲情的桥梁。全县2095名教师共辅导留守儿童31500多人次，送图书12000余册、学习用品19200件（套）。

题记：卫生“千帮千”，让老弱病残实现医疗健康保障。免费体检14600多人次，建立健康档案3600多份，义诊29000多人次，发放药品价值145万元。

在阳峪镇新店村68岁的董外云家的墙上，有一个“千帮千”活动访视记录牌，上面详细地记录了访视时间、访视对象和访视内容等。这样做的目的是要求“千帮千”的医护人员必须把事情做细做实，不流于形式。

董外云患有高血压、脑梗死。儿子轻度智障，最近又患上了踝骨坏死。儿媳妇癫痫多年，需要药物才能控制。

（现场声）：“给你拿上这个药，治脑梗的，一次吃两片，一天3次……”

（乾县阳峪中心卫生院院长韩平训同期声）：“这个家庭比较特殊，董外云脑梗，儿媳癫痫，儿子智障，我们每个月来两次。”

卫生院对董家开展了重点医疗帮扶。全院职工捐款4200元，从北京购回了治疗癫痫病的药物，使儿媳张亚玲病情得到了有效控制，能从事家务、田间劳动，家庭条件得到改善。

（乾县阳峪镇新店村村民董外云同期声）：“我很感谢党，给我送药。”

正当赵海利一家鼓起勇气走出贫困的阴影时，2013年4月她被查出患有乳腺癌，不幸又一次向这个苦难的家庭袭来。

赵海利做梦也没有想到，出院后的第三天，“千帮千”医护人员就带着康复药品和检测仪器来看望她。从此，对赵海利一家的帮扶已转变为永不停歇的“责任接力”。

（中共乾县县委书记刘勇锋同期声）：“‘千帮千’活动是一项‘兜底工程’，真正做到了关注最基层、帮助最弱势、聚焦最困难，解决了一大批群众期盼已久、依靠自身力量无法解决的难题；是一项‘连心工程’，拓宽了党员干部联系服务群众的渠道，拉近了与群众的距离，形成了水乳交融的干群关系；是一项‘墩苗工程’，搭建了实践锻炼平台，各级党员干部的宗旨意识得到增强、作风得到锤炼，做群众工作的能力得到提升；是一项‘强基工程’，促进了城乡党组织的交流互助、共同提升，增强了农村基层党组织的凝聚力、号召力和战斗力。这项活动的扎实开展，正成为党的群众路线在乾县大地上的生动实践！”

根连百姓，血脉情深。植根群众、为了群众、依靠群众、服务群众，乾县广大党员干部始终牢记神圣使命，用奉献诠释责任，用实干书写业绩。他们正用实际行动忠诚地践行着全心全意为人民服务的根本宗旨，在群众心中树立起一座丰碑！

我的父母亲

【衬底出字幕】我总是在不断地赶路，不断地前行，以至于没有过多的时间留意沿途的风景。

【出画面】在匆匆而过的人生中，我也为人父母，拥有了属于自己的事业。每天看着花朵一样的孩子，步入中年的我很想为一天天老去的父母做些什么，我想讲述他们的故事，留下他们的影像。

推出片名：我的父母亲

我的老家在乾县，这里因为埋葬着女皇武则天而闻名。我的父辈就居住在乾陵梁山脚下的新阳镇前王村三星堡，这里也是我的出生地。

父亲的家族是个人丁兴旺的大家族。20世纪40年代初，爷爷、奶奶生下了我的父亲。在父亲出生前已经有了一个哥哥，父亲排行老二。在父亲之后，又有了5个弟弟和一个妹妹。爷爷、奶奶一共养了7个孩子。

20世纪60年代中期，父亲和母亲结了婚。我是他们的第一个孩子。当我3岁时，家庭发生了变故，母亲在生妹妹时大出血，才25岁就离开了人世，她的离去也改变了我们家的命运。

（父亲同期声）：“生女子时大出血，人不在了，王庚才3岁。埋了以后，人家给我介绍了她，才一个月和我结了婚。当时工资低，担一担水一毛钱，一个月30天每天挑一担水，一个月挣3块钱。”

（母亲同期声）：“那时，我不同意，我妈也不同意。他在公社做饭，人家说这人好，我跟了他。老伴脾气好，大我10岁，当时我年轻。”

我第二个母亲做了她今生最正确的选择。因为父亲人好，第二个母亲不管别人的闲言碎语，当时还是一个未嫁的姑娘的她，最终选择了已有两个孩子的父亲，不离不弃，长相厮守。后来，这个母亲和我的父亲又生了两个妹妹和一个弟弟，我们家有了5个孩子。爷爷、奶奶和我们一起过。父母为了一大家子人，相依相伴、风风雨雨走过了近半个世纪。

（母亲同期声）：“我一心一意对娃，走了这条路，又有什么办法？有了3个孩子后，你的他的，一样对待，一心一意。只想供他们上学。”

（五爸同期声）：“二嫂1969年进门，王庚3岁，妹妹几个月，一门心思对孩子，最艰难的是孩子上学时，在百货公司住时，二嫂给孩子们做饭，什么时候回来都有饭吃。”

（母亲同期声）：“拿煤油炉子做饭，又买了电炉子。那时候，人家老来查电炉子，我们和人家关系好，一来查时，人家就叫我们。功率大了，经常断电，做的饭也是半生不熟的，孩子们也就那样吃了。”

生活中的点点滴滴，都凝聚着父母的辛劳和对我们的付出，那时候的生活很艰苦，父母想守住的就是一份平静的生活。我上中学以后，为了能够使我接受更好的教育，一家7口人搬到县城父亲上班的地方，挤在一间房子里。

（父亲同期声）：“在百货公司工作，7口人，一个月40多块钱，我给百货公司下货，下一天才3块钱，靠着这维持生活，卸了货的纸板箱，卖了一斤3分钱，用这补贴生活。”

和父亲在百货公司共事多年的师阿姨一家，和我家关系最好，两家人有

40多年的交情。她看着我家的孩子一个个长大，最清楚我家在困境中的情景，也记住了母亲的坚忍。已经70岁的师阿姨至今不忘母亲当年给她说的话。

（乾县百货公司退休职工师晓云同期声）：“王庚的母亲曾对我说，你别看我现在辛苦，以后肯定会好。三十年河东，三十年河西。那时，我把女子的衣服送给她，给她借钱。那时，一大家子挤在一间房子里，打水一桶一桶往楼上提，来个人屋里住不下。王俊儒心善，经济不行，大家挤挤。现在一家子人幸福美满。”

在我的记忆里，那时候家里缺钱缺粮，5个正在成长的孩子和已经年迈的爷爷、奶奶，全靠父亲一个人几十块钱的工资养活。父母亲永远是忙碌的身影，起早摸黑的劳苦和艰辛，5分钱的韭菜都要分成两顿吃。

拥有善良会让你成为最受眷顾的人，父亲待人宽厚，不仅对家人好，对外人也好，和他一起的小伙伴如今都是七八十岁的人了。他们那一代人对友情的珍视，也成为帮助我们家渡过难关的动力。

（父亲朋友王俊亭同期声）：“我俩20世纪50年代年轻娃时关系就很好，1958年招工，我们进入西安开关厂，后来国家困难，我们回来了，我们互相帮助关心。三年困难时，我们这土地多、粮食多，平原地区生活不行，俊儒家生活困难。当时我家人少，北部地区生活好，吃饭能保证，一年能杀一头猪，他家来人，我们热情招待。现在生活好了，我们一直保持好关系。”

（父亲同期声）：“在关头镇别人的照顾下，给一些粮食。从山里背出来，一次背70多斤，白天不敢背，晚上背。背一晚上，在沟里转。到了家一扔下粮食，就赶回去做饭，把粮食给弟兄们吃。”

（五爸同期声）：“二哥忠厚老实，在关头离这五十里路，弄一点儿苞谷，晚上骑车子带回来给父母吃。”

（六爸同期声）：“他的负担最重，娃多，关系复杂，还有老人，他受苦最多，一个月30多块钱，走几十里山路背粮，七八个人吃饭，靠他维持。他对老人确实好，韧性好，哪怕受多大罪，都能忍下去。

“我哥最感动我的是，我老婆上班拿不到工资，我单位不行，我哥好一些，想着我们，每个人能帮的，他都帮。小时候，我哥既不惹老人生气，还关心我们。”

父辈兄弟姊妹间的危困帮助，凝聚起了这个大家族。血浓于水的亲情和相濡以沫的爱情，渗透在我们这个大家族中。

时隔几十年之后，许多情景说起来，仍然历历在目。姑姑是父辈中唯一的女孩，她和父亲相差11岁。母亲嫁给父亲后，没有出嫁的姑姑，也和爷爷、奶奶、父亲、母亲一起生活。

（姑姑同期声）：“小的时候，我哥嫂对我好，我哥经常给我买衣服、买鞋。结婚时，陪嫁都是我哥给弄的。那时候，别人还没有缎面被，我哥给我陪的缎面被子、小东西。我爸在县医院住院，我哥在跟前陪得多，管吃管喝。”

（三爸同期声）：“我哥对我爸妈好，吃喝穿戴的，都比别人好，对我们兄弟也好。我在家干活，他回来给我们钱，帮着碾场。”

父母是孩子的天。嫂子为了这个家，在乡上的缝纫社做活贴补家用，在风吹日晒中摆地摊，一切都为了孩子。她虽然不是孩子的生母，但是这几十年，为孩子上学操的这份心，这份养育之恩，足以让孩子涌泉相报。

（王庚同期声）：“我上音乐学院时，她把家里的苞谷糁让我带给老师，这种方式很朴实。当时，我学琴没有琴，她到邻村去借，她用最朴实的爱关心子女。”

（父亲同期声）：“这个妈的思想就是省吃俭用供娃上学，她给老师做衣服，家里菜油都没吃，送给老师。王庚骑车子去上学，她给娃做饭、烙馍，她把关系处理得可以。”

“真正不容易，风风雨雨几十年，谁的学都没耽误，我尽量供上学，只要你能上，我就供，上不了是没办法，自己的事。”

供孩子上学，是我们家的头等大事。看着父母的辛苦付出，我努力学习考上了西安音乐学院，成为家里第一个走出农门的大学生。知识改变了我们这一代人的命运，随后我又带着妹妹、弟弟出来上学，俩妹妹都到西安音乐学院进修音乐，为后来的办学打下了基础，我们的下一代也受到艺术的熏陶。

现在，我们姊妹弟兄五人都进入了城市，每个人都有了自己的事业。人世间最难报的是父母恩，做儿女的我们都忘不了是父母把最宝贵的勤劳善良的品格留给了我们，让我们终身受益，而他们像蜡烛一样不停地燃烧自己，照亮孩子！2013年10月份，我回家看望父母，突然低血压失去了知觉，兄弟们都不在家，父母打了120，把我送到医院。

（王庚同期声）：“昏迷中，我感到我母亲摸着我的手，我想起来非常温暖，平时我们交流得很少，体现了纯真的爱，记忆犹新。”

（小弟王保存同期声）：“我8岁那年，妈妈卖敌敌畏，身体受到伤害，我给她送饭时，看到她眼睛流血，鼻子、耳朵流血，就是五孔流血，那时候也不懂，到了医院才知道是敌敌畏中毒。她一次次流血，不去看，为的是省下钱给我们用。我特别感动，现在我们的条件好了，我们希望父母身体好。”

（四妹王聪秀同期声）：“我们5个要上学，我妈摆个小摊，用篮子提着卖蜡烛，城管来了，我妈来回跑。我放学回来，看见我妈眼和脸全是黑的，只见一嘴白牙。卖毛巾不会算账，用正字来计算，我看在眼里太不容易。我爸为了给我们挣学费，领着我们卸货。我上体校，我爸把冰箱卖了。我们走到今天，父母功不可没。”

三妹1993年在乾县办起了第一所民办幼儿园，父亲在经济上没有帮助三妹，他用自己的体力来支持，干起了别人都不愿意干的活。

（三妹王聪叶同期声）：“后勤上，我爸担当起来。做饭，厕所是旱厕，没水冲，靠人去冲，父亲把厨房的面汤水拿去冲。孩子上课了，我父亲去冲厕所，晚上厕所满了，父亲等大家休息了，一个人悄悄地拿桶去收拾厕所。我说：‘爸，你别弄了。’他说雇人要花钱，他一个人承担了。”

母亲和父亲一起都参与到幼儿园的事情中，不太会骑三轮车的母亲，为了给幼儿园买菜，还摔伤了。

（三妹王聪叶同期声）：“记得一次母亲骑三轮车下坡摔伤了，我知道后让她去医院。她说，经济紧张，不去。最后落下了后遗症，天阴胳膊就疼。”

（大妹王静同期声）：“在我的记忆里，爸爸、妈妈一直很勤快，对我们的工作也提供很多帮助。记忆最深的一件事是，16岁时我到西安工作，当时很想家。一天，妈妈出现在我们宿舍门口，她来看我，我很高兴。爸爸在我的记忆里，每天天不亮就忙着做饭。快初中毕业时，爸爸要了个6层的楼房，让我们在那儿复习。爸爸每天来看看我们、问问我们，想起来很温馨。”

有父母的日子，想起来就会有很多温暖的事涌上心头。5个兄弟姊妹都以反哺之心孝敬父母，以感恩之心孝顺父母。

（王庚同期声）：“回过头看，我们的成功离不开父母，他们勤劳朴实，传承到我们子女身上，就是踏踏实实做事情，从最基层做起。”

（四妹王聪秀同期声）：“老人的言行，他们的生活方式，善良的心态影响了我们，我们现在千方百计让他们高兴。我们没有想到能有今天，我们认为不是我们本事多大，是父母留下的家和万事兴，他们的精神让我们成长。”

如今物质的丰盈、家庭的和睦以及儿孙满堂，让父母的生活充满了幸福的味道。我们5个儿女也成了父亲、母亲的骄傲。他们为了儿女苦了一辈子，现在终于有了回报。

（父亲同期声）：“现在发得不像啥，这个事业是成功的，当时9口人住一间房。”

（母亲同期声）：“我现在好呢！像在天堂过一样，5个娃生意都好，搞事业呢！都好，要啥都给啥，县上有房，盖了5层楼。现在别人都眼红我，当时人都笑话我，说我受罪呢，过来了就是好！”

记住父母的恩情，善待辛苦了一辈子的老人。有了条件，我让父母享受到过去不曾享受到的生活，不仅是物质的，更是精神的。常回家看看，他们现在最享受的就是我们相聚在一起的幸福。

老人腿脚不方便，我开车带他们四处旅游，让他们看看外面精彩的世界。每到一个地方，他们都非常开心，看着他们快乐，更是我的快乐。

（王庚同期声）：“家和才能万事兴。我们传承了父母的教诲，在我们而立之年的时候，我们感恩父母，有时间多陪陪他们，我们也希望自己的子女传承我们的精神。”

让走读乡官回到群众身边

——长武县治理乡镇干部“走读”纪实

“干部像候鸟，总往城里跑，白天寻不见，晚上影难找，办事得赶早，晚了就白跑。”

这是过去长武县群众对走读乡镇干部的描述，表达了群众对这一现象的不满。拴住基层干部走读的脚步，成为亟待解决的问题。

推出片名：让走读乡官回到群众身边——长武县治理乡镇干部“走读”纪实

长武县位于关中西部陕甘交界，是陕西省的西大门，古丝绸之路的重要驿站，素有“秦陇门户”之称，自古为兵家必争之地，因“长于用武”而得名。全县总面积567平方千米，总人口18万，有400多名乡镇干部分布在7个镇、1个社区的146个村。他们最接近群众，工作的好坏影响着基层治理的现状和未来。然而，近年来乡镇干部以“走读”为普遍现象的基层工作状态，已经成为亟待治理的问题。

（长武县亭口镇干部吴东华同期声）：“我一参加工作就在乡镇，和群众接触比较多。那时候，只要能完成领导布置的工作任务就行，对时间要求不严。”

（长武县相公镇干部梁宛东同期声）：“身子在乡镇，心却不在这儿，因为家里有一摊子事，一有时间就想着回家。”

针对乡镇干部这种工作状态，长武县委紧扣中央、省、市从严管理干部的要求，聚焦干部作风，把脉“走读”症状，综合分析研究，要求干部每周必须在各自岗位工作满5天，入村进户不少于3天，解决复杂问题不超过两天，解决紧急问题不超过一天，保证镇、村组织有序高效运转。同时，还建立起考核体制，将工作日志、考勤记录、值班记录、民情访谈作为基础条件，进行公示和点评，解决脱岗、溜号等不正之风。

在长武县乡镇机关的墙上或者走廊处，随处可见公示栏，上面记载着每个人当日的工作内容和外出情况。这些公开透明的信息，对每个人来说是无形的压力。

（长武县相公镇干部刘京同期声）：“这样一公示，我们都不敢懈怠、偷懒。谁干什么了，没干什么，大家都清清楚楚。不干事，自己也不好意思，不能像过去那样混日子了。”

制度落实需要监督。长武县委主要领导经常采取不打招呼、夜间暗访、视频对话等办法，对乡镇干部住镇情况进行抽查；县委组织部、县纪检委、县委督察室协同，不定期进行专项查岗，检查情况在全县进行通报。抓制度，强督察，严问责，实现了作风整顿的第一步，让乡镇干部紧绷作风弦，不敢再“走读”。

（长武县洪家镇党委书记鱼坤同期声）：“县上解决‘走读’问题，大家戏说是戴上了‘金箍’，最终目的是要为群众服务，不仅要让乡镇干部住下来，还要动起来、干起来，更好地服务群众。”

乡镇干部住镇住村，每人都有具体的目标和任务。县上要求乡镇干部、科级领导每人帮扶5~20户群众。住农家炕，吃农家饭，在和群众打成一片的时候，干部们有了不同以往的感受。

（长武县洪家镇干部薛永涛同期声）：“县上禁止干部‘走读’，对我们来说，既是压力又是动力，学习的时间多了，了解群众的时间多了，对工作能力也是提高。”

（长武县洪家镇干部丁晓林同期声）：“和群众接触多了，知道了他们想什么，能为他们着想了。”

干部转变了作风，受益的首先是老百姓。亭口镇的干部吴东华包扶了离镇政府15千米的川丰村，他经常骑自行车下村。这个村子经济落后，困难群众多。村子建起的第一个幸福院，只能解决16户老人的住房问题。吴东华在走访中发现，还有一些贫困老人仍然住在危窑里，他想办法争取项目和资金，又建了第二个幸福院，让更多没有生活能力的老人住进去。

（长武县亭口镇川丰村村民陈浩中同期声）：“现在的干部对人态度好，尊敬人，高看我们。”

（长武县亭口镇干部吴东华同期声）：“那时候，群众找上门来，我们才去办。现在我们住在村里，第一时间知道群众要办的事，我们就主动帮他们办理。”

2016年“十一”假期，一位在外地上学的大学生回到亭口镇办理一个需要盖章的证明。因为是假期，管公章的李锐在20千米外的县城休假。

（长武县亭口镇干部李锐同期声）：“接到领导的电话时，我还在地里干活，心里不太情愿来。但是，想到我也是从学生时代过来的，我们收假了，他也该到学校去了，我想了一下，骑着摩托车下来了。”

把群众放在心上，乡镇干部在帮助群众的过程中，真正做到了知百姓事，解百姓难，帮百姓富，暖百姓心。

（长武县亭口镇三台村村民赵栓栓同期声）：“干部原来就不管，现在的干部经常来家里问问，果园怎么样，问寒问暖。”

（长武县巨家镇车圈村果农韩小丽同期声）：“我家种了两亩苹果，去年卖了45000元，在我们村算是相当好的。园子一年比一年好，多亏乡镇政府给我请技术员指导。”

（长武县巨家镇新家坡村村民贺长林同期声）：“2015年腊月初六，我老婆得了脑出血，在咸阳住院40天，我申请了大病救助，镇政府给我拿了2000元，今天给我送来了，我确实感谢。”

乡镇干部变“走读”为“住读”后，干部有了勤政为民的意识，领导班子带动了一帮人的转变，由常回家看看到常下村干干，常与群众谈谈。在这种转变的背后，乡镇干部付出了常人难以割舍的亲情。

（长武县亭口镇干部张倩同期声）：“我和爱人都在乡镇工作，我儿子今年2岁，我俩工作忙，孩子平时都是公公、婆婆带，亏欠太多了，没时间照顾儿子。”

一位上小学六年级的小女孩，给乡镇工作的母亲写了一封信，信中说：“为了工作而不回家的你，总不能把我给忽略了呀！妈妈，我想让你多在家陪陪我，这么微不足道的要求，你真的无法答应吗？”

见不到母亲的孩子，在学校统计留守儿童时，把自己也报上了。在乡镇工作的女干部，很多人都是这样当母亲的，说到孩子也会有常人的心酸。

（长武县巨家镇党委副书记郭文筠同期声）：“每当闲暇的时候，想到女儿会心酸，选择了乡镇就要这样，周末会多陪一下女儿，作为补偿。”

基层干部年轻人多，自然会有婚恋问题。有一位适婚年龄的小伙子忙于工作，没有时间谈恋爱，别人介绍了对象，想见一面都抽不出时间，一拖再拖。

对于家庭确实有实际困难的，组织部门出于人文关怀，也考虑到他们的现实问题，便于另一方安心基层。

（长武县巨家镇副镇长王涛同期声）：“我和爱人都在乡镇工作，我的老家在甘肃武威，孩子4岁，没法照顾孩子，孩子一直是我的后顾之忧。县上知道了我的情况后，把我爱人调到县上，今后我要努力工作。”

为解决乡镇干部住镇后的家庭矛盾和后顾之忧，长武县定期召开乡镇干部家属座谈会，听取家属的意见和建议，取得他们的理解和支持。县妇联向乡镇干部家属发出倡议，家属们主动承担起照顾老人、教育子女的责任。

（长武县相公镇纪委书记郭云峰爱人张华同期声）：“爱人一直在乡镇工作，在过去的几年，他还能回来照顾家，我觉得很温暖。现在，几周都见不到他，照顾孩子，照顾老人，都落到我的身上。我很埋怨，经过开家属会，我知道了他的不容易，也了解他肩上的责任。”

要让干部在乡镇住下、留住，长武县还从关心乡镇干部的食、住、行、文化生活着手，给干部创造良好的住镇条件。县财政给每个乡镇划拨30万元，建成了廉政灶、洗浴室、水厕，安装了锅炉，建设了乡镇文化站、图书室，配发了健身器材，供干部下班后休闲锻炼，活跃文化生活，缓解工作压力。2016年，为乡镇干部每月增加200~300元的工作补贴，每年列支55万元用于对村干部的考核奖励。

（长武县巨家镇党委书记文志均同期声）：“我们把解决乡镇干部的住宿生活作为服务群众的基础，2015年我们实施了宿、办分离，还争取了8套商品周转房。我们会通过搞好生活，让乡镇干部更好地服务群众。”

完善关爱措施的同时，县上调整了用人重心来激发乡镇干部的工作热情。农村基层是磨砺锻炼干部的大课堂，组织部门将选人、用人的重心向工作一线乡镇基层倾斜，高看和厚待思想品德好、肯吃苦、群众反响好、干得好的干部，不让吃苦的人吃亏。

原丁家镇人大主席刘东峰在拆迁工作中，由于时间紧、任务重，白天黑夜连续到群众家做工作。镇上离家只有2500米，却40多天没回过一次家。这种工作状态让丁家镇率先在全县完成拆迁任务，没有出现一起上访事件。

他的工作赢得了群众的认可和组织的肯定，2016年1月调到相公镇任镇长，现在他又在为后进村出谋划策发展产业。

（长武县相公镇镇长刘东峰同期声）：“自己的付出得到了认可，也值了。我会继续在自己的岗位上好好努力。”

长武县治理“走读”变“住读”，取得了一定的成效，但仅仅是迈出了第一步。这条靠强制管理的路到底能走多远？还需要什么样的措施来保证能走得更远？也是长武县在执行中不断探索和完善的问题。

（中共长武县委常委、县委组织部部长张静同期声）：“禁止乡镇干部‘走读’这项工作开展两年来，不论是群众的满意度，还是乡镇干部在为群众服务的主动性上，都比原来有了大的改变。我们不允许乡镇干部‘走读’，是群众的需求要求我们这样做。我们在今后的工作中，要不断完善、不断探索，使这项工作能走得更远、更实。”

扎根基层为群众服好务，考验着干部的服务理念，也考验着管理者的政治智慧。要打破一眼望到头的倦怠，真正留住干部的心，让他们心悦诚服地接受这种机制，自觉自愿地有扎根基层、服务群众的内在动力，还有很长的路要走。需要健全完善成长成才的制度，打破一潭死水的僵化状态，形成生动活泼的用人氛围，形成群起群飞的竞争氛围。

一头城市，一头乡村，一头家人，一头群众，扎根群众不该受制度设计的制约，理应成为心系百姓的人生选择。

旱腰带上长出了金蛋蛋

——礼泉县昭陵社区肖山村党支部带领群众发展石榴产业侧记

（礼泉县昭陵社区肖山村党支部书记曹建勋现场声）：“我们肖山村党支部带领全村群众经过几年努力，誓把肖山建成扶贫开发示范村，一村一品示范村，生态农业示范村，新农村建设示范村……”

2014年8月28日，陕西省重点扶贫村培训班的150多名学员在礼泉县昭陵社区肖山村参观，他们看后深有感触。培训班领队总结时说：“肖山村在三梁四沟这样艰苦的自然条件下，能把石榴产业做得这样好，能取得今天这样的成绩，是他们选了一个好产业，特别是有一个时刻把群众冷暖挂在心上的好班子。”

推出片名：旱腰带上长出了金蛋蛋——礼泉县昭陵社区肖山村党支部带领群众发展石榴产业侧记

虽说已经立秋，中午的太阳照到人身上，还是火辣辣的疼。

多数村民都回家休息了，但是在礼泉县昭陵社区肖山村的山梁上，村党支部副书记杨生武和礼泉县有名的农民石榴专家李建武，还在石榴地里查看石榴的生长情况。2014年虽说石榴挂果率非常理想，可是部分果农家的石榴近期出现了早期落叶病，这让村党支部一班人非常重视，便请农民石榴专家李建武给开个良方，把这个问题解决了。因为石榴是肖山村的主要产业，石榴要是出现问题，农民的收入就要受到影响。肖山村的石榴能发展到现在这个规模和知名度，是肖山村党支部一班人带领全村群众经过多年艰苦努力才取得的成绩。

（礼泉县昭陵社区肖山村党支部书记曹建勋同期声）：“肖山属于北部旱腰带地区，当时产业发展的过程中间，处于极度贫困。”

（礼泉县昭陵社区肖山村党支部副书记杨生武同期声）：“在20世纪60年代到70年代的时候，大面积种的小麦，当时一亩地的产量就是300斤这么个样子，除过人力、打碾、耕种，下来基本赔着呢。”

肖山村第一个栽植石榴树的李建武，提起当年的苦日子，深有感触。

（礼泉县昭陵社区肖山村村民李建武同期声）：“你看我们这里属于旱腰带偏僻地区，最早发展苹果产业，苹果属于高水肥（产业），由于特殊的地理环境，由于干旱，苹果园最后就自毁了。”

肖山村和旱腰带上所有的贫困村一样，不是上山就是下坡，村民祖祖辈辈都居住在土窑洞里，提起原来的光景，退休干部杨生强编了一首顺口溜。

（礼泉县昭陵社区肖山村退休干部杨生强同期声）：“昭陵肖山居旱塬，祖辈父老受了难。干活出的牛马力，任务多使镬头锨。庄稼辈辈肩膀挑，收成仅够吃和穿。”

肖山村位于礼泉县昭陵社区以北5千米处，地处礼泉县旱腰带地区。全村辖7个村民小组，218户共1281人，耕地面积2860亩，党员22名。2004年以前，村里人主要靠苹果谋求发展，由于水、肥等自然条件，果树老化严重，苹果商品率不高，在市场上鲜有竞争力，群众的收入每况愈下。有的家里一年辛苦换来的苹果收入，连投入都收不回来。

肖山村的苹果被挤到市场边缘，这种状况使乡亲们一筹莫展，也让曹书记心急火燎。一心想带领大伙富起来的曹建勋，面对激烈的市场竞争，心里开始琢磨着不能再这样死守着苹果过日子。淘汰苹果，上新产业，独辟蹊径，或许会走出一条新路子。

村党支部一班人也和曹建勋一样，看在眼里，急在心上。针对肖山村的现状，村党支部、村委会一班人外出参观，寻找专家，和村民商量，想尽快寻找一条适合肖山村发展的产业。有一次，村党支部副书记杨生武从最先栽植石榴树的丰建武地头经过时，得到了启发。

（礼泉县昭陵社区肖山村党支部副书记杨生武同期声）：“我记得很清楚。有一次，我从地里往回走的时候，发现客商正在剪石榴呢，一担笼石榴卖了180多元，装30斤，1斤6块，卖了180多块钱，（当时）一三轮车的苹果卖多少钱？相当一担笼的石榴价钱。”

说起石榴，当时曹建勋心里也没底。可相比苹果，这显然是一个具有市场竞争优势的果品。

2004年初冬，向来低调不爱声张的曹建勋打起行囊，一个人外出考察。对肖山村自然条件、气候特点熟稔于心的他，自费到周边有名的石榴生产基地虚心求教，到西北农林科技大学拜访专家。工夫不负有心人，走了一圈，对照石榴生产的基本要素，曹建勋蓦然发现肖山村的自然条件不但完全适合种植石榴，而且一定会结出好的石榴品种。考察归来，人虽瘦了几斤，可心里亮堂了许多。一回来就赶紧通知干部和党员开会，把自己出行的见闻和在村里推广石榴种植的设想摆到桌面上。他的建议得到大家的认同，决定在肖山村发展石榴产业，可群众不买账。

（礼泉县昭陵社区肖山村党支部书记曹建勋同期声）：“群众在这方面有很大的怨气，认为栽了树以后吃什么。”

（礼泉县昭陵社区肖山村党支部副书记杨生武同期声）：“部分群众也很反感，认为栽苹果树，苹果坏了；栽石榴，石榴坏了可干啥呢。”

肖山村党支部书记曹建勋没有退缩，动员党员干部带头栽石榴树，群众看到党员干部动起来了，也在自己地里栽起石榴树。

（礼泉县昭陵社区肖山村党支部书记曹建勋同期声）：“肖山村这个产业的发展，是经过退耕还林这个项目引进的。北部人都是二三月栽树呢，但二三月比较干旱，成活率差，最后采取的办法就是反季节栽，秋季栽，采取短接、覆地膜、封口。这个时候栽树的话，基本成活率达到98%以上。”

经过这些年的努力，肖山村已发展御石榴 2300 余亩，亩均年收入万元以上。

（礼泉县昭陵社区肖山村党支部副书记杨生武同期声）：“经过示范带动以后，群众慢慢地感觉石榴在我们山区确实能改变贫困面貌。现在看来（群众）大房盖起来了，柏油路修好了，这些功劳咋来的？都是石榴带来的。”

（礼泉县昭陵社区肖山村村民丰建武同期声）：“石榴产业使我家人均年收入2万多元，现在我们的居住条件得到了很大的改善。村里还建起了卫生室、文化书屋、健身广场、石榴文化广场等，营造了良好的人居环境，丰富了我们的精神文化生活。”

肖山村石榴的规模上来了，村党支部又瞄上了石榴品质的提升，他们在党员干部中开展了学技术、比贡献活动，让党员干部带领群众科学作务石榴。共产党员李建武是第一个在村里栽植石榴树的，这些年来他在石榴作务上没少费心思，他根据肖山村的地理位置、海拔高度、气候特点，摸索出了适宜肖山村石榴使用的袋子，解决了石榴容易开裂的问题。

（礼泉县昭陵社区肖山村村民李建武同期声）：“在石榴上套的袋子，就是我们村在石榴生产过程中摸索出来的，很实用，解决了石榴裂开的问题，客商非常满意。”

中国农业大学的教授看了他们给石榴套的袋子后很惊讶，认为这在理论上是绝对不行的事，在现实中却被肖山村的果农使用得非常好。他们让李建武总结这方面的实践经验，将文章在中国农业大学的校刊上发表。文章发表后，在农业科技界引起极大反响。李建武被咸阳市委、市政府评为2013年“农业生产标兵”。

肖山村党支部为了打造具有肖山特色的御石榴品牌，成立了御石榴协会，创办了嵕山御石榴果业经营实体，形成了以御石榴协会为龙头的产销一体化服务体系。他们多次组织群众赴杨凌等地展销，加大石榴品牌宣传力度，将御石榴销往西安、咸阳、宝鸡等大中城市，以及东北三省和广东等沿海一带，并远销韩国、俄罗斯、泰国等国家，受到了顾客的青睐和好评。

看到现在村里的变化，退休干部杨生强又编了一首顺口溜。

（礼泉县昭陵社区肖山村退休干部杨生强同期声）：“苹果改栽御石榴，家家户户大丰收。奇特果型培育全，农高会上常参展。个大皮薄粒儿甜，老外一见都喜欢。”

（礼泉县昭陵社区肖山村党支部书记曹建勋同期声）：“2014年到2020年，肖山的发展思路就是要达到3000多亩（石榴），要达到滴灌。重点的问题要搞果品提升，优果率要达到75%到80%。”

肖山村石榴产业的发展得到各级领导的重视，肖山村先后被省、市、县确定为“一村一品”“扶贫开发”“新农村建设”“生态农业”“旅游观光”五位一体的示范村。

肖山村的石榴产业，不但增加了农民收入，改变了群众的生产生活条件，更主要的是走出了渭北旱腰带贫困地区群众如何脱贫致富的新路子。

“拼命三郎”的风采

——记敬业奉献道德模范人物袁胜平

他们，目注神聚，咫尺匠心，诠释梦想追求。

他们，锲而不舍，身体力行，传承铁军精神。

他们，千锤百炼，精益求精，打磨化建品牌。

他们，不忘初心，殚精竭虑，缔造创业奇迹。

他们是创业的标兵，创新的楷模，化建的骄傲，民族的脊梁。

推出片名：“拼命三郎”的风采——记敬业奉献道德模范人物袁胜平

陕西化建工程有限责任公司三公司延能化项目铆工班组长袁胜平，在陕西化建工程有限责任公司可是闻名遐迩的。

别看他只有中专学历，硬是靠着坚忍不拔的毅力和顽强拼搏的斗志，勤学苦练，攻坚克难，高标准、高质量完成了一项项施工任务，成为企业自学成才的典范，被誉为“拼命三郎”。

在陕西延长石油延安能源化工有限责任公司（以下简称延能化）ACO装置施工现场，袁胜平边看着工人干活，边检验质量。他们班组承担的40万吨轻油加工项目，是延能化项目的重要组成部分。作为铆工班组长，施工过程中他既要全面了解生产工艺的设计流程、作业规范要求，向班组成员做好工艺技术、施工安全交底，又要把业主和项目部的要求传达下去，把施工情况反映上来。同时，还要根据情况调配人员、机具、材料，与其他公司甲方、监理协调好关系，真是压力与责任同在，质量与效益并存。

袁胜平常说："是好铆工，就得像钉子一样，敢于碰硬。"

随着世界工业技术的不断发展，每项石油化工工程设计都会表现出差异，每一项工程都意味着新的考验。如何把工程做得让甲方满意、公司认可？袁胜平善谋实干、勇为人先，把工夫花在熟悉工艺和施工流程上，把脑筋动在科学安排时间程序、人员布局、机具准备上，把目光盯在安全预防谋划上，把精力集中到精细管理上，做到忙而有序，心中有数。

（袁胜平同事肖耀文同期声）："他肯动脑、勤思考，技术过硬，实践经验丰富，是专家型人才。在管理上，他合理安排人员，进行技术交底，理顺施工程序，力求把每道工序做精确。他提前提出施工思路和办法，让人员在施工中得心应手，施展才能，尽力尽责。"

参加工作24年间，袁胜平把"干一行爱一行，干一行专一行、精一行"作为自己的座右铭，在工作中磨炼，在磨炼中提升。

袁胜平说："是好铆工，就要像钉子一样，富于钻劲。"

袁胜平在学校学习的是钳工专业，分配到企业后从事的却是铆工。他服从大局，抱定"雄关漫道真如铁，而今迈步从头越"的决心，从零起步，从头做起，凭着一股百折不挠的韧劲，勤奋多思的钻劲，"咬定青山不放松"的狠劲，很快实现了专业转型，成为一名合格的铆工。

1995年3月，袁胜平参与了延安炼油厂四期工程重整汽提装置施工，这个装置是炼油工艺中升温、降温、分流的一个中间过程。他所在班组做的主要是框架工艺管廊安装工程，工期紧，任务重。"高质量、保安全"是公司对施工提出的要求。

从黄土地走出来的袁胜平，有着农村人特有的憨厚朴实。“尊师重道”，他看不懂图纸，每天跟在师傅身边，一次又一次地求教，直到弄懂才罢休。“刻苦自励”，他自费购买了大量专业书籍，利用晚上大家休息时间，向书本求教。寂静的夜晚，晴朗的月色，伴着他在知识的海洋中翱翔。就这样，他从基本的三视图学起，使自己逐渐进入技术骨干“角色”。

（同事肖耀文同期声）：“延炼那个项目每天上班早、下班晚。施工一天十分累，他操的心特别多，好像不知道乏，跟个‘拼命三郎’似的。白天生龙活虎，和大家一起干活，同时，把下一班的事情安排好。晚上，到工地巡查一遍，很晚才休息，大家对他都非常佩服。”

古人说：“人之为学有难易乎？学之，则难者亦易矣；不学，则易者亦难矣。”

袁胜平就是这种敢于迎难而上的人，他不仅在实践中全面掌握了框架工艺管廊安装的方法和铆工所具备的基础知识，还在实践中得到运用巩固。经过紧张激烈的施工，袁胜平和他的工友们终于按期完成了任务，“拼命三郎”的称谓在工友中广泛传开了。

令同事佩服的不仅仅是袁胜平干工作的吃苦精神，他钻研业务的“拼命三郎”作风也令大家肃然起敬。

2017年3月，延安炼油厂大检修工作全面展开，现场要求按照“6S”管理。袁胜平所在班组负责延炼实业集团公司联合——装置反应器和再生器的改造施工。作为班组长，袁胜平既是管理者，又是操作员和安全监督员。尽管有着丰富的施工经验，但是要严格按照“6S”标准施工，担当好多个角色，这让袁胜平感到了重任在肩。他暗暗发誓，精心组织，严格管理，规范施工，为业主和项目部交上一份满意答卷。

反应器、再生器旋风系统内件更换，是在70米的高空中施工，空间狭窄，难度可想而知。

（袁胜平同期声）：“这个设备体积大，由10个单个直径1.4米的设备组成，安装在直径7~9米的圆筒中，从其他部位不好进出。施工时，我们先从入孔进去，将设备与封头切割分离，用大吊车把风头拆掉，把旧设备整体从圆筒中抽出来，然后在圆筒里搭建好支撑架，再把新设备吊装进去，进行安装固定，最后再盖上封头。”

科学组织，大大减轻了劳动强度，加快了施工进度。袁胜平带领他的班组，每天坚持两班倒，24小时不间断工作，按期圆满完成反应器、再生器装置检修工作，他和工友们脸上露出了开心的笑容。

（同事李卫国同期声）：“袁胜平办事干练，特别认真，注重细节，从不马虎，这是我们能够顺利完成施工的重要因素。”

袁胜平说：“工匠精神不仅仅是一种高尚的职业精神，也是中国精神的重要方面。”

1999年，陕西化建承担伊朗阿拉克炼油厂工程，技术出众的袁胜平有幸成为其中一员。在异国他乡，面对艰苦的环境、高严的技术要求，袁胜平和众多中国工匠开启了拼搏奋斗的历程，为中国赢得了国际荣誉。

袁胜平和他的工友做的框架工艺和加热炉安装，是该工程的重要组成部分，具有承上启下的作用，质量要求高，技术难度大。由于材料是从我国国内进口的，加之有些工人在国内也常做这些工程，他们便认为是轻车熟路，没啥了不起的。可袁胜平并不这样看。

（袁胜平同期声）：“甲方对我们安装的钢筋大梁，用全站仪测量标高、位置；对我们浇筑的每一个螺栓的高低位置，都要精确测量。这给施工带来了严格要求，丝毫不能马虎。”

为了严格按照甲方要求施工，袁胜平利用在资料中学到的知识和丰富的工作经验，采取给每个螺栓垫垫铁的方式消除误差，一次性通过甲方的验收，得到伊朗专家的好评，为祖国争得了荣誉。

24年的艰难跋涉，24年的奋斗拼搏。袁胜平带领他的班组，在石油化工建设中，安装了一座座铁塔，制作了一个个油罐，敷设了一条条管线，编织了一道道管网，成就了人生历程中一个又一个里程碑。依靠自学成才，袁胜平这个“拼命三郎”夺得了“陕西化建技术比武第一名”，获得了公司“技术能手”“劳动模范”等一项又一项殊荣。

（陕西化建工程有限责任公司一公司延能化项目ACO装置施工经理项连恩同期声）：“袁胜平是一个很有思想的人，他勤于学习、善于思考，注重理论与实践相结合。延能化项目引进了国外最先进的工艺和设备，对安装技术要求很高，他带领的班组工作出色、工程质量高，为其他班组树立了样板。”

“化建足迹遍天涯，装点江山美如画，北战冰雪南冒暑，东迎海风西斗沙。铁塔如林树丰碑，管道成网织彩霞，化建工人多光荣，高速优质建中华……”这首《石化工程建设者之歌》，不仅唱出了化建人的心声，更是袁胜平和他的工友们为国家和社会默默奉献的真实写照。

奉献的青春最风流

——记忠于职守、敬业奉献的优秀青工蒽亮

他们，目注神聚，咫尺匠心，诠释梦想追求。

他们，锲而不舍，身体力行，传承铁军精神。

他们，千锤百炼，精益求精，打磨化建品牌。

他们，不忘初心，殚精竭虑，缔造创业奇迹。

他们是创业的标兵，创新的楷模，化建的骄傲，民族的脊梁。

推出片名：奉献的青春最风流——记忠于职守敬业奉献的优秀青工蒽亮

有一首老歌唱道："如锦似玉的好年华呀，正赶上创业的好时候……要问我们想什么呀，献身四化最风流。"他就是为实现"中国梦"勇于竞风流的当代青年。作为一位80后大学生，在陕西化建集团一公司磨砺十多年，经受了憧憬、寂寞、拼搏的磨砺，终于在风雨中成长为一位优秀青工。

他就是陕西化建集团一公司延安煤油气资源综合利用项目施工经理蒽亮，甘于寂寞、无私奉献的品德在他身上得以诠释，他用汗水谱写出青春的美丽赞歌。

陕北富县，黄土高原，沟壑绵延，纵横交织。头戴安全帽、身穿工作服的蒽亮和同事们又开始了一天的工作。

公司这次承担了延能化项目的施工，蒽亮投身紧张的施工已经半年多了。他对工程的每一个细节都了如指掌，总能看到他穿梭在紧张而繁忙的火热施工现场的身影。

（蒽亮同期声）：“做工程，任何人都可以做。可是，要做得很好，并不是件容易的事情，必须严格要求，一丝不苟，精益求精。只有这样，才能对得起这份工作，对得起领导对自己的信任。”

严格要求，一丝不苟，精益求精，是对蒽亮十几年工作的高度概括，也是他在实践中孜孜不倦的追求。正是这十几个简单文字的约束、鞭策，使他从一名学徒工逐渐成长为一名合格的项目施工经理。

奋斗者的青春最风流。

作为一名新时代的青年，怎样在新常态中找到人生的坐标，怎样在单调、枯燥的艰苦环境中去锻炼、去磨砺，蒽亮经历的也许太多太多。

时间回溯到2008年6月，刚刚参加工作不久的蒽亮，以技术员的身份来到了吴延线输油管道项目甘泉输油站，参与两个2万立方米油罐制作项目的施工。

这个项目是延长集团为了改变陕北原油运输条件、节约原油输送成本投资建设的重点项目。当时由于工作需要，主管技术员从项目部调走，公司领导慎重考虑后，把重担压在了蒽亮身上。

（蒽亮同期声）：“我当时充满了好奇和感动，毕竟自己是从农村走出来的，找到这份工作很不容易。再说了，虽然条件艰苦、工作辛苦，但是年轻时不开拓、不拼搏，拿什么资本在社会上立足，将来靠什么承担家庭责任，靠什么回报领导的信任，为企业发展做贡献呢？”

这次施工的储油罐与以往的储油罐不同的是，罐体里面有一个40厘米间隔的夹层，结构复杂，空间狭小，施工难度特别大。面对困难，蒽亮凭着知难而进、永不服输的勇气，凭着平日里勤学苦练的积累，心定神聚地迎接参加工作以来的第一场挑战。

（蒽亮的同事高小攀同期声）：“蒽亮以前只是做工程资料，对球罐施工是第一次接触，在现场看不懂图纸。那时候，不论白天、晚上，总是看到他拿着图纸在现场，一块一块地对钢板进行排列。他细心认真、吃苦耐劳的精神，让我们很受感动。”

经过蒽亮的认真琢磨、精心组织，两个大型球罐在半年内圆满制作完成了。可是，还没来得及松口气，一块难啃的“硬骨头”又落在了他的肩上。

甘泉输油站的3台外输泵是工程的核心设备，也是整个吴延线输油系统最大的设备，该设备从德国进口。3台德国外输泵体积大，安装的关键在于联轴器对中。由于外输泵直径400毫米，大大超过一般泵的联轴器，这对当时只有挠性表架对中而没有激光对中仪的作业人员来说，施工难度可想而知。用挠性表架对中误差又比较大，怎么办?

蒽亮相信“世上无难事，只要肯登攀”，只有被困难吓退的懦夫，没有克服不了的困难。只有在事件中创造的奇迹，没有等来的现成方案。

（蒽亮的同事高小攀同期声）：“为了将误差消除到最小，在钳工师傅的配合下，蒽亮设计并利用钢板、仪表制作了一个刚性表架，既便捷又准确，提高了工作效率，很快完成了对中任务，为公司节约了一笔资金，确保了工程如期完成。在现场监督外输泵安装的德国专家看了我们制作的表架，伸出大拇指连连称赞：‘GOOD！GOOD！’”

蒽亮第一次在施工现场担任技术员的出色表现，赢得了同事们的敬佩，也引起了公司领导的关注。

创造者的青春最风流。

2009年，蒽亮参加了青海省重点项目——格尔木炼油厂催化技术改造工程，虽然他以前参加过延安永坪炼油厂大检修，对催化装置有所了解，但是这个工程面临的问题远远比永坪炼油厂工程复杂得多。

（蒽亮同期声）：“这个工程主要是工期很紧，施工区域特别小，而两台反应器内16台旋风分离器的规格尺寸大，这给设备拆除、安装带来了相当大的难度。”

往常的催化检修技术改造是把设备拆除下来进行清洗修复，而这个工程要把所有内件拆完，全部更换上新设备。

为了在合同工期内完成任务，蒽亮通过查阅资料，与施工经理反复讨论，结合施工实际制订了“把所有设备在地面进行组装，让甲方和监理进行再检测，最后通过大型吊车一次吊装就位”的方案。

（蒽亮的同事朱家斌同期声）：“施工塔体距离地面40多米，单件重达15吨，吊装风险特别大。我们在地面组装过程中，对所有设备部件进行标记，并挂牌详细说明，保障了施工有条不紊地进行，也使工期缩短了40多天，赢得甲方和公司领导的肯定和好评。”

实践者的青春最风流。

坚实的实践脚步，带给蒽亮的不仅仅是能力的提升，不仅仅是创造奇迹的幸福，更有着对理论知识的深层领悟。

（蒽亮同期声）：“在学校，我学习的大多是理论，几乎没有实践操作。在企业，在工地，有老师傅的言传身教，我尽力去寻找理论与实践的契合点，并运用在学校学到的理论知识指导实践，从而使我的管理水平得到了很大的提高。”

企业以追求利润最大化为目的，无论市场风云如何变化，控制成本都是关键。2016年，受市场因素的影响，公司低价中标了宁夏日盛热电项目2台每小时260吨循环流化床锅炉工程。如何有效地降低成本、高质量地完成任务，蒽亮担当起探索实践、发现规律、指导实践的艰巨使命。

（蒽亮的同事张锋同期声）：“在锅炉钢架和锅炉吊装前，为了降低成本，蒽亮和我们一起反复商量吊装方案，决定不用大型塔吊，改用卷扬机进行吊装。同时，安装锅炉钢架时，他主导研发采用调整丝杠进行吊装工法，极大地提高了工作效率。这2台锅炉安装完成后，共为企业节约资金100多万元。”

宁夏日盛热电项目的成功建设，为陕西化建在强手如林的市场竞争中赢得了很高的声誉，也使蒽亮在磨炼中成长、成熟了很多。从工程技术员到项目施工经理的角色转变，蒽亮的人生又一次实现了质的飞跃。

如今，蒽亮在陕西化建一公司延能化项目担任施工经理，不仅要全面掌握施工技术，更要了解施工过程控制，人、材、机协调，工程质量和安全，实现一专多能的转变和管理综合素质的全面提升。

（陕西化建一公司延能化项目经理袁华安同期声）：“蒽亮是我从别的工地专门调过来的。他技术全面，工作认真负责，让他在延能化项目担任施工经理，做我的左膀右臂，我很放心。”

（陕西化建一公司党支部书记魏建亭同期声）：“蒽亮是我们公司青年职工的优秀代表和优秀工匠，勤奋学习、刻苦钻研、爱岗敬业、乐于奉献的品质在他身上得到了全面诠释。正是因为我们企业有着蒽亮这样一批青年才俊，才使企业充满活力、朝气蓬勃，这也为我们公司项目管理上台阶、综合实力大提升，提供了坚强支撑。”

雄关漫道真如铁，争创一流再跨越。

我们期盼蒽亮在今后的工作中“百尺竿头，更进一步”，也祝愿陕西化建在全省追赶超越的热潮中彰显新作为，再建新奇功！

金花再耀丝绸路

——陕西“泾阳茯砖茶·丝绸之路文化之旅”活动纪实

2015年10月9日，“泾阳茯砖茶·丝绸之路文化之旅”大型驼队历时一年多，行程15000多千米，顺利抵达与陕西咸阳有着百年之缘的哈萨克斯坦江布尔州库尔代县营盘乡的陕西村。这支带着被誉为“丝路黑黄金”的泾阳茯砖茶、仿佛从汉唐穿越而来的浩荡驼队，受到丝路沿线中哈两国各级政府的大力支持和沿途广大民众的热烈欢迎，圆满完成了此次活动的光荣使命！

这一具有历史意义的伟大征程，是对习近平总书记在哈萨克斯坦纳扎尔巴耶夫大学演讲时提出的“共建丝绸之路经济带”伟大倡议的积极实践！

2014年9月19日，“泾阳茯砖茶 丝绸之路文化之旅”在泾阳盛大起航。

（时任陕西省副省长祝列克同期声）：“现在，我宣布，泾阳茯砖茶·丝绸之路文化之旅，出发！”

推出片名：金花再耀丝绸路——陕西“泾阳茯砖茶·丝绸之路文化之旅”活动纪实

踏着先人的脚步，怀揣崭新的梦想，由136峰骆驼、8架木轮马车、100多名身着古装的壮士组成的浩荡驼队从泾阳出发，途经国内5省18市106个县区，横跨哈萨克斯坦，沿着古丝绸之路播撒茯茶金花，传播茯茶文化，唤醒茯茶记忆。

（著名文化学者肖云儒同期声）：“茯茶的这一次走，是有一种开先河的意义，是一个打前站的意义，是一个排头兵的意义，后面必定有更多的陕西企业、中国企业到丝路去发展。丝路精神是什么？说白了，就是走出去、谋发展的精神。所以，这一次茯茶的行动，应该是抢先了一步。”

公元1368年，依托泾河之畔独特的水质和气候条件，勤劳智慧的茶工孕育出了璀璨的茯茶“金花”，也就是被列为国家二级机密保护菌种的冠突散囊菌。600多年来，金花璀璨的茯砖茶以独特的保健功效和文化内涵，被赞誉为“丝路黑黄金”！

（中国高等院校茶文化教材编委会主任林治同期声）：“在西北，有大量的事实证明了茯砖茶能给人类带来健康。我曾经去新疆采访了一位114岁的老大爷，问他怎么这么健康呢？人家说，他有钱吃肉，没钱吃馕。无论是吃肉吃馕，三餐离不开茶。可以3天不吃饭，可不能一餐不喝茶。所以，从健康的角度来看，茯茶具有绝对的优势。”

迢迢万里，漫漫征程。没有比脚更长的路，没有比人更高的山。渡过泾河，蹚过渭水，沿着秦直道，穿过大震关，翻越六盘山，来到古金城兰州。

（湖南农业大学博士生导师刘仲华教授同期声）：“在国外和我们中国的西北地区，因为健康而把茯砖茶作为生活的第一需求。因为健康，茯砖茶将会走向更广阔的领域。借丝绸之路这个起点来广泛的延伸，它（泾阳茯砖茶）有很好的消费空间和消费需求。所以，市场空间是比较大的。”

青海湖畔驼铃响,河西走廊茯茶香。万里长城嘉峪关，丝路重镇大敦煌。西出阳关，砥砺前行。霍尔果斯，跨出国门！

无论是人迹罕至的戈壁、大雪纷飞的群峰，还是崎岖陡峭的山路、荒无人烟的生命禁区，都未能阻挡壮士们前行的脚步。380多个日日夜夜，15000多千米漫漫征程，勇士们一路跋山涉水、风餐露宿、不辱使命，把凝结着咸阳人民智慧的茯砖茶带给丝路沿线的广大民众，将中华民族悠久的历史文化传播到了更远、更广阔的地方。他们历尽千辛万苦，用百折不挠的顽强意志，对和平合作、开放包容、互学互鉴、互利共赢的丝路精神做出了最生动的诠释！

回首走过的15000多千米的丝绸之路，虽然沿途各民族地域不同、风俗不同、语言不同，但是茯砖茶闪耀的璀璨金花、飘荡的沁人幽香，成为我们跨越万里丝绸之路、历经千年历史长河的共同记忆！

回首走过的15000多千米的丝绸之路，汉族、回族、藏族、维吾尔族、哈萨克族、东干族等丝路沿线各族人民给予了丝路勇士最隆重的礼遇！

在赤幔穹顶的哈萨克金帐里品味醇厚绵香的茯砖茶，在历史悠久的古尔邦节上欣赏豪迈奔放的陕西腰鼓。在茯砖茶的浸润下，人们感受到历史与时代的高度契合，感受到超越地域和民族的睦邻友好氛围！

丝路黑黄金，泾阳茯砖茶！

在驼队沿着丝路播撒茯茶金花之时，茯茶产业正以星火燎原之势蓬勃发展。2014年，泾阳茯砖茶产量超过1万吨，产值突破10亿元，茯茶产业呈现出产销两旺的迅猛发展态势！

传承茯茶文化基因，投资30亿元、占地1339亩的茯茶小镇开园至今2个月内，游客人数已经接近200万人次，营业额4000万元。

顺应发展要求，集生产、销售、研发于一体的泾阳茯砖茶产业园年内开工建设，之后将会有越来越多的茯砖茶企业在这里孕育、成长和壮大；传递健康理念的百余家泾阳茯砖茶直营店，在国内各大中城市落地生根；拓展国际市场的泾阳茯砖茶中亚营销中心，已在哈萨克斯坦阿拉木图应运而生！

号角已经吹响，蓝图已经绘就！

纵横丝路3万里，茗香各族600年，茯砖茶使丝路沿线各地区、各国家的多元文化水乳交融、互荣共生。这条撒满茯茶金花的丝绸之路，不仅将茯茶文化传播到了西域边陲、中亚各国，乃至更为遥远的地中海沿岸，更将其所承载的华夏文明传递到世界各地！

“钱串子”背后的故事

当秋风吹过冶峪河水、北仲山梁的时候，淳化县咀头村的采摘季节到了。太阳刚刚从塬头爬上树梢，村委会的喇叭里就传来村党支部书记杨铜川给大家带来的喜讯。

（淳化县石桥乡咀头村党支部书记杨铜川同期声）：“有果商来我们咀头村收购优质葡萄，请广大村民听到通知后，明天上午10点，把优质葡萄采摘拿到会议室来，统一验级、分级装箱。请广大村民听到通知后，把自己优质果子（葡萄），按时拿到村会议室来，统一销售。在采摘期间，广大村民一定要把好质量，（要求）颗粒、色泽（饱满），把病虫害果剪掉，一定要拿优质果，不能拿那些损害咀头村的葡萄产品。”

沉浸在丰收喜悦中的村民一走出家门，就看到村头停着收购葡萄的汽车和客户，他们中有年年光顾的老相识，也有慕名而来的新客户。这些客户有的来自汉唐气韵的古城西安，有的来自现代气息浓郁的上海。一个个印着精致商标的果箱，传递着秋日的丰盈；一串串珍珠般的葡萄，承载着果农富裕的希望。喇叭里杨铜川浓重的乡音，让乡亲心里充满了温暖，来来往往的车队，让他们分享着富足的快慰。乡亲们说，咀头村有了“钱串子”，是因为有一个好班子，杨铜川蹚出产业结构调整的新路子，咀头村才有了好日子。

咀头村是渭北地区淳化县南部一个不足千人的小村子，从20世纪80年代起，这里就是远近闻名的苹果致富村。可是这几年，由于果树老化严重，市场的供求关系变化，咀头村的苹果被挤到市场边缘，乡亲们的收入每况愈下。有的果园一年的苹果收入，连投入的成本都收不回来。

（淳化县石桥乡咀头村党支部书记杨铜川同期声）：“这以前，我这就是2亩多地，栽的是秦冠苹果，以前的效益还可以，最后就不行了。”

（淳化县石桥乡咀头村村民吴起胜同期声）：“苹果产业不行了，种粮又不值钱。”

（淳化县石桥乡咀头村党支部书记杨铜川同期声）：“我觉得，我咀头村的产业咋样发展，群众致富的路子怎样去走，当时是我一个深思的问题，对这个事情，我也感到很头疼。”

面对激烈的市场竞争，杨铜川开始琢磨，不能再这样死守着苹果过日子，淘汰苹果，上新产品，独辟蹊径，为大家创造一条增收致富的新路。

（淳化县石桥乡咀头村党支部书记杨铜川同期声）：“一直到1997年、1998年的时候，苹果的形势稍微有一点儿滑坡。滑坡以后因市场的影响，群众的情绪有点儿低落，到了1999年的时候，苹果形势继续滑坡。当时，一亩地下来，刨过成本就是（500~1000元）这个纯收入，群众在（苹果）高收入的情况下到低期的时候，群众的情绪很低落。”

要了解市场潜力，就得探一探水的深浅。2004年初冬，向来低调不爱声张的杨铜川打起行囊，一个人外出考察，对咀头村自然条件、气候特点熟稔于心的他，自费到周边有名的葡萄生产基地虚心求教，到西北农林科技大学拜访专家。工夫不负有心人，走了一圈之后，他发现咀头村的自然条件不但完全适合栽植葡萄，而且一定会比周边地区产量高、质量好。考察回来，他顾不得洗掉一路风尘，就赶紧通知村干部和党员开会，介绍自己的考察经过，原以为会议会产生一定效果，得到大家的支持，可是村干部们并不买账，因为谁都不知道葡萄怎么栽、怎么作务。

（淳化县石桥乡咀头村党支部书记杨铜川同期声）：“我说，让我带着我家属（外出参观），先把家属（思想工作做通），再给群众带头。家里人要是把这个产业相信了，事情就好办了。我家属外出参观了后，（说）这个产业好得很。”

杨铜川心里明白，要让群众思想通，必须干部思想通；要群众突破旧的产业结构，先要干部丢掉陈旧的观念。杨铜川二话不说，在自家的地里栽上葡萄苗，还要求副书记郑大金等村干部，也在自家的地里栽上葡萄苗。提起这段往事，郑大金至今记忆犹新。

（淳化县石桥乡咀头村党支部副书记郑大金同期声）：“我从20世纪80年代开始种苹果，开始效益比较好一点儿，最后到20世纪90年代苹果效益逐年下滑，村上杨书记及时提出搞产业结构调整。从2000年初开始栽红提葡萄，开始我对这个认识不足，经过杨书记的多次动员做思想工作，叫我做一下示范，所以我先种了6亩。”

（淳化县石桥乡咀头村党支部书记杨铜川同期声）：“我开始组织我（村）的干部到三原阳光公司看了以后，那个园子葡萄挂的那个程度，干部感到很好，果型大，颗粒大，产值高。回来以后立即召开群众代表会，又开群众会，动员群众到三原去参观。我那次去了大约180多名群众，几乎每户都去了一名群众，去了十几辆车，到三原去参观。当时，到三原阳光公司看了以后，群众对这个（产业）情绪（高涨），（认识到）这个产业好，这个苹果不行了，咱们发挥这个产业是个好路子。通过这次参观以后，把群众的积极性调动起来了。”

与其喊破嗓子，不如干出样子。第二年春上，就有几户村民跟着栽上了葡萄苗。

（淳化县石桥乡咀头村党支部书记杨铜川同期声）：“广大村民请注

意，村委会在阳光公司组织回一批优质葡萄苗子，凡栽植的户，请两点到村委会来领取苗子。”

葡萄苗是栽上了，但是怎么作务呢？这道难题又摆在杨铜川面前。

（淳化县石桥乡咀头村党支部书记杨铜川同期声）：“这技术问题就成了我的大事了，当时群众的渴望是比较高，村上决定和礼泉的门腾飞老师联系。门腾飞老师是咱陕西葡萄从美国引进的第一人，叫他来给讲课。”

（淳化县石桥乡咀头村党支部书记杨铜川同期声）：“广大村民请注意，村委会和省葡萄协会联系，明天中午九点在咀头三组杨四川葡萄园进行葡萄冬季管理培训班，请广大村民听到通知后按时参加。”

那一天是咀头村果农的节日，栽上葡萄苗的村民来了，等待观望的村民来了，多年来走村串户给群众指导作务苹果的老技术员来了，把村委会办公室挤得满满当当。

（淳化县石桥乡咀头村党支部书记杨铜川同期声）：“当时讲课那场面，群众多得很。我记得，门老师在我教室给讲课的时候，课也讲得好，讲得很实在，农民能听懂，到了地里后，怎么样春季管理，现场给讲解，当时讲了一番话，解决了群众技术方面很大的疑难问题。”

知识给了大家巨大的精神力量，科学技术点亮了大家的心灯。一年下来，咀头村栽起了一片片绿茵茵的葡萄苗，搭起了一行行的葡萄架，那是一片希望的田野，一道创新的风景。然而，杨铜川并没有松劲放手，每到关键时刻他都邀请专家教授现场指导、传授技术，他的支柱产业在成长，新的技术员也脱颖而出。

2006年，第一茬葡萄挂果了，到了秋季，他们迎来了第一个丰收年。

（淳化县石桥乡咀头村村民 杨户县同期声）：“这一年收入还可以，一亩地下来要7000~8000元钱。”

（淳化县石桥乡咀头村党支部副书记郑大金同期声）：“种了6亩效益

一直很好，去年6亩地卖了4万多块钱。”

（淳化县石桥乡咀头村村民张慧同期声）：“栽葡萄这几年效益都很好，今年效益特别好，今年我这2亩多地能卖2万多块钱呢。”

雄辩的事实，优良的品质，高出苹果两三倍的价格，使咀头村在短短的两三年里，葡萄栽植面积达到了2000多亩，挂果的就有1100多亩。尝到甜头的第一批栽植户，纷纷扩大栽植面积。葡萄带来的巨大收益，也使咀头村流行起来这样的顺口溜：“5年前，广播一响，杨书记号召栽葡萄。开春了，广播一响，杨书记请来专家搞培训。一入秋，广播一响，各地客商抢葡萄。咀头村人栽葡萄，等于栽了个钱串串，咀头有了钱串串，多亏书记杨铜川。”

（淳化县石桥乡咀头村村民吴起胜同期声）：“这咀头村引进这葡萄，确实是给老百姓办了一件实实在在的事。”

如今的咀头村，人均葡萄栽植面积2亩，全村葡萄年收入500多万元，人均收入5000多元，是方圆几十里名副其实的葡萄专业村。

（淳化县石桥乡咀头村党支部书记杨铜川同期声）：“重点是以葡萄为主，把老残败（苹果）园今年春季淘汰了大概1200多亩，把种粮田再压了一部分，现在人均已达到2亩半。2亩半的各种葡萄（品种）已经达到了，几乎是以葡萄为主的种植业，今年后期估计还能淘汰一部分苹果园，我这个村估计到明年几乎全部成了一个葡萄专业村。”

杨铜川这个把心思扑在乡亲们致富上的好书记，以他一心为民的实际行动，诠释着共产党人服务人民的宗旨；以他思谋农村发展的情怀，诠释着一个共产党员、基层干部崇高的职责。

我们村的女书记

又是一个金色的九月，正是咸阳市秦都区消渡村各种果品成熟的季节。村上的果业销售大户张宏强，每天都忙着装运苹果、酥梨，发往南方。他说果品销售得畅快，得益于村上的道路。

（秦都区消渡村村民张宏强同期声）：“修路对我的支持很大，原来那路下雨的时候就没法走。现在好了，装车不用倒腾了，多亏了村主任帮忙修了这路，村民从内心感激她。”

这个让村民发自内心感激的人，就是咸阳市秦都区消渡村党支部书记、村委会主任常亚琼。

秦都区消渡村多年来一直是方圆十里有名的贫困村，村子的主导产业是果业，每年一到卖苹果、卖梨的时候，道路不畅就成为果业销售的最大阻力。常亚琼的上任改变了这种状况。

（秦都区消渡村党支部书记常亚琼同期声）：“群众为啥选我当这个村委会主任，就是想叫我给大家办一点儿事。就说以前那条土路，果子很难运出来，就算运出来也会把不少果子磕烂，没人要这些烂果子。所以，我就想首先把这条路修成，那群众的果子就能卖个好价钱。”

修路面临的最大问题是资金短缺，常亚琼首先想到的解决办法是从自己家先拿钱垫上。没想到，她的这一举动遭到丈夫安志辉的强烈反对。心中装着群众的常亚琼不顾丈夫的反对，坚持从家里拿出了2万块钱。

（常亚琼丈夫安志辉同期声）：“家里总共攒了2万元，看我进城去了，回来给我说，她把那2万元给村上修路拿走了。当时就把我气的，就和她吵架，把钱往村上一垫，以后要不来咋办呢？”

（秦都区消渡村村民王尚佑同期声）：“村上没钱，她把她的2万元垫到里边给大家修路。就因她垫钱这事，她丈夫把电视机给砸了。这是实际情况，消渡村每个村民都知道。”

就这样，在常亚琼的带动下，村民们纷纷响应，有钱的捐钱，有力的出力。然而，当一切准备停当就要开工时，又出现了新问题。

（秦都区消渡村党支部书记常亚琼同期声）：当时我村的路宽2.5米，最后区上要求路必须是5~6米宽，我这里就把线放了，毕竟要伤群众一行子树，伤到群众的利益。首先，我嫂子在我门口乱骂，人老几辈人家都能走过去，就到你手上要修条路，要你能行呢？要挖咱树呢？”

（常亚琼二嫂李峰梅同期声）：“那年的果子价是一块六七，我一棵树挂150斤货，你说36棵树是一笔多么可观的收入？你竟然不打招呼，就拿挖掘机从我地里开始，把我两行树全部挖掉扔到路上。”

修通了道路，也带动了经济。村上建起了冷库储藏水果，早熟苹果正常情况卖一块钱一斤，收进冷库储存20天后，延迟销售的价格就能卖到一块三。

（秦都区消渡村村民张宏强同期声）：“这个事本身可以说拉动整个苹果生产，对农民的收入肯定有利，咱这里的果子收购价就比以前高了。”

常亚琼真心实意为乡亲们，乡亲们看在眼里，也记在了心里。

（秦都区消渡村村民王尚佑同期声）：“我这书记不贪，没有私心。人都有私心，但她给自己不弄。”

（秦都区消渡村村民王芝萍同期声）：“我腿不方便去不成，人都老了，我村主任给我把户口办了。结果我心里过意不去，就提了些鸡蛋给村主任送去，村主任晚上把我门敲开，给我送回来了，不收。”

（常亚琼二嫂李峰梅同期声）：“干这么多实实在在的成绩，我才感觉到真的感动了，为啥呢？我说，方圆这么多干部，谁一天把自己家撂下，不停地在外面奔波，给群众谋事呢？可以说，自她到这屋里来，我兄弟没吃过她做的饭。”

（常亚琼丈夫安志辉同期声）：“这几年，她个女人弄个摊摊确实不容易，我作为丈夫也要支持她。”

当村干部就要为群众办实事，把大家的事当成自己的事。消渡村有一块200多亩的旱地，由于没有水渠灌溉，庄稼连年歉收，大家把希望寄托在了常亚琼身上。

（秦都区消渡村党支部书记常亚琼同期声）：“2000年，我这个组没有人当这个组长，等于一切啥事都瘫痪着呢。最后姐妹们给我说，亚琼你给咱把这个组长当上。我说行，这下姐妹们就说，你如果要当上，你要给咱办一件事，必须把那200亩旱地变成水地，我当时就说行。”

话是说出去了，可事情做起来，却远没有说起来那么容易。

（秦都区消渡村党支部书记常亚琼同期声）：“进入实际工作确实困难，组上的青壮年劳力都出去打工了，全部剩下些妇女和老人，干起事来也没有一分钱。”

作为村干部，作为一名共产党员，群众的事就是天大的事，再难也要办。常亚琼四处奔走筹措资金，先从区上跑来了1万元，又将组里的10多亩边角地承包出去，拿到了5300元承包费，但这离修渠所需的资金还差得很远，于是她又挨家挨户动员大家义务投工、投劳。由于村上大多数青壮劳力外出打工，她硬是带着组里的70多名妇女、老人上了工地。短短一个月，修成了1.2千米长的水渠，让乡亲们看到丰收的希望。

几年来，在常亚琼的带领下，消渡村的人均纯收入翻了两番，达到了11500元。消渡村由过去远近闻名的穷村、烂村，变成了数一数二的富裕村、文明村。

（秦都区消渡村村民王军星同期声）：“为了村民的事情，没黑没明地干，不计任何报酬，她感染了我们退休回来的干部，也跟着她干，也不计报酬。她的作风影响了整个村民的精神面貌。来到我村收果子的果商丢了几千元，村上的村民拾了自动交还人家，果商深受感动，说我明年还要来，你这个村村风好。”

80岁的老人马巧云，儿子、儿媳妇都是残疾人，常亚琼记挂着老人，经常来看她，掏钱资助老人，还打算请人来帮助老人把院子收拾一下。

（秦都区消渡村村民马巧云同期声）：“比我的谁都好，比我兄弟，比我女子，比我亲人都好。”

作为村干部，常亚琼心里装着消渡村200多户群众的冷暖疾苦，是一心为民的好书记。但面对家人，常亚琼感到更多的是内疚。

（秦都区消渡村党支部书记常亚琼同期声）：“我当组长的时候，我娃也小，也顾不上，对面我那嫂子管，还给娃做饭，修渠那阵儿确实顾不上娃。结果当村主任的时候，娃那时12岁，本来在双照上初一，我把娃转到咸阳的彩虹了，娃12岁就在轻院找了个人照顾他，娃和一名高三的娃在一起住着，自己洗衣服，自己管自己。”

（秦都区消渡村村民王军星同期声）：“常亚琼在我这村，对儿子来说，不是好母亲；对丈夫来说，不是个好媳妇；对我村村民来说，确确实实是个好书记。”

（秦都区消渡村党支部书记常亚琼同期声）：“我当干部十几年，中间的酸辣苦甜都尝过。只要是为群众办事，我无怨无悔。今后我将继续这样，为群众办好事，让群众的腰包鼓起来。”

这就是常亚琼，一个普普通通的农村妇女，一个朴实无华的女村干部，为了乡亲们的美好生活，历尽艰难困苦，尝尽辛酸苦辣，却始终无怨无悔。她用自己的满腔热情和坚忍执着的真情，诠释了一名共产党员一心为公、无私忘我的高风亮节……

一个家庭对一个村子的改变

18年前，一篇身残志坚的励志报道，改变了雷国平和他的儿孙，也改变了他的家族和东里西村。这个故事扩展到家风，融入到下一代的心灵，也温暖了一方土地。

推出片名：一个家庭对一个村子的改变

【现场声】：“我村有60户人家，250多口人，几乎家家都有大学生。我们兄弟姊妹4人，有5个孩子，2个研究生，3个大学生。”

这个让村民引以为荣的村子，就是陕西省三原县鲁桥镇的东里西村。

而在十几年前，村民是没有这样的自豪感的。因为一个人的到来，改变了一个村子，他就是退休老人雷国平。他认为，自己最成功的就是对儿子的教育。

（雷国平同期声）：“我儿子雷震上高二的时候，电子游戏厅普及，对孩子学习影响很大，我们很担心。正好这时候1996年《陕西日报》刊登了姚伟的事迹，我们带着儿子专门到西安拜访。姚伟失去双臂，刻苦学习，对儿子影响很大，回来学习很刻苦。”

用脚写字考上大学的姚伟成为儿子学习的榜样，雷震的学习成绩直线上升，成为班里前三名，第二年考上了西安外国语大学，后来成为一名大学教师，2012年被公派留美深造。

（雷国平同期声）：“姚伟的事对我儿子改变很大，我觉得也能改变其他人，我就办展览，激发更多的孩子。”

这个想法得到妻子范秀莲的支持。他们一方面与附近的学校联系，邀请姚伟来三原做报告，一方面收集姚伟事迹的宣传资料，自费制作宣传展板，在村子和集镇开始了对姚伟事迹的宣传，后来又逐步扩展到像姚伟一样自强自立、乐于助人的群体。为了便于宣传，他们购置了三轮车，拉着宣传展板四处展出，用《东里西村走出的第一个女博士王男》《东里西村走出的大学讲师》这些励志故事激励孩子们用功读书，改变人生。在回村的这十几年里，三轮车都蹬坏了两辆。

（雷国平妻子范秀莲同期声）：“老伴干的事是善事，对群众有益，他走到哪，我就跟到哪。”

2011年，雷国平带着上高二的外孙和村里的孩子，再次拜访了身残志坚的姚伟，用姚伟的事迹再次激励他们勤奋学习，报效祖国。

雷国平的善举如春雨润物，不但促进了孩子们的健康成长和东里西村村风的改变，也改变了整个家族的生活。

2011年6月25日，是雷国平母亲去世三周年的忌日。在雷国平家，没有摆酒席，没有唱大戏。雷国平和40多位亲属在母亲生前的照片前，举行了对母亲的追思仪式，让儿孙后代记住老人恩德，传承优良家风。

（雷国平同期声）：“2011年母亲三周年，我打破常规，搞文化祭奠，不搞大吃大喝，我们搞了展板，继承好的家风，收到了好的效果。”

回到村上的老两口虽然年近七旬，但是依然闲不住。看到农村许多父母忙于打工，没有精力照顾孩子，使孩子荒废了学业，雷国平非常着急。

为了使这些孩子能有个好的成长环境，爱读书的雷国平想为孩子们在自己家里提供一个学习场所。2008年，他拿出自己的1000册藏书和向家族募集来的1000多册图书，在家里办起了“东里村青少年图书室”，让孩子们有了一个获取知识的校外课堂。

12年来，雷国平和妻子用爱心和行动，潜移默化地教育着这里的孩子们，改变着这里的氛围，影响着这里的群众，温暖着这方土地。这个20世纪60年代连记账都得从外村请人的小村庄，如今走出了3名公派留学博士、4名硕士和28名大学生。

（三原县鲁桥镇东里西村村民闫粉珠同期声）：“我儿子吉彬考的是西安电子科技大学本硕连读，他能取得好成绩，和我们村的风气有关。我们村的娃都知道学习。”

（雷国平同期声）：“家风好了，村风也就自然好了，社会的风气也就好了。”

繁花似锦致富路

花朵是美丽的，共产党员田小军的心灵可以和花来媲美。

他创办了仿真花厂，不仅仅是给自己挣钱，更想让乡亲们过上有花相伴的日子。

在创办企业的过程中，他遇到过各种困难，其中最大的困难是他自己得了病。

即使这样，他还是坚持了下来，用行动为乡亲们铺就了有花的致富路。

推出片名：繁花似锦致富路

旬邑县湫坡头镇芝村的残疾人左建军，每天早上和其他正常人一样，来到村上的企业万鸿仿真花制造有限公司上班。他的岗位是技术性较强的做花头工序，一天能做200多个。沉浸在五彩缤纷的花海中，他说自己的心情从来没有像现在这么好。

（旬邑县湫坡头镇芝村村民左建军同期声）：“开了厂以来，我来试了，老板让我干了，我能有些收入了，老板对人关心，下雨帮我一下，一个月能挣1200元，在这心情好。”

左建军说的老板，就是田小军。1994年高中毕业的田小军和当时的许多年轻人一样，离开家乡旬邑，踏上了去深圳的打工路，试图寻求改变自己命运的活法。

田小军和两个哥哥进了同一个生产仿真花的厂子，从普通的染色工，到中层管理，再到设计，一干就是十几年。在掌握了技术、积累了一定的资金之后，2008年兄弟三人回到西安，办起了自己的仿真花企业。在企业逐步走上正轨的时候，2011年田小军有了一个想法。

（万鸿仿真花制造有限公司副经理田更科同期声）：“我弟回老家看到家乡虽然比过去好了，但是没有什么产业，乡亲们想挣点钱也不容易，我弟就想把企业办回到家乡去。”

田小军虽然是三兄弟中最小的，但是有头脑，聪明能干，又懂设计，比他年长的哥哥一向都听他的。但是，对这个想把企业办回家乡的决定，两个哥哥提出了不同的意见，家里人也反对。

（万鸿仿真花制造有限公司副经理田更科同期声）：“我不同意，好不容易建起个厂子，一切从头来，太麻烦了。”

（田更科爱人同期声）：“西安大城市，销路好找，回旬邑路远，运输的成本也大。”

不管大家怎么说，田小军心里认定的事改变不了。他说，打了多年的工，深知打工人的苦。虽说一年能挣几个血汗钱，但是耽搁家庭，耽搁孩子，顾不上老人，这其中的心酸，他尝得多，更见得多。让父老乡亲在自家门口就能挣到钱，不受奔波之苦，不受离别之苦，是他的心愿。现在，他有能力了，就要实现心愿。

就在田小军准备实现自己心愿的时候，远在旬邑县湫坡头镇芝村的老支书也正想为群众寻找一个产业。

（旬邑县湫坡头镇芝村党支部书记左民权同期声）：“在农村，群众想挣两个钱太难啦。大多数青壮年劳力都外出打工去了，村里只剩下一些妇女和儿童，既不利于农村的发展，对一个家庭来说，也面临好多问题。”

一个偶然的机会，左民权听说镇上的返乡务工青年田小军想回乡创业，却找不到厂房，心里一下子乐了。

（旬邑县湫坡头镇芝村党支部书记左民权同期声）：“村上的小学由于撤点并校，闲置好几年了，正愁找不到用处呢，我就赶紧托熟人给田小军捎话。”

双方一拍即合。2012年8月14日，万鸿仿真花制造有限公司在芝村挂牌成立，100多名农村妇女和残疾人，在这里开始了新生活。

（旬邑县湫坡头镇芝村村民何小艳同期声）：“我家六口人，老公在外打工，家里有老人小孩，出不去。自从花厂开工以来，我一直在花厂上班，一个月基本1000元。”

（旬邑县湫坡头镇芝村村民马亚丽同期声）：“我在这干了几个月的活，农忙时回家干活，在这上班学了技术，心情也好，还挣了钱。”

对于残疾人左建军的父母来说，花厂的建立改变的是他一家子的生活。左建军4岁的时候，得了小儿麻痹症，没钱看病落下严重的后遗症，没办法出去打工，在家也干不成农活，一直靠年迈的父母生活，父母和他心里都很难过。

（旬邑县湫坡头镇芝村村民左建军父亲同期声）：“有了花厂，他每天去上班，心情好了，我们也轻松了，多亏有了这个厂子，让我们家有了希望。”

正当田小军憧憬着自己的仿真花红遍三秦的时候，意想不到的事情发生了。长期的辛劳加重了他的颈椎病，以致于影响到了大脑的语言中枢神经。

（万鸿仿真花制造有限公司总经理田小军现场声）：“报价了没？客户有什么反应？年过完了，要开工了，安排生产，和客户联系，看今年的情况怎么样？二哥到浙江和客户联系。”

这已经是田小军病后一年多的状况了，虽然语言表达不太清楚，但是心里是明明白白的，情同手足的哥哥能理解他的意思。2012年，一向健康的田小军突然发病，住了50多天的医院，因为他掌握着企业的客户和设计开发这些关键环节，他得了病，企业一度受到影响。

（万鸿仿真花制造有限公司副经理田更科同期声）："2012年，我弟弟突然患病，语言表达和行动都有困难，厂里的技术、销售、生产都是他负责。为了他的身体，我们都劝他放弃厂子，但他不愿意，说村里有100多号人靠厂子生活，我们不挣钱事小，影响他们的生活事大，再苦再难咱都要坚持下去。"

为了这份坚持，田小军出了医院，一边继续坚持吃药恢复，一边忙起了企业的事。外出联系客户，原本是他一个人就能做的事，现在他就带上做管理的哥哥田更科，表达不太清楚的时候，让哥哥做解释。

（万鸿仿真花制造有限公司副经理田更科同期声）："看着我弟弟这样子，我这当哥的也心疼，也佩服他的这种精神和毅力，他有病还要干，咱没病就跟着干吧。"

市场变化快，不开发难生存。一片花瓣就需要一个模具，设备更新，购买原料，企业又遇到了资金困难。面对重重压力，田小军拖着有病的身体，找村支书，找镇党委，向他们表达自己的想法，遇到别人理解不了他说的话，他就用笔写下来，让人家看。他的真诚感动了镇领导，及时协调镇信用社和县劳动保障部门，获得70万元贷款，让企业在艰难中获得生机。

（旬邑县湫坡头镇芝村党委书记于中校同期声）："我们都为田小军这种精神感动，一个普通群众都能做到为了乡亲不顾自己的身体，我们还有啥说的？我们就要尽心全力支持他，把他支持好了，村子里的群众也就好了。"

有了资金支持，在加快生产速度的同时，为了进一步提高仿真花的生产工艺，提高产品竞争力，实现由帮助群众就业向引领群众创业的转变，田小军在自己的车间和妇联办起了农村妇女技能培训基地，面向全县妇女开展技能培训，并将仿真花的生产技术进行转让，给其他群众更多的发展机会。

（旬邑县湫坡头镇芝村村民李红艳同期声）：“厂子开到村上，刚开始不知道好不好学，来了一个月学会了，每天跟花打交道，心情也好，还能有收入。”

田小军用花装点了美丽的家园，他的仿真花产业在不断壮大，农民增加了收入。村美人和一家亲，芝村出现了兴旺民富万事兴的村风。

（旬邑县湫坡头镇芝村党支部书记左民权同期声）：“自从厂子办起来，在这上班的有100多人，村上风气好了，打麻将、说是非的少了。”

一家三口清华缘

咸阳市长武县彭公镇鸦儿沟村的张秦宏，是张宽信家里走出的第三个清华大学生。他的叔叔、堂兄分别在1984年和2007年考上了清华大学。

在长武县乡村，即使最穷的人家，院门上也会有一个门楼，上面大多写着耕与读、勤与俭。张宽信回忆20世纪70年代末他上高中时，母亲攒下的鸡蛋舍不得吃，全部卖了给他交学费，说再困难也要读书，读书才是正事，才能明理，才能立身立业。

张宽信说："家里能出3个清华大学生，与父亲张孝良和母亲郭灵草对这个家庭的影响与教育是分不开的。"

（张宽理妻子马雪玲同期声）："我的儿子，还有我的侄儿，还有我的小叔子，能考上清华大学，感觉到是一代人的发迹得益于几代人的积累。如果没有几代人的积累和我公婆的认知，我想也不会有今天这个结果。"

两位老人时常教育子女要对人包容，他们给5个兄弟起的名字体现了他们教育子女的理念，大哥张宽仁、二哥张宽理、三哥张宽信、四弟张宽虎、五弟张宽荣。

1984年，五弟张宽荣考上了清华大学化学工程系，他是长武县第一个考上清华的大学生，在全县引起轰动，一家人都很高兴。但不高的学费和生活费，却难住了全家。当时，在长武县文化馆工作的张宽理放弃了结婚，用不多的工资负担起弟弟的生活费。

张宽理不但保证自己的弟弟上完了大学，23年后他的儿子张秦宏也考上了清华大学土木工程系。

（张宽理同期声）：“第一个，要给孩子创造一个好的学习环境，让孩子能够安心地学习，扎实地学习；第二个方面，就是说做父母的要做好表率，让孩子对学习产生浓厚的兴趣。上大学之前，我们在家从未看电视。”

张宽信的儿子张秦宏自幼酷爱读书，他说：“有的孩子觉得读书是为了父母，对于我来说读书就是一种习惯，读书就是日常生活的一部分，每天不读书就觉得生活中缺点儿什么。”对读书的浓厚兴趣和坚持读书的习惯，最终带给张秦宏丰硕的回报。2008年，张秦宏以优异的成绩考入清华大学电子工程系，成为家里走出的第三个清华大学生。

（张宽信同期声）：“我觉得在教育子女方面，作为我们这个家庭来说，应该在（教育孩子）做人上下功夫，不应该让孩子把学习搞上去了，把成绩搞上去了，但做人失败了。这是教育孩子一个最大禁忌所在。所以说在教育孩子的时候，我主要抓了诚实守信教育，从小让他看一些中国诚信故事、中国诚信美德，通过这些潜移默化教育他向古人看齐，向优秀人物看齐，养成一个见贤思齐的习惯。”

张家一门三清华的事迹感动了长武县，也给邻里乡党树立了榜样。

（长武县彭公镇鸦儿沟村党支部书记张宽牢同期声）：“他这个家族，对我们村上影响特别大，娃娃争着好好学习，有在美国留学的，有在新加坡留学的，这几年考上名牌大学的很多。”

2008年，张宽信的父亲张孝良被长武县委、县政府评为第二届“感动长武”十大人物；2014年，张宽信的家庭被长武县委、县政府授予“书香门第”荣誉称号；2016年，张宽信的家庭先后被授予咸阳市“十佳最美家庭”、陕西省“三秦最美家庭之星”荣誉称号。

执着

——记咸阳市乾县文化馆馆长齐旭峰

他，扎根黄土地，甘愿坚守基层群众文化战线20年。

他，发动社会力量开展公共文化服务，使文化馆成为老百姓的活动之家。

他，由“送文化”向“种文化”转变，培养了一支扎根在群众中的文艺队伍。

他，就是陕西省咸阳市乾县文化馆馆长——齐旭峰。

推出片名：执着——记咸阳市乾县文化馆馆长齐旭峰

今天已经是农历腊月二十八，齐旭峰带着百名书法家写的春联和文艺演出小分队，又一次来到乾县灵源镇，把春联和文艺演出送到群众中。

在乾县，齐旭峰官不大，可知名度不小。他耗费20多年心血，不仅让一个名不见经传的县级文化馆连续四届跻身于国家“一级文化馆”行列，更让60多万城乡群众享受到难计其数的文化大餐。他本人也摘得2015年“中国文化馆榜样人物”桂冠。

1997年，在乾县县委宣传部任副科级宣传员的齐旭峰，得知文化馆馆长的位子空缺，立马向宣传部长提出：“让我当文化馆馆长！”

（齐旭峰同期声）：“我一直都爱写爱画爱唱歌，天生就爱干这事，副科级丢了就丢了。我当时给领导表态，干不好文化馆这事，你罚我扫厕所！”

尽管早知道文化馆是一个烂摊子，可走进文化馆仍出乎他的想象：楼下是澡堂，楼上是游戏厅、影楼、镭射影院，垃圾遍地都是，嘈杂声不绝于耳。

一摸馆员的底，他更是倒吸一口凉气。22名馆员，1/3是非文化专业人员；不少专业人员想干事，却无业务可开展。

（乾县文化馆副馆长杨志英同期声）：“他按照戏剧、书法、舞蹈等专业设置了11个岗位，定出职责、任务和奖惩办法，实行岗位聘任制。”

这无异于捅了马蜂窝，有的人说风凉话，有的人讽刺，甚至还有人骂娘的，齐旭峰硬是顶住了。

乾县文化馆终于在阵痛中蝶变，建成了舞蹈、摄影、文学、书法等各类活动室、展览室，将所有活动室对群众免费开放，比全国提倡免费开放文化馆早了7年。

为了在馆里形成一个人人钻研业务的氛围，他带头苦练技艺。

为了把歌唱好，他买来名家的磁带，一遍遍模仿吐字发音、气息控制。每次下乡演出，他一展歌喉，掌声雷动，群众多次给他披上红绸被面……

在书法上，他仔细钻研王羲之、王献之等大家的字帖，逐渐形成自己的书法风格。书法作品先后入选全国第八届书法篆刻展、首届全国青年书法篆刻展、全国第二届扇面书法艺术展，还获得文化部颁发的“群星奖”。

（乾县文化馆副馆长杨志英同期声）：“齐馆长的书法水平在乾县非常有名，在他的带动下，乾县书法爱好者有3000多人。近10年，举办书法展览100多场次，成立了8个书院和学会，有11人加入中国书法家协会，23人加入省书法家协会。”

齐旭峰说，要把文化活动办到群众心坎上，就要知道群众究竟需要什么。2001年，广场舞在乾县悄然兴起，齐旭峰敏锐地意识到这是一个既能锻炼又可以释放情感的有效载体。于是，他加快培训舞蹈干部，派到各广场免费为群众辅导，并组织竞赛。

（乾县县委宣传部副部长李乾宁同期声）：“广场舞跳热了群众，也跳热了县委。2012年‘七一’，县委决定把党员表彰大会和广场舞大赛合办，当时有30多支队伍参赛，队员3000多人，围观的群众超过了10万。”

今天，乾县的群众文化活动，从县城到农村，到处都是“姹紫嫣红百花放”，何以能如此呢？齐旭峰告诉大家，就是发展辅导员，把文化“种”到基层。灵源镇退休教师张显庆到文化馆请教散文写作时，和齐旭峰不期而遇。聊天中，齐旭峰发现他在村里有威望也热心，就鼓励他组织村民开展文化活动。

（灵源镇退休教师张显庆同期声）：“有齐旭峰的支持，我们每年组织的群众文化活动不下15次，参与群众近万名。我们灵源镇现在有13支舞蹈队，9支锣鼓队。”

像张显庆这样的辅导员全县有63位，他们在各个乡村组织开展群众文化活动，形成“一人带一片，小片连大片”的辐射效应。现在，每天在县城及农村大小广场开展活动的文化组织有40多个，参与群众2万多人。

（陕西省群众艺术馆馆长洪济龙同期声）：“乾县文化馆利用社会力量为群众文化活动服务，一举两得，巧中取胜，取得了事半功倍的效果。”

为了让“种”下的文化开出更多、更艳丽的花朵，齐旭峰2010年推出“农民才艺秀”展示活动。

（乾县文化馆舞蹈干部周亚妮同期声）：“鼓励村民会啥就表演啥，我们和他们一起表演，场子很快就热了，扭秧歌、说快板、唱秦腔……60多岁的老头、老太太都上台哩！”

（活动现场群众同期声）：“文化馆给我们搭建了这个平台，使我们农民也能上台表演，这样的活动办进我们的心窝窝，乡亲们都说好。”

现在在乾县，人气爆棚的不仅仅是“农民才艺秀”，还有“广场活动舞乾州”“文化讲堂惠乾州”“群众书法美乾州”“蛟龙转鼓响乾州”“弦板声腔传乾州”等，这些已形成了乾县群众文化活动的闪亮品牌。

致富不忘众乡亲

——记全国人大代表、礼泉县西张堡镇白村党支部书记李朝鲜

一名普通的基层党员，靠自己的创业，办起了6家企业。在事业最成功的时候，他却回到了生养自己的家乡，挑起了村党支部书记的担子。他一干就是17年，别人不理解，问他为什么，他说为的是让乡亲们也能和自己一样活得滋润。

推出片名：致富不忘众乡亲——记全国人大代表、礼泉县西张堡镇白村党支部书记李朝鲜

（礼泉县西张堡镇白村党支部书记李朝鲜现场声）：“这条路已经选定，这就是一条没有回头的路，为啥？咱们提出的这个东西，老百姓渴望值很高，他们对幸福生活的向往渴望值很高。咱们没有办法，不能退，退了就麻烦了，咱们就等于掉到万丈深渊了。”

这是礼泉县西张堡镇白村党支部书记李朝鲜为班子成员鼓劲的一个场面。他认为，白村发展到现在这样，必须加快推进城乡一体化建设。

礼泉县西张堡镇白村正在推进3个村整体搬迁、规划设计6000人新型社区的构想，可以节约出1500亩土地，现已被确定为咸阳市城乡一体化试点

村。他们聘请上海同济大学和陕西建工集团有限公司设计团队，为社区做出前期规划设计。

建设新型社区，让农民实现现代生活的梦想，是李朝鲜认定的道路。只有这样，才能有更多的土地流转出来，实施现代化规模经营，从根本上解决农民增收致富问题；让父老乡亲实现小康梦，过上和城里人一样的幸福生活。

虽然工作中遇到了一些麻烦，但是李朝鲜坚持事在人为的信念，要想白村变，就得艰苦干。

（礼泉县西张堡镇白村党支部书记李朝鲜现场声）：“需要有坚忍不拔的毅力，就咱过去说的那话，是不是？不怕磨破嘴，不怕跑断腿，不怕点灯熬油。”

干事有恒心的李朝鲜早在20多年前，就走出农村，外出创业。他白手起家，凭着丰富的市场经验，过人的管理才能，他的企业从无到有，从小到大。他先后创办了6家企业，资产过亿元，在咸阳市餐饮业中赢得了一席之地，实现了自己的人生价值。

富裕了的李朝鲜总是难以忘怀生他养他的故土，忘不了乡亲们面朝黄土背朝天，日出而作、日落而息的辛劳。

白村是一个典型的农业村，不靠城、不靠山、不靠水，没有资源优势，没有区位优势，当时群众生产、生活基础条件差。

每当闲下来，李朝鲜总喜欢回到白村转一转、看一看，跟乡亲们坐一坐、聊一聊。回去的次数多了，就了解了村上的事儿，他也成为乡亲们眼中的能人。

（礼泉县西张堡镇白村党支部书记李朝鲜同期声）：“当时呢，我们这个村有100多名群众代表，他们来到我们这个昭陵饭店，要让我回去做支部书记。这个，背的馍，拿的水，他们说，你不答应，我们就不吃你的饭。”

1998年农历二月初八，是白村的百年古会，在众多的乡亲面前，李朝鲜许下了自己的诺言。

（礼泉县西张堡镇白村农业开发公司党支部书记李帮权同期声）：“当时，他说给村上修路、通电、通水，要建成一流的示范园。当时，我听说后很高兴，我就给他拍手。”

（礼泉县西张堡镇白村党支部书记李朝鲜同期声）：“回到农村以后，发现农村跟城市是截然不同的。一个呢，城市是比较先进的，经济、市场各方面速度快；但是，农村呢，它是比较落后的，生产经营方式比较落后，农民思想意识比较落后。那么，两个地方，两个区域，它发展的结构和速度不同，在城镇里面咱们办企业，交够国家的税收，发足员工的工资，剩下就是咱自己的。”

他把企业的管理模式和竞争机制引入到村级班子，每年从企业中拿出一定资金，在村上设立创新奖、贡献奖，调动班子成员工作的积极性，提高了工作效率，使他们成为一个干实事的班子，赢得群众信任和依赖的班子。

李朝鲜肩负起乡亲们对他的期盼，带着群众干。他吃住在村里，成了一个地地道道的农民。他拿出自己的3000多万元，贴给这块曾经生养他的土地，实现了当初向父老乡亲提出“四个三年”建设目标的承诺。

三年基础设施建设。先后投入资金300多万元，完成了水、电、路、渠、校、路灯、沼气、闭路电视和村上组织活动场所的建设。

三年产业结构调整。先后投资900多万元，重点发展果业和生猪养殖业。

三年精神文明建设。投资260多万元，建成科技培训中心、书屋、文化广场等设施，使农民的精神面貌发生了较大的变化。

三年创办集体企业。村上已有6个企业实体，集体经济年收入达到了5000多万元。

（礼泉县西张堡镇白村党支部书记李朝鲜同期声）：“这三个发展阶段，基本上是用了12年。这12年，说一句实话，吃在农村，住在农村，成了一个标准的农民。”

他把自己当作农民的儿子，用自己的辛勤付出改变了白村，改变了贫穷落后的乡亲，其中的艰辛只有他知道。

（礼泉县西张堡镇白村村民李邦庭同期声）：“喔（陕西方言，代词，代指李朝鲜）真正在白村时，喔可能都流过泪，但是没办法，只有搞。为了大家，没有这个人的话，（白村）根本不行，白村离了这，有些人我说你，你不要反对，朝鲜这一走，你娃啥都不要想起。”

（礼泉县西张堡镇白村村民李生武同期声）：“他是带领白村这一帮人，把这个社区还想搞好。白村这几年来，不论从各项活动，从新闻报道，从群众活动这些方面，要说和别的村比的话，那确实是天地之差。”

2010年，李朝鲜按照规模化经营，联系周边6个村，建设占地2万亩的现代农业示范园区。起初一些村民不理解，李朝鲜先自己投资建起示范园，又引进了樱桃、葡萄。4年过去了，到了果树挂果的时候，他把能看到收获的园子承包给了有能力、会经营的农户，规模化经营使农民增加了收入。

（礼泉县西张堡镇白村村民赵会霞同期声）：“我在白村，我屋里一直是务苹果园的，这是我们白村大队书记李朝鲜建了一片园子，是樱桃、葡萄。我掌柜在外面是打工的，这下承包这园子以后，就不到外面去了，就在我家门口可以赚到钱。”

（礼泉县西张堡镇白村村民李帮朋同期声）：“我这樱桃、葡萄园，原来是腐烂病的苹果树，李书记李朝鲜把那挖了以后，我这就栽成樱桃、葡萄树，结果葡萄园、樱桃园2015年的收入还可以，价钱也好。平时，我们在外面打工，现在也不出去，承包这樱桃，这收入也可以。”

白村的樱桃园已经成为观光旅游、采摘、农耕文化体验区，吸引城里人来这里亲近自然、放松心情。目前，园区已被陕西省政府确定为首批省级现代农业示范园。现在村子出名了，农民致富了，收入从人均600多元增长到12000多元。

（礼泉县西张堡镇白村村民李俊英同期声）："原来一直种苹果、种庄稼，感觉有一点儿太单一，在李书记的带动下，做起了大棚，种了圣女果，感觉经济效益还是可以，采摘人也多得很，旅游人特别多，每斤也是10元。"

经过多年发展，白村的基础设施得到了改善，产业结构调整更加合理，主导产业初步形成规模，白村农业开发有限公司已被列为省级农业产业化重点龙头企业。全村年产值已达到9000多万元，真正实现由"输血型"向"造血型"的根本转变。

（礼泉县西张堡镇白村党支部书记李朝鲜同期声）："农村的文化阵地很重要，要是咱们党支部、村委会不组织去占领，不把农民的思想集中到这个上面来，那很可能就去打麻将、掷色子等，那坏的习气就全部形成了。所以，这块阵地咱们要抢占。我们有百人锣鼓队，我们有秦腔自乐班，我们有百姓舞蹈队等，我们还有通信室、乡村大舞台。通过这些文化阵地占领了农民的思想，让农民从此脱离了一些低俗的娱乐活动，进入了一个先进的文化阵地。"

风风雨雨、无怨无悔的17年，李朝鲜在党支部书记这个岗位上实干苦干，把岗位当作一种责任、一种义务。他的辛勤和汗水，改变了白村，也改写了自己的人生。他实现了当初带领乡亲们共同致富的承诺，让乡亲们过上了滋润的生活。他用自己的辛勤付出，改变了贫穷落后的乡亲。

他深信，只要去干，白村的明天会更好。

他爱这片土地，更爱这片土地上的乡亲！

朴素的信念

——记优秀共产党员杨宁国

他，18年坚守在平凡的工作岗位上，用脚踏实地的辛勤付出让广大经营户满意，用敢于亮剑的正气让假烟在这里没有市场，用默默奉献服务着单位每一位员工。

他，时时刻刻坚守着朴素的信念，用心用情做好每一件事，不求名利回报，只求良心安稳。他就是连续6年被评为“咸阳烟草系统优秀共产党员”的杨宁国。

推出片名：朴素的信念——记优秀共产党员杨宁国

（解说员现场声）：“欢迎各位来到马栏寻访革命遗迹。土地革命时期和抗日战争时期，马栏是陕甘边革命根据地的重要组成部分。1946年，习仲勋受中共中央委派，赴旬邑守卫陕甘宁边区南大门，他坚决贯彻党的抗日民族统一战线政策，同国民党顽固派进行了有理、有利、有节的斗争，顺利守卫了陕甘宁边区的南大门。”

这是个双休日，武功县烟草专卖局（分公司）的杨宁国带着一家人来到马栏革命纪念馆，让家人在这里接受革命传统教育。杨宁国已经不止一次来过这里，每一次来他都会获得新的体验。

在小儿子参军入伍之前，他特意带他们再次来这里，希望晚辈和自己一样，也能够始终做到不忘初心，树立正确的人生观。

（杨宁国同期声）：“我们应该明白，只有牢记历史，才能珍惜现在。想想革命先烈，以前为了革命付出了多大的牺牲，他们的环境是多么地艰苦。你这几天去参军，只有吃苦，你才能成长，才能为国家做出更大贡献。”

对于孩子，杨宁国希望他们在这里学习到老一辈革命家自强不息的革命传统。对已到中年的自己，他更是想在这里切身感受老一辈无产阶级革命家时刻把党的利益、群众利益放在首位的崇高精神。

杨宁国在武功县烟草专卖局（分公司）先后担任过网点营业员、送货员、稽查队副队长、队长、办公室主任，无论做什么都会倾注全部的心血。他常说：“我珍惜这个来之不易的工作岗位，感恩行业给自己提供实现个人价值的平台。”

工作之初，杨宁国被分配在基层网点做营业员，以后又做送货员。那时候，送货条件很艰苦，他所在的送货二组辖4个乡镇，服务着305家零售户，烟量大，客户分散，路况差。他每天早上不到7点就开始装烟，一路上配货、收现金，中午都顾不上吃饭，一天的烟全送到客户手里，他的心才踏实。为了工作，他常常是早出晚归。

（杨宁国妻子张育珍同期声）：“我丈夫原先在苏坊网点上班，有时一个星期回来一次，甚至一个月回来一次。”

（杨宁国同事张随印同期声）：“走到半路，天下大雨，刚好经过一个土坡，路上一片泥泞。我怎么努力，车都不能开上去，我给宁国说：‘咱今天算了吧，明天给客户送货。’宁国笑着说：‘答应客户的事情，今天必须送到。’”

（武功县游凤镇新村综合商店老板王庆民同期声）：“有一次下大雨，

我一出去，宁国背着烟，雨衣把烟苫着呢，把他自己也淋湿了。我说：‘宁国咱明天、后天送也能行，雨下这么大，看把你弄感冒了，让我咋过意得去嘛！’他却说：‘我给你答应过的今天送，今天无论如何要送到。’”

杨宁国心里时刻装着客户，一心为客户着想，把客户的事当作自己的事来做。他给自己安排的工作比单位安排给他的工作要多很多。有一家客户，平时生意好，人手少，每次送货，他都热心帮客户把烟一件一件地从一楼搬到二楼。

（武功镇永林批发部老板党永顺同期声）：“宁国每次到我商店来，碰上啥，或者我装货卸货，都积极地帮助我干。”

（武功镇商户马军护同期声）：“连一杯水都没喝，给我帮忙整货理货。咱这个卖小商品的零钱比较多，银行不收，其他送货的也不要，只有宁国同志把这零钱不嫌麻烦全部都收了。”

（杨宁国同期声）：“有时，我们帮客户干些活儿，这是举手之劳的事情。我觉得这样，我们可以和客户的距离更近一步，更好地开展工作。”

杨宁国用实实在在的付出和坚持，诠释了他对客户最真挚的感情。无论是炎炎烈日的夏天，还是寒风刺骨的冬天，他都会按时把货送到客户们手中。

（杨宁国同事张随印同期声）：“有一次，我们送完货回县上，走到县东坡口，雾很大，路面还结着冰，车老打滑。宁国二话不说跳下去推车，寻了一块砖，（边）垫（边）推，（边）垫（边）推，平时只用5分钟的路程，那次我们用了一个半小时。”

在十几年的工作历程中，杨宁国踏踏实实地做着不起眼的小事，用一颗质朴的心守着最普通的岗位，努力把工作做到极致，用实际行动践行着一名共产党员敢于担当的精神。

（杨宁国妻子张育珍同期声）：“那年腊月二十八，他当时还送货哩。晚上回来了，准备吃饭的时候，他说他肚子疼，疼得一阵接一阵，我看不行，满头大汗的，我赶紧叫邻居帮忙把他送到医院。医生一检查，说是肾结石，需要体外碎石。咱就赶紧往病房里面走，碎石那一晚上还疼，那疼了一晚上。到第二天一大早，尿的时候排出来了一点儿，人轻松了一点儿。我说叫他请假呢，他不请假，然后继续去送货，都到腊月二十九了。”

（杨宁国同期声）：“当时，正值销售旺季，如果让别的同志代替我的工作，一来对客户不熟悉，二来对线路不熟悉。当时，我这个线路每天销售量要近100件卷烟，货款要收20多万元。我想，还是坚持把工作完成好。”

十八载春华秋实，他不争名利，无论在什么岗位，都干一行、爱一行、专一行；十八载默默奉献，他肩负担当，用无言的力量感染着身边太多人。他说，十八年里，他对工作始终兢兢业业，任劳任怨，问心无愧。但是，作为一个儿子，一个丈夫，一位父亲，他亏欠家人太多。

（杨宁国妻子张育珍同期声）：“我家里的一切事情，我丈夫总是没时间来管。他工作忙，比如说装修房子那一年，别人家都是男人管，但是我家就是我一个人，比如上料沙子、水泥、地板砖，全都是我看着把那上完了。”

（杨宁国同期声）：“说句心里话，结婚二十几年来，我家里里外外，都是靠我媳妇呢。无论是娃上学，还是装修房，都是我媳妇一手办的。”

2009年，在杨宁国当稽查队长时，正是武功县局创建优秀县级局的关键时期，亟须一张全县的零售客户分布图。杨宁国一个个门店收集坐标信息，自掏腰包买来绘图纸，向懂美术的朋友请教，每天下班自己琢磨，亲手绘制出这张武功县卷烟零售点分布图。这张图比例位置十分精准，为开展专卖稽查工作提供了便利。

杨宁国常说，担当就是要真正担得起、担得住，关键时候要敢往前冲。正是基于这份党员的责任感、这份朴素的坚持，他没日没夜地奔波在市场上，面对狡猾的违法犯罪分子，多次组织队员轮流蹲点，守住了一方净土，腾出了市场空间。

（武功县烟草局稽查队员赵伟同期声）：“老杨就是一根筋，他对工作要求高，要求我们必须24小时开机待命。有一回，查扣的烟贩子气焰很嚣张，找人恐吓老杨，还不停地打骚扰电话威胁他，他也不畏惧，严格按照公事处理。还有一次查出的违法卷烟数量大，烟贩子当场情绪失控，拿起剪刀胡乱刺，他冲在最前面，双手都被剪刀刺破了。”

最终犯罪嫌疑人被控制住，查获了100多条假烟。严格执法必须自身清正，有人想通过送卡的方式，让杨宁国网开一面，被他坚决拒绝了。不吃请，不收礼，按原则办事，他要求队员做到的，自己都首先做到。

（武功县烟草局稽查队员齐晓华同期声）：“我们杨队长，在工作中对我们要求非常严，尤其是在市场检查中，不允许喝群众一杯水，不允许抽群众一根烟，更不允许我们以手中的权力去谋取私利。”

（武功县烟草局局长计恒毅同期声）：“宁国同志身为办公室主任，他从来没有在工作之余，利用他的权力在公司报过一分钱的其他费用。”

对工作尽职尽责，对身边的人，对客户，杨宁国也是重情重义，以诚相待。他的内心时时装着人间冷暖、万家喜忧。

武功县代家社区南留村75岁的李桂琴和81岁的老伴，平日里就靠开个小卖部挣点零花钱，一次托人在电脑上进烟时，点错了品种，购买了一件高档烟，在村子里是很难有销路的，愁坏了两位老人。无奈之下，老人坐着公交车来到烟草局，抱着试一试的想法，找到了负责信访工作的杨宁国。

（武功县代家社区南留村李桂琴同期声）：“咱县上烟草局的人好得很，把领导叫来，把那话说了，老婆婆，你这么大年龄能来，咱能把这个烟处理了，最后还拿车把我送回来了。”

想客户之所想，急客户之所急，杨宁国妥善处理了让老人为难的事。在“党员深入基层联系点、密切联系群众”活动中，杨宁国主动要求联系2个销量滞后的片区。他从不给客户硬压销量任务，因为他知道客户盈利下降，信心不足，硬性再压量，会伤害客户。他想方设法给客户做销售方案设计，帮助客户提升销量。他不抽烟，每次下市场，都自己掏钱买些新品烟，走访客户时帮助他们做宣传。

（批发部客户老板崔晓同期声）：“当时我店里库存大，烟款占了许多进货钱，心里不舒服，对他也没句好话。我家掌柜的还跟他大声嚷，嫌金猴王都给了大户。他也没生气，听我们说完不满才解释，还帮忙给我们卸了半车啤酒，没歇脚就走了。杨主任是个好人哪！”

作为一名党员，杨宁国勤学善思，当办公室主任后，更加珍惜每一次学习机会。他的笔记本除了剪报，密密麻麻都是学习笔记。他撰写的“三严三实”“两学一做”心得体会共20余篇，在《现代企业文化》等期刊上发表了多篇文章。他不仅自己学，看见好文章还发到群里动员大家学，许多人在他的带动下开始乐于学习。他还精心备课，深入浅出地给大家上党课，提升了基层党组织的活力。在工作中，杨宁国不是墨守成规的人，他有什么新的好的想法，会主动提出建议。

（分管综合办领导同期声）：“宁国敢于也善于提建议，平时工作中想到什么好点子，就会主动找我谈。他为单位的制度建设、后勤服务保障方面提出了很多切实可行的好建议，能主动为单位的发展出谋划策，这一点很可贵。”

在精准扶贫活动中，杨宁国利用周末和下班的时间一趟趟往帮扶的代家社区韩坡村跑，在这里他帮扶了贫困户景新利一家。对这个除了几亩地再没有其他收入的家庭，杨宁国买来化肥、农药，为两个上高中的孩子购买学习书籍和用品。在他的帮助下，大孩子考上了大学，让这个贫困家庭有了新的希望。

（景新利同期声）：“感谢宁国，没他的帮助，我家的日子没法过。”

2013年，杨宁国的妻子患上了胃部恶性淋巴瘤，在西安做了手术，先后化疗、放疗，多次住院治疗。这时，杨宁国既要照顾好妻子，又不能耽误工作，整天是单位、医院两头跑。

（杨宁国妻子张育珍同期声）：“我老公那段时间确实很辛苦。那是我在医院住院治疗的时候，他就是打手机，给单位打手机，需要安排啥事情，就拿手机跟单位领导、同志联系安排工作。有一回说话时间太长，医生就说：你这人是干啥工作的？你伺候你爱人来的，你咋还整天用手机打这电话、打那电话？”

（杨宁国同期声）：“我也没有办法，单位这摊子事，不能在我手里打住，我只能尽力尽心，把单位这个工作搞好。”

勤勤恳恳，任劳任怨，杨宁国从来没有因为自己的家事耽误工作，妻子看病加上两个儿子上大学的花费大、负担重，武功县烟草工会准备予以困难补助。

（武功县烟草局局长计恒毅同期声）：“我把他叫到办公室和他谈，想从公司工会的角度进行一个困难补助。但是，宁国同志给我提出来，婉言拒绝，把这让给了其他同志，更困难的同志。”

一个党员就是一面旗帜，心里装着工作，心里装着他人，这是杨宁国对自己的要求。他的平凡是一种境界，做好能做的事，一如既往十几年。

（武功县烟草局局长计恒毅同期声）：“他这个人最大的特点就是把事当事干，不管公司的员工、公司的客户和我们的消费者，他们任何一个人的事情，他都能够处理得让所有人满意。”

信念是支撑人生的力量。18年的基层工作，杨宁国坚守着朴素的信念，感恩行业、敬业奉献、敢于担当、清正廉洁。他用默默的付出，让大家满意，做好能做的事。难能可贵的是，他一如既往的坚持，在平凡的岗位上，用心用情做着平凡的事情，将信念化为行动，甘当公仆，高标准地彰显了共产党员立身之本。

承诺有声

——记永寿县甘井镇洛安村党支部第一书记陈社教

在永寿县，有这样一群人，他们舍弃机关优越的工作、生活条件，扎根农村基层，用智慧与实干，让支部变强，让村子变美，让农民变富，成为永寿县脱贫攻坚工作中一道亮丽的风景。陈社教就是其中的一位。

推出片名：承诺有声——记永寿县甘井镇洛安村党支部第一书记陈社教

（陈社教现场声）：“咱村群众主要种植的都是小麦和玉米，经济作物比较少。群众要富起来，就要靠经济作物来发展。这次组织村上群众到韩城，去参观人家这经济作物。参观回来，咱们尽快动手发展咱们的产业，让群众早日富起来。”

这天一大早，永寿县甘井镇洛安村党支部第一书记陈社教和村主任、镇上包村干部一起来到村上第一个栽植的苹果园，想在这里为群众找到一条致富路。

（群众广场跳舞现场声）：“永寿县甘井镇洛安村现在和其他村一样，有了村广场，村民一有闲余时间，都愿到这里。”

（永寿县甘井镇洛安村村民吕红艳同期声）：“以前我村没有广场，看到别的村有广场很羡慕，实在憋不住的时候，也去跳一下。自从陈书记来了以后，看到我村这种现状，就给我村修了广场。现在，每天晚上跳舞的人也多，看的人也多。”

（永寿县甘井镇洛安村村民单亚蓉同期声）：“我这村有点儿偏僻，也没有啥文化活动，一天出来就是谝闲传、打个牌。现在有了广场了，只要音响一响，我们就出来到广场集合跳舞。”

两年前的永寿县甘井镇洛安村可不是这样的。

（永寿县甘井镇洛安村村民胥如钢同期声）：“这陈书记来我村包村之前，村里流行这么几句顺口溜：‘村里难事一大堆，下乡干部没人来，天阴下雨无法行，守着水塔没水吃。’”

这就是两年前洛安村的真实写照。

2015年7月，陈社教被选派担任洛安村党支部第一书记。

陈社教是永寿县检察院的一名干部，在永寿县检察院工作的28年中，他作风过硬，始终把“立检为公，执法为民”作为自己的座右铭，时刻以一个党员的标准要求自己，勤奋工作，默默奉献，连续多年被市、县检察院评为优秀党员和先进工作者。

陈社教到村里后，为了尽快熟悉情况，他入户调查，把强化班子建设，化解群众矛盾，解决百姓疾苦，使洛安村的面貌早日变化，作为在第一书记任上要解决的问题。

这天一大早，他又来到村民胥宏伟家，这已经说不清是他第几次来这个家了。让他牵挂的胥宏伟家，因16岁的女儿不幸患上脑梗，花去了家里十几万元而致贫。胥宏伟与妻子经常为女儿的药费闹矛盾，导致最后发展到要离婚。陈社教从村民口中知道情况后，多次带上礼品去胥宏伟家看望他患病卧床的女儿，开导他们，化解矛盾。2016年5月份，当得知这对夫妻已经起诉到法院准备离婚时，他立即去做思想工作，最终以诚心和真情打动了他们。

（永寿县甘井镇洛安村村民胡小娥同期声）：“我陈哥说，不敢那样，儿和女都不行，哪个离了你们，谁都不得行，给我劝说了几回，我也那么想呢！着实儿也大了，女也大了，还是个病娃，你把娃引到哪里去，都不行，不方便。我心里还想了几回，碰上一回给我说一回，我两个已经和好了。”

永寿县甘井镇洛安村是一个有着1000多口人的大村，陈社教来村上的第一天，就有一件棘手的事情摆在他面前。原来，洛安村群众吃水比较困难，经过各方努力，村里打了一眼深水井，建成了水塔。但是，井打成了，水塔建起来了，却因为没有电而不能启用。面对这个两年都没有解决的问题，陈社教给群众立了军令状，答应10天内把问题解决。

（永寿县甘井镇洛安村村民胥耀斌同期声）：“他协同有关部门找相关领导，上下跑资金跑工程。”

（永寿县甘井镇洛安村村民胡和平同期声）：“陈书记这人很朴实，工作扎实，不管干啥，对群众的事积极性很高。说一句老实话，共产党有这些干部，不管啥事都好办。”

在他的努力下，第七天群众就吃到甘甜的井水。

担任第一书记后，陈社教上门入户，与群众促膝交谈，实地走访上百余户群众。他摸清了村情、民情，确定了贫困户82户，共103人，完成了贫困户建档立卡任务，打牢了群众基础。

他帮助村上健全两委会班子，结合开展的“两学一做”学习教育，以“三会一课”“民主生活会”“党员活动日”为载体，定期或不定期地召开党支部会议，收集“精准扶贫”工作意见及建议，并鼓励大家积极建言献策，为村级建设做出贡献。

（永寿县甘井镇洛安村村主任胥知恩同期声）：“过去，我这洛安村班子因为文化程度比较底，工作成效不好。陈书记来了以后，对我村的班子带动很大，能组织团结我这几个人，提高我们的工作积极性。在目前来说，我全村的群众对我们班子（看法）有了明显转变，群众对我们认识好了，我们现在工作起来也得心应手了。”

为了不打扰村民，陈社教购买了锅碗瓢盆，坚持自己做饭，吃住在村委会。

（永寿县甘井镇洛安村村民胥如钢同期声）：“这个人确实工作尽心得很，一天24小时守到办公室，一天到我南边（商店）买方便面，一天买两包方便面，咱看了都心寒得很。这人确实给咱办实事呢，到饭时你挡住叫他吃个饭，他不吃群众的。从他家里来时，媳妇给烙个馍，再买些方便面，这人确实是共产党的好干部。”

洛安村群众居住比较分散，有大小27条街道，全部是土路，群众生产、生活都不方便。陈社教看在眼里、急在心上，他积极联系永寿县检察院领导，争取单位的支持，我们再见到他时，这27条街道已经开始硬化。

（永寿县甘井镇洛安村村民白小会同期声）：“（陈）书记就是可怜的，给我洛安村跑前跑后，这一向都晒黑了，吃饭也吃不到时间，辛苦的，把（陈）书记再一次真正整瞀了。”

（永寿县甘井镇洛安村村民马文会同期声）：“陈书记为打这条路确实把力出扎了，啥地方有问题，他立马就去了。有一次他挂吊针着呢，有问题他立马就把针拔了到现场看去了。”

（永寿县甘井镇洛安村村民胥如钢同期声）：“上一次，老陈和我在一块儿坐着呢，他爱人给他打电话，我还好奇地听一下看爱人给打电话弄啥呢，一听是老陈他妹子住院做手术呢，叫老陈回去一下。老陈说，工作紧得很，没办法，他实在走不开，不得回来。我光听见电话里他爱人说，得是把你招到洛安村了，连你妹子有病，你都不回来。”

陈社教把所有时间都给了甘井镇洛安村群众，把所有精力也给了甘井镇洛安村群众，家里的一切只能苦了妻子。家里的10亩麦子熟了，妻子打了几次电话，他都没回去。

（永寿县甘井镇洛安村党支部第一书记陈社教妻子王红红同期声）：“反正我也是不知道，自下了乡以后，整天忙得几个月几天都不着家，成天是顾不上，也不说这个家了，反正是娃的老师叫他，他也不去，我一个人就是一天烦得也不想去了。”

为了让群众从传统型农业中解放出来，陈社教多方了解致富信息，组织村干部和部分群众到外地参观学习，借鉴外地群众致富经验。参观学习之后，他们发现可以充分利用全村荒地多的优势，种植花椒这一高附加值的作物，争取3年内形成气候，5年内见到实效。

（永寿县甘井镇包村干部郝亦嫚同期声）：“自从陈书记到村上任职以来，洛安村上的基础设施建设得到很大变化。但是，洛安村上现在最薄弱的是产业发展，通过我们镇上、村上和陈书记商议，我们觉得发展经济作物是农民脱贫致富最有效的途径。”

洛安村村民胥红红两年前摘柿子时，从树上掉下来，造成下半身瘫痪。陈社教多次到他的家里慰问，并根据他家和他的实际情况，让他饲养兔子。

（永寿县甘井镇洛安村村民胥红红同期声）：“陈书记让我养兔呢，像我这家庭一没资金，二没技术，赢得起，输不起，怕弄日塌（陕西方言，代词，指坏掉的意思）了。”

为这事，陈社教一年多没少往胥红红家里跑，他给胥红红请来技术员，跑来了资金。胥红红家的养兔场终于建起来了。

（永寿县甘井镇洛安村村民胥红红妻子王永红同期声）：“这兔养起来了，陈书记给我们请来了技术员，给我家把这房也盖起来了。”

这就是陈社教，他把实实在在为洛安村解决实际困难，真真切切让洛安村群众发家致富，当作自己的不懈追求。他常说：“我在洛安村的3年里，不要给自己留下任何遗憾就行。”

陈社教对洛安村的付出，洛安村的群众看在眼里，记在心上。2016年8月，洛安村100多名群众代表把两块“造福于民”“人民公仆”的牌匾送到了永寿县人民检察院。

（永寿县甘井镇洛安村党支部第一书记陈社教同期声）：“我到洛安村任第一书记已经快两年了，两年来我和洛安村的群众建立了深厚感情。从心里讲，我已经把自己当成洛安村的一名普通村民，洛安村的群众想什么，我就去给他们干什么。到这里一天，我要扎扎实实地干一天，特别是在精准扶贫工作中做到心中有数，使洛安村的82户贫困群众，按照时间节点全部脱贫。”

这就是陈社教来村里时给群众的“承诺”，虽然没有全部兑现，但是他说会用余下的一年时间，让洛安村的面貌再变化，让洛安村百姓的生活再改善，让脱贫攻坚工作真正走进洛安村百姓的生活中，走进洛安村群众的心中。

为家乡人做点实事

——记淳化县大学生村官刘坤

时间过得真快，荞麦花又开了。

我是2015年荞麦花开的时候参加工作的，到离我家2500米的淳化县官庄镇沟渠头村当村官。掐指一算，整整两年了。

两年前，我怀着满腔热情，抱着为家乡人做点实事的理想，回到了家乡当村官。我每天满脚沾着泥土和村民们打交道，虽然这项工作比我当初想的要辛苦得多，也要琐碎得多，但是村里的事却没有随着我的热情工作而有所变化。

进入2017年以来，我的心情更为沉重，至今没有干成一件像样的事，更没有探索出一条针对沟渠头村整体发展的思路。面对各级领导的支持、鼓励，各级组织的信任，我却迟迟不能有所作为，工作上没有突破。每每想到此，我夜不能寐，常常陷于深深的自责之中。

（淳化县官庄镇沟渠头村大学生村官刘坤同期声）：“理想和现实的差距还是比较大的，大学学的知识在实际应用中还是有一定的距离，我要面对的最大困难是怎样把在学校学习的知识用到实际中来，让村民尽快地富起来。”

刘坤，2014年毕业于山西农业大学农村区域发展专业，在西藏参加西部计划期满后，他报考了陕西省大学生村官，2015年9月份正式上班。说来也巧，他被分配到了淳化县官庄镇沟渠头村当村官。

淳化县官庄镇沟渠头村是一个严重缺水的村，村里的地形是北高南低，下雨根本存不住水。虽然这里是苹果生长的优生区，但是因为缺水，苹果总是生长得没有其他村的好，也卖不上好价钱，群众对苹果的投入也就不多，最后形成恶性循环。

怎样才能改变这种现状，成了刘坤在农村工作的第一个问题。

（淳化县官庄镇沟渠头村村主任梁志信同期声）：“开始，村民对他抱着怀疑的态度，认为他们干了一辈子还不如一个年轻娃。为了打开尴尬局面，让群众接受自己，刘坤挨家挨户拉家常摸情况，他还制作了联系卡片发给全村人，群众有什么事情，都能很方便地找到他。”

（淳化县官庄镇沟渠头村大学生村官刘坤同期声）：“我开始认识到，为家乡人做事不是做理论文章那么容易。只有做成了一件事情，群众才信任你；只有以诚待人、踏实干事，老百姓才会认同你。”

多次的碰壁，现实的磨炼，很快让刘坤意识到了在农村工作中能力的不足，让他明白自己干农村工作还处在学习阶段。在干中学、学中干，刘坤逐步地厘清了思路，对实际村情有了详细的了解，对村里未来的发展也有了深刻的思考。

沟渠头村以生产苹果和种植农作物为主。全村共有165户698人，其中贫困户30户105人，占到全村人口的30%。

为了改变村子经济落后的局面，让群众实现脱贫，刘坤和村两委会班子多次外出考察，找寻致富门路，经再三斟酌、科学分析，决定为村里引进大棚香菇。说干就干，刘坤不仅带领着村里群众赴食用菌基地学习，还同村两委会班子一道帮助村里的贫困户率先建起9座大棚，有1200千克香菇出棚，贫困群众尝到了产业转型带来的甜头。就在香菇生产顺利进行时，一场大风把刘坤为贫困户干的第一件实事毁灭了。

（淳化县官庄镇沟渠头村党支部书记俱鹏华同期声）：“这件事对刘坤打击比较大，我们及时给他做工作，一起为沟渠头村村民致富另想门路。”

在村两委会的鼓励和支持下，刘坤重新振作起来。他开动脑筋，借助近几年青年返乡创业潮和电子商务发展趋势，将村里的返乡青年组织起来，发挥大家擅长运用手机、计算机的优势，定期组织开展电子商务培训，并筹资成立了沟渠头村电子商务服务中心，示范引导群众利用互联网销售农产品，解决了村民以往只靠线下销售，农产品卖难、卖不上价的问题，让农产品销售由被动变为主动，使群众对网络销售有了认可。

村民梁晓林原来种了几亩苹果园，这几年苹果市场波动比较大，有的年份收入还没有支出的多。面对这种现状，刘坤动员他搞电子商务，在网上卖农产品。

（淳化县官庄镇沟渠头村村民梁晓林同期声）：“我看这事还对着呢，两个月时间，我卖这杏仁和黄豆，啥事不耽搁，还卖了1万多块钱，家里农活啥都能干上。”

村民俱鹏涛这几年一直养羊，有时候还种些西瓜和其他农作物，刘坤找到他，动员他也搞电子商务卖农副产品。

（淳化县官庄镇沟渠头村村民俱鹏涛同期声）：“我村刘坤叫我在网上试着卖一下农家产品，像土鸡蛋、核桃羹，我就不相信坐到屋里还能挣钱。经过刘坤给我做了好多次工作，我抱着试一试的态度，在网上试了一下，这一个月还可以，还卖了1万多块钱。”

为了丰富村里群众的文化生活，刘坤也是出了不少力。他经常在村里开展健康知识宣传，鼓励村里的群众积极参加文体活动。今年暑假，他邀请山西农业大学大学生支农队的学弟、学妹来村里义务支农、支教，为村里的孩子补习文化课，在村里进行文体活动。

2016年8月，刘坤听说，咸阳秦耀园艺公司培育出树上干杏树苗木，就和村党支部书记、村委会主任一行前去参观，想尽快地把这种适应他们村种植的苗木引进到村里。

增加产业致富种类，拓宽农产品销售渠道，加强农村精神文明建设，让群众有了新盼头，这就是大学生村官刘坤两年以来努力的结果。这些工作成绩，村里的群众看在眼里、记在心里，他用自己的实际行动赢得了村民的信任。

（淳化县官庄镇沟渠头村党支部书记俱鹏华同期声）：“刘坤到我村当村官已经有两年了。在这两年时间里，他把新的观念、信息、科技知识带到村里来，使我村群众在观念上有了很大变化。”

想让群众过上好日子，刘坤一刻都没有闲着。他常说：“既然当了村官，自然要为村里人做点实事。”

刘坤已经从一名普普通通的村官，逐渐成为一个村名副其实的“领头人”，完成了人生的一次“蜕变”：深入群众，肯干事，有点子，干得好。在党委、政府的支持下，在前辈干部的“传帮带”和村民的信任下，刘坤将继续在服务基层、带领村民致富奔小康的过程中，践行自己的诺言。

小举动 大爱心

——记永寿县渠子镇卢庄村贠永刚二三事

他借助自己60平方米的小吃店，用不多的积蓄为敬老院的老人免费送豆腐脑，为村上的老党员免费体检，在他的小吃店里挂起了一块“党员爱心早餐”的牌子。

他就是永寿县渠子镇卢庄村的贠永刚，他用小举动体现了大爱心。

推出片名：小举动 大爱心——记永寿县渠子镇卢庄村贠永刚二三事

每月20号下午，永寿县渠子镇卢庄村的贠永刚都会把刚做好的一坛豆腐脑准时送到永寿县敬老院，这件事情他已经坚持了一年多。

（永寿县敬老院院长刘斌同期声）：“贠永刚一年多来坚持给我们敬老院的孤寡老人送豆腐脑，他送的豆腐脑做工精细、新鲜，老人们都喜欢吃。”

一年多来，不管吹风下雨，贠永刚都坚持为永寿县敬老院孤寡老人送豆腐脑，他的这种举动感染了敬老院的工作人员。

（永寿县敬老院护理员侯宝侠同期声）：“他的这种献爱心精神，很值得我们这里的工作人员学习，促使我们更加勤奋地为老人们服好务。”

（永寿县渠子镇卢庄村村民贠永刚同期声）：“那几年一直有这个想

法，就是没有经济实力。这几年开了家小吃店，自己做的豆腐脑，也方便着呢。”

贠永刚是永寿县渠子镇卢庄村的一名普通共产党员，在县城药厂路快乐家园小区门口经营一家小吃店。一次偶然机会，一名残疾人走进了这家小店，由于自身行动不便，引起贠永刚的注意。当残疾人吃完结账时，贠永刚婉拒了，觉得残疾人本身就是弱势群体，自己能帮一点 儿是一点儿。就这样，残疾人感激地离开了这家小店，并朝这位好心的店主竖起了大拇指。这样的一竖，让贠永刚顿时感觉到热血沸腾，感受到原来帮助别人竟是这样快乐！

（永寿县渠子镇卢庄村村民贠永刚同期声）：“就是从那天那位残疾人竖起的大拇指中，我受到了启发，和妻子商量，当前永寿县按照上级安排，正在开展‘两学一做’学习教育，我作为一名共产党员，干不了惊天动地的大事，那么就从小事做起，为每天早上进店的残疾人和药厂路段的清洁工免费提供早点，为所有的哥司机每天免费提供营养粥。”

2016年年底，一块“党员爱心早餐”的牌子挂了起来。贠永刚说，他要用实际行动告诉大家，他说到做到。这样想着，也就这样做着。

（贠永刚爱人马玲玲同期声）：“他说，为残疾人和药厂路段的清洁工免费提供早点，我也同意。就是在挂‘党员爱心早餐’的牌子这件事上，我有想法，怕被人误解我们借此‘炒作’，怕社会的不认同，担心会适得其反。”

他们的担心很快被纷至沓来的顾客和与日俱增的人气打消了，他们彻底抛掉了顾虑，把一名合格党员的“做”用爱心早餐诠释了出来，他们的这种做法得到了周边群众的一致好评。

（环卫工人李玉珍同期声）：“我们已经来这儿吃了八九天了，早餐店老板真是有爱心！这么冷的天，一大早就为我们提供了热乎可口的早餐，我们给钱，说啥也不要，我们吃着，心里热乎乎的。”

“爱心与经济无关，与生活无关！”从挂牌到现在，贠永刚免费服务的客户已经有30多位了。

（永寿县爱心志愿者边建峰同期声）：“其实，他家的生活并不富裕。父亲早亡，母亲年近六旬，患有脑梗，膝下一儿一女还都在上学。这间不足60平米的小店是他们全部的经济来源。”

就是在这样的情况下，贠永刚依然坚持着，每次当他给予别人帮助后，他总是感到由衷的快乐和欣慰。

永寿县渠子镇卢庄村离县城有40多千米，山大沟深，一些人一辈子都没有去过县城，体检更是想都不敢想的事，只有得病了才去医院。贠永刚是从卢庄村成长起来的，村里的这种现状，他是比较了解的，因此他就萌发了为村里的老支部书记、老党员在县城全面检查身体的想法。

2017年3月份，他用自己的私家车自费带村里的4名老党员进行了健康体检，这件事对老支部书记、老党员震动很大，在村里引起了极大的反响。

（永寿县渠子镇卢庄村老党员邵玉民同期声）：“贠永刚这位年轻党员没有忘记我们这些老党员，为我们免费体检。这件事虽然不大，但是体现了村里人没有忘记我们这些党员年轻时为村上做的贡献，主要是年轻人没有忘记。”

（永寿县渠子镇卢庄村村民贠永刚同期声）：“老党员、老干部是一笔宝贵财富，他们见证了我们村的历史变迁，为我们村集体经济的发展做出了贡献。村里离县城远，有些老人一辈子都没到医院体检过，一有病就耽误了，自己一直想尽点心，这也是我们年轻党员义不容辞的责任和义务。”

（永寿县渠子镇卢庄村村主任李西功同期声）：“永刚家里也不富裕，但是他没有忘记为村里发展做出过贡献的老党员。我们现在的党支部班子一定要把村里的事情干好，多服务老党员，多服务老干部，把永刚这种奉献精神在我们村里发扬光大。”

永寿县在开展“两学一做”学习教育中，把贠永刚的事迹作为党员干部学习的主题，2017年“七一”贠永刚被永寿县委表彰为优秀共产党员。

这就是贠永刚，他用实际行动诠释了一名共产党员的责任与价值，用一己之力托起了这片“爱”的晴天！

第五辑

专题片

阡陌花开平安行

咸阳，坚持纵向抓机制，横向扩力量，通过网络整合各类监管资源，形成集聚效应，构筑农村道路交通安全管理新模式。

咸阳，以“农村、学校、家庭、通行路面和红白宴会”为阵地，实现交通安全宣传常态化、制度化和规模化。

咸阳，从农村道路交通安全管理的形势和规律出发，以村校为点，以路面为线，实现交通安全精细化管理。

咸阳，对农村道路实现巡逻管控无缝覆盖，开展联合执法和专项整治，建立了巡防、工作、劝导三项制度，形成严管重罚的高压态势。

随着农村路网结构的不断优化，农村道路交通安全管理为阡陌交通带来了平安畅通。

推出片名：阡陌花开平安行

咸阳，因渭水穿南，嵕山亘北，山水俱阳而得名，我国第一个统一的中央集权帝国秦王朝在此建都，有着“中国第一帝都”的美誉。境内皇陵遍布、名胜密集，堪称“历史文化的天然宝库”，承载着华夏文明的厚重历史。

咸阳，辖2区2市9县，总面积10189.4平方千米，人口495.68万。其中，农村人口340万，占总人口的70%。农村道路1万余千米，占全市道路总里程的79%。摩托车、农用车等“五类车”28万辆，占机动车总数的56%。南部县区（市）属黄土川塬，北部为高原沟壑区，落差明显。

近年来，随着经济社会快速发展，人流、物流、车流的迅猛增加，农村道路交通安全“线长面广隐患多、违法突出事故多、基础设施不健全、农民安全意识差”等问题日益凸显，成为开展道路交通安全工作的重点和难点。

为了有效破解农村道路交通安全监管的“盲区”“空区”和“弱区”，咸阳市立足实际，大胆探索，健全管理网络，搭建宣传平台，创新工作机制，形成了“政府主导统领、部门依法监管、层级联勤联动、社会资源互补、责任担当捆绑”的社会化监管机制，实现了农村道路交通安全管理零缝隙、多渠道、全覆盖，达到了“降事故、保安全、提升群众满意度”的目的，走出了一条农村道路交通安全“咸阳管理”的新路子。

咸阳市委、市政府高度重视农村道路交通安全工作，把道路交通安全管理工作提到服务经济社会和谐发展的高度。3年来，连续下发《关于进一步加强农村道路交通安全工作的通知》《关于学习推广道路交通安全“咸阳模式”的实施意见》等一系列指导文件，建立完善考核机制和激励机制，全力构建防控体系。坚持每年拨付1000万元建设资金，各县、市、区政府落实相关配套资源，用于协管员工资补助，在政策、资金、人力上给予大力支持，推动农村道路交通安全工作顺利实施。

时任陕西省副省长李金柱在《道路交通安全简报》上批示：“咸阳市委、市政府重视农村道路交通安全管理工作，狠抓农村道路管理体系建设和基础性工作，对预防农村道路交通事故有很强针对性和实效性，望进一步总结并在全省推广。”

三级网络，四支力量，实现管理资源集聚化

咸阳市在农村道路交通安全工作中，坚持纵向抓机制，横向扩力量，通过网络整合各类监管资源，形成集聚效应，构筑农村道路交通安全管理新模式。

健全“三级网络”，理顺管理机制。按照“政府主导、部门协作、乡镇参与、村组联手”的社会化管理要求，在13个县、市、区成立道路交通安全委员会，在224个镇（街道办）设立交通安全管理办公室，在各行政村建立了警务室，在村组成立了交通安全劝导队，构建起完善有力的县—镇—村（社区）三级管理网络，延伸了管理触角，为全网覆盖、无缝对接奠定了基础。

整合四支力量，突破管理瓶颈。各县、市、区按照“延伸监管触角、拓展管理区域、筑牢安全屏障”的总体要求，结合工作实际组建扩充农村道路交通安全管理力量。

农机部门抽调101人，与交警部门按照“资源共享、优势互补、联合执法”工作原则，组成农村道路交通安全管理中队，实行双重管理、联合执法，盘活了农村道路管理的人力资源。

教育部门抽调73人，和交警部门联手组建校区交通安全管理中队，遵循平行管理原则，实现了责任明确、齐抓共管的校园交通安全管理。

交通运输部门抽调65人，与交警部门组建客运车辆安全监管办公室，建立企业参与的捆绑联营制度，加强客运车辆源头管理，杜绝了站外揽客、超员、超速等严重违法行为。

全市招录了3511名协管员、劝导员，建立培训基地，配发工作装备，落实工资补贴，壮大了基层管理力量，实现农村道路交通安全“最后1千米”全覆盖。

四大阵地，七面覆盖，实现安全宣传常态化

咸阳市在农村道路交通安全工作中，坚持把开展交通安全宣传教育作为一项基础性工作来抓，以“农村、学校、家庭、通行路面和红白宴会”为阵地，通过不同载体实现交通安全宣传常态化、制度化和规模化。针对农村地区红白喜事和农家乐易导致酒驾高发特点，13个县、市、区全部推行交通安全宣传餐桌覆盖计划，在宴会和农家乐餐桌统一摆放“一张提示卡、一盒抽

纸、一摞纸杯”警示提醒，预防酒驾发生。幼儿园建立幼儿交通安全教育基地，制作交通标志道具和玩具，寓教于乐，增强幼儿保护意识。小学开展交通安全宣传“十个一”活动，通过交通安全教育课、绘画比赛等形式，让学生亲身体验，架起学生与交通安全知识的互动桥梁。中学建立少年交通警察学校，开展维护交通秩序的社会实践活动，带动交通参与者遵规守法，实施情景覆盖。建立短信平台，实行逐级发布机制，交警部门每日对点向各镇办编发交通安全提示信息、路况天气，各镇办对点向村、组发送，并由协管员通过劝导服务站、日常巡查等方式，对村民进行面对面宣传，实施网络覆盖。在县、乡道路统一制作面包车、农用车、摩托车驾驶警示牌，每2千米设立一处。在山区道路防护墙刷涂交通安全宣传标语，在城镇道路沿线村庄墙体刷涂宣传图画，把各级道路打造成交通安全宣传的长廊，实施警示覆盖。对农村民间节庆主持人、司仪进行培训选拔，颁发交通安全宣传金牌司仪聘书，配发扩音耳麦，组建农村宣传“大喇叭”，利用婚丧嫁娶、农村集会等宣传节点和时机，以最接地气、最通俗易懂的形式，广泛开展交通安全法规宣传，实施节点覆盖。创新“流动警务车”服务模式，全市统一配置集交通安全宣传、车驾管理业务办理、便民服务等功能于一体的流动交通安全宣传车，深入人员密集街区和农村，开展交通安全宣传和业务查询办理工作，实现宣传工作进村入户、上门服务，实施流动覆盖。创作快板、广场舞等一批接地气、高质量、有影响的宣教作品和节目，在全市范围宣传巡演，在电视台开设交通安全宣传栏目，在村组建立广播站，宣传交通安全常识，切实增强群众安全意识，实施声像覆盖。

四项机制，六个统一，实现安全管理精细化

咸阳市在农村道路交通安全工作中，从农村道路交通安全管理的形势和规律出发，以村校为点，以路面为线，探索形成了“四项机制”，实现交通安全各个区域、各个重点、各个环节的精细化管理。

一是创新“村口劝导、村内宣传、出村减速”村组源头预防新机制。针对农村道路交通实际，从全市招录3963名协管员，实行“六统一”管理，确保基础管理任务落实到位。在1012个出村路口，全部设置一块警示牌、一条减速带、一个宣传橱窗的“三件套”基础设施，渗透交通安全法律法规和安全出行常识，强化宣教，源头防控措施有效加强。

二是创新“校前保护、车内随护、路面防护”校园全方位防控新机制。充分发挥校园中队管理职能，实行校车及校园周边道路全方位防控。实施校前安全点控，在全市农村地区校园设立交通护学岗，上下学高峰时段定人定岗定责，加强交通指挥、车辆疏导。实施乘车安全随控，推行“一表四责”制，落实校车出校时驾驶人、老师、安全员、包校民警四签字制度。招录501名安全员，开展随车护卫，全程监督驾驶人员安全、规范驾驶。实施路面安全线控，落实增补完善计划，在农村校园、公路沿线学校增设减速带821条，警告、限速等交通标志牌4608块。全市校园交通安全防护模式推行以来，未发生一起有影响的交通事故，安全形势平稳。

三是创新“层级划分、汇总备案、督办销号”隐患排查新机制。将排查整治农村道路交通安全隐患列入年度安全生产隐患排查督办治理的重要内容，下发相关规定和制度，并建立隐患排查“四级制度”，健全信息档案，提出治理意见，做到了排查责任、治理责任、事故责任三明确。

四是创新“户籍管理、跟踪管控、针对管治”源头治理新机制。源头治理是根本。进行户籍化静态管理，由镇交管办和交警部门组成工作小组，以村为单位，开展深入基层、深入群众、深入人心的“三深入”活动。对所有机动车和驾驶人，逐村、逐户、逐人、逐车分7大类56小项目，造册登记，建立台账，看死盯牢，牢固源头。

进行跟踪化动态监管，强化农村营运客车、校车管控，建立两大监控平台。为282辆校车、2906辆客车、135辆危化品运输车安装定位系统，随时监控车辆的运行状态。

同时，开展异地用警动态执法，杜绝人情干扰，落实车辆的全程监控和动态监管。进行针对化重点管理，针对农村面包车超员违法行为，制作喷涂面板，以“源头、路面、村户”为节点，由检测站驻站民警、路面巡逻民警和入户宣传民警分岗位，对全市10400余辆面包车完成提示喷涂。针对骑乘摩托车不戴安全头盔，交警部门统一购置摩托车头盔，前期免费发放，普及带动，实现佩戴率上升、死亡率下降的良好效果。

三项制度，六方巡逻，实现秩序管理标准化

咸阳市在农村道路交通安全工作中，实现农村道路巡逻管控无缝隙覆盖，是提升管控水平的一项重要手段。积极开展联合执法和专项整治行动，加大执法密度，强化查处力度，建立了巡防、工作、劝导三项制度，着力形成严管重罚的高压态势。

一是交警部门实行“六项巡防”工作制度。根据农村地区的特点和警力配置，实行“双向对开巡逻”“区域串联巡逻”“机关检查巡逻”“过境补位巡逻”“部门联合巡逻”“带班督导巡逻”等制度。

二是交管办实行“整治曝光”工作制度。交管办组织交通、农机、安监等职能部门，实时掌握辖区婚丧嫁娶等民间聚会活动信息，加强节假日和重大集会等时段的交通秩序管理。在醒目位置设立交通违法行为曝光台，定期曝光违法行为，发布交通安全信息，警示提醒安全出行。

三是协管员实行“劝导警示”工作制度。在全市山区道路建立劝导站，固定工作人员，配发统一工作手册，按照要求对出村车辆进行安全检查，对驾驶人进行提醒劝导，有效减少了农用车违法载人，面包车超员、超速等违法行为。

农村道路交通安全管理是一项任重道远的民生大事，交通安全管理“咸阳模式”的实施，延伸了监管触角，填实了监管空白，夯实了监管责任，保障了基础投入，监管力量无处不在，道路交通环境大为改善，交通事故大幅下降，群众安全意识不断增强。

自2009年以来，咸阳市连续5年没有发生重大恶性事故。2013年，全市道路交通事故死亡人数同比下降25%。2016年1月至5月，全市交通事故死亡人数同比下降32%，道路交通安全形势逐年好转，群众安全感满意度跃居全省前列。

“雄关漫道真如铁，而今迈步从头越。”今天的事业映照着昨天的梦想，今天的理想激励着明天的辉煌。咸阳交警正以神来之笔，精心描绘出和谐咸阳交通管理的宏伟蓝图。

咸阳交警将按照中、省要求，持之以恒地抓好农村道路交通安全监管工作，整合资源，创新举措，努力把道路交通安全管理工作提高到一个新水平，为实现“四强三领先”和西部强市营造良好的道路交通环境。

安澜挽流写春秋

咸阳，泾渭二水在这里流淌，滋润着这块土地上工农业的蓬勃发展。

咸阳，巍巍九嵕在这里屹立，造就着咸阳市水利工作队发展的光辉历程。

他们，风雨兼程，安澜治水，用爱岗敬业的情怀，守卫着古都咸阳的一方安宁。

他们，寒来暑往，创业奋斗，用艰苦拼搏的精神，赢得了一个个魅力四射的荣誉。

如今的咸阳市水利工作队，已成为咸阳市抗洪抗旱、治水兴市、造福人民的主力军。他们在咸阳10189.4平方千米的土地上，为495.68万人民安澜挽流，书写辉煌。

推出片名：安澜挽流写春秋

咸阳，中国水文明的发祥地之一，素有“善治秦者先治水”的箴言睿语，光前裕后，启迪来者。

早在人类文明之初，这里就演绎了大禹导沣入渭的历史壮举。

公元前246年，秦王嬴政起用郑国开渠，修建了可灌田4万余顷的郑国渠。

1922年，著名水利专家李仪祉，兴建泾惠渠工程，灌溉面积3.3万公顷。

在这片古老土地上诞生的咸阳市水利工作队，从诞生之日起就肩负着理水安澜的神圣使命。

咸阳市水利工作队现有干部职工166人，其中干部72人，工人94人，中高级职称29人。

近年来，咸阳市水利工作队在市水利局的正确领导下，队党委团结带领全队干部职工，坚持服务公益、服务基层、服务全市经济社会发展大局的理念，坚持水利工作大发展，着力加强党建工作，努力提高干部职工队伍素质，凝心聚力，真抓实干，各项工作开展有序，任务完成突出，为推动咸阳水利事业科学发展做出了积极贡献。

岁月悠悠，咸阳市水利工作队人追逐时代主旋律的脚步。寒来暑往，咸阳市水利工作队人用生命书写发展的豪迈诗篇。跨越发展，咸阳市水利工作队人用汗水创造良好的工作环境，为咸阳水利事业的发展奠定了坚实基础。

艰难起步

2003年，咸阳市水利工作队领导班子新老更替，周勇翔任队长。

这一年，咸阳市水利工作队从乾县整体搬迁至咸阳市区内。搬迁过程，虽然几经波折，但是队领导带领全队干部职工勤俭节约，克服重重困难，结束了咸阳市水利工作队办公区域从租到建、从无到有的历史。现在的咸阳市水利工作队办公区域占地面积约20亩，拥有3600平方米面积的业务综合楼，楼内职工健身房、浴室等设施齐全，院内绿化、体育基础设施一应俱全。

2003年，正值SARS疫情发生，刚刚搬迁到咸阳市区内的咸阳市水利工作队干部职工人心惶惶，队伍的稳定性受到挑战。面对这种形势，刚上任的周勇翔和他的一班人，没有退缩，迎难而上，坚持稳定队伍，发展事业。他们把咸阳市水利工作队的长远发展放在首要位置，把职工的利益放在心上。他们为刚刚进入城市的干部职工联系租房、团购住宅楼，排解干部职工的后顾之忧，为咸阳市水利工作队的稳定及快速发展奠定了基础。

为了在机关营造出“家”的温馨，周勇翔倡议办起了职工食堂。无论是风雨交加的夜晚，还是赤日炎炎的盛夏，员工们外出归来总有可口的饭菜等着他们。

此后的几年，咸阳市水利工作队在工作上有了质的飞跃。

咸阳市水利工作队为摆脱因职能单一制约全面建设发展的瓶颈性问题，队党委积极主动地向上级部门争取，2008年6月经咸阳市政府批准，咸阳市水利工作队为中国人民解放军陆军预备役141师防化连预编单位。2010年，咸阳市委、市政府授牌咸阳市水利工作队为“咸阳市防汛抗旱应急救援队”，授“咸阳市防洪抢险志愿者协会”会旗。

为了使咸阳市水利工作队在体制建设上集中管理、加快发展，他们积极努力多方争取，使咸阳市机构编制委员会办公室为咸阳市水利工作队核定了“负责咸阳市水利工程建设项目的技术指导；承担相关公益性水利项目的建设；负责咸阳市地下水资源的勘探、勘测和开发；负责咸阳市防汛抗旱技术指导，承担应急救援工作；承担全市工化专业救援队相关职责分工；维护、检修防汛抗旱设备；负责咸阳市水利新技术的试验、研究、推广和对外经济技术合作交流；承担咸阳市水利系统干部职工业务技术培训工作；负责咸阳市水利行业安全生产技术指导和技术培训；指导各县区水利工作队业务工作”10项新职能。

咸阳市水利工作队内部实行竞聘上岗，为水利事业的健康发展提供了人才保证。

走进新址院内，鲜花芬芳，碧树葱茏。

莫道征途多艰险，峰顶回眸步步高。

三次变革，每一次都把咸阳市水利工作队的发展推向新的阶段。

跨越发展

沿着大禹开创的精神之路走来，咸阳市水利工作队责无旁贷地担当起咸阳市水利工程建设项目的技术指导，相关公益性水利项目的建设，地下水资源的勘探、勘测和开发。从渭北高原旱腰带到城郊的给水项目，哪里有清流，哪里就有咸阳市水利工作队人奋斗的足迹。

他们肩负着咸阳市防汛抗旱技术指导、应急救援工作，哪里有险情，哪里就有他们匆忙的身影。

秉持“可持续发展”的理念一路走来，他们承担着咸阳市工化专业救援队相关职责，负责咸阳市水利新技术试验、研究、推广和对外经济技术合作交流，献给市民一方蓝天，一泓碧水。

坚持“着眼未来，服务基层”的宗旨，他们负责咸阳市水利系统干部职工业务技术培训和继续教育、安全生产技术指导和培训，指导各县区水利工作队业务工作，哪里有呼唤，哪里就有他们洒下的汗水。

咸阳市水利工作队始终坚持把工作一线作为锤炼职工作风、塑造单位形象的主战场。

人民安危重于泰山，水患险情就是命令。多年来，每当汛期到来时，咸阳市水利工作队全体干部和职工总是冲锋在第一线。

2003年8月，咸阳市渭河城区东段因暴雨决堤，威胁下游群众生命财产安全。咸阳市水利工作队干部和职工坚守岗位，日夜巡防，驾起冲锋舟，抢救被困群众。那橘红色的救生衣，带给父老乡亲生的希望，情的温暖。

泾阳防汛告急，咸阳市水利工作队工人整装出发，抢在险情到来前进入阵地。

礼泉防汛危机，咸阳市水利工作队工人招之即来，把援救的双手伸向基层。

渭南防汛告急，咸阳水利工作队工人来之能战，提供最真诚的技术援助。

面对灾害，他们迎难而上，勇斗洪魔，力排险情，先后抢救被洪水所困群众50余名，打捞溺水群众1名，有力地保证了人民群众的生命和财产安全，用行动诠释了水利事业的真谛。

在长武县亭口水库，他们为了人民的安全，不放过任何一个可能引发灾害的蛛丝马迹。

在市自来水厂，他们细心检查安全生产。这座城市因为有他们一双双警惕的眼睛而平安幸福。

水利安全零事故，这是一个高度、一个目标，更是一份责任和使命。咸阳市水利工作队的干部和工程技术人员将责任扛在肩头，把目标树立在奋斗的征程上。

咸阳市水利工作队一班人从实践中深刻体会到，治水的根基在群众，管水的根基在群众。他们把普及水利安全知识作为一项重要工作，常抓不懈。

2007年5月，全国事业单位岗位设置试点工作开展，咸阳市水利工作队积极响应，使此项工作在全国率先完成，受到人社部领导和专家们的充分肯定。

2011年，咸阳市人力资源和社会保障局授予咸阳市水利工作队“咸阳市专业技术人员继续教育基地”称号。3年来，他们认真做好继续教育基地的宣传教育工作，不断创新培训方法和手段，截至目前已培训1000人次以上，圆满完成了咸阳市人力资源和社会保障局、咸阳市水利局赋予他们的全市专业技术人员继续教育培训任务。

咸阳市水利工作队重视科研工作的稳步发展。近年来，有《富源水电网络管理与信息系统》等3个科研项目获市级科技奖。随后，科研项目《GIS在渭北黄土丘陵区电探找水中的应用》《农村安全饮水工程管理的研究与应用》《新型护岸安全网的研究与应用》已完成相关论证工作，如今已上报科技成果。

咸阳市水利工作队还与市水利局建管科、安全稽查办举办了3期安全生产知识培训班，参加培训230人次，有力提高了水利局系统专业技术人员的安全意识和安全知识水平。

咸阳市水利工作队在党建和精神文明活动开展中，把“建学习型班子，带学习型队伍，创公益服务”作为基本要求，运用制度化、规范化管理、绩效考核等手段，推动水利工作创新和学习型党组织创建的有效结合。

组织全队干部职工观看学习型党组织基本知识讲座、红色影片。通过召开座谈会，参观红色教育基地，重温入党誓词等形式，使全队干部和职工形成了积极向上的人生观、事业观。通过向贫困、弱势群体捐款献爱心等活动，推动精神文明活动的不断开展。

近年来，咸阳市水利工作队为服务咸阳经济建设，维护城市用水安全，治理水旱灾害，做出了贡献。连续多年被陕西省水利厅评为全省水利经济先进单位、抗洪救灾先进单位、“创选评”竞赛活动最佳单位和咸阳市水利系统优秀单位。荣获陕西省职工经济技术创新优秀成果三等奖。两人被评为咸阳市有突出贡献专家，一人被评为咸阳市“三五人才”暨咸阳市劳动模范。

成就辉煌

走进咸阳市水利工作队，一间间办公室内，每个人脸上都洋溢着舒心的笑。职工们说，水工队就是一个和谐的大家庭，在这里感受到的是团结，分享到的是快乐，收获到的是精神文明。

近年来，咸阳市水利工作队坚持“人才兴业”理念，每年都要引进一批高校毕业生，为他们施展才华搭建广阔舞台，使专业技术队伍不断壮大，队伍建构日趋合理。

近年来，咸阳市水利工作队提拔了40名中、青年干部到科级领导岗位，为单位发展注入清新活力。

队领导班子从尊重人、爱护人、关心人出发，每年为职工健康体检，慰问退休老职工，为生活困难职工发放补助金，把人文关怀体现在每个工作环节。

岁月悠悠，咸阳市水利工作队人追逐时代主旋律的脚步铿锵有力；寒来暑往，咸阳市水利工作队人用生命书写发展的豪迈诗篇；跨越发展，咸阳市水利工作队人用汗水创造良好的工作环境。

“长风破浪会有时，直挂云帆济沧海。”他们高扬解放思想、开拓前进的风帆，坚定信心，迎难而上，为实现“咸阳梦”，助推“中国梦”，书写更加瑰丽的时代篇章。

红色马栏　绿色旬邑

这是一方开垦农耕文明的热土，书写着人类历史上第一次农业、养殖业大分工的壮丽篇章。

这是一方曾经播撒红色火种的热土，演绎过红旗飘扬、红星照耀、红流激荡的慷慨壮歌。

这是一座生态与人文完美融合的古城，皴染山媚川晖、林芳木秀的绚烂画卷。

古豳福地，魅力旬邑——一颗镶嵌在渭北高原上的璀璨明珠。

推出片名：红色马栏 绿色旬邑

旬邑县位于陕西腹地、咸阳北缘，古称豳，秦封邑，汉置县。原面开阔，迤逦壮丽，马栏河水穿境而过。全县总面积1811平方千米，辖9镇、1个街道办、187个行政村、总人口30万，属陕甘宁革命老区县、国家扶贫开发重点县。

旬邑县文化积淀深厚，是华夏文明的发祥地之一。世界最大的黄河剑齿象化石，见证了300万年前沧海桑田的变化。周人先祖公刘在这里开疆拓田，促进了古代农耕文明的发展。境内长达90千米的秦直道，堑山湮谷，飞錾越岭，贯穿南北。岿然屹立的北宋泰塔，阅尽风雨，古朴壮观。堪称中国古代建筑艺术典范的唐家民居，雕梁画栋，廊腰缦回。以世界民间工艺美术大师库淑兰作品为代表的彩贴剪纸源远流长，驰名海内外。

旬邑县曾是西北革命根据地的重要组成部分、陕甘宁边区的南大门。抗日战争和解放战争时期，中国共产党领导下的马栏是陕甘宁边区关中分区政治、军事、经济中心，陕豫晋省委办公驻地，肩负着保卫延安、决策关中的历史使命。刘志丹、谢子长等老一辈革命家的脚步走遍马栏，习仲勋、汪锋青春的身影跃动马栏，英雄风姿浇铸边区的前哨屏障，岁月镌刻马栏人民的古道热肠。著名的爷台山反击战在这里部署指挥，打响了解放战争第一枪。如今置身马栏，我们依然能够感受到革命前辈们对信念的执着和对历史的担当，感受到他们在艰苦卓绝的环境中不畏艰险、上下求索、矢志不渝、砥砺奋进的伟大精神！

旬邑县自然资源得天独厚，是地域经济特色最明显的发展区域之一。这里是全国重点产煤县，境内煤炭储量27.9亿吨，石油储量2800多万吨，天然气储量约1.5亿立方米，油页岩资源量1.4亿吨，量足质优，易于开采，是理想的动力和气化用煤。

旬邑县具有西北典型的地理地貌，光照充足，雨量适中，土地肥沃，是世界优质苹果适生区。全县苹果栽种总面积50万亩，年产优质苹果50多万吨，“马栏红”苹果荣获中央电视台“2015十大魅力农产品”称号。这里是全省百万头生猪大县，果畜互动、良性循环的现代农业产业链已经形成，绿色农业驰名中外。此外，这里还是传统的中药材产区，全省中药材规范化种植基地县，吸引海天制药、三正医药、圣威制药等知名企业在这方热土上各展风采。

旬邑县生态环境优美，是宜居宜业的理想家园。石门山、马栏山遥遥相望，峰峦叠嶂，绿植繁茂。春季万木争荣，百花竞艳；夏季绿荫铺地，碧波万顷；秋季姹紫嫣红，争奇斗艳；冬季玉树琼花，银装素裹。全县林果覆盖率73%，是名副其实的“天然氧吧”。石门山国家森林公园主峰海拔1885米，为关中北部最高点，山脉形似九顶莲花墩，有“山不盖土、水不归一”之说，已顺利通过AAAA级旅游景区验收。县城南北的翠屏山、凤凰山、崔家河山翘首相望、环抱山城，“城在山中、山在林中、林在画中”，若仙若幻，美不胜收。旬邑县着力打响“红色旅游、生态旅游、民俗旅游、乡村旅游”四大重点旅游品牌，全域旅游亮点突出，成为西咸健康养老、运动休闲的最佳目的地之一。

旬邑县发展前景广阔，是投资兴业的优选之地。这里交通便捷，银百高速、菏宝高速穿境而过，211国道、342国道、旬耀公路相互连接，已全面融入西咸1小时经济圈。这里环境优越，国家卫生县城、全国生态文明先进县、全国科技进步先进县、全国十佳最具投资竞争力城市、省级生态园林县城等城市名片，靓丽耀目。这里活力喷薄、魅力四射、潜力无穷，是陕西最具吸引力的县区之一。

旬邑县委、县政府落实“四个全面”布局，遵循“五大发展”理念，聚焦建设关中最美县的目标，全面激发经济活力，持续扩大投资规模，不断增进群众福祉，县域经济发展已经迈上了追赶超越、加快转型的新阶段。

“并负垂天翼，俱乘破浪风。”沐浴着全面建成小康社会的时代春风，踩着《陕甘宁革命老区振兴规划》的鼓点，旬邑人民扬帆起航。一个人文荟萃、文明开放、天蓝水绿的旬邑，将以全新的姿态展现在世界面前！

古城新姿

洗印一座城市的历史背影
于意象深远的岁月留痕中
领悟它底蕴深厚的人文积淀

体味一座城市的现代风华
于浑然天成的城陵一体中
感受它古今交融的独特魅力
推出片名：古城新姿

乾县，位于关中平原中部北侧，渭北高原南缘。因处在鄂尔多斯台地南缘与渭河断裂盆地的结合部，形成了南部黄土台塬、中部带状平原、北部丘陵沟壑三大地形地貌。全县总面积1002.7平方千米，所辖12镇8乡共计425个行政村，总人口55万。因拥有悠久的农业历史和优越的生产条件，业已形成粮油、果品、奶畜、蔬菜四大主导产业，被国务院确定为“全国优质商品粮基地县”“国家农业标准化示范县”“全国果菜20强县”。

乾县区位优势明显，道路交通发达，312国道、福银高速、107省道、209省道和正在建设的西平铁路穿境而过。境内历史遗存丰富，文化积淀深厚，拥有文物古迹539处，尤以唐高宗李治与女皇武则天合葬墓——乾陵闻名中外，是陕西省的旅游强县和教育大县。改革开放以来，全县民营企业已发展到7486家，其中上规模企业30家，海升果业、银桥乳业、福祥实业等6家企业综合实力跻身咸阳市民营中小企业50强，是陕西省民营企业发展示范县，也是我国西部纺织工业第一大县。强劲的发展态势使城市的基础设施建设和整体面貌发生了天翻地覆的变化，乾县先后被陕西省政府授予"陕西历史文化名城""省级卫生县城""陕西省重点项目建设先进县"等荣誉称号。

近年来，乾县县委、县政府领导集体紧抓国家实施的关中一天水经济区建设，进一步抓住西部大开发的历史机遇，结合所处的区位优势，将立足建设西安国际化大都市卫星城市和乾礼统筹区作为乾县城市建设的功能定位，在完成县城总体规划和建制镇规划修编的基础上，拉开了又一轮颇具前瞻性、高起点的城市建设帷幕。

作为推动城镇建设的主要职能部门，乾县建设局自上而下迅速动员起来，按照旧城改造与新区建设并重的原则，旋即启动了唐风貌街区改造建设工程、县城新区工业园区基础设施建设工程、临平镇南北大街改造及创业一路道路建设工程。同时开工建设的还有乾陵旅游景区配套设施，集中推出"乾州四宝"风味的北大街饮食一条街改造建设工程，事关民生的保障性住房安居工程项目。轰轰烈烈的建设热潮仿佛一曲雄浑的交响乐章，回荡在这片古韵犹存又洋溢着现代气息的土地上。

乾县唐风貌街区位于与乾陵遥遥相望的西兰大街北段，南起福银高速乾县引线对接处，北至乾县旅游路口，全长1050米，街区规划红线宽度72米。其中，车道36米，两侧人行道各18米。该街区是乾县意欲打造乾陵旅游大景区的重要组成部分，功能定位集中在旅游、商务、休闲、娱乐一体化。这项总投资3.51亿元的建设项目，内容包括道路两旁仿唐建筑风格的楼阁群落、条石铺设的人行道路、意蕴悠远的唐文化雕塑小品、崇尚生态的景观花木、古朴典雅的中式街灯，以及深埋地下的电力、通信、广电等“三线”设施。整个设计除充分彰显乾陵蕴含的盛唐气象外，还融入了乾县作为历史文化名城的文化内涵，并将这些元素充分展现在南端的奉天文化广场。这片市民休闲区，以象征着一把钥匙的日晷为显著标志，寓意透过钥匙开启久远的乾县文明，使游人和市民通过拱卫在周围的巨型浮雕和相关文字，了解这方厚土所孕育的灿烂文化。同时，借助这把钥匙打开与之相对的现代大门，展示当代乾县人以海纳百川的开放心态，拥抱世界、迈向美好明天的胸襟和自信。截至目前，该项目已完成涉及拆迁面积8万平方米，建成仿唐建筑面积6万平方米，晨光中学公寓楼、西北民间工艺品批发市场等9处建设项目已经竣工，大唐风情园、周鼎饭店、咸阳乾州皇家洗浴广场等4个项目即将完工，56户临街民居仿唐建筑改造基本完工，人行道铺设及“三线”入地工程已近尾声，奉天文化广场已投入使用。该项目的建成，标志着长期以来乾县城市规划渴望实现“城陵一体”格局的愿望正在变成现实。

改革开放以来，善抓机遇、富有创新精神的乾县人，非公有制经济的发展走在全市前列。早在20世纪90年代，乾县就以超前的思维在全市率先建起了以商促工的现代工业园区，孵化造就出一批在省内乃至中国西部具有广泛示范效应的合资、民营企业。进入21世纪后，不甘落伍的历届乾县领导集体，一直把招商引资工作作为振兴乾县经济的重要途径而不断引向深入。

在此基础上，乾县开辟出规划面积8.03平方千米的县城新区工业园区，该项目总投资4亿元，主要用于园区路网布局的“三纵五横”的道路建设和绿化、亮化、气化、电力、通信等基础设施建设。目前，已建成兴业大道、朝阳路、青仁路、西兰大街、靖庄路等主干道路，完成投资近3亿元。

2010年，乾县在工业园区计划投资6800万元，主要实施的项目包括：投资3395万元，完成长1290米、规划红线宽60米的新城大街东延道路工程。目前，已完成了道路地面附着物的清理赔付工作，共清理青苗及果树100多亩，拆迁农户24户，搬迁坟茔280座，赔付资金400多万元。该工程共分两个标段，其中东段道路已完成油面铺设，西段道路正在进行路基处理和灰土垫层，两段已完成投资1900万元。同时，完成了投资1600万元的靖庄路、朝阳北路油面铺设、绿化、给排水、天然气铺设等工程，与之配套的亮化工程已完成了规划、设计、预算等前期准备工作，该项目已于8月底动工，预计10月底建成。还完成了投资1800万元的迎宾大道——福银高速引线长2.8千米，两侧各宽25米的绿化景观长廊及青仁路、唐风貌街区、靖庄路等街区的绿化工程建设。目前，包括杨树、红叶李、雪松、小叶女贞等树种在内的近3万株、投资1171万元的绿化带已经建成，错落有致、四季色彩不一的引线景观长廊，宛若舞姿翩跹的多彩仙子，迎来送往着倾情乾县的八方宾客。与高速引线交相辉映，投资600万元的青仁路、朝阳大街、新城大街的绿化美化业已完成。

随着园区设施的建成及完善，即将在园区开建的汽车底盘项目和铝材加工项目，必将对乾县聚集工业企业的发展发挥出积极作用。

临平镇是陕西省确定的全省百强镇之一。该镇地处乾县西部，北靠永寿，南临武功，西接扶风。特殊的地理位置和富庶的农林牧业产出，使该镇至今依然延续着繁荣的物流贸易功能。为科学统筹城镇发展，加快小城镇建设步伐，乾县县委、县政府2011年将临平镇列为209省道镇区段重点改造建设项目。

209省道镇区段位于临平镇镇区中部，是集行政办公、金融商贸、市场交易为一体的综合性主干道路，也是连接乾陵和法门寺的重要旅游干线。该路段西起临平镇创业二路，东至临平镇永昌路，全长1400米，规划道路红线宽36米，三块板结构。其中，车行道14米，两侧慢车道各4.5米，绿化隔离带各1.5米，人行道各5米。改造建设内容包括人行道铺设、排水暗渠埋设、绿化隔离带建设、路灯安装、给水管道埋设及沿街建筑拆迁改造等工程，工程造价370万元。

该工程2011年5月开工，目前已实现临街改拆建23户，完成临街建筑立面改造12820平方米，铺设人行道11000平方米，建成绿化带4500平方米，路灯安装已进入尾声。

计划投资190万元的临平镇南北大街于同年5月开工。目前，该项目已完成人行道铺设3500平方米，栽植行道树360棵，建成绿化带2200平方米。该工程建成后，可改善市容市貌，优化人居环境，增强城镇综合服务功能，促进镇域经济快速发展，将起到积极的促进作用。

与此同时，对临平镇后续发展具有强势支撑的创业一路已于2011年7月5日开工。该路段是临平镇新区规划的一条东西主要干道，西起创业二路，东至永昌路，全长1367米，规划红线宽30米，属一块板结构。其中，车行道20米，两侧人行道各5米，建设内容包括道路建设、人行道铺设、排水管道铺设、行道树栽植及路灯安装等，工程总造价1600万元。目前已完成路基清理及过路管线埋设等土方工程，完成投资230万元。该工程的建成，将有效扩大镇区规模，为招商引资、建设专业化市场、建立产业园区提供强有力的基础保障。与之相呼应的创业二路，已完成工程勘测、设计、预算等前期准备工作，该项目投资850万元，已完成投资320万元，计划将于2011年底完工。同样，创业二路的建成，将进一步改善镇区的对外交通环境，使临平镇的路网布局更趋合理，也必将对该镇经济社会的健康可持续发展起到重要作用。

纵观全市各区、县争先进位的竞争态势，回首乾县城镇建设的项目进度，可以看到还有一定差距。为此，乾县县委、县政府在市委、市政府的坚强领导下，将以只争朝夕的豪情，凝心智，聚合力，排除一切不利因素，迎难而上，在今后一段时间为实现制定的既定目标，和全县人民一道努力奋斗。

魅力永寿展新姿

——永寿县创建省级卫生县城纪实

永寿县地处陕西省中部偏西，是古丝绸之路上的重要驿站。全县总面积889平方千米，辖11个镇、1个现代农业示范园区，有249个行政村，20.34万人。县境内沟壑纵横、梁峁起伏，是典型的旱作农业县和国家扶贫开发重点县。

千百年来，勤劳朴实的永寿儿女在这块神奇的大地上，用智慧和汗水创造了一个又一个辉煌业绩。特别是开展创卫活动3年来，城乡面貌日新月异，社会经济快速增长，人民群众安居乐业，一个青春靓丽、魅力无尽的新永寿正展现在世人面前。

抢抓新机遇，绘就新宏图。2009年4月28日，这是一个值得永寿人民铭记的日子。这天上午，当着全县100多个部门单位主要领导的面，时任县长齐海斌郑重宣布："永寿县即日起创建省级卫生县城。"

这是永寿县抢抓机遇、加快发展的科学决策，这是关注民生、让群众分享发展成果的重要举措，这是永寿县掀起新一轮城市建设的进军号角！

新的目标是机遇，也是挑战！新的起点是希望，更是责任！县上坚持把创卫作为城市建设的重要载体，作为每年的一号民生工程，连续3年写入党代会、人代会工作报告，纳入经济社会发展总体规划。这体现了决策者敢于挑战自我的勇气和智慧，更体现了建设者发展的坚定信念！

县上成立了以县长为总指挥的永寿县“三创”工作领导小组，所有城区单位和乡镇也成立了相应的组织机构，制定了《永寿县创建省级卫生县城三年规划》《永寿县创建省级卫生县城实施方案》等20多个规范性文件、53个单项创建方案，将各项目标任务逐部门、逐单位、逐路段分解下达。

县上专门设立了“三创”工作领导小组办公室，从各部门抽调精兵强将加强工作力量。为爱卫办增加了编制，做到经费、人员、办公设备“三到位”，大力开展创建活动。开设了投诉热线，随时解决各类困难和问题。积极邀请省、市爱卫办领导检查指导工作，有力地促进了创建活动不断向纵深发展。

宣传活动形式多样，宣传内容丰富多彩，这是永寿县创卫宣传的真实写照。县电视台开办了《创卫大家谈》《创卫小知识》《创卫曝光台》等多个宣传专题栏目，刊登播出创卫动态和公益广告。开设了永寿县“三创”工作网，开辟创卫论坛，发布创卫信息，对创卫工作进行全方位的宣传报道。

充分利用节假日以及“结核病防治日”“世界卫生日”“无烟日”“世界环境日”等，在繁华地段和中心广场开展了“永寿是我家、创卫靠大家”等宣传教育活动。各单位、居民小区、城中村陆续设立了创卫、健康教育宣传栏。

开展了“创卫知识百题竞赛”等主题宣传活动，各部门结合各自工作特点，从不同角度、不同层面开展了一系列创卫宣传活动。通过形式多样、广泛深入的宣传教育，不文明、不卫生的人和事明显减少，市民整体素质明显提高，处处呈现着一派浓厚的创建氛围。

浓厚的宣传教育氛围，增强了干部群众的创卫意识。全县上下形成人人都干创卫之事，人人都知创卫之难，人人都想创卫之法。如今的永寿县，“要我创卫”的被动行为，已变成了干部群众“我要创卫”的自觉行动。

创新机制求高效，实现目标有保证。县上把创卫目标任务一一分解到

12个专业组和所有涉及部门单位，与各部门签订创卫目标责任书，将创卫工作纳入全县目标责任制考评范围，实行周考核通报、月小结评比、季讲评奖惩制度。

37名县级领导包抓联系部门和路段，县委书记齐海斌、代县长王强民点名包联线路最长、任务最重、难度最大的新永路全段，每周最少到路段检查一次，现场办公，督促进度。

实行分级督查制度，坚持每月由县级领导带队进行一次检查，每旬由创卫办组织一次督查，每周由各部门单位组织一次自查，县委、县政府督查室不定期进行跟踪检查。县“三创”办编写工作简报，县电视台设立曝光台，及时通报情况，有力地促进了创卫工作顺利进展。

县委书记齐海斌、代县长王强民除了亲自督促检查外，还责令县“三创办”不定期暗访，将发现的问题以督办函的形式，反馈给每个包抓路段和项目的县级领导。有一次，在创卫检查中发现城东客运站存在旱厕的问题后，县委书记齐海斌给该单位领导打电话，很快就得到了改建。

在创卫工作中做出突出成绩的先进单位和个人，县委、县政府予以表彰；对不能按时完成目标任务、影响全县创卫工作进程的单位和个人，实行“黄牌”警告、诫勉谈话、通报批评、纪律处分等。

全民动员抓创建，定叫旧貌换新颜。这是时代的呼唤，也是永寿人民的心愿。永寿县委、县政府始终把创卫工作列入重要议事日程，放在主要领导的心上，落在主管领导的肩上，拿在基层领导的手上，掀起了干部群众齐上阵，共创卫生模范县的新高潮。

县城各广场、各社区等公共场所设置健康宣传栏110余块，发放卫生科普知识传单、《健康教育手册》等宣传资料20余万册，开展全民健康教育，倡导文明生活方式。各中、小学全面开设了健康教育课。在医院门诊、病房积极开展健康教育处方和健康教育咨询等服务，教育广大群众改陋习、树新风，养成健康文明的良好习惯。

各机关单位办公室和楼道醒目位置都设立禁烟标志，大力提倡禁烟戒烟活动，取缔了各类烟草广告，教育广大青少年远离烟草。县城居民健康知识知晓率和健康行为形成率分别达到90%和70%以上。

新永路创卫示范一条街绿意盎然、繁花似锦，把全民创卫活动不断引向深入。县上加强了市容管理队伍力量，配备有450人的专业保洁队伍。全面落实门前“四包”责任制，与各经营门店签订责任书1100份。设置密闭式垃圾斗、垃圾桶、果皮箱200余架。出台了《市容环境卫生管理办法》《市容环境卫生工作管理考核办法》等规范性文件。

由“三创”办牵头，卫生、城建、工商、执法、公安等部门积极配合，组成环境卫生联合执法大队，狠抓“六小”行业整顿，规范市场经营秩序。对原城关粮站市场进行了重新规划改造，实现分摊经营，建立起诚信经营、文明经营、规范经营、合法经营的新风尚。

县交警大队结合县城小、车辆多、场地少的实际情况，在城区重要地段施划禁停区20处，划定临时停车位985个，施划各类交通标线7398平方米，城区车辆乱停乱放问题得到有效整治。

开展病媒生物防治，加大“四害”消杀力度。全县累计投入8万多元，购置灭蚊蝇药、粘鼠条、灭鼠夹、毒饵盒、喷药器等药械设施。县疾控中心主动出击，对城区企事业单位和餐饮门店进行了6次集中消杀，总面积10万多平方米，县城“四害”密度基本达到标准要求。

加大疾病防控力度，确保人民群众健康。县上制定了突发疫情应急预案、重大传染性疾病应急预案，严格落实疫情报告制度，全面实行疫苗免费接种制度，全县免费接种疫苗增加到11种，疫苗接种实行信息化管理，儿童建卡建证率95%以上，接种率100%。

规范公共场所运营，强化食品饮水安全。卫生、工商、交通等部门联手，坚持每季度进行一次食品卫生执法大检查，定期对重点食品抽查结果进行公示，接受社会各界监督，监督覆盖率95%以上。

创卫行动进机关，社区卫生面貌变。县城各单位都制定了卫生管理制度，划分了卫生区域，明确了值班人员，坚持周一大扫除，天天打扫不间断。机关单位厕所全部改造为水冲式，确定专人管理。单位食堂卫生达标，沿街楼体亮化、美化符合要求。

3年来，全县共组织大型义务活动22次，累计参加活动人数3万人次，清理水沟2.9千米，动用大型机械200台次，清理建筑垃圾、生活垃圾及杂物3万多吨，清理卫生死角170多处，拆除违章建筑、乱搭乱建90多处，取缔出店经营、马路市场等620多起，更换广告牌350多块，整合网线100余根。

城乡一体齐创建，农村卫生大发展。结合新农村建设，积极进行农村改水改厕。完善供水设施，加强水源地保护，坚持饮用水监测制度，水质合格率98%。同时，大力实施农村改厕工程，3年来共投入资金1222.5万元，完成农村改厕10580户。

大力开展以城中村为重点的农村“五乱”治理，厕所乱建、柴草乱堆、垃圾乱倒、粪便乱堆、畜禽乱跑现象得到了有效整治，城乡卫生面貌发生了显著变化。

彰显个性魅力，激发发展活力，增强综合实力，是永寿县创卫工作效果的真实体现。县城建设实施南拓北改，完善基础设施，着力打造“宜居、宜业、宜游”的现代化美丽城市，3年累计投资1.07亿元，完成了工业园区万寿路、兴寿路、中心广场，以及火车站大街建设任务，县城规模扩大到4.5平方千米，城市的硬化、绿化、亮化、美化档次不断提升。

倾力创建增亮点，小县城有了大公园。先后投资9516万元完成了城区永宁路、火车站大街等10余条市政道路工程建设任务。建成了县城中心广场、北街广场、工业园区广场，增添了休闲、娱乐、健身设施，并在城区新建改造了15座公厕。这些重大项目的建设，极大提升了永寿县的城市品位。

加大投入强基础，公共设施上档次。投资32.9亿元，实施了镇区中小学校、卫生计生服务机构、政法政权机构、城乡供水工程、电网改造等一大批城乡基础设施项目，使城镇的承载能力得到了大幅提升。一座座大楼拔地而起，一片片林地绿意盎然，一排排住宅小区环境优雅，一组组华灯流光溢彩，构成一幅绚丽的城市美景。

投资1345.37万元建成了县城污水处理厂，年处理污水220万吨，使县城污水处理率达到80%以上，达到了省级排放标准。投资1795万元建成了县城垃圾填埋场，使城区垃圾无害化处理率达到了100%。天和大酒店、时代大酒店、黄土地、佰益超市等一批休闲娱乐项目在永寿县落地生根。今天的永寿县城，吃、住、行、乐、游、购等硬件设施布局合理，功能完善。

以人为本科学创建，卫生设施日益完善。改建公厕15座，免费开放19个临街单位公厕。配备了洒水车、垃圾车、果皮箱等设施，使城市功能不断完善，管理水平明显提升。实现城区道路一日两扫、全天保洁，县城卫生面貌焕然一新。

我们的县城像花园，鲜花处处绽笑脸。沿街各单位实施“拆墙透绿”“见缝插绿”。先后拆除了县城区域多处临街建筑，高起点实施大树进城、鲜花上路工程。完成了高速路出口、工业园区，以及街道绿化林带亮点工程，绿化覆盖率30%以上，人均绿化面积5.1平方米。每逢五一、国庆、春节，在主要路段和广场摆放鲜花，把节日的县城打扮得分外妖娆。

火树银花不夜天，魅力永寿谱新篇。县上大力实施亮化工程，更新了312国道、新永路、药厂路等路段路灯，在中心广场、北街广场等繁华地段安装景观灯，形成了一街一灯型、一路一景观的壮丽画卷。一道道靓丽的风景，让腾飞的永寿县绚丽多姿、魅力无限。

创卫创美了环境，创卫创实了基础！

创卫创齐了人心，创卫创高了素质！

如今永寿县的街头巷尾，到处是勃发的生机；广场公园，到处是崭新的希冀；城乡之间，到处是和谐的律动。

当你浏览永寿城乡的巨大变化，当你回顾创卫工作走过的辉煌历程，你更加能体会到创卫工作的艰辛与喜悦，更加能体会创卫决策者们的英明所在，而巩固创卫成果仍任重而道远！

让永寿在创建省级卫生县城的大道上，再接再厉，开拓奋进，不断取得新的更大的成绩！

让永寿在实现科学发展的征程中，关注民生，凝心聚力，共同创造和谐家园美好的明天！

咸阳好警嫂

（同期声）：“我们结婚都17年了，反正我也习惯了一个人承担家庭的所有（事情）。给娃去开家长会，娃已经上初中了，他还跑到小学去给娃开家长会。娃上高一了，从小到现在，一直都是我一个人带。孩子、老人都由我一个人照管。从他到公安局上班，（大年）三十没有和我屋人吃过一顿团圆饭。娃他爷八十多岁的时候得了直肠癌，去世了以后他婆又得了老年痴呆（症），他的工作忙，我又为了我的工作把老人带到单位上去。这慢慢地就理解了，那是他工作的需要。不是他不想回来，而是他太忙，没有时间回来照顾家，照顾娃。只要他在外一切平安，我也没有啥说的。看到老公破案以后喜悦的心情，群众感激的目光，我慢慢理解了他的工作。嫁给警察，就意味着要奉献、要牺牲。”

推出片名：咸阳好警嫂

俯瞰咸阳，九嵕巍巍，渭水悠悠，汉唐雄风的积淀印在山水之间，改革进取的精神写满古城大地。

五陵原下繁忙的工业区，千年古渡旁宽阔的大广场，丝绸之路侧畔崛起的城镇群，红色马栏面前优美的新农村。这些，无不体现出咸阳人在“新四化”建设中对历史的继承和发展，对未来的负责和担当！

作为咸阳经济社会发展的护航者，群众安泰生活的保驾者，咸阳市5000多名公安民警付出了艰苦卓绝的努力，他们用汗水乃至鲜血和生命，维护着社会的稳定和群众的祥和。

近年来，咸阳公安工作按照“围绕一条主线、实现两个提升、突出三个建设、做好四项工作”的总思路，以“服务咸阳经济社会发展和确保大局稳定”为中心，以党的群众路线教育实践活动为推动，高起点谋划，严标准落实，整个公安工作迈上了新台阶、新高度。

一项项专项行动声势浩大，一桩桩疑难沉案侦结告破，一个个恶势力露头就打。“2014秦剑行动”“春雷会战”“夏季攻势”“破案攻坚百日会战”等相继展开，全市各级公安机关深入到各个角落严查严打，不给犯罪分子任何可乘之机。2014年，共破获各类刑事案件6625起，抓获刑事作案人员4317人；查处治安案件17122起，查处违法人员20976人次，得到了人民群众的拍手称快。

他们立警为民、方便群众，80条便民、利民措施迅速得以落实，各个服务窗口热情文明，为群众排忧解难周到温馨，提升了群众的满意度。

人们对公安工作的赞许，离不开全市5000多名公安民警的辛苦努力。然而，还有这样一群人，她们静静地站在民警们的身后，用她们瘦弱的身体，无言而平凡的行动，为社会和谐默默付出，做出贡献。她们，就是站在全市5000多名公安民警身后的咸阳好警嫂。

今天是星期天，对彬县公安局交警大队政密室副主任田军平的妻子郭培丽来说，是一周中最忙的两天之一。一大早起来，她要蒸好几大笼的馒头，擀好几天吃的面放到冰箱里冻起来，以节省周内的做饭时间。中午，她还要背瘫痪了20多年的婆婆下楼晒太阳。20多年这样的生活她早已习惯了，就连额头上渗出的滴滴汗水，也透出一股无怨无悔的芳香。

已经是半夜两点了，大街上早已夜静人稀。长武县公安局交警大队事故中队中队长陈嘉兴的妻子冯晓艳，正背着孩子向医院疾奔。她已不是第一次面临这种情况，所以在她的脸上丝毫看不出慌张的神态。当孩子躺在病床上输液时，她的手机铃声响了，对着那头焦急的丈夫，只轻轻地说了几个字：“孩子没事，你放心。”

旬邑县土桥派出所所长马英民的妻子田云芳，凭着对家庭的责任感，对爱人矢志不渝的真情，全力支持丈夫的工作。十几年来，她极尽孝道，老人们有什么需要时，都是她一个人回家料理。一次，马英民跟母亲电话联系时，母亲对他说：“英民啊，我没事，有云芳在呢，你放心吧。”

王剑的丈夫任建华是泾阳县公安局治安大队教导员，治安大队的民警称王剑为“编外教导员”，因为她除了一个人支撑家里的家务外，还时时关心治安大队民警的婚姻和家庭矛盾。

有人问兴平市公安局东城派出所民警崔来宾的妻子李艳晓，一个人操持家务累不累时，她总是给人讲起一个小故事。那天，她和丈夫走在街上，突然一个老大爷冲他们鞠躬，喊他们恩人。每当想到此，她总会说，咱干这个值了。

礼泉县公安局南坊派出所副所长刘伟东的妻子张艳婷，结婚8年来一家三口一直三地分居。2013年，她因胆结石住院，她多么希望老公能陪伴在身边，但老公的事太多太多，只在医院伺候了三天，就匆匆回单位上班了。她心里有委屈，但当看到孩子给别的小孩神气地说，他的爸爸是抓坏人的警察时，她觉得自己的一切付出都值得。

王列娟的丈夫李仲财在咸阳市公安局秦都分局工作，她的单位却在50千米外的乾县。她每天要上班，要照顾孩子，时不时还得回老家看看老人。她凭着坚强的韧性，把家里家外打点得井井有条，从不让丈夫分心。

乾县公安局城关派出所所长王宏伟的妻子秦利，精心照顾公公，支持丈夫工作。他们结婚时间不长，她的公公就患上了帕金森综合征，后来发展成阿尔茨海默病（老年性痴呆），生活不能自理，她一个人照顾着患病的公公。

咸阳市公安局渭城分局行动队队长陈小明的妻子邱爱莲，与陈小明结婚已有24年了，虽在同一个城市上班，工作单位离家都不远，但丈夫常常加班加点，一个月也难得回几次家，家里的大小事都要靠邱爱莲一人承担，她无怨无悔、默默奉献，全身心地支持丈夫的工作。

在警嫂群体里，还有一种身份特别的人，因为她们既是警嫂，还是警察。

惠晓玲是三原县公安局派出所的一名户籍警，工作一天回到家里，首先面对的就是儿子饥饿的眼神，她得用最短的时间为孩子做好饭，然后还要辅导孩子的作业，锅碗瓢勺在她的手里有条不紊，日复一日的磨炼造就了功夫的纯熟和自然。

王颖的丈夫是武功县公安局城关派出所所长梁卫党，她丈夫的家在农村。每当农忙时，她都要回老家帮公婆做农活。如今，她已然是干农活的行家里手，件件农具都能抓在手里。村里人打趣公婆说："你儿媳妇不像个警察，像个麦客。"

在警嫂里面还有这样一批人，她们既要做好丈夫的贤内助，也要在自己的岗位上同样做出骄人的业绩。

永寿县公安局治安大队民警张敏元的妻子贠瑞霞，是陕西省特级教师，咸阳市高中语文学科带头人。她在事业上的成就在教育系统远近闻名，但在家里她依然和其他警嫂一样，独自支撑着家务，照看着4个年迈的老人。

对于一个人来说，事业上的成功只是人生成功了一半，子女教育的成功也是人生成功的重要组成部分。对于警嫂来说，就更加辛苦和艰难。

淳化县公安局警务大厅主任张三团的妻子薛淑玲，在淳化县城可是一个响当当的人物。当人们评论她时，眼里总是流露出钦佩的目光。人们所津津乐道的不光是她几十年照顾患阿尔茨海默病的婆婆，更羡慕她有两个好女儿，一个是山东交通大学的博士，一个是西北大学的硕士。

泾阳县公安局刑警大队民警李鹏刚和妻子张颖的孩子今年只有8岁，可是这孩子在同龄孩子中显得出奇的聪明。人们赞叹他们的儿子时，很少有人想到为教育孩子自强自立，张颖付出了多少努力和辛苦。

如果你和警嫂交谈，问什么是她们感到最苦最累的事，你可能会得到一个意想不到的答案。她们感到最苦最累的是亲戚朋友们提着礼物来托事求情，这个时候她们要面对的将是亲情和良心的双重煎熬。

像这样亲戚找上门发火的事，三原县公安局副局长申祖的妻子李娜几乎一年就要遇上好几宗。她只能笑呵呵地面对，给亲戚讲着人家并不想听的大道理，最后的结局总是难听的话咽到肚子里，难看的脸色甩到脑后边。

鱼亚萍的舅舅因酒驾被拘留了，她今天特意包了饺子给舅舅送去。她知道舅舅心里有气，因为把他送进拘留所的偏偏是自己的丈夫。尽管几天前她替舅舅交了罚款，但没替舅舅求半句情。

这就是咸阳好警嫂，一群普普通通的女人，她们很少有豪言壮语，有时也少不了几句埋怨牢骚。她们习惯了一个人操持家务的繁忙，习惯了一个人照看卧床的公婆。她们用自己孱弱的肩膀挑起了家庭的重担，用博大的胸怀和无私的奉献书写出一首首感人的乐章。

我想说的太多太多，只因篇幅所限，不能一一道来，但她们的事迹实在感人，又不能不说，就让我们大家记住她们的名字。

精心伺候公婆的刘磊、芦雅惠、周洁。

既是教学能手，又是贤内助的陈艳、郑文芳、梁玉凤。

朴实、坚强、乐观的秦利、惠晓燕。

从不嫌脏的法医之妻梁妮。

自立自强的下岗女工张敏、李玉梅。

任劳任怨的年轻警嫂翟悦先、郭挺。

不让丈夫陪月子的孟艳、张双霞、陈荣。

被称为“纪委书记”的刘红。

堪称丈夫护身符的郭敏、张艳婷。

教子有方的马娟、刘艳利。

结婚20年从未和丈夫红过脸的南亚莉、邱爱莲。

善待邻里、乐于助人的杨芳、王慧。

所有家务一人扛的张虹、王颖、马彩清、王小荣、杜清侠。

独自在医院看护老人的党粉莲、欧阳雪倩。

不离不弃照看受伤致残丈夫的刘静。

支持丈夫工作的田云芳、王丽芳。

渭河水卷着浪花滚滚东去，古都咸阳正在以前所未有的速度生发着勃勃生机，我们的警察不分日夜、不辞艰险地工作在最危险的地方，以热血和生命守护着社会的祥和、人民的安康。而无数的警嫂们默默地、无声地站在他们身后，为他们撑起刚直的脊梁。

咸阳好警嫂，一首永远也唱不完的歌。

烟草专卖谱写文明新篇章

——咸阳市烟草专卖局（公司）精神文明建设纪实

他们，忠诚守卫在平凡的岗位上，履行“神圣职责”；

他们，无悔投身于中国烟草事业，捍卫“国家利益”；

他们，诚信服务在客户需求一线，谱写“文明之花”；

他们，无私奉献在社会每个角落，诠释“责任烟草”。

日复一日，年复一年，他们立足岗位为烟农、卷烟零售客户和社会服务，用热血捍卫着烟草专卖制度，以实际行动忠实践行“国家利益至上、消费者利益至上”的行业共同价值观，共同谱写着咸阳烟草精神文明建设的新篇章。

推出片名：烟草专卖谱写文明新篇章——咸阳市烟草专卖局（公司）精神文明建设纪实

咸阳，地处关中平原腹地，因渭河穿南，嵕山亘北，山水俱阳而得名。这里不仅是一座古城，更是一座生机勃发的现代城市。

在这片古老厚重的历史文化和焕发勃勃生机的璀璨现代文明交相辉映的土地上，咸阳市烟草专卖局（公司）深入践行“两个至上”行业共同价值观，全市烟草系统各单位大力推进精神文明建设，营造了崇尚文明、讲究礼仪、勤俭节约、热心奉献的浓厚氛围。全市烟草系统14家单位均为市级以上文明单位，其中省级文明单位标兵2家，省级文明单位4家，市级文明单位标兵5家，市级文明单位3家。先后有276人次获得各级各类先进个人奖励，实现了全市系统精神文明建设“满堂红”。

活力烟草强固根基

咸阳市烟草专卖局（公司）隶属陕西省烟草专卖局（公司）和咸阳市人民政府的双重领导，下辖14个县（市）局（分公司）和宏立商贸公司，监管并控股咸阳烟叶复烤公司，承担着全市卷烟销售、烟叶生产销售、市场专卖管理和烟叶复烤加工等职能。在27年发展历程中，一代代烟草人在这片土地上艰苦创业、奋力拼搏，书写下贡献国家、服务社会的壮丽篇章。

咸阳市局（公司）新一届党委班子组建以来，高度重视精神文明创建工作，确立了以精神文明为引领、全面推进咸阳烟草“卷烟上水平”的工作思路。在不断巩固省级文明单位标兵的基础上，形成了“一把手”亲自抓，其他党委成员分头抓，各部门负责人具体抓，党政工团齐抓共管、上下协作的工作机制，明确具体要求和考核标准，扎实推进企业三个文明建设不断取得进步。

企业提活力，必先固根基。咸阳市局（公司）从基层抓起，坚持问政于基层，加强基层调研和市场走访，了解干部职工精神状态和工作开展情况。坚持问需于基层，调查了解基层人员在企业发展、精神文明建设和基础管理等方面的要求与愿望，了解零售客户和烟农的实际困难，并及时予以解决。坚持问计于基层，广泛征求“金点子”，全面开展“改进作风年”活动，扎实推进精神文明建设。

加强班子建设。建立健全党委理论学习中心组学习和周五学习例会制度，完善党委会议事规则，切实发挥党委会、行政办公会、“三项工作”管委会、预算委员会、薪酬委员会、职代会等决策平台作用，认真贯彻落实《廉政若干准则》，规范行使权力。自觉遵守厉行节约、反对铺张浪费的各项要求，发扬延安精神，坚持勤俭办企业，严格控制各项费用支出。领导班子廉洁自律，发扬民主，科学决策，形成了心齐气顺、风正劲足的良好局面。

注重队伍提升。咸阳烟草建立健全了《职工教育培训管理办法》，制定职工教育培训计划，开展业务知识和技能培训、岗位练兵等活动30期以上，累计培训人员1100人次，职工队伍素质得到不断提升。

此外，通过大力开展“青年文明号”“优秀党务工作者”“优秀党员”“员工标兵”等评比活动，树立了一批先进典型，建立了一支素质高、作风硬、业务强、活力足的职工队伍。他们正肩负重任，阔步前行。

诚信烟草创造价值

咸阳烟草始终将精神文明建设落实在具体工作中，大力推进优质规范服务，热诚之情、真诚之情、仁爱之情化作春雨滋润客户、职工心田。

在卷烟营销诚信服务方面，组建了100余人的客户经理队伍，配备卷烟物流配送车辆80多台，成立“客户之家”200多个，设立网上订货服务点400多个。全面推行服务承诺制、首问负责制，着力提升客户满意度。

推广应用易商盟商务系统，自主开发了“乐访”服务营销系统，客户服务流程和内容进一步规范化、专业化、精细化。建成现代终端900户，实现网上订货、网上营销、网上配货、网上结算“四网合一”，客户服务效率和信息化水平不断提升。全市15000多家卷烟经营户足不出户，即可享受到电话访销、网上订货、电子结算、免费送货上门等悉心服务。

成功承办全国卷烟营销网络建设现场会，会后先后有甘肃平凉、天津、辽宁鞍山等10多家单位前来考察学习。开展校园周边卷烟经营户诚信管理，坚决禁止向未成年人出售卷烟，营造良好的校园周边环境。同时，设立消费者投诉免费服务专线，积极宣传客户投诉热线，零售客户投诉知晓率

100%，及时受理客户和消费者投诉，客户服务满意率98%以上。

在烟叶诚信服务管理方面，始终把烟农利益放在心上，完善扶持标准和补贴政策，建立了烟叶生产风险基金和救灾补偿机制，解决了烟农的后顾之忧。免费为烟农进行技术指导和培训，组织干部和职工进村入户，送政策、送技术、送信息、送温暖，帮助解决生产方面的实际问题。

2013年投资670万元，用于扶持烟叶生产产前投入和烟田基础设施建设，投入520万元用于烟叶生产补贴，被列入“2013年市委、市政府为农村和农民办的20件实事”之一。

在市场专卖诚信管理方面，遵循“执法为民、管理利民、服务便民”的原则，严格落实《烟草专卖法》及《实施条例》，始终把“端窝点、断源头、破网络、抓主犯”作为重点，构建“打击、管理、疏导、服务”有机结合的市场监管模式。加强烟草专卖法律宣传，始终保持市场监管高压态势，有效地遏制卷烟制假售假行为，不断提高市场净化率。

加强“天价烟”治理，2013年先后破获“1·21”“7·30”2个案值超过100万元的假烟网络案件，司法处理22人，有力打击了非法分子的嚣张气焰，维护了国家利益和消费者利益，为群众放心消费创造了良好的市场环境。

和谐烟草滋润心田

企业文体活动室健全，场所器材齐备，图书室定期开放。经常性开展丰富多彩的文体活动，每年出资近40万元给全体员工进行体检。

积极开展多种形式的安全监督检查活动，建立健全卫生管理、疾病防疫制度，开展消防安全和应急演练。每逢重大节日，开展“劳模慰问”“双节劳动竞赛”等活动，凝聚力量，激发活力，引导员工始终保持良好的精神状态，积极投身工作。

每年定期召开职代会，积极推进办事公开、民主管理工作，建立政务公开栏，重大事项定期向职工公布。严格依照有关法律及规定，让职工享受探亲、婚丧、产期、哺乳及年休假。建立健全企业社会治安综合治理制度，综合治理及安全防范措施到位，内部治安状况、工作秩序、组织纪律良好，无重大责任事故发生，无违法犯罪行为和“黄赌毒”等丑恶现象。狠抓“六·五”普法宣传，举办科级干部宪法知识讲座，加强青少年法制教育。

企业内部管理制度健全、规范有序，工作纪律严明、文明高效。重视环境保护，对机关环境卫生进行全面清理，在生活小区积极开展“改陋习、树新风”活动，实施绿化、美化、净化、亮化工程，安装休闲健身器材，职工生活居住条件进一步改善，企业荣获省级“绿化卫生先进单位”。

加强基层窗口服务管理和行风整治工作。基层单位都聘请了由客户代表、消费者代表、人大代表、政协委员等组成的行业义务监督小组，努力营造清正高效的服务环境。企业连续5年荣获市政风、行风测评优秀单位和良好单位称号。

责任烟草传递大爱

“扶助一个贫困户，就能温暖一个家庭；资助一个贫困生，就能成就一个未来；奉献一份爱心，就能净化人的灵魂，凝聚企业的希望……”

从最初的几个人到如今的上百人，金叶青年志愿者服务队到敬老院关爱孤寡老人，深入贫困山村救助困难家庭，咸阳烟草职工用爱心培育的文明之花次第绽放。

近年来，在创建省级文明单位标兵过程中，咸阳烟草的爱心接力永续向前。在全行业广泛开展以关爱卷烟零售户和烟叶种植户、关爱消费者、关爱他人、关爱社会、关爱自然环境为主题的志愿者服务活动，不断健全“金叶”志愿者服务组织，持续传播“学习雷锋、奉献他人、提升自己”的志愿服务理念。市局（公司）机关、兴平、武功等单位志愿者常开展送科技下乡帮扶，以及“巾帼志愿服务”“送温暖，献爱心”“留守妇女、儿童、空巢老人关爱志愿服务行动”等活动，开展法律援助、文化宣传、无偿献血等志愿服务活动，积极投身社会公益事业。

设立“金叶职工扶贫资金”，每年解决200多名困难职工生活问题；每年捐资20万元用于希望助学，先后开展“5·12支援汶川灾区”、“雨滴行动”支援西南灾区、“大爱无疆、情系玉树地震灾区”、“希望学子——爱心与你同行”资助贫困大学新生等活动；送书籍、文具等用品到山区学校，为困难家庭捐款捐物，树立了责任烟草的良好形象。

“好雨知时节，当春乃发生。”精神文明创建给咸阳烟草带来了难得的发展机遇。“随风潜入夜，润物细无声。”精神文明创建催生了咸阳烟草无穷的发展潜力。

“乘风破浪会有时，直挂云帆济沧海。”向更高层次精神文明单位迈进是咸阳烟草人一如既往的奋斗目标，继续发扬“时不我待，只争朝夕”的精神，一如既往，再接再厉，把精神文明单位创建工作推上一个新台阶，为咸阳地方社会经济发展做出新贡献！

争先创优写忠诚　奋力拼搏奏凯歌

——工行咸阳人民中路支行党建工作纪实

这里是具有2300多年历史的古城咸阳，因秦始皇统一中国定都于此而闻名于世。

当年大秦帝国的霸气、兴盛，奠定了这里自古以来革故鼎新、创先天下的思想潮流和发展风尚。

在咸阳市区地域版图中轴线人民路中段，高耸入云的工行大厦格外耀眼。位于大厦内的工行咸阳人民中路支行，近年来励精图治、开拓创新，围绕业务抓党建，抓好党建促发展，以骄人的业绩和至高的荣誉，成为行业发展标兵。

成长崛起篇

工行咸阳人民中路支行成立于1998年1月，目前已发展成为一家集个人业务、公司业务、国际业务以及理财业务、贵金属业务等于一体的大型综合性金融服务网点，现有员工53名，其中党员24人。

近年来，该行党支部在上级行党委的正确领导下，扎实开展了创先争优活动和群众路线教育实践活动，以党建工作统揽各项业务，以“五加强”为主要措施，把“取得实效”作为唯一目标，充分发挥党支部的战斗堡垒作用和党员先锋模范作用，努力建设学习型、服务型、创新型的基层党组织，进一步提高了团队的凝聚力和战斗力，开创了党建工作和经营效益双提升、双发展的良好局面。

信仰是一种崇高的精神，代表着一种责任和付出。

一个人有了信仰，就有了担当、坚韧、本色和作风。

近年来，该行党支部狠抓组织建设，促进业务发展。

一是加强班子建设，发挥领导核心作用。通过坚持中心组学习制度和民主生活会制度，不断提升党员干部的党性修养和班子成员的政治意识、大局意识、责任意识、创新意识，努力创建领导班子好、党员队伍好、工作机制好、发展业绩好、群众反映好的“五好”型基层党组织。

二是加强队伍建设，提高员工整体素质。要求党员做到“五带头”，即带头学习提高，带头争创佳绩，带头服务群众，带头遵纪守法，带头弘扬正气；继承和发扬“六种精神”，即勤俭建行、艰苦奋斗的创业精神，锐意改革、勇于探索的创新精神，真抓实干、注重实效的务实精神，恪尽职守、严谨稳健的负责精神，崇尚知识、尊重人才的科学精神，同心同德、和衷共济的团队精神。

三是加强服务品质提升，树立良好社会形象。深入开展“树党员形象，创一流业绩”“服务树形象，满意在工行”等系列主题教育活动，进一步提升服务质量和品质。

四是加强经营管理，提升全行竞争实力。支行上下坚持转变观念、创新发展，全面推进经营模式和增长方式的转变，不断提高经营管理水平。

五是加强企业文化建设，凝聚人气激发活力。紧紧围绕“工于至诚，行以致远”的核心价值理念，统筹企业文化建设与经营发展实际，开展丰富多样的文体活动，营造积极进取的文化氛围及融洽和谐的发展环境，增强员工的文化认同感和精神归属感，有力地促进了各项业务的快速发展。

3年来，支行各项存款以年平均30%的速度增长；中间业务收入实现了翻番的奋斗目标；与此同时，积极为咸阳经济发展提供信贷支持，加快推进丝绸之路经济带战略实施，为西咸新区发展和繁荣咸阳经济做出了积极贡献。

支行连续多年在咸阳分行经营绩效考核中名列前茅，在全省城区一级支行效能考核中名列前十位。2014年，支行荣获陕西省分行“优秀营业网点”称号。

制度建设篇

古人曰：“矩不正，不可为方；规不正，不可为圆。”

制度是一个单位运筹帷幄、决胜千里的法则和规矩。

近年来，工行咸阳人民中路支行党支部不断加强制度建设，进一步制定完善了《党建工作责任制》《党员目标管理责任制》《党员创先争优公开承诺书》等10多项党建工作制度。严格落实党组织“三会一课”制度，坚持每季度召开一次党员大会，每月召开一次支部委员政治学习会，每两周召开一次党小组活动会，每半年党支部书记给全体党员上一次党课。

在制度执行中，凡涉及员工切身利益的经营目标、绩效考评、营销竞赛、民主评议等热点问题，坚持“公开、公正、透明”的原则，及时张榜公布，接受群众监督。

春雨滴窗棂，滋润细无声。一系列制度的建设与执行，使支行党支部的思想政治教育工作有章可循、有规可依，为全行创先争优、提升服务品质奠定了坚实的思想基础。

服务提升篇

“从心出发，打造金牌服务”，这是工行咸阳人民中路支行每一位党员、每一名员工的工作准则和服务目标。

近年来，该行党支部充分发挥党员的示范带头作用，坚持开展“五心”服务，不断挖掘服务内涵。一是用“贴心”服务赢得客户，以微笑服务、站立服务、迎宾服务等拉近客户与银行之间的距离。二是用“细心”服务方便客户，注重从细节着手，主动发现潜在服务点，以细心周到的专业服务赢得客户认可。三是用“真心”服务感动客户，使客户有“久逢知音”的感觉。四是用“耐心”服务温暖客户，做到交流语气亲切柔和，业务指引简单有效，产品介绍鲜活易懂。五是用“专心”服务体现价值，把责任心强、业务熟练的员工充实在一线，让客户零距离地了解银行知识、接受银行产品，达到最大的营销工作效果，使员工的自我价值和银行的服务价值叠加发挥、同步体现。

（工行咸阳人民中路支行党支部书记、行长房忠平同期声）：“抓好党建工作是我行打造团队、转型发展、创新突破、实现跨越的战略重点。在经营管理中，我们充分发挥党组织的战斗堡垒作用，以‘创先争优’为目标，紧紧依靠党员队伍这支骨干力量，使服务准则、学习准则、道德准则、尽职准则、执行准则和协作准则得到落实，实现了经营效益和服务品质双提升。追求卓越、乐于奉献、争创一流、凝心聚力成为新风尚、新常态，促进我行的核心业务、转型业务和创新业务取得长足发展。”

真诚感动篇

帝都咸阳，自古以来就有立信城池、一言九鼎的传说和故事。

而今的工行咸阳人民中路支行人，传承风脉，秉持诚信，以崭新的形象和优良的作风，全力践行社会主义核心价值观的基本内容，用真心和诚信感染顾客，赢得喝彩。

2013年3月初的一天，80岁的咸阳市民陆先生想将自己10多万元的养老金转为理财，巧遇周末，他还要去外地，时任工行咸阳人民中路支行理财经理的任燕，帮他解了难。

（咸阳市民陆先生同期声）：“要不是她帮忙，我的损失就大了。”

（全国金融系统“五一劳动奖章”获得者任燕同期声）：“在多年的营

销工作中，我每天都会接触到年龄、性格、需求不同的客户，针对不同的客户我会提供差异化、个性化的金融服务，让每位客户都能深刻感受到工商银行的优质服务，感受到一名共产党员给予他的关爱和温暖。”

年已五旬的柜员王彬平长期患病，他在坚持治疗的同时，以乐观的心态坚守岗位，以党员的标准严格自律，耐心细致地接待每位客户，在营业柜台一干就是30年。

（工行咸阳人民中路支行优秀共产党员王彬平同期声）：“我的一言一行代表工行形象，更代表党的形象，能为党多工作一天，是我最大的心愿。对客户做到周到、细致、贴心服务，让客户高兴而来、满意而去，为工行形象和党的形象增光添彩。”

客户经理李永在多年的金融工作中，发挥党员“能吃苦、能战斗”的优良品质，紧紧依靠党组织，沉在企业搞调研、解困局，赢得了企业的真心与赞誉。截至2015年3月底，经他办理的小企业贷款总额1.96亿元，无一笔不良和风险贷款。

党员是旗帜，是标杆，是宣传者，是践行者。

在全体党员的示范带动下，全行上下比学赶帮、乐于奉献，尽职履责、服务人民已蔚然成风。

“乘风破浪会有时，直挂云帆济沧海。”工行咸阳人民中路支行强基固本抓党建，开拓创新促发展，先后荣获工商银行总行“五一劳动奖状”、全国妇联“巾帼文明示范岗”、中国银行业协会“文明规范服务示范单位”、工商银行陕西省分行“先进基层党支部”、咸阳市“文明示范窗口”等多项殊荣。有两名员工接连荣获全国金融系统“五一劳动奖章”，支行行长荣获“优秀基层党支部书记”“咸阳市十佳支行行长”称号。

雄关漫道真如铁，而今迈步从头越。工行咸阳人民中路支行全体员工将肩负重任、高举旗帜、开拓创新、砥砺奋进，谱写服务社会、造福人民、促进发展的新篇章！

用诚信照亮品牌

每天清晨，当第一缕阳光洒向大地的时候，这些穿着整洁服装的人们已经开始忙碌了。他们用灵巧的双手营造干净整洁、温馨舒适的环境，迎接每一位顾客的到来……

寒来暑往，他们起早贪黑、无怨无悔，用真诚的微笑、娴熟的业务、可靠的信誉，赢得了广大客户的赞誉和信赖。他们是诚信立业、稳健远行的中国农业银行咸阳秦都区支行的员工们。

2010年，中国农业银行咸阳秦都区支行被确定为全省十大优先发展支行，为紧紧抓住这一难得的发展机遇，他们积极发挥“全国巾帼文明岗”作用，狠抓规范化服务，争创优质文明示范窗口。

在金融服务中，他们按照新网点的服务标准，抓培训，练技能，通过积极不懈的努力，已成为服务“三农”的亮点工程，有效带动了服务质量的提升，被客户称为“放心、舒心、满意”的窗口单位，树立起了“文明服务示范窗口”的服务形象，有力地促进了各项业务的发展。

“双创”工作同步推进。支行适时建立了爱卫、健康教育、除“四害”、控烟等组织机构，配备专（兼）职工作人员，制定了工作制度和实施方案，先后开展学习园地、知识培训、宣传和知识测试等活动13次，使全行系统干部职工开展创建知识知晓率达95％，相关卫生知识知晓率达到95％以上。截至6月底，累计发放“三农”贷款1600万元，各项储蓄存款较年初净增1.5亿元；对公存款净增3.6亿元，完成任务的1200％；中间业务收入净增400万元，电子银行业务成为客户喜爱的理财工具。

标准化网点让客户宾至如归

走进中国农业银行咸阳秦都区支行的营业大厅，清新、整洁、环保、合理的环境布置，让前来办理业务的顾客倍感温馨舒适。标准化网点的设计装潢，合理的功能分区，明确的指引标识，无不体现了农行人性化服务。自动存取款机、查询机、网银体验机、电子显示屏等电子科技产品和设施，为客户提供了便捷优质的金融服务。

2011年3月份，投资100多万元建成的理财中心设计精湛、环境优美、服务周到，让贵宾客户犹如在自己家中一般安全放心理财，赢得了客户的信赖和好评。

（客户桓静同期声）：“我们公司从开业以来，一直在农行开展业务，这么多年同他们关系搞得挺好的。自从他们办了这个贵宾室以后，办业务更方便了，原来在楼下还需要排队，现在上来随到随办，挺方便的，环境也挺好的。”

内强素质使企业更有活力

作为行业窗口的营业部，员工的一言一行、一举一动，都代表着行业的整体管理和服务水准。吴涛是秦都区支行一名普通的柜员，每天他都要接待上百位客户，无论工作多么繁忙、多么累，他都会始终如一、面带微笑、耐心细致地为客户办理好每一笔业务。

（中国农业银行咸阳秦都区支行员工吴涛同期声）：“我是秦都农行一名普通的柜员，每天接待顾客100多位。我在每天上班前都告诫自己，调整心态服务好每一位客户，不因为自己的情绪影响我行的形象。另外，我觉得，我的一句亲切的问候和周到的服务，都会给每一位客户温馨的感受。”

“一心为客户着想，一心服务不出差错，一心让客户满意。客户情感不能因我而伤害，企业形象不要在我这里受损。”

其实，这不仅仅是吴涛的想法，也是中国农业银行咸阳秦都区支行每位员工“客户至上，始终如一”的服务理念。

为了更好地提高服务质量，该支行立足行业要求，不断加强员工业务技能培训，树立高效优质、文明诚信的行业形象。他们有针对性地制定了《营业部关于加强服务质量和执行内控制度的规定》和《考核百分制》，从考勤制度、环境卫生、员工仪表、专业服务质量等方面一一规范，并细化到每个岗位的具体操作，从而提高柜员业务操作熟练程度，减少业务办理时间和客户等待时间。

在完善管理制度的同时，营业部严格执行文明网点的“晨会”“夕会”制度和周二学习制度，及时总结好的做法和查找不足，穿插学习一些业务小知识、小技巧，做到“温故知新、常常新”。这些做法增强了员工的凝聚力，激发了大家的荣誉感和自豪感，逐步形成了具有农行特色的企业文化。

诚信服务让行业稳健远行

当今金融业的竞争，不仅是行与行之间的信誉竞争，也是优质服务多源化、系统化的竞争。谁的信誉好，谁的服务优，谁就能更适应顾客不同层次的需求，谁就能占领更多的金融市场，抓住更多的优质客户群。为此，农行咸阳秦都区支行简化业务办理程序，定期深入企业上门进行方便快捷的信贷、结算等业务服务，赢得了企业的一致好评。

（君寿堂制药有限公司董事长许君寿同期声）：“在过去服务的基础上有很大提高，服务质量比以前更好，使我们银行与企业之间的信息交流、企业所需得到及时的服务，对企业的健康发展做出很大的贡献。”

（咸阳民生总经理助理林蔚夏同期声）：“我们咸阳民生作为一个商业

零售企业，在这个经营过程中，我们的员工，我们的收银员，每天都会接受大量现金。在这个过程中，就容易出现假币问题，我们的农行工作人员，了解到我们这个情况后，就主动组织他们的专业人员，上门给我们的收银员和涉及现金收付的相关人员进行培训。经过培训后，这几年来，我们的人员明显的没有出现收假币、错币的现象。”

服务无止境，用心得人心。中国农业银行咸阳秦都区支行的员工们在“以客为尊，激情创新，团队合作，合规经营，追求卓越”的服务理念引导下，牢记为社会服务责任，在诚信光辉的照耀下，以全新的面貌、特有的服务功能，与广大客户共建美好未来，为咸阳社会经济腾飞的蓝图添上浓墨重彩的一笔。

跨越

——咸阳供电分公司创建“一流市级供电企业”纪实

这是一方充满希望的土地，这是一块热流奔涌的土地！伴随着时代发展强音，依托着蓬勃的发展背景，一个关于咸阳地电人的精彩传奇正在持续演绎，一个梦想照进现实的美丽神话正在这片厚积薄发的大地上化蛹成蝶，腾空而起……

推出片名：跨越——咸阳供电分公司创建“一流市级供电企业”纪实

电力是地方经济发展的第一能源。咸阳供电分公司肩负着咸阳市10县116个乡镇和西安市2县30个乡镇的城乡居民生产、生活供电任务，用电总客户数117.82万户，电网供电能力807兆伏安，电网改造面92.5%，户通电率100%，为咸阳经济社会发展提供可靠、安全和稳定的电力支撑。

近年来，咸阳供电分公司坚持科学发展观，在集团公司“两型两化”发展战略统领下，全面推动科技进步和管理创新，狠抓落实，突出亮点，积极开展“四个年”“四项提升”“四项监督”“四个高地”活动，上下一心，举全公司之力迎难而上，扎实有序地开展创建“一流市级供电企业”各项工作。创建工作的有效开展，凝聚了人心，激发了活力，使得各项工作进入新发展阶段。

强化安全管理 夯实一流基础

安全生产是电力企业生存与发展的永恒主题。咸阳供电分公司严格按照一流供电企业标准，大力推行现场标准化作业，突出“现场”这个中心，以“生产标准化、安全精细化”为主题，扎实开展“安全生产年”和反违章活动。在“三项行动”“打非”活动和两个安全生产月、“春安大检查”、“三电”保护宣传月等活动中，重点加强对重要输变电设备、设施及现场薄弱环节的安全管理和动态监督，并组织各单位开展民主测评、安全宣誓签名、自查作业、应急抢修演练，以及消防培训、安全知识竞赛、网络答题竞赛、施工现场“红袖章”、警示教育、安全征文等宣传教育活动，进一步增强员工的安全意识。截至2012年10月底，咸阳供电分公司已实现安全生产1274天，稳定的安全局面为创一流工作顺利推进打好了坚实基础。

打造一流电网 增强供电能力

建设坚强电网，保证安全、可靠的电力供应，是一个供电企业履行社会责任的重要内容。在电网建设工作中，咸阳供电分公司按照“主网规模化、城网智能化、农网合理化”的发展格局，确定了“主网管理实行：状态检测+停电消缺，中低压电网实行：标准化改造+带电作业”的运行管理思路，制定了《咸阳供电分公司中低压电网建设运行管理规范》《110千伏变电站管理考核办法》等制度，积极实施科技兴企，加快技术更新和电网改造步伐，建设信息化、智能化的坚强电网。开展标准化台区、标准化配电室建设和典型设计示范建设等工作。加大科技投入力度，推行分布式能源上网试点，将客户端以油、气等为燃料的能源综合利用系统接入电网，作为农村和偏远地区电网的支撑，缓解电力紧缺矛盾，实现系统优化。积极实施0.4千伏智能化电网试点应用，利用新技术、新设备，实施集中抄表系统、低压线路载波集中抄表系统和智能电度表项目，实现对客户用电情况、安全情况进行远程监测。同时，根据合理规划、适度超前的原则，制定“十二五”电网建设规划。这一系列举措，将使咸阳电网的网架结构更加完善，供电能力和供电质量进一步提高，为建设西咸国际化大都市提供坚强的电力保障。

提升服务质量 树立一流形象

咸阳供电分公司以创建“人民满意供电单位”为目标，把优质服务看作是企业发展的生命线，始终遵循“始于客户需求，终于客户满意”的服务理念，不断拓展服务内容，创新服务手段，提升服务水平，树立企业良好的社会形象。

和谐电力，真诚服务。咸阳供电分公司按照创建“一流市级供电企业”的要求，突出“96789”服务热线方便快捷的服务功能，搭建企业与客户沟通的桥梁，深入基层解决客户遇到的各种用电难题；强化大客户个性化服务，主动上门服务；推行服务窗口星级管理，为客户缴纳电费和办理业务提供方便快捷服务；推出银行集中划拨电费的缴费服务方式，方便客户缴纳电费；开通绿色通道，推行阳光工程服务；规范故障报修服务，兑现服务承诺。

为进一步提高优质服务水平，咸阳供电分公司积极开展居民用电服务质量大提升专项行动，主动与地方各级政府和广大客户联系沟通，加大服务力度。组织客户经理走访金银铜牌客户，深入果库、养殖场、大棚菜用电客户和群众中征求意见，排查并处理过负荷和负荷不平衡配变，为困难群众提供义务检修服务；组织上街宣传活动，发放宣传单，接待客户咨询；编发《优质服务月简报》，在内外部媒体刊发新闻稿件；组织“96789”满意率回访测评等，全面提升服务质量。

加强素质教育 建设一流团队

抓队伍，强素质，促和谐。培养一支高素质的职工队伍，是企业长远发展的必然要求。咸阳供电分公司按照“以人为本”的原则，积极加强职工队伍建设，完善教育培训制度，成立“光谱”文化建设领导小组，制定企业文化建设三年规划，把企业文化建设作为推动本公司精神文明建设和可持续发展的重要手段。用企业文化来鼓舞人、凝聚人、培育人，用丰富多彩的企业文化弘扬团队精神，努力提高企业核心竞争力。多次举办各县分公司参与的文化系列创建活动，开展技术比武、篮球赛、乒乓球赛、象棋比赛、演讲比赛等形式多样的文体活动。公司连续3年获得集团公司综合目标责任考核A级和“优秀单位”，连续3年获得咸阳市行风测评第一名，连续3年获得陕西省“地电杯”职业技能大赛团体第一名，唱响了发展、改革、服务的和谐之歌。

通过咸阳供电分公司全体干部职工的不懈努力，创一流工作取得了阶段性的成绩。咸阳地电人更清楚地认识到，创一流工作是提升企业综合实力和核心竞争力、提升企业整体素质和服务品质、打造优秀团队的过程，是保证企业健康发展的必由之路，是企业永无止境的奋斗目标，只有起点，没有终点。

雄关漫道真如铁，而今迈步从头越。在西咸国际化大都市的发展背景下，咸阳地电人将抢抓机遇，自信自强，顽强拼搏，不断超越，继续深化创一流工作，积极推进标准化建设，加速提升各项指标，在新征途上豪情满怀、阔步前行，创造出更加辉煌的业绩！

殚精竭虑守公正

——永寿县人民检察院全面工作纪实

在永寿县这块神奇的土地上，勤劳朴实的永寿儿女用智慧和汗水创造了一个又一个辉煌，演绎着新时代的恢宏乐章。

在一曲曲大潮涌动般的发展乐章中，永寿县人民检察院全体干警是其中最为振奋壮美的华彩乐段。他们按照“一年打基础、两年上台阶、三年争先进”的奋斗目标和“高点定位、凝心聚力、依靠创新、稳步推进、再创佳绩”的工作思路，在889平方千米的热土上谱写着检察事业的绚丽华章。

推出片名：殚精竭虑守公正——永寿县人民检察院全面工作纪实

地处“秦陇咽喉”的永寿县，有着“古丝绸之路第一站”的关隘地位，893条沟壑和139座峁梁在889平方千米的土地上，显现出渭北南缘特有的地理风貌。勤劳朴实的20万永寿儿女用智慧和汗水创造着一个又一个辉煌，城市发展和村镇建设别具风采，社会秩序稳定，人民生活安康。

在这块神奇的土地上，活跃着一群执法为民、守护公正的战士，他们情为民所系，权为民所用，用法律叫罪犯胆寒，用爱心让百姓温暖，厚德载法治，公正树丰碑，矢志不渝地提升着检察机关的执法公信力。

永寿县人民检察院的历史，就是一部发展的荣誉史。历任检察长的砥砺奋进，开启了永寿县人民检察院的发展新历程，是他们带领全院干警执着求索，打造检察工作的新理念，取得了辉煌成绩。永寿县检察院多次荣获最高人民检察院的表彰，这些荣誉已成为永寿检察官引以自豪的人生经历。

执法为民主正义

近年来，永寿县人民检察院领导班子，秉承历届班子的优良传统，在上级检察机关和地方党委的领导下，紧紧围绕全县经济社会发展大局，以人民满意为标准，积极履行检察职能，突出特色、亮点工作，建立完善了畅通民意、化解矛盾的群众工作网络体系，为群众提供了更多更好的司法服务，续写着永寿检察事业一页又一页辉煌。

永寿县人民检察院围绕“强化法律监督，维护公平正义”的主题，按照“精神要好、干劲要足、目标要明、思路要清、措施要当、落实要早、执行要严”的要求，用实际行动确保“抓落实、破难点、求创新、促进位”措施的施行，为全县经济发展和社会稳定做出了重要贡献。

公正是准星，称出永寿检察人的分量；公正是坐标，指引永寿检察人的方向。永寿县人民检察院始终把检察工作置于党和政府工作的大局之中，始终把维护社会稳定作为检察工作的第一要务，坚持与法律同行，与公正同在，以法律为准绳，用公平做天平，严惩犯罪行为。

为了使这些目标和任务落到实处，永寿县人民检察院确立了“干有规矩、管有措施”的考评机制，把各项任务分解落实到每个人，实行日登记、周讲评、月演示、年奖惩，以工作实绩排座次、兑奖惩，落实了工作实绩与选拔任用干部挂钩、与评先记功挂钩、与目标管理奖挂钩。

在践行“三严三实”活动中，永寿县人民检察院按照中央“八项规定”的要求，建立廉洁高效的工作运行机制，以“零容忍”态度教育干警廉洁自律、规范执法、严格执法。

延伸触角强监督

在永寿县人民法院设立民事行政检察驻法院法律监督岗，在永寿县公安局设立驻公安局刑事侦查监督岗，这些是永寿县人民检察院延伸检察监督触角、构建检察监督工作新机制的新模式，此举前移了法律监督关口，加强了案件信息互通、提前介入和引导取证，实现了案件同步监督，更方便了群众的法律咨询，及时维护了群众的法律权益，节约了司法资源，化解了社会矛盾，为群众诉求提供了方便。这一工作模式被咸阳市检、法两院在全市全面推广，西安等多个市院也组织基层民事行政检察部门负责人赴永寿县人民检察院进行交流学习。

开设“社区矫正工作室”，把刑罚执行监督向“高墙外”延伸，与公安、法院、司法、人社部门建立联席会议制度，在加强对社区矫正人员管理和教育的同时，加强对刑释解教人员的帮教安置工作。监督、协调相关单位，做好摸底排查工作，切实解决“见人不见档，见档不见人”等问题。

畅通诉求搭平台

建立集控告申诉、行贿档案查询、案件受理、法律咨询于一体的检务大厅，是永寿县人民检察院直接面向群众服务的窗口，实行“一站式”接访工作机制，立足于“方便群众，保障权利；服务社会，提高效率；保证质量，树立形象”的原则，成为联系群众的纽带和桥梁。

开展班子成员每周到检务大厅上一天班活动，真诚、平和地与群众沟通，解决群众的实际困难，促进了检察机关与社会各界“面对面”的交流与沟通，拉近了检、民距离，增强了检察工作的公开性、亲和力和透明度。

服务群众零距离

永寿县人民检察院在全县开展了“一村一检察官”活动，制作检民联系卡，设立便民接待站。将全院30名干警全部分配到全县各个行政村（社区）

作为驻村检察官，每月利用2~3天带案下访、送法服务、排查矛盾、化解纠纷，深入了解群众疾苦，解决群众困难，赢得了群众好评。

永寿县人民检察院形成了“定点定站定期常态巡回检察”工作模式，完善强化了“检察直通车”“警示教育流动车”；在群众家门口和田间地头接访群众、服务群众，方便群众反映问题，用身边的人和事教育干部遵纪守法；成立法制宣讲团，组织开展法制宣传活动，接受群众法律咨询；开展了以“情暖槐乡”为主题的检察文化乡村行活动，主要以文艺演出的形式，深入全县九个乡镇巡回宣传检察文化，为形成社会化大预防奠定了坚实的群众基础。

永寿县人民检察院积极开展扶贫帮困活动，按照“532”精准扶贫要求，选派优秀干警到甘井镇洛安村任第一书记，安排全院30名干警包抓该村66户贫困家庭；出资6万元，并协调资金40余万元，为洛安村安装了网络信息设备，有效解决了群众信息闭塞及治安联防等问题；联系永寿县电力局，协调资金10多万元，为洛安村饮水井周边架设了电线，安装了用电设备，解决了人畜饮水难的问题。

警钟长鸣扬正气

永寿县人民检察院把干部教育培训和干部廉政教育结合起来，在院内建立廉政警示教育基地，向各级党政机关和企事业单位开放，通过典型案例、图片、实物和多媒体展示、服刑人员“现身说法”等，让广大党员干部深受教育。全县70多个党政事业单位的4000余人参观了廉政警示教育基地，该基地已成为永寿县反腐倡廉教育的重要平台。

宽严相济带队伍

永寿县人民检察院开展了规范司法行为专项整治活动，组织干警专项学习相关法律法规并撰写心得体会，对照高检院八方面检察要求，查找司法行为方面存在的问题与不足，奠定了整改阶段的基础。现阶段正以查找出来的问题为导向，制定切实可行的措施，进行扎实整改，制定相关规定及办法，建立案件评查人才库，聘请律师参与评查案件，有效地规范了司法行为，提高了办案质量，受到市检察院领导的高度肯定。

永寿县人民检察院建成了规范化的办案工作区，严格实行讯问犯罪嫌疑人同步录音录像；建成了检察局域网，人人配备一台电脑，实行网上办公办案；建成了电视电话会议视频系统、电子公文传输系统、举报电话自动受理系统、多媒体示证系统等，为检察工作健康、持续发展提供了必要的科技支撑。

他们认真履行批捕、起诉等职责，维护社会和谐稳定；他们认真履行惩治和预防职务犯罪职责，促进反腐倡廉建设；他们认真履行诉讼监督职责，维护司法公正。

他们把坚持严格执法、服务全局和执法为民有机统一，提升执法办案的综合效果；他们坚持以队伍建设为重点，全面加强检察自身建设。

业绩铸就辉煌。在新征途上，永寿县人民检察院将认真贯彻落实各级政法工作会议、检察长会议精神，紧紧围绕永寿县工作大局，以顺应人民群众对公共安全、司法公正、权益保障的新期待为着力点，全面履行法律监督职责，进一步提高执法水平和执法公信力，为全县经济社会发展创造安全稳定的社会环境、清正廉洁的政务环境和公平正义的法治环境。

巾帼舞动　放飞梦想

——2014年咸阳市妇女工作纪实

有日出的地方，就有巾帼耕耘的足迹；

有星光的地方，就有巾帼闪烁的汗滴。

总有一群背影，无法忘怀，成为一个城市的记忆；

总有一些瞬间，刻骨铭心，把追逐梦想的信念传递。

放歌和谐咸阳，唱响心中骄傲；

展示辉煌岁月，引领时代风采。

推出片名：巾帼舞动 放飞梦想——2014年咸阳市妇女工作纪实

咸阳市妇女联合会是240万咸阳女性的温暖港湾和成长平台，肩负着坚持男女平等、促进妇女发展、维护妇女儿童合法权益的光荣使命。联合会推动《咸阳市妇女儿童发展规划》的实施，以奋发的斗志和瞩目的成绩，深刻诠释着维权、服务、执着、奉献的妇联精神。

2014年，咸阳市妇联先后荣获“全国妇女舆论宣传阵地建设先进单位”“陕西省妇联系统先进集体”“陕西省妇女手工艺品大赛最佳组织奖”“陕西省‘六五’普法中期先进单位”“咸阳市目标考核优秀单位”等全国、省、市级荣誉十余项。下面，就让我们一同走近她们，感受她们一年里的成长和奋斗，领略她们的巾帼风采！

广大妇女在积极投身实现中国梦的火热实践中，奉献巾帼之力

——统筹城乡妇女发展成果丰硕

政策助力妇女手工艺品产业。咸阳市妇联联合咸阳市残联从优政策扩规模、抓培训提素质、包项目促发展等方面入手，在咸阳国力手工艺品公司成立了“咸阳市残疾妇女创业就业培训基地”。

积极筹建咸阳市妇女手工艺品展销部，并于2014年3月2日在礼泉县袁家村举行了“大秦女红坊”揭牌仪式。为秦都、渭城、泾阳、永寿等区县争取妇女手工艺品培训项目4个，项目资金24万元。协调发放妇女小额贴息贷款11027万元，帮助1527名妇女创业就业、增收致富。

咸阳市妇女手工艺品产业吸引了亚美尼亚共和国代表团、法国妇女代表团前来考察学习。组团参加湖北省十堰市“七夕绣娘”手工制品大赛，咸阳妇女近百幅手工艺品得到邻省群众高度赞扬。

在第六届陕西省妇女手工艺品技能大赛中，咸阳市19名参赛人员全部获得荣誉，咸阳市妇联被评为“最佳组织奖”。2014年11月，时任全国人大常委会副委员长、全国妇联主席沈跃跃同志来咸阳调研，对咸阳市发展妇女手工艺品产业给予了高度评价。

服务助推城乡妇女创业就业。进一步深化“双学双比”“巾帼建功”活动，先后树立了51个“巾帼文明岗”，表彰了52名“巾帼建功标兵”。开展了以“搭建供需平台，促进妇女创业就业”为主题的春风送岗位活动，“三八”期间，全市近万家企业为求职者提供16550个就业岗位，发放宣传资料5万份，现场签订就业协议3190份，其中女性1190人。另外，还举行了咸阳市“妇女创业就业示范基地”“女大学生创业就业实践基地”授牌仪式。

在陕西省女企协组织的“姐妹牵手 共话发展”年会上，咸阳市优秀女

企业家董亚丽、张新、黄萍分别荣获经济贡献奖、公益慈善奖、最佳新秀奖。2014年6月底，咸阳市妇联组织干部参观了铜川市妇女创业孵化基地，深入学习铜川市女性创业者服务平台的建设经验。

智力助跑基层妇女群众发展能力。咸阳市各级妇联利用各种合作社开展培训226期，培训妇女近3万人，仅咸阳市妇联机关就举办农村妇女手工艺品制作及实用技术培训班7期，培训妇女1500余人。组织泾阳县兴隆镇白马杨村20多名妇女赴武功馨绣公司、苏绘手织布公司、咸阳国力手工艺品公司考察学习，提高农村留守妇女创业致富能力。

广大妇女在携手共创实现中国梦的幸福生活中，彰显巾帼之美

——参与和谐文明创建亮点纷呈

主题鲜明，扎实搞好节日宣传。咸阳市妇联开展了以“西咸共建蓝天碧水”为主题的巾帼志愿者植树活动，栽植“巾帼示范林”，包括陕西省妇联在内的35个单位、522人参加，用实际行动唤起全市妇女树立植树造林、绿化环境的意识。在陕西秦峰美术馆举行了为期一周的庆“三八”妇女书画精品展，举办了咸阳市第二十三届“三八”妇女门球赛。

在世界环境日，开展了以“治污降霾，保卫蓝天碧水”为主题的宣传活动。动员全市妇女群众参与“全民健身挑战日”活动。开展市民文明行为“十要十不要”宣传教育活动，通过咸阳妇女网、咸阳市妇联官方微博、“女性大讲堂”、妇女干部培训班等多种形式，进行大力宣传。联合咸阳市广播电视台FM100.7开办了《古渡半边天》女性话题栏目，邀请各界优秀女性走进直播室，畅谈创业经历，共叙妇女发展。

树立典型，评选表彰优秀女性。开展了“咸阳最美女性”评选表彰活动，评选出117名“咸阳最美女性”，并对15名杰出代表授予咸阳市“三八红旗手”荣誉称号。在咸阳电视台、咸阳日报、中国咸阳门户网站、咸阳妇女网开设专题栏目，播放《咸阳最美女性》专题片，举行了“‘景盛杯’咸阳最美女性”颁奖典礼。在全市范围内开展了“咸阳好警嫂”评选活动，并于2015年“三八”节前夕进行评选表彰。《咸阳市妇女志（1990—2010）》评审会顺利召开，该书用客观、翔实的资料记载全市妇女运动21年的发展和现状，以及妇女工作生活实际。

立足家庭，积极发挥“联”字优势。全市发现“最美家庭”179户，在新浪陕西咸阳频道陆续宣传“最美家庭”感人事迹，陕西省妇联、全国妇联均有转载。2014年5月15日，全国100个“最美家庭”在人民大会堂接受表彰，陕西省有3个家庭上榜，咸阳市呼秀珍、范秀莲两个家庭分别获得全国“最美家庭”荣誉称号。时任中央政治局委员、国家副主席李源潮在大会讲话中特别提到：“陕西咸阳的呼秀珍，可以说是当代最美母亲的一个代表。她从教49年，帮助过那么多学生和有需要的人，被称为‘永不退休的雷锋’，学雷锋献爱心成为女儿、女婿、外孙女的自觉习惯。”

2014年5月30日，中共中央宣传部、全国妇联在中国网络电视台公开发布了10个全国教子有方“最美家庭”的先进事迹，咸阳市范秀莲家庭榜上有名，并获得“正己及人惠泽乡里，无私奉献名满中华”的赞誉。

咸阳市妇联启动了全市“书香家庭”创建活动，制定和完善“书香家庭”创建活动考核标准和办法，结合实际开展富有特色的主题活动。

广大妇女在牢固树立实现中国梦的共同理想中，激扬巾帼之志

——权益保护工作举措得力

开展维权宣传活动有声有色。组织咸阳市妇儿工委成员单位开展以“关注女童安全，促进妇女发展，共建平安家庭”为主题的宣传咨询活动，参与宣传300余人，发放宣传册5万余份。与咸阳市教育局共同开展儿童安全保护知识进校园活动，将《儿童安全保护手册》和陕西省妇联专门制作的PPT课件作为活动内容下发至各区县，并邀请“三色花”心理咨询室专家现场答疑。“12·4”国家宪法日，组织妇女儿童维权志愿者进行法制宣传，开展了一系列维权和心理咨询活动。

推进妇女儿童发展规划扎实有力。向咸阳市妇儿工委各成员单位下发职责分工，召开了全市妇儿工委（扩大）会议暨妇女儿童发展规划（2011—2020）监测评估工作会，对新规划的实施提出更高要求。在全市广泛开展创建妇女儿童工作先进区县活动，对各区县“两个规划”年度实施情况，以及妇儿工委的工作进行实地调研考评，对工作考评好的区县给予表彰和奖励。

探索维权工作创新有效。联合咸阳市司法局成立了咸阳市法律援助中心妇联工作站，与咸阳市民政局联合在全市县级救助站成立“红雨伞妇女之家”。面向社会招募了223名热心妇女维权工作的志愿者，组建了妇女儿童维权志愿者队伍，召开了维权骨干志愿者能力建设培训班，培训人员130名，营造共同关注妇女维权的氛围。全市妇联系统共接待妇女来信、来访、来电683件，调处率100%。

广大妇女在凝聚社会力量实现中国梦的伟大蓝图中，展现巾帼关爱

——服务妇女儿童工作效果显著

项目带动，惠泽民生。共争取到各类项目资金296.2万元，近万名妇女儿童受到救助。联合咸阳市卫计局向市财政申请资金40万元，救助贫困两癌妇女80人（5000元/人）。指导秦都区妇联实现了农村两癌贫困妇女全救助。启动失独家庭关爱行动，指导彬县妇联为19个失独家庭发放救助金9.5万元，率先实现了彬县失独家庭救助全覆盖。

扶贫助困，关心儿童成长。“六一”前夕，陪同咸阳市委、市政府主要领导慰问旬邑县马栏镇阳坡头齐心希望小学、泾阳县兴隆镇崔黄小学的留守儿童和渭城区周陵中心幼儿园的孩子们，为他们送去节日祝福和慰问品。深入淳化县车坞镇沟圈村、泾阳县兴隆镇白马杨村看望慰问留守儿童。组织爱心妈妈们看望乾县四胞胎家庭，为他们争取省级贫困母亲项目资金3000元，并送去营养费和婴儿推车、玩具等用品。组织开展“创建文明城市，弘扬雷锋精神，志愿者在行动”活动，带领爱心妈妈们走进秦都区双照镇大王中心小学看望慰问留守儿童。积极争取香港爱心人士何崇本慰问金4万元，为旬邑、淳化、长武等7县50名特困妇女儿童救急解困。举办了香港佛学会资助咸阳市优秀贫困女大学生捐赠仪式，向咸阳市7名优秀贫困女大学生发放助学金3.5万元。据统计，2014年共资助贫困优秀女大学生232人，发放资金60.3万元。

拓展手段，增强服务实效。开办了流动家庭教育知识课堂，组建了咸阳市家庭教育讲师团，在全市机关、企业、学校不定期举办“流动家庭教育讲堂”。目前已举办家庭教育报告7场，受益家长3000余人。将全国特级教师呼秀珍根据实际教学经验编写的《献给孩子的爱》家庭教育知识读本发放到全市13个区县的妇女之家、儿童成长家园。以“传承家庭美德，树立良好家风”为主题，在广大家庭中开展“好妈好爸好家风”活动，咸阳市的呼秀珍、成莉娟两位好妈妈荣获陕西省“传承好家风的好妈好爸”称号。呼秀珍老师代表咸阳市在省妇联举办的“好妈好爸好家风”大家谈活动中做了重点发言。9月10日，联合市教育局、市移动通信公司邀请卢勤老师来咸阳举办“把你的孩子培养成财富”家庭教育报告会。在彬县召开了全市关爱农村留守儿童现场会，通过现场观摩等形式，积极总结彬县、泾阳等县关爱农村留守儿童的成功经验，形成了“党委重视、政府推进、教育为主、妇联协调、各方配合、社会参与”的农村留守儿童关爱服务长效机制，并以咸阳市委、市政府两办文件形式下发了《关于加强农村留守儿童关爱工作的指导意见》，使全市农村留守儿童关爱工作提升到一个新水平。

广大妇女在实现中国梦中创造出彩人生，唱响巾帼之歌

——妇联自身建设有效加强

基层组织建设工作稳中有进。组织召开咸阳市妇联六届三次执委会，观看了《巾帼建新功 共筑中国梦》专题片。2014年，共培养省、市“妇女之家”精品点78个、示范点156个，在“两新”组织中成立妇女之家82家，在企事业单位中新发展和成立妇委会6家，在彬县率先挂牌成立了咸阳市首家“流动妇女之家”，为在彬务工、创业的流动妇女提供维权、就业、健康、信息等服务。市中级人民法院妇委会给“流动妇女之家”送去了4台电脑，并与她们共庆“三八”节。举办了咸阳市推进农村妇女参选参政骨干培训班，来自咸阳和杨凌示范区的110名优秀农村妇女骨干参加了培训。

队伍建设水平全面提升。举办了全市女科级干部培训班、全市妇联系统信息干部培训班2期，200多人参加了培训。举办了市妇联挂职干部座谈会，邀请在广州市海珠区妇联挂职半年的咸阳市妇联副主席白洁交流挂职经验，畅谈挂职体会。以“巾帼魅力”为主题，举办了魅力女性之婚姻家庭篇、教子育人篇、权益维护篇、礼仪服饰篇4期讲座，各区、县、市直部门1200余名妇女干部聆听了讲座。召开了“走进西咸新区，共话妇女发展”座谈会，来自全市各条战线的80余名女领导干部，以及妇联执委、女企业家、妇女精英参加了会议，市委副书记、市政协主席乔军等领导出席。座谈会后，与会人员走进西咸新区，赴沣西、泾河、空港和秦汉4个新城参观学习，开阔眼界，提升理念。

主题教育实践活动扎实开展。通过组织全体机关干部参加专题学习、上党课、集体讨论、封闭考试等形式，认真开展好党的群众路线教育实践活动。班子成员带头深入基层调查研究，听取意见和建议，全会共征求各类意见和建议300多条，归纳为4类23种具体表现。高质量召开了班子和支部民主（组织）生活会。建立完善了财务管理、机关考勤等十余项规章制度，制定整改措施4大类27条，逐项明确责任领导、牵头部门和完成时限。派驻党员干部分别入驻秦都区水厂路社区、礼泉县建陵镇山西头村、淳化县胡家庙镇胡家庙村开展第三次群众路线教育实践活动，锻炼了干部，增强了与群众的血肉联系。派驻党员干部入驻泾阳县兴隆镇白马杨村开展“两联一包”扶贫帮扶工作，筹资1.2万元在白马杨村举办了妇女手工艺品培训班；组织留守妇女代表赴武功、渭城考察学习手工编织；组织近10名妇女，携带她们精心制作的编织包，亮相第21届杨凌农高会；邀请市上健身操教练举办健身操培训班，活跃群众文化生活；为白马杨村贫困大学生杨XX等4人发放1.4万元助学金，帮助他们圆梦大学；看望和慰问村上贫困户和两癌患者，为她们送去慰问金和慰问品；协调当地医院为白马杨村进行了现场义诊和健康宣讲活动；向市财政局争取10万元资金，帮助白马杨村硬化3条共800多米长的村庄道路。开展“缅怀革命先烈，重温入党誓词”活动，组织全体党员赴照金革命根据地参观学习。倡导全体党员自觉践行“讲文明、讲卫生、改陋习、树新风”的好风尚，并对“佩党徽、亮身份、向我看齐”和“树形象、做表率、向我看齐”先进个人进行了表彰。大兴调查研究之风，针对妇女儿童发展热点、难点问题，先后形成7篇调研报告。2014年，市、县两级妇联为各类新闻媒体撰写妇联工作方面稿件480篇。

奋斗的足迹，追随着时代的弦音；巾帼的风采，闪耀在全新的征程。回眸2014年，咸阳妇女朝气蓬勃地跃上时代潮头，在拼搏中实现着一次次跨越，在创新中描绘着一道道亮丽的风景线。展望未来，咸阳市妇联将一如既往，豪情万丈，在西部强市新的征程上，用忠诚与智慧书写更加绚烂、更加壮美、更加辉煌的巾帼篇章！

诗画南郑

汉江东去，碧浪如带，镶嵌一颗翡翠如玉的明珠，她就是山川秀美的南郑。

巴山逶迤，南牟如屏，环抱一方如诗如画的家园，她就是风光旖旎的南郑。

岁月悠悠，古道漫漫，矗立一座铁马金戈的古城，她就是人杰地灵的南郑。

猎猎旌旗，将士鲜血，染红一片气贯长虹的土地，她就是红军走过的南郑。

推出片名：诗画南郑

传承文化根脉，再造诗画家园。近年来，南郑县委、县政府大力实施“发展绿色产业，建设绿色南郑”战略，在成功创建中国优秀旅游城市、省级卫生城市、省级文明城市的基础上，又吹响了创建国家卫生县城和省级园林县城的号角。

南郑县位于陕西省西南部，北临汉江南依巴山，总面积2823平方千米，总人口56万。县城建成区面积11平方千米，人口11.4万。

一场以创建省级园林县城为目标，提高城市建设和管理水平，进一步改善城市生态环境，实现人与自然和谐发展的创建活动，拉开了气势恢宏的序幕。

由县长任组长，县级有关领导任副组长，住建局、国土局、林业局和县级相关部门主要负责人为成员的创建工作领导小组，应运而生。

《南郑县创建省级园林县城实施方案》《南郑县创建省级园林县城目标任务分解表》等一批文件相继出台。

广播、电视、网络、宣传栏、手机短信，多层次、多角度地宣传创建省级园林县城工作，提高全民参与意识。

打造“山水南郑”，成为媒体关注的焦点。

创建“园林都市”，成为市民关心的热点。

建设“生态宜居县城”，成为汉水南岸瞩目的亮点。

一场场专题会议，凝聚着南郑县委、县政府站在时代制高点上的战略思维，汇集了来自社会各界的共识和智慧。

一份份目标责任书，让各级领导把发展放在心头，把使命扛上肩头，把脚步迈上街头。

每一步规划都彰显着“以人为本”的人文情怀，每一个管理细则都聚焦着“文化自觉”的深邃目光，每一次实践都体现了对“科学发展观”的理性把握，每一笔描绘都托起“中国梦”的绚烂多彩。

这是一卷承继历史、拥抱现实、畅想未来的发展宏图

设施完备、条块结合、景观效果好、园林气息浓是“创园”的规划原则。

到2020年，南郑县城建成区绿地率要达到 33.56 %，绿化覆盖率达到37.44 %，人均公园绿地面积达到8.97平方米。

打造“绿色休闲旅游基地，山水田园宜居城”，形成网络化的城市绿地系统和城在田园中、山环水绕的城乡形态格局，达到人与自然和谐相处的最

佳境界。

《城镇园林绿化管理办法》《城市绿线管理办法》《城镇绿化执法公示制度》等一批规章制度，为“创园”奠定了坚实的制度和法律保障基础。

“门前四包”责任制，唤起每一个市民对这座城市的一份责任、一份爱心、一缕乡情。

这是一首翠绕珠围的绿色诗篇

道路绿化总面积33.59万平方米，新建道路绿化率25%以上，绿化普及率95.6%，达标率91.7%。

三月，春到南郑，28条道路，银杏青枝婆娑，香樟风姿摇曳，玉兰迎风怒放。

十月，秋染南郑，丹桂含芳溢香，石楠嫣红绰约，翠竹清雅脱俗。

这是一篇天人合一的绿色乐章

对城区所有工程项目实施绿色图章审批管理，严控城市绿线管理建设的居住小区32个，已建成小区的绿地面积达44.86万平方米，平均绿地率36.9%。城区共创建园林式居住区19个，创建率59.38%。

夜幕降临，民乐园广场歌舞翩跹，笑语喧哗。

盛夏骄阳，西湖都御水上公园，浪花里飞出欢乐的歌。

这是一幅翰墨淋漓的绿色画卷

通过政府引导、群众参与，自2000年起连续11年在全县范围内开展园林式单位评选活动，鼓励和督促有独立庭院的单位做好园林绿化工作，使城区的庭院绿化建设整体水平达到较高层次，办公、生活环境明显改善。目前，建成区内50个具有独立庭院的单位，有26个被评为园林式单位，占建成区单位总数的52%。

一座座翠拥绿抱的高楼拔地而起，一幢幢花环林绕的小区建筑鳞次栉比。

城西县医院门诊综合大楼与县城中心的东龙华府、都华府商住高层建筑遥相呼应。

县农业银行的仿古式建筑和已建成的田园牧歌、幸福嘉苑、玲珑雅居等园林式居住区使旧城区焕发勃勃生机。

这是一场缔造美的绿色征程

这座城市的每一位市民都有着浓郁的绿色情结。在全县范围内开展的“爱我南郑、美化家园”义务植树活动，建立了“三八林”“青年林”“爱民林”等植树基地，全县有绿化示范点和义务植树基地4个。

3年来，城区共有3万人次参加义务植树劳动，植树超过10万株，成活率和保存率95%，义务植树尽责率98%。

县委、县政府立足当前、放眼长远，把苗圃建设作为建设“园林县城”的基础工程，摆在十分突出的位置。截至2011年底，全县共有6个成规模的苗木繁育基地，城区苗木自给率90%以上。

如今，在南郑，垂直绿化、楼顶绿化、庭院绿化已经成为广大市民的自觉追求，立体绿化初具规模。

目前，南郑建成区有综合性公园、社区公园、街头绿地等16个，包括3个综合性公园、2个社区公园、2个专类公园、2个带状公园、7个街头绿地，人均公园绿地面积8.97平方米。

与此同时，城市综合治理成效显著。水环境进一步优化，污染源环境监管进一步强化，空气质量进一步提高，公用事业快速发展，公共交通进一步改善。

总投资2.7亿元的南郑县江南污水处理厂一期工程已完成，日处理城市生活污水2.25万吨。

2010年实施气化南郑项目，铺设城区中压管网12千米，发展用户1500余户，城区新建居住区均实现了100%的天然气管道铺装。

截至2012年底，南郑有公共运输企业3家，运营线路6条，公交汽车

185辆，出租汽车120余辆，城区每万人拥有公共交通车辆16.2台以上。

建成区清扫保洁的城市主干道28条，面积56万平方米，投入各类型号的道路清扫保洁车辆21辆，负责对所有道路进行清扫作业，机械清扫率34.5%以上。现有公厕46座，每万人拥有公厕4.03座。

蓝天映碧水，绿树共红花。“西北小江南”南郑以她醉人的绿色向世界展示诱人的魅力。

画在天地间，人在画中游。山水南郑以她醉人的绿色拥抱来自四面八方的游客。

江山留胜迹，我辈复登临。人文南郑以她醉人的绿色装点汉水碧波、巴山翠峰。

天人交相应，干群共一心。和谐南郑以她醉人的绿色托起精彩纷呈的“南郑梦”，恢宏壮丽的“陕西梦”，时代华章的“中国梦”。

“春山是处箨龙新，不似清凉绿笋珍。”南郑，明天更美好！

脱贫攻坚摘穷帽 脚步铿锵奔小康

——长武县脱贫攻坚工作掠影

长武县，位于咸阳市西北部，地处黄土高原丘陵沟壑区，境内地貌复杂，沟壑纵横，梁峁起伏，自然灾害频发，生存条件较差，是国家扶贫开发工作重点县、陕甘宁革命老区县，属六盘山连片特困地区。

2016年以来，长武县委、县政府带领全县人民创新思路、完善机制、整合资源、上下联动、凝心聚力，推动这片传承着红色文明热土上的脱贫攻坚工作不断迈向纵深，收获了累累硕果。

推出片名：脱贫攻坚摘穷帽 脚步铿锵奔小康——长武县脱贫攻坚工作掠影

长武县域总面积567平方千米，辖7镇、1个街道办、146个行政村，总人口18万，耕地面积300平方千米。经过多年的扶贫攻坚，人民群众的基本生活条件大幅改善，但由于自然环境等客观因素的制约，截至2015年底全县仍有贫困村98个，建档立卡“回头看”确定的贫困户8457户计25944人，贫困发生率为14.4%。实现脱贫、过上富裕生活仍然是全县贫困群众最现实、最强烈的愿望。

改革创新是脱贫攻坚的永恒主题。长武县牢固树立“脱贫攻坚是最大的良心工程”的理念，把脱贫攻坚作为头等大事和第一民生工程来抓，紧扣“两年实现摘帽、三年巩固提高”的奋斗目标，立足县情实际，咬定“精准”二字，定向“喷灌”，定点“滴灌”，确保扶贫资源真正向贫困村、贫困户倾斜、聚集，在实践中探索出了一条拔“穷根”的精准扶贫、精准脱贫之路——“134脱贫攻坚战法”：建立一套县、镇、村全覆盖的挂图作战指挥体系，打好产业发展“阵地战”、全面兜底“歼灭战”、方法创新“破袭战”三场攻坚战役，强化宣传、督查、考核、问责四个作战保障。全县呈现出各产业竞相发展、贫困户思富脱贫的喜人局面。

挂图作战 无缝帮扶

长武县成立了脱贫攻坚指挥部，由县委书记任总指挥，县长任副总指挥，县委、人大、政府、政协主管领导任责任副总指挥，建立了指挥部联席会议制度，每周召开调度会研究解决问题。县、镇、村均设立了挂图作战指挥室，县、镇级实行“九图一系统”挂图指挥，村级实行“一书三图”对标管理。开展了“联村包户接地气，惠农务实抓扶贫”活动，实行部门单位包村、干部包户制度。全县146个行政村，无论是否贫困村，都有一个科级单位包抓。针对个体贫困户，县级领导每人包10户，科级干部每人包5户，一般干部每人至少包一户。贫困户不脱贫，干部不脱钩。针对特殊困难群体，由1000名教师包1000名留守儿童，500名医护人员包500名五保户，确保每个贫困户生活有人管，增收有门路，脱贫有时限。

产业扶贫 主体带动

长武县坚持把产业扶贫作为精准脱贫的主抓手，按照“支柱产业做大做强，产业化运营；特色产业做精做优，个性化管理；干部帮扶做实做细，菜单化服务”的产业扶贫思路，以贫困群众增收为目标，以组织实施“五个一批”落实为重点，确保贫困户家家有收入，人人可增收。

移民搬迁挪穷窝。对居住在滑坡险段、河道控制区、煤矿沉陷区、偏远地区以及土窑洞的群众，实施异地移民搬迁，采取存量现房安置和增量新建房安置相结合的方式，全县落实扶贫移民搬迁1250户，新建柴厂、宇家山等安置社区5个，签订城镇存量现房搬迁安置协议 619份。在全省率先实施了农村幸福院“交钥匙”工程，建成农村幸福院116处，安置特困户968户1704人，实现了群众“搬得出、稳得住、能致富”。

发展产业增收入。按照“苹果核桃做强做大，保产业基地；粮食蔬菜做实做稳，保供应安全；肉驴奶牛做精做细，健全产业链；鸡兔猪羊生态发展，创区域特色；网络营销做亮做特，保产品销路；光伏旅游做特做优，增收入渠道”的工作思路，在全县推行产业生态融合，实施肉驴养殖、獭兔养殖、林下养殖、乡村旅游、食用菌示范推广、设施蔬菜种植等产业脱贫项目35个，总投资1.81亿元，带动6747户23157名贫困群众实现了稳定脱贫。全县新建核桃园面积200万平方米，油用牡丹种植面积约34万平方米，设施蔬菜大棚599个，新建养殖场26个，培育现代农业园区2个，家庭农场13家，农业龙头企业5家，农民专业合作社15家，乡村旅游“农家乐”20户。运用生物工程技术，在巨家镇四合村实施“六生循环”产业扶贫项目，建成年产1000吨益酵菌饲料厂及标准化养殖小区，使贫困户在养殖业中增收。

二厂村乞丐酱驴养殖项目是咸阳市委宣传部帮扶建立的精准脱贫项目，探索出了“贫困户入社、合作社入股、镇上建驴舍、企业养肉驴、群众数票子”的脱贫攻坚新路子。咸阳市委宣传部扶持资金15万元，咸阳乞丐酱驴餐饮有限公司入股35万元，50户贫困户每户入股5000元扶贫资金，成立了二厂村养驴合作社，建成占地1万平方米的乞丐酱驴生态养殖场，现有肉驴174头，每年年底向50户贫困户固定分红15万元，户均3000元。目前，全县建成肉驴养殖场12个，存栏肉驴1000余头。经中国银行跨境撮合，县上与蒙驴公司签订了《共同推动关中驴产业发展合作协议》，以扶持、带动建档立卡贫困户和一般农户增收为主，就驴皮、驴血等深层次加工开展合作，带动饲料加工、屠宰加工、休闲食品、餐饮旅游等产业发展，打造长武县生态养驴基地。

电商扶贫是长武县精准扶贫的另一种模式，在城市中国网站建立了宣传平台，在淘宝网注册了农副产品销售网店，发展手机微店群180多个，实现线上销售800多万元。建立了网上农资直营店、连锁店、加盟店90个，建立了日用消费经营店、连锁店52个，销售额9000多万元，挂钩脱贫对象260多户。争取中国银行定点扶贫和信贷支持，成功举办了中国银行跨境撮合洽谈会，荷兰、意大利等国家及山东等省的企业代表和县域企业进行洽谈对接，为贫困户开发公益性岗位527个、企业爱心岗位636个，劳动力转移就业41309人，创造劳务收入4.2亿元。长武县初步形成了“苹果核桃强支柱，小麦玉米保口粮，驴羊鸡兔创特色，蔬菜香菇扩规模，电商旅游树品牌，光伏发电保兜底”的贫困户产业增收格局。

发展教育断穷根。为8543名学生发放各类教育资助金464万余元；实施贫困家庭子女关爱行动，为302名贫困大学生办理助学贷款196万元，为1136名贫困大学新生发放各类资助金288.76万元；推动优质教育公平均衡，为边远贫困地区招录补充教师101人，交流轮岗教师574人，落实乡村教师生活补助256万元；争取全市山区人才支持计划50人；长武县职教中心开展各类技能培训班35期，培训贫困群众1750人次。

生态建设补收益。积极实施生态就业劳务增收脱贫，在造林绿化、农村环境综合治理等项目建设和生态旅游农家乐服务业中，优先雇请贫困户劳力参与，有1.6万人次贫困群众获得劳务报酬221万元。组织实施新一轮退耕还林补贴增收，贫困户户均补贴收入2340元。聘用贫困群众428人就地转化为护林员，每人年收入4800元。发展杂果经济林产业增收，扶持228户贫困户新建核桃园面积61万平方米，栽植苗木3万多株。争取省级林下经济发展资金30万元，带动了90户315人脱贫。

社会兜底救急难。积极实施医疗救助，全面落实残疾人补助政策，全县累计发放各类保障资金5224.3万元，涉及困难群众39677人次。将2.6万名参合贫困户一般诊疗费纳入新农合报销范围，为全县建档立卡贫困户制作扶贫服务卡25421张，开通完善了贫困户就医绿色通道。

在发展产业的实践中，长武县各级创新方法，形成了具有长武特色的扶贫模式。建成光伏发电系统645户1935千瓦。为1690户贫困户发放小额扶贫贷款6100万元。投资430万元，为1020户贫困户搭建了农特产品网上销售平台。推行“党支部+合作社+贫困户”扶贫模式，形成了獭兔养殖帮扶资金入社、生猪养殖代养、蛋鸡养殖统购统销等模式，既促进了贫困群众增收，又解决了企业融资难题。举办了中国银行跨境撮合洽谈会，借助中国银行“公益平台”建设，帮助贫困户销售农特产品，助推了长武县域综合实力的强基固本。

光伏扶贫 兜底新径

长武县针对年老体弱、疾病困扰或文化水平低下，丧失“造血功能”，无法通过自身努力摆脱贫困，需要依靠政府兜底维持生活的1059户2892名特困群众，按照“政府引导、农户参与、市场运作、收益分成”的原则，实施光伏扶贫，破解政府兜底难题。

长武县财政专项列支200万元，建立光伏扶贫周转金，解决并网费用；借助金融扶贫的贷款支持，解决光伏建设费用；以幸福院为重点，合理控制规模，解决电能消纳问题；以镇为单位招投标，选择好施工单位；建立光伏扶贫合作社，方便贫困户结算分配发电收益。不断探索创新光伏合作模式：光农互补模式，将光伏与养殖、光伏与种植相互结合；资金变股金模式，贫困户将财政扶贫到户的2000元资金入股，交由合作社实施光伏项目；用土地入股模式，既盘活了贫困户的土地效益，又有效增加了贫困户收入。

2016年，长武县光伏扶贫项目总投资1437.1万元，建成分布式光伏发电系统645套1935千瓦，特困群众实现了“屋顶装上光伏板，足不出户把钱赚”。7月25日，咸阳市光伏脱贫现场会在长武县召开，长武县就光伏扶贫中的系列解决方案进行了经验介绍。

台账管理 确保实效

针对贫困户资料信息不准、帮扶关系不畅、家庭收支不明晰、脱贫监测不翔实等问题，长武县委、县政府创新贫困户管理方式，设计制作了贫困户专用桌摆折叠式台历，两年逐月包扶纪实和收入纪实占24页，中间穿插扶贫政策50问和40多条实用技术要点，用长武县本地产业扶贫照片做点缀。贫困户每户发一本，由包扶干部逐月填写，使其成为贫困户的信息历、包扶干部的监督历、扶贫政策的宣传历、脱贫技术的培训历、农户收入的监测历和脱贫成效的展示历。

强化保障 勤督严查

长武县电视台开设了《脱贫攻坚在路上》栏目，利用《陕西日报》《咸阳日报》和长武公众信息网、长武扶贫微信公众平台、短信群发平台等媒介，积极宣传脱贫攻坚方针政策、工作动态、典型做法，营造了良好的宣传氛围。

长武县成立了脱贫攻坚工作巡视督查组，定期或不定期巡视督查，实现了巡视督查全覆盖、无盲区。每周发布脱贫攻坚工作动态，晒成绩、摆问题，充分发挥了巡视督查的曝光激励、加油鼓劲作用。

长武县将脱贫攻坚工作纳入年度目标责任考核，实行“一票否决”。制定出台了《脱贫攻坚工作专项考核办法》，实行差异化考核。制定出台了《脱贫攻坚工作问责办法》《精准脱贫工作纪律规定》及“十条禁令”，对违反脱贫攻坚工作纪律的，进行严肃问责。

脱贫攻坚路，汗水伴艰辛。长武县脱贫攻坚工作在省市领导和社会各界的大力支持下取得了显著的阶段性成绩，长武县扶贫办被人社部、国务院扶贫办表彰为“全国扶贫系统先进集体”，被《中国经济改革》杂志评为“全国改革创新案例单位”。

长武大地正唱响一首首扶贫进行曲，展现出一幅幅“新农村、新产业、新发展”的美丽画卷，攻坚拔寨正在路上。放眼当前，长武县跨越发展之舟风帆正举；拥抱未来，长武县全面小康蓝图锦绣万千!

赶考

1949年3月23日，当中共中央机关从西柏坡动身前往北京时，毛泽东同志说：“今天是进京赶考的日子。”

2013年7月，习近平总书记在西柏坡告诫全党：“党面临的‘赶考’远未结束”“要继续把人民对我们党的‘考试’、把我们党正在经受和将要经受各种考验的‘考试’考好，努力交出优异的答卷”。

2017年，在礼泉县这块浸润着红色记忆的神奇土地上，全县广大党员干部牢记两位领导人关于“赶考”的嘱托，用忠诚与担当抒写着为人民服务的壮歌，用智慧和汗水迎接着一场非同寻常的时代大考。

推出片名：赶考

2017年，对礼泉县来说，注定是极不平凡的一年。

新年伊始，当寒冬的残雪还未消融，枝头的柳芽刚刚萌发，已经多年习惯忙碌于早春的礼泉人，却惊奇地发现：今年的春天进入了“快进模式”。

省、市委连连召开会议，吹响了“爬坡过坎、追赶超越”的集结号，一时间三秦大地鼓角争鸣、千军竞发，标兵快马加鞭，追兵气势逼人。此时礼泉县面对的形势异常严峻，虽然综合排名位列全省第22位，但是县域经济不大不强，产业结构调整提速缓慢，果园日益老化，农民增收乏力，项目储备不足，工业发展和招商引资进入了一个瓶颈期……

老问题、新矛盾盘根错节、接踵而来，一道道难题赫然摆在了新一届县委、县政府领导班子面前，考验着礼泉县执政者的胆识和智慧。

这是一场慢不得、输不起、决不能输的大考。面对这份新的时代考卷，礼泉县该如何解好发展和改革的方程式，实现奋力追赶和新的超越？

面对诸多难题，礼泉县领导层没有满足于已有成绩，而是把开阔视野、换脑充电放在了首位，北上东进，南下西出，考察学习，邀请专家会诊把脉，深入群众问计问策，积极探寻破题之法、发展之路。

司马迁故里韩城市，黄河明珠大荔县，脱贫攻坚的先进鄠邑区，好书记焦裕禄工作过的兰考县，“三变改革”的典范贵州省六盘水市，还有北、上、广、苏、浙等地，留下了礼泉县干部考察的足迹。先进地区党员干部一心谋事、拼命干事的激情和发展成果强烈震撼着大家的心灵，让每一位考察者的灵感和思维无不火花迸发。

用大视野看待礼泉县，用新标准衡量礼泉县，用新理念发展礼泉县！

标杆，从看咸阳，到看陕西，再到看全国，优中选优。

追求，从小步快跑，到大步跨越，再到全面赶超，好中求好。

发展，从自我满足、自我陶醉，到坐不住、等不及，礼泉县的态势让人热血澎湃。

一场风云激荡、前所未有的赶考大战全面打响！

一场事关礼泉县未来与发展的画卷，在1018平方千米的土地上迅疾展开。

高点定位，构建大格局。礼泉县与渭城区签订《战略合作框架协议》，规划两地合作新蓝图，第一次把礼泉县发展推到了大西安建设的前沿。拥抱大西安，融入大西安，礼泉和西安从没有像现在这样亲近。

大手笔谋划，培植新优势。经多方洽谈，陕西汉唐农业集团与礼泉县共建苹果产业创新示范基地项目正式落户，陕西果业集团礼泉有限公司挂牌成立，总投资上百亿元的唐朝文化特色小镇项目、盛世唐城建设项目、昭陵大景区旅游开发项目和东郁园林花果小镇等项目的成功签约实施，翻开了合作共赢、携手兴礼的崭新一页。

提振精气神，激发新活力。礼泉县深化“三项机制”贯彻落实，让干事者有舞台，让出错者无顾虑，让平庸者腾位子，树立了“能者上、干者容、庸者下”的鲜明导向。

加强督查考核，持续正风肃纪。礼泉县先后有300多名党员干部因违纪被查处或通报，党政部门、窗口单位办事效率大幅提升。全县分口举办季度“擂台赛”，让各镇办、部门单位的一把手上台打擂，晒业绩、讲不足，传导压力，形成了追赶超越的强大氛围。

在礼泉县委、县政府的会议室里，伴着彻夜的灯光，一项项决策、规划接连出台。在礼泉县委大礼堂，在干部培训中心，在各镇办、部门，一场场讨论会、推进会、宣讲培训活动跟进举办，筑基塑魂工程把发展的力量紧紧凝聚在一起。

在项目建设一线，在脱贫攻坚和“三变”改革一线，在产业调整一线，在现代化的车间里，在乡村党员活动室里，在生机勃勃的设施大棚里，在田间地畔、房前炕头，处处活跃着礼泉县各级党员干部抓改革、促发展、惠民生的身影。

民生是最大的责任。老百姓的安危冷暖，特别是近万名贫困群众的生产生活，时刻牵挂着礼泉县主要领导的心。面对外省媒体的采访，礼泉县委主要领导为礼泉果品当起了代言人，一时间成为街谈巷议和点击率最高的新闻热点事件。

这一年，脱贫攻坚激战正酣。为了让贫困群众早日脱贫，“八个一批”部门各尽其责，4支队伍尽显其能，万名党员结亲帮扶，支部引领助推脱贫，开展“党日+扶贫”“周二扶贫日”等活动，让扶贫有了新载体。一遍遍反复核实数据，一次次完善归整资料，一村村制订规划方案，一户户落实帮扶政策。没有人能说得清脱贫干部这一年加了多少班，熬了多少夜，跑了多少路，付出了多少艰辛。年度脱贫目标如期实现就是对他们最好的回报，特别顾大局、特别敢担当、特别重协作、特别能吃苦、特别讲奉献就是对他们工作的最好概括。

这一年，礼泉县国家级农村综合改革试验工作拉开大幕：“三变”改革的化学反应初见成效，形成了“三变+乡村旅游”“三变+特色产业”“三变+新型农村社区”“三变+龙头企业”的“三变4+”模式；袁家村、白村活力迸发，继续领跑省、市，全省农村综合改革暨扶持壮大村级集体经济发展试点工作现场会在袁家村召开。

这一年，国家级全域旅游示范县创建工作全面推进。“全景礼泉，四季御果赏花季”品牌熠熠生辉，袁家村游客持续爆满，发展模式吸引了国内外众多专家、学者的眼球。在2017年第七届中国旅游投资“ITIA艾蒂亚奖”评选中，袁家村一举拿下了这个号称中国旅游“奥斯卡奖”的9项大奖，且雄踞最佳旅游项目奖、最佳旅游度假目的地奖、最佳乡村旅游项目奖、最佳旅游创新产业奖4个奖项之首，成为最大赢家。

这一年，当人们还没有从32辆新投放的绿色电动公交车带来的喜悦和便利中醒过神来，礼泉县又捧回了全国“四好农村路”的奖牌，又有500辆便民自行车投放校园，“交通为民”的理念在这里得到了最好体现。

这一年，新一轮环境整治攻坚战和礼泉县城提升工程全面打响。北山生态修复、泔河湿地公园和醴泉遗址生态公园建设工程全面启动，县城中心广场、南北大街、市政街、兴华街等街区改造一新，投资2亿元的城北大道绿化景观工程和迎恩门广场总体建成，县城面貌发生了巨大变化。

这一年，礼泉“全国义务教育基本均衡县”“国家级农村职业教育与成人教育示范县”顺利通过国家验收，礼泉教育再次驶入了发展快车道。

这一年，网购更加融入百姓生活，礼泉成功入选中国农产品电子商务50强县，不仅农村网购风生水起、渐入佳境，网上销售也已经成为礼泉县果品外销的重要平台。

这一年，当礼泉县把眼光投向外界的时候，外界也把目光聚焦到了礼泉县。来自中东欧16个国家总统府、总理府、议会的新闻发言人，“中华文明寻根溯源之旅”全国网络媒体主题采访团，“见证陕西追赶超越”20国中外记者采访团先后来礼泉县采访报道，“礼泉经验”引起新关注。

面对新时代，面对人民的期盼，礼泉县交上了一份沉甸甸的答卷。

秀美城乡展新颜，万家欢歌唱和谐。在这份答卷背后，没有人知道，礼泉县干部群众流了多少汗水，经受了多少考验；没有人知道，礼泉县在这一年，是如何逆风飞扬、搏击风浪！

俱往矣，站在新的历史起点上，面对党的十九大描绘的宏伟蓝图，面对新的征程、新的大考，礼泉人来不及抹去额头的汗水，从容而自信地开始了新一轮的抢答！

文明花开映地电

——咸阳供电分公司创建省级文明单位纪实

咸阳，承载着大秦帝都的文明风范，积淀着源远流长的文化底蕴。无论历史如何更迭，这里始终充满着无尽的发展活力，散发着文明古都的馥郁芬芳，演绎着新时代的恢宏乐章。

犹如白纸绘成蓝图需要艺术家的精巧构思、精心描摹一样，咸阳地电人以“打造关中一流配电网，创建关中一流效益分公司”为目标，在10246平方千米的热土上，齐心协力，务实创新，绘就了一幅精神文明建设的和谐画卷。

推出片名：文明花开映地电——咸阳供电分公司创建省级文明单位纪实

咸阳供电分公司担负着咸阳地区泾阳县、三原县、淳化县、旬邑县、彬州市、长武县、永寿县、武功县、礼泉县、乾县和西安地区的高陵区、周至县工农业生产及430万城乡居民生活用电任务，在咸阳市的供电面积为9210.41平方千米，占全市总面积的91.2%。

近年来，咸阳供电分公司坚持把精神文明建设摆在重要位置，以建设学习型党组织和创先争优活动为契机，深入开展创佳选优评差、创建行业示范窗口单位等活动，着力提升职工文明素质、健康素质和业务技能，为企业健康稳定发展提供了强大精神动力，供电事业呈现出蓬勃发展的新局面。

咸阳供电分公司先后荣获“全国电力行业企业文化先进单位”“全国电力行业用户满意服务单位”和省公司“创先争优先进基层党组织”称号，客户服务中心荣获“全国五一巾帼标兵岗”称号，武功县供电分公司被授予“全国电力行业电力设施保护先进单位”称号，永寿县供电分公司被评为“集团公司学习型党组织创建示范点”。

领导重视保创建

深入开展文明单位创建，是构建和谐社会的重要载体，是把社会主义物质文明、政治文明、精神文明与和谐社会建设各项任务落实到基层的重要途径，是不断提高干部职工素质和单位文明程度的有效形式。

咸阳供电分公司高度重视精神文明创建工作，把精神文明创建工作纳入日常管理工作中，成立了创建省级文明单位领导小组，制订了创建规划，建立健全了精神文明建设工作网络，层层签订目标责任书，把精神文明建设工作纳入年度工作考核之中。

以“创选评”竞赛活动为载体，不断丰富精神文明创建内容。把行风建设、创建规范化示范所、标准化变电站和创建人民群众满意基层站所作为“创选评”的主要内容。通过健全监督网络，主动接受社会监督，收到了良好的社会效果，有效地推动了精神文明创建工作。

凝心聚力为创建

干部职工队伍建设是各项事业顺利推进的重要基础和组织保证。咸阳供电分公司领导班子团结务实，注重自身建设，坚持理论学习，密切联系实际，牢固树立正确的政绩观。

自觉贯彻执行民主集中制原则，班子成员分工不分家，重大问题集体研究，重要部署民主决策，全面增强了班子的凝聚力和战斗力，为推进全市电力事业发展提供了坚强有力的领导和组织保证。

为开展“为党旗增辉、为发展服务、为百姓造福”创先争优主题实践活动，咸阳供电分公司成立了组织机构，制订了实施方案，提出了机关以“服务中心、优化环境、建设队伍、改进作风、争做表率”为载体，不断提升管理工作的科学化水平。

基层单位和部门以“推进事业发展、争当行业先锋”为载体，明确发展目标，提升服务质量和服务水平。按照“三为”主题实践活动各阶段的安排，扎实开展工作。

完善党风廉政建设工作机制。按照“谁主管、谁负责”的原则，层层签订《党风廉政建设责任书》，落实《国有企业领导人员廉洁从业若干规定》，将预防职务犯罪作为“反腐倡廉制度建设创新年”活动的重要内容。

淳化、乾县、泾渭分公司聘请检察院工作人员对职工进行反腐倡廉专题辅导，增强了广大职工和领导干部的反腐倡廉意识、自律意识。开展效能监察工作，把电网基建、用电抄核收和物资招投标定为监察项目，发挥事前、事中、事后的监督作用，提高了廉政监督管理水平。

咸阳供电分公司始终坚持把思想道德建设作为精神文明建设的中心环节，组织职工认真学习《公民道德建设实施纲要》《陕西地方电力系统公民道德建设实施意见》，深入开展社会主义核心价值观教育，增强职工的职业道德和公民道德意识。组织开展了“我推荐、我评议身边好人”活动，参加第二届“感动咸阳”道德人物评选推荐活动，淳化县供电分公司范秋明同志荣获“感动咸阳”模范人物。

开展“关心下一代”活动。乾县、礼泉、彬州市供电分公司在“六一”儿童节前，向驻地学校和单位子弟捐赠图书、体育器材。永寿县供电分公司修试所张海龙同志之女患有白血病，其妻得了宫颈癌，广大员工发起爱心捐助活动，短短十几天捐款11万余元，营造了“一方有难、八方支援”的良好风尚。

以开展“双创”活动为契机，以“传播先进科学理念、培育文明生活方式”为主题，组织开展文明新生活教育。咸阳供电分公司在机关开展环境卫生整治活动，做到周有检查、月有评比，在职工中倡导文明健康的行为方式，为广大职工营造了一个清新舒适的学习、生活、工作环境。

坚持开展各类富有特色的文娱、体育活动。组织女职工参加集团公司举办的“庆‘三八’说出你的美好愿景”寄语征文活动。永寿、泾阳供电分公司组织职工进行拓展训练，周至县供电分公司举办了“七一”庆祝党的生日职工文艺演出，三原县供电分公司举行了职工运动会，激发了职工参与企业发展的热情，增强了凝聚力和战斗力。

启动万人培训计划。采取站、所、县、市公司分级培训的办法，全面开展岗位培训和练兵比武活动，共计购置配发教材、资料2031本（份），培训面100%。

通过各种活动的开展，广大党员特别是领导干部，强化了科学发展的理念，在深入实践中不断提升科学发展水平，更加坚定了科学发展的信心和决心。

文明花开结硕果

通过文明创建活动的开展，截至2011年10月31日，咸阳供电分公司高压电网新建项目已完成投资7558万元，占全年计划的55.24%。建成110千伏变电站4座（已投运3座），建成110千伏线路6条，共计176.066千米，建成35千伏线路1条，共计9.013千米。

售电量完成32.9亿千瓦时，占年计划的79.76%；销售收入完成16.54亿元，占年计划的79.92%；利税完成20011.28万元，为年计划的294.56%。

营销工作突出精细化和规范化管理，借助营销数据信息平台和新营销软件，建立和完善三级指标体系、分析体系，加强指标管理和营业监控，坚持开展督察和帮扶，严堵“跑、冒、滴、漏”。

以“深化标准作业，强化风险控制”为主题，深化安全生产年活动，深入开展安全风险辨识活动。以作业现场为中心，加大标准化、程序化作业的监督检查力度，突出安全教育，扎实开展了两个“安全生产月”和春季安全大检查及督察等活动。

漫步咸阳湖畔，笑语碧水蓝天；徜徉古城街头，四处繁花似锦；回首过去，改革波涛激荡。

在建设文明、富裕、和谐新咸阳的伟大实践中，咸阳供电分公司以文明创建活动为契机，努力造就一支素质高、作风正、纪律严、本领强的职工队伍，为实现建设服务型企业提供坚强有力的组织保证，为企业快速发展提供良好的思想基础和智力支持，为咸阳、西安社会经济快速发展当好先行，谱写新的篇章！

绿色明珠　最美古镇

——走进陕西省文化旅游名镇永平镇

这里是广袤黄土高原与富庶八百里秦川交会带上的一颗绿色明珠。

这里是承载秦时麻亭底蕴与彰显现代文明画卷中的一座致美古镇。

从古城西安丝绸之路雕塑出发，回溯历史的脉络，追寻马帮的匆匆蹄印，探听驼铃的叮当回响，一路向西便来到了丝绸之路第一驿站——陕西省文化旅游名镇永寿县永平镇。

推出片名：绿色明珠 最美古镇——走进陕西省文化旅游名镇永平镇

独特的地缘优势

永平镇地处黄土高原南缘，东有滔滔泾水环绕，北有页梁簇拥拱卫，西屏千山群峰护佑，是一块不可多得的风水宝地。

站在黑山之巅，极目北望，黄土高原一望无际。天高云淡，或是雨后初晴的日子，放眼远眺，可以欣赏秦岭的逶迤绵延，太白山的皑皑积雪。

160多平方千米的面积，汇集梁、原、沟、峁等地貌，仅有的4700多人口，“黑牛窝”“大、小老虎沟”“飞龙山”“野猪嘴”“双鹿塬”“烽火台”“雷公庙梁”“天云村”等独特的地名，凸显出了永平镇的原生态和自然天成。

“秦陇咽喉，彬宁锁钥”是永平镇地势险峻峭拔的写照，“隋唐夏宫”“西咸后花园”“自然空调区”是永平镇凉爽怡人的美誉。

永平镇南临闻名中外的乾陵，西有东方佛教名刹法门寺，北界倚崖雕凿的彬县大佛寺，是陕西热门旅游线路上的枢纽和中转站。

这里交通便捷，西平铁路、福银高速、312国道穿境而过，距西安咸阳国际机场82千米，距杨凌农科城74千米，属西安1小时经济圈，是人们触手可及的旅游休闲首选地。

深厚的人文底蕴

永平镇有着悠久的历史，深厚的文化积淀。秦代称之为麻亭。唐武德二年（619）置县，几经兴废。清康熙八年（1669）筑城，史称金盘城，占据山川形势之利，左有东岭梁逶迤绵延，右有山峰势如虎头，名曰虎山，前有翠屏山环拥，后有永寿梁蜿蜒，宛如架上金盘。昔时文人墨客吟诵的“翠屏朝云”“西山夕照”“东岭耸翠”“北泉流清”“渠声夜响”“塔影画圆”“四围岚色”“两涧暮烟”“柏坛垂荫”“翰墨泉香”“桥门扩览”“道院奇葩”“碧峰衲衣”“浮图燕集”金盘十四景，尽数了古城的美好风光。想当年，古城雄踞秦陇要道，城北大道两侧，山峰夹道而立，尽显“一夫当关，万夫莫开”之势。古城两侧，沟壑幽深，草茂林密，大道环西城墙而过，驼队马帮络绎不绝，客旅商贾纷至沓来，昼夜不息；县城内，官署兵营、庙堂学院、酒楼馆舍、商铺林立，物阜民殷，轩车辐辏，该是何等的繁荣热闹。有诗云：“当年金盘城墉固，山花闹市游人聚。绣户朱囊十万家，家家总把繁华度。”

从金盘城向西南望，武陵寺古塔耸立于虎山之上，塔随山势，山借塔形，一派虎气，与金盘城遥相呼应，让这片土地的历史更加古朴而厚重。据县志记载，武陵寺塔为后魏平阳王熙所建（398—404），距今1500多年，现为国家级文物保护单位。塔身高27.5米，直径6米，周长21米，七层八楼，砖质木式结构，重檐楼阁式，层层有斗拱飞檐和风铃，楼门有圆有方，外有平座栏杆，所雕图案各异。塔身内为2米见方天井，木质楼梯旋绕直达塔顶。隔层拱门相对，出拱门凭栏可以俯瞰四面山色。塔址在武陵寺遗址内，相传宋时此地为翠屏书院，从院中仰望古塔，云飞塔动，甚为壮观。

传说中，永平镇的碾子沟一带，曾经是穆桂英西征时安营扎寨的地方。树战旗、驯马场地遗迹，在当地人口中代代相传。

永平镇也是一块红色的土地，层峦叠嶂，曲径幽幽，使之成为热血青年奔赴革命圣地延安的重要通道。彭德怀将军保卫延安、出击西府、横断西兰公路、直捣胡宗南老巢，也从这里经过。

瑰丽的绿色明珠

永平镇有40多万亩槐林资源，森林覆盖率87.6%，有渭北旱原上“绿色明珠”的美称。

5月中旬，40万亩洋槐开花了，那是万顷碧波掀起的浪花。走进槐林深处，起伏的梁原沟坎是浑然天成的健身房，松软的林草落叶是翩跹芭蕾的绒地毯，绵甜的清新气息是健康长寿的灵丹妙药，幽静的安然环境是养心修行的世外桃源。山脊上绵延在林荫里的公路两旁，天南海北的蜂群一箱挨着一箱，一家接着一家，前寻不着头，后觅不着尾。

3万多亩的翠屏山森林公园中，林木繁茂，花草芬芳，湖水清澈，碧波荡漾。夏日里，槐林之下难得的自然清凉，是天然的避暑之地。风情度假山庄位于槐林之中，更是游客纳凉避暑的最佳选择。万亩槐林馈赠的天然氧吧和自然空调，让人拂去都市浮华的倦怠，回归自然感受生命的清新。

优美的生态环境，深厚的文化积淀，为永平镇加快发展搭建了广阔平台。永平镇先后被评为全省特色旅游名镇、文化旅游名镇。

（永寿县永平镇镇长同期声）：“独特的资源优势成就了永平镇。我们将抢抓文化旅游名镇建设的机遇，坚持生态立镇、旅游兴镇、畜牧强镇、核桃富镇的思路，把生态旅游和绿色农业作为发展的主攻方向，突出项目建设，不断扩大绿色种（植）养殖基地规模，积极开发槐花蜜、露仁核桃等特色旅游产品，加快实施农家乐等旅游项目建设，真正把永平建设成为全省知名的旅游名镇。”

近年来，永寿县委、县政府抢抓机遇，高点定位，招商引资，充分开发旧县城的文化旅游资源，突出“古香古色”，着力打造“以生态人文旅游为主导的永平古镇”。已恢复建设了金盘城、老县衙及仿古一条街，完成了虎山、街道的绿化、亮化和硬化，建成了北广场、虎山凉亭、山门、城门外广场、停车场，街道仿古商铺的改造正在进行当中。下一步将举全县之力，坚持规划先行，实施项目捆绑，加大投资力度，着力加强旅游公共服务设施、市政基础设施、新型农村社区等项目建设，加快麻亭路、城内仿古开发建设，打造城隍庙、武陵寺、翠屏书院等旅游景点，深度挖掘天堂寺、藏兵洞、穆陵关驿站、吕公惠民泉等旅游资源，建设集产业发展、生态旅游、休闲养生于一体的五龙泉生态养生长寿谷。

展望永平文化旅游名镇的未来，镇党委书记李新文信心满满。

（永寿县永平镇党委书记李新文同期声）：“我们将坚持以文化旅游名镇建设统领全镇发展，深入挖掘历史文化内涵，加快景区景点建设，加强文物古迹和历史建筑的保护修缮，彰显特色，提升服务，聚集人气，以旅游产业带动全镇农民增收致富，努力实现镇域经济社会又好又快发展。”

永平镇，渭北高原上的一颗绿色明珠；

永平镇，历史长河中一座醉人的秀美古镇。

它和着时代的节拍，带着中国梦的美好，正向我们走来。我们有理由相信，一个更加翠绿迷人、古色古香的文化旅游名镇必将呈现在世人面前。

热线连万家　巾帼展风采

——记咸阳供电分公司客服中心

这是一群心系千家万户光明的使者，这是一支情牵客户的电力之花。

她们，用真诚架起了电力与客户理解信赖的桥梁；她们，用娴熟的业务和热忱的服务，在平凡的岗位上默默地耕耘出一幅美丽的图景。

推出片名：热线连万家 巾帼展风采——记咸阳供电分公司客服中心

咸阳，这座现代文明与古代文化交相辉映的魅力城市，处处彰显着千年帝都的文明风范。

在桃红柳绿、春色满园的4月，暖洋洋的春风捎来了花儿的讯息，陕西省地方电力（集团）有限公司咸阳供电分公司“96789”客服中心，被全国总工会授予“五一巾帼标兵岗”的光荣称号。这是该中心继2010年获得省总工会授予的“五一巾帼标兵岗”、省地电集团公司辉煌“十一五”地电之光“优秀基层班组”之后的又一殊荣。如今，这些用热线连接万家，为电力事业播撒激情的巾帼们，已成为一道亮丽的风景。

咸阳供电分公司“96789”客服中心成立于2008年3月，是清一色的娘子军，平均年龄32岁，均具有大专以上学历。

客服中心承担着咸阳、西安两市12个县13个县级分公司，430万人口、106万户电力客户的用电业务咨询、信息查询、故障报修、投诉举报等服务需求。

规范服务立新功

“96789”客服中心成立之初，就将规范座席人员工作行为、提高工作效率、全面推进规范化服务当作工作重心。规范服务用语，规范“96789”服务程序，及时编制“96789”热线典型问答知识库，实行首问责任制。

制定完善客服中心管理制度、设备维护管理制度、服务规范、文明用语、工作流程等制度及记录共计15种。24小时不间断服务，不仅彻底改变了以往客户咨询费时、报修渠道不畅、投诉无门的历史，还凭借优质的服务取得了一个个令人欣喜的成绩。

2008年，客服中心被省公司命名为标准化呼叫中心。2009年全年话务量31129次，占省公司总话务量的35%。2010年全年话务量53042次，占省公司总话务量的32%。自成立以来，客服中心的话务量始终居系统8个市级分公司第一。

勇于创新争一流

通过与广大电力客户的沟通、心与心的交流，“96789”服务热线逐渐被广大电力客户所熟悉。

为了便于客户查询，她们加强了停限电信息管理，规定每月定期由县级分公司上报停限电计划，对临时停电及时上报，随时掌握停电信息。

为了提高客户满意度，她们经常召开客户、行风监督员座谈会，征求客户意见和建议。采取电话回访和上门回访等形式，事故报修实现97%的回访率，投诉举报回访率100%。

为了进一步加大宣传力度，提高“96789”的知晓率，她们通过电视媒体、网络，发放宣传册，制作“96789”宣传小贴片、大型户外广告牌等，以多种方式向广大用户介绍“96789”的功能和服务形式。

工作中不断创新，全面推行电费通知、停限电信息等各类短信服务，实现了“96789”与西北电监局“12398”、国家电网公司“95598”、110指挥中心、秦风热线的联动。

爱岗敬业展风采

“96789”客服中心是电力企业的服务窗口，服务质量代表着电力企业的形象，要求客服人员不但要有甜美的声音、真诚的态度，还要具备丰富的专业知识。为此，客服中心专门聘请专家和业务能手从电网结构、营销知识、电力政策法规、电话礼仪、心理调节等方面，对客服人员进行辅导和培训。客服中心内部制定了一系列工作标准，坚持开展月度典型服务案例教学、月度业务知识考试、互动互学、情景模拟、座席人员下基层到现场学习等，扎实开展岗位练兵活动。

天道酬勤。通过不断的学习和努力，座席人员的业务技能、服务质量不断提升，在2009年9月份市级分公司职业技能大赛中，王莉、祁静、杨丽3位座席员分别获得第一、第二、第三名的好成绩。

当年10月份，在陕西省“地电杯”职业技能大赛中，祁静、杨丽、周媛3名座席人员分别获得个人第二名、第四名、第五名的好成绩。其中，祁静荣获“陕西省技术能手”称号，杨丽被聘任为咸阳供电分公司电力客户服务首席技术能手，周媛被聘任为咸阳供电分公司电力客户服务技术能手。

“96789”客服中心是以电话连接千家万户，全年无休24小时在线，铃响3声必须应答。工作的特殊要求使她们付出了比常人更多的艰辛。曾经有多少个假日，她们因值班不能与家人团聚；又有多少个夜晚，她们坚守岗位，不能陪孩子入睡。

每遇因天气突变、故障突发而造成的话务高峰，她们顾不上吃口饭、喝口水，坚守岗位保证热线畅通。面对客户的抱怨，她们始终不急不躁，及时调整心态、换位思考，做到你发火、我耐心，你粗暴、我礼貌，你冷淡、我热情，你无理、我周到，春风化雨，从容应对，用实际行动为客户用电“遮风挡雨”。因为，她们热爱这份工作，懂得肩上的责任和使命。

工作中，她们精益求精，追求卓越；生活中，她们多才多艺，能歌善舞。不论是在体育赛场上，还是在各类文艺会演、演讲比赛的舞台上，都能看到她们的身姿。座席人员中，周媛获得了省级“用电客户受理员”考评员资格，并代表省地电集团公司参加了西北地区供电监管知识竞赛，获团体第四名；杨丽获系统“青春足迹”演讲比赛优秀奖。

她们不仅是一个奋发有为、不断创新的集体，还是一个散发女性光芒的爱心团队。陕南水灾，她们踊跃捐款；永寿困难职工，她们积极帮扶；紫阳贫困学生，她们伸手援助。

一条条电话热线，连接着万家灯火；一句句温暖话语，架起诚信的桥梁；一滴滴辛勤汗水，绽放电力话务员美丽的风采。

她们用汗水和智慧，让“96789”成为客户心中最信赖、最满意的服务热线。她们用过硬的本领、一流的业绩，为电力企业的发展壮大奉献着自己的青春和力量。

文明花开硕果丰

——彬县供电分公司创建省级文明单位标兵纪实

穿越2000多年古豳大地的文明隧道，走过物华天宝的农耕文明发祥地，在渭北高原、泾河之滨，有一座古老而年轻的城市。这里历史悠久，文化灿烂，资源丰富，经济区位优势突出，县域经济社会呈现出跨越发展的良好态势，这就是2010年成功跻身“陕西十强县”的彬县。

在一曲曲大潮涌动般的改革发展乐章中，彬县地电人是其中最振奋壮美的华彩乐段。他们执着奋斗、矢志不渝，以“电力先行军”的责任，支撑着彬县经济的蓬勃发展，在这片古老的热土上，绘就了一幅精神文明建设的和谐画卷。

推出片名：文明花开硕果丰——彬县供电分公司创建省级文明单位标兵纪实

彬县，古称豳州，公刘故里，诗经之乡，中华农耕文明的发祥地之一，是古丝绸之路必经之地，素有“丝路明珠”之称。

全县辖13个镇247个行政村，总面积1185平方千米，总人口35.5万人。

多年来，彬县供电分公司在省地电集团公司和咸阳供电分公司的坚强领导下，在彬县县委、县政府的关心支持下，时刻不忘打造双优电网、传输现代文明的企业使命，以心系彬县、播撒光明的情怀，积极投身到推动地方发展、改善人民生活、促进社会繁荣的建设洪流中，以优质高效的服务赢得了广大客户的满意和认同。

在深厚历史积淀和现代文明新风中成长起来的彬县地电人，以建设学习型党组织和创先争优活动为契机，深入开展“创佳选优评差”“创建行业示范窗口单位”等活动。坚持以创建省级文明单位标兵的目标激励人，以追求文明的理念带动人。围绕“建设一个好班子，培养一支好队伍，创出一流好成绩，树立一个好形象”这一总体目标，着力提升职工文明素质、健康素质和业务技能，为企业健康稳定发展提供了强大精神动力，供电事业呈现出蓬勃发展的新局面。

领导重视保创建

在双文明建设过程中，彬县供电分公司党政领导班子和全体员工，以一片赤诚构筑着一条彩虹之路，在省、市公司和市、县文明委的领导下，深化“诚信企业”文化建设，使职工的思想道德素质和科学文化素质大大提高，培养了一支有理想、有道德、有文化、有纪律的职工队伍，实现了企业效益和社会效益双赢，使精神文明建设不断迈上新台阶。

召开专题动员大会，统一思想认识，强化领导责任。成立了以党支部书记任组长，经理任副组长，班子成员、各部室负责人为小组成员的创建省级文明单位标兵工作领导小组，设立了精神文明单位创建办公室，设专人负责，各基层单位同时配备兼职人员，形成横到边、纵到底的工作网络。落实创建目标任务，监督、指导、组织实施文明单位标兵创建活动。

为确保创建工作落到实处，结合地电业务特点和职工干部作风实际情况，细化目标任务，明确考核标准。

经理寇公安与各供电、变电站所、科室负责人逐一签订目标责任书，形成了一级抓一级、层层抓落实的组织网络，保证了创建活动的有序开展。

制度建设促创建

彬县供电分公司开展了以“抓作风，树正气”“抓服务，树形象”“抓创新，树典型”为主要内容的“三抓三树”活动；以“三查三进三解”主题教育等活动为契机，开展了以“学理论，比素质”“学业务，比技术”“学知识，比能力”为主要内容的“三学三比”活动。

在办公楼一楼门厅设置了彬县供电分公司“创选评”公示栏，对每季度评选出的佳、优、差单位和个人进行公布，并将个人的照片一并张贴，起到了鞭策后进、激励先进的作用。

每季度末，由“创选评”活动领导小组办公室牵头，对本季度的重点工作进行梳理，修订该季度检查细则，按照工种分八大类进行检查考核。确定出“一佳二优一差”单位和个人进行公示，对最佳集体和个人进行奖励，最差集体和个人进行处罚，并下发《通报》。对连续两次被评为最差单位的单位负责人免职，对连续两季被评为最佳个人的同志，推荐参评市公司年度先进个人。此举大大激励了广大员工的工作热情，真正起到了以“创选评”活动推动各项工作上台阶的作用。

为了有效推动三个文明建设，彬县供电分公司创新“创佳选优评差”活动，努力做好三个结合。一是将“创选评”活动与全员绩效考核工作一并开展，按照精细化管理的思路，对检查的内容分为重点工作、日常工作、临时性工作等，便于检查考核。二是与先进评选相结合，拓宽结果运用渠道。年初就明确今年拟评选的各类先进集体和个人的标准，让全体员工努力有方向、创佳有目标。对全年确定的佳优单位、个人，作为全年各类先进评选的候选人，使“创选评”活动的结果运用渠道更加宽泛。三是与员工教育相结合，增强活动的实效性。根据每季度“创选评”活动中检查存在的问题修订创建计划，全面提升员工的业务能力和综合素质，进一步增强了“创选评”

活动的实效性。

以人为本铸和谐

为提升员工队伍素质，彬县供电分公司从管理、技术、技能等方面，为员工发展提供成长通道。

大力开展专业技能培训，提高员工劳动技能、业务水平和综合素质，更新员工的学习观念，端正学习行为，全面提升企业的学习力、创新力、核心竞争力，为实现企业可持续发展奠定基础。

认真抓好党风廉政建设，集中开展廉政宣传月活动，组织关键岗位和基层站所负责人重点学习员工廉洁从业规定，赴马栏监狱接受警示教育，组织职工开展廉洁知识竞赛，为企业加速发展提供了坚定的思想基础。

充分发挥党员的先锋模范作用，成立党员服务队，深入农村、社区为客户排忧解难，在老百姓心中树立良好形象。建立“党建带团建”机制，以党员创先争优带动普通员工创先争优，激发广大员工爱国、爱企、爱岗、爱家的热情，增强员工队伍的凝聚力和战斗力。

彬县供电分公司构建了“五为服务体系”，形成企业为客户服务、上级为下级服务、领导为职工服务、机关为基层服务、上道工序为下道工序服务的综合、立体服务网络，使服务的内容得到向内、向外双向延伸。

文明花开硕果丰

彬县供电分公司在文明单位标兵创建活动开展过程中，开展了学习呼秀珍老师和她的“雷锋家庭”的先进事迹，学习赵彦龙——一个普通的乡党委书记，在平凡的岗位上做出不平凡的业绩的先进事迹。好人好事层出不穷，当文明员工已成风尚。

彬县供电分公司近年来先后被省委、省政府评为“省级文明单位标兵”，被省国资委系统确定为“学习型党组织建设示范点”，被省地电集团认定为“辉煌十一五”地电先锋——“做出突出贡献的先进基层党组织”

"学习型党组织建设示范单位""2011年度纠风工作先进单位"。连续6年在行风测评活动中被评为"公共服务行业第一名"或"免评单位"。2011年售电量首次突破1亿千瓦时，首次晋级"A"类企业。

风正潮平，自当扬帆破浪；任重道远，更需快马加鞭。

在新的起点上，勇于创新、真抓实干的彬县地电人，带着对"十二五"蓝图的美好憧憬，解放思想，锐意创新，坚定信心，真抓实干，以饱满的热情、昂扬的斗志，全力助推彬县经济快速发展，谱写更新、更辉煌的篇章！

生态云阳　绿色家园

这里，素有关中平原“白菜心”的美誉。

这里，是一片有着厚重历史文化和发展活力的热土。

这里，是地处关中平原腹地的泾阳县云阳镇。

云阳，因蔬菜种植而誉满西北；

云阳，因奶牛养殖而民富镇强。

坚持科学发展的云阳，绿意盎然；

拥有厚重历史的云阳，和谐文明。

随着西部大开发战略的深入实施，关中—天水经济区建设的迅速启动，一个绿色、生态、和谐、文明的新云阳正在崛起。

推出片名：生态云阳 绿色家园

魅力云阳

泾阳县云阳镇位于嵯峨山南麓，处于县城以北10千米，全镇辖24个村、172个村民小组、1个社区，人口5.6万，总面积74.71平方千米，耕地8.5万亩，其中蔬菜面积6.3万亩，自古即为渭北名镇。

这里渠网纵横，沃野千里，李仪祉先生主持修建的泾惠渠穿境而过。

这里农业发达，区位优势明显。关中环线横贯东西，三旬路、211国道在此交会，南距西安咸阳国际机场15千米，东距西铜高速8千米，村村通油路，干支织成网，为农产品远销西安、咸阳乃至全国提供了十分便捷的绿色通道。

2009年，全镇生产总值17.3亿元，农民人均纯收入5527元，位居全县第一。近年来，云阳镇先后荣获全国小城镇建设试点镇、省级文明村镇、省级教育强镇、陕西省重点镇、全省“升级晋档、科学发展”活动先进乡镇党委等称号。

绿色云阳

蔬菜是城乡居民生活必不可少的重要农产品。20世纪90年代，云阳人把目光投向了蔬菜产业，率先采用“公司+农户”的模式，1992年建起了2000多亩蔬菜大棚。

2007年，云阳人“走出去”向山东寿光等现代农业发达地区学习，短短几年里实现了中棚、普通大棚向高效设施大棚的转变，并且引领全县种植蔬菜38万多亩，其中设施蔬菜14万亩，年产量160万吨。

近年来，云阳镇以建设“绿色云阳”为主线，以创建国家级生态乡镇为载体，大力实施“菜奶富民、名牌兴镇”战略。云阳生态蔬菜品牌效应凸显，“要吃绿色新鲜菜，请到泾阳云阳来”，已经成了省内外客商和群众的共识。

截至目前，云阳镇累计建成蔬菜基地11个、在建10个，建成现代化育苗中心1个，蔬菜面积6.3万亩。其中，设施蔬菜面积2.6万亩，蔬菜专业村20个，先后注册了20多个蔬菜品牌。

建成千头养殖小区4个，全镇奶牛存栏9100头，实现了统一防疫、统一饲养、统一培训、统一销售、统一粪尿处理的标准化生产模式，解决了一家一户分散养殖带来的弊端。

在泾阳县委、县政府的正确领导下，云阳镇人进一步转变发展思路，正在积极进行蔬菜、奶牛养殖向高效、生态、品牌化方向发展的实践，努力探索现代农业与自然生态和谐发展之路。

为了将农用沼气项目建设落到实处，云阳镇依托蔬菜产业优势，以蔬菜增产、提质、增效和农民增收为目的，逐步探索出了“大棚蔬菜+沼气池”的能源生态农业模式，大力推广沼气、沼液、沼渣综合利用技术，使蔬菜喝上“营养液”。

和谐云阳

挺拔俊秀的嵯峨山犹如一道抵御严寒的天然屏障，雄踞在云阳镇北部，为云阳镇的自然生态创造了得天独厚的气候条件。一望无际的平原、果林、蔬菜园，把云阳大地描绘得浓墨重彩。云阳镇打造的环保型、园林化、可持续发展的绿色生态品牌，越来越受到人们的青睐。

近年来，云阳镇始终坚持新农村建设的20字方针，大力开展新农村示范村建设，已建成新农村示范村8个。

本着“收旧利废，节能环保”的要求，云阳镇积极实施咸阳市农村环保“双百”工程，扎实开展农村环境综合整治，积极开展生态创建活动，建成沼气池2100口，沼气入户示范村20个。

大力开展绿色家园建设，植树17万株，绿化主干道20千米，建成市级生态村20个。

大力实施沼气入棚工程，推广“三沼”综合利用，减少农药和化肥施用量，提升产品品质，无公害蔬菜认定5.1万亩，建成花马等生态产业建设示范村8个。大力推广秸秆青贮、还田等秸秆综合利用技术，秸秆利用率93%以上，辖区实现“零焚烧”。

农村污水处理推广分散式沼气池净化处理与污水集中沉淀池净化处理模

式；生活垃圾推广村收集、镇转运、县处理的模式，有效解决农村生活污水、垃圾污染问题。

为抢抓关中百镇和陕西省重点镇建设机遇，云阳镇党委、政府及时修编出台了总体规划，提出了中长期发展目标。投资305.5万元，实施城建六大工程；投资3700余万元，已开工建设振兴大道、南大街改造、镇区排水和垃圾填埋场工程。这些项目的实施，将进一步提升云阳城镇建设的品位。

先后投资1500万元建成中心敬老院，拥有床位500张。投资600万元，建成村级文化室、图书室17个，完成4个社区文化广场建设。建成规范化村级卫生室24个，新农合参合率98.7%。积极开展各类精神文明创建活动，群众素质不断提高，农村社会和谐稳定。

在县委、县政府的正确领导下，在省、市、县环保部门的大力支持下，云阳人民将不断抢抓机遇，科学发展，齐心协力，努力拼搏！一个绿色、生态、和谐、文明的新云阳正向您走来！

聚是一团火 散作满天星

——乾县供电分公司创建标准化党支部纪实

这是一次党建文化聚积的理念跃升，

这是一次打造“双优电网”的管理创新，

这是一次服务地方经济的生动实践。

一个党员就是一面旗帜，一个支部就是一个战斗堡垒。

他们谱写科学发展的时代交响乐，编织精彩纷呈的时代风景线。

推出片名：聚是一团火 散作满天星——乾县供电分公司创建标准化党支部纪实

乾县供电分公司是陕西省地方电力（集团）有限公司所属的二类供电企业，现有正式职工199人，其中党员57人。他们担负着全县16个镇、4个社区、257个行政村、58万人的工农业生产和生活供电任务。

近年来，乾县供电分公司以打造双优电网为企业使命，从服务地方经济发展的大局出发，创新和改进党建工作方法，全面推进基层标准化党支部建设，将基层党支部建设成为一座攻坚克难的战斗堡垒。

夯实党建基础 彰显创新特色

乾县供电分公司按照标准化党支部创建要求，成立了创建领导小组，制订了《乾县供电分公司创建标准化党支部实施方案》，将支部成员履责情况纳入年终目标考核，召开创建工作推动会，下发了《任务分解表》。先后开展了反腐倡廉宣传教育月、“千帮千”帮扶工程、“访百企、进百村、入千户”等活动。

在“三八”妇女节期间，乾县供电分公司以捐一次款、读一本书等形式组织了“八个一”活动。

“七一”前夕，组织全体党员赴马栏革命纪念馆，开展“重温入党誓词、缅怀革命功绩”的迎“七一”党员精品日活动。

“八一”前夕，为了发挥复转退伍军人在企业的带头作用，乾县供电分公司党支部举办庆“八一”军转人员“军营一日兵”活动。

此外，还举办了职工“迎新春”运动会、职工文艺晚会，开展骑行、植树、体操比赛等活动。丰富多彩的活动形式，凝聚了党心，团结了民心，增强了标准化党支部建设的活力。

乾县供电分公司成立了党群工作部，健全了支委会，组建了3个党小组、1个团支部，打造4个标准化“职工小家”，实现了党、团、工组织的对接。重新布置了党员活动室、廉政文化教育展示厅、工会活动室、团员活动室，购置图书10000册充实职工书屋。打造廉政文化墙、企业文化墙、党务公开栏，积极举办各类职工培训，比、学、赶、帮、超的学习氛围日益浓厚。

围绕项目抓党建 抓好党建促项目

在创建标准化党支部活动中，党组织与行政系统坚持目标一致不拆台、行动一致不折腾的既定方针，实现了党组织与行政系统高度融合。

2012年，乾县供电分公司深入开展“党旗在工地飘扬”主题活动，在110千伏好畤输变电项目成功推出后，继续在工程项目中以“建造一项工程、打造一项精品、树立一面旗帜”为使命，为咸阳北部电网建设和咸阳社会经济发展做出应有的贡献。

（乾县供电分公司经理寇公安同期声）：“在标准化党支部创建工作中，公司领导干部、党政领导班子率先垂范，同志之间互帮互助，用集体的智慧和力量克服了一个个困难，为公司又好又快发展提供了坚强的思想、政治和组织保证。”

（乾县供电分公司党支部书记文小珲同期声）：“一个支部就是一座坚强的战斗堡垒，57名党员就是57面旗帜，他们在基层甘于奉献，勇于担当，敢于创新，尽职尽责。聚是一团火，散作满天星，为实现创建标准化党支部快速发展增添新的动力。”

标准化开启新境界 科学化实现新梦想

实施支部工作标准化后，党员的先锋模范作用得到了进一步发挥，树立了王村供电所亓元博、临平供电所所长王振华等先进模范。凝聚在职工身上的向心力、创新力得到了充分彰显，实现了软实力与硬指标的深度融合。

在新的起点上，勇于创新、真抓实干的乾县地电人，以饱满的热情、昂扬的斗志、一流的业绩，绚烂“咸阳梦”，助推“陕西梦”，共圆“中国梦”，为企业发展再谱新的华章。

积淀文化　传承道德

——三原县供电分公司创建省级文明标兵单位纪实

巍巍嵯峨之雄风，悠悠泾洛之灵动，孕育了古池阳深厚的文化底蕴；“右任故里”“书法之乡”“历史文化名城”“全省教育强县”这些殊荣，彰显出今日三原的人文丰姿。丰厚的历史，灿烂的文化，奏响了历史与现代相交融的三原大地发展崛起的最强音。

三原县供电分公司就是这崛起方阵中一个强有力的音符。他们狠抓基础管理，加强电网建设，以优质服务推动企业文化落地，扎实稳步推进精神文明建设工作，谱写了一曲奉献、和谐、激情充沛的精神文明赞歌。

推出片名：积淀文化 传承道德——三原县供电分公司创建省级文明标兵单位纪实

三原县供电分公司隶属陕西省地方电力（集团）有限公司咸阳供电分公司，现有员工483人，其中正式工197人，农合工286人，下设9个管理部门，8个生产班站，11个供电所。他们担负着全县11镇、3个发展服务中心、205个行政村、42.03万人口的供电服务。

近年来，三原县供电分公司深入学习习近平总书记系列讲话精神，坚持践行社会主义核心价值观，先后荣获省、市、县荣誉60多项。2009年，被国家行业协会授予“全国电力行业用户满意服务企业”；2010年，被省委、省政府授予“省级文明单位”称号；2011年，被集团公司评为一流县级供电企业；2013年，被中华全国总工会评为“国家级工人先锋号”。三原县供电分公司精神文明创建工作呈现出积极、健康、向上的发展态势。

健全机制，采用“互联网+”学习形式

为了真正把精神文明创建工作落到实处，三原县供电分公司结合工作实际，科学制订了创建精神文明年度计划，建立了以主要领导层为核心的精神文明创建工作领导机构，制定了“三重一大”会议制度和厂务公开、党务公开等制度，积极开展“改作风、抓落实、提效能、促发展”主题实践活动。

创新中心组学习形式，通过集中学习和微信公众平台、QQ群、钉钉管理群等媒体，学习党章、党规及习近平总书记系列重要讲话。2015年至今，先后组织中心组学习96次，观看岗位廉政风险警示教育片和红色教育片6部，组织党员赴照金、马栏等红色教育基地学习4次。每位党员干部均抄写了不少于2万字的学习笔记，并根据不同选题撰写心得体会若干篇。

制订下发《员工政治学习计划》和《“中国梦”学习教育活动实施方案》，建成了职工书屋，在全体员工中开展了“要读书、读好书”“读书征文”“读书演讲”等学习交流活动，不断激发员工的学习、工作热情。

先后开展了“筑建中国梦，传递正能量”“中国梦宣传”等主题教育活动，不断营造企业学习氛围。

文明宣传，营造“向上向善”公益氛围

为了统一全员思想，进一步拓展精神文明创建工作的内涵和外延，三原县供电分公司不断加大宣传力度，着力为客户提供真诚、便捷、优质、满意的服务。

出台了《文明部室评选实施方案》，加大环境卫生检查和督促力度。职

工食堂餐桌上朗朗上口、简短明了的提示语，时刻提醒干部员工文明用餐、勤俭节约。

公司文化墙、各基层供电辖区，均以“中国梦”和“讲文明、树新风”“中华传统美德”“学雷锋事迹，弘扬雷锋精神”，以及“安全用电小知识”“安全法律法规”为主题设立公益广告；“两学一做”“善行义举榜”“我们的节日”“志愿者服务”“道德讲堂”等宣传橱窗，营造了浓厚的精神文明创建氛围，极大地提高了精神文明创建活动的员工参与率、支持率、满意率。

道德引领，实施“厚德陕西”德育工程

在精神文明创建工作中，三原县供电分公司坚持宣传教育与实践并举，把思想道德建设作为精神文明创建工作的中心环节来抓，积极倡导实施“厚德陕西”建设的立德、尚德、遵德、载德、润德、弘德“六德”工程。

创造性地推出“员工参与、员工推动、员工受益”的教育形式，先后开展了以“爱岗敬业·无私奉献”“孝老爱亲·团结邻里”“日行一善·与德同行”“学模范·感受榜样力量”等为主题的道德讲堂活动，并将道德讲堂延伸到帮扶乡村工作中，为干部和群众打造了新的道德教育平台。

开展“我推荐、我评议身边好人”活动，参与“咸阳好人”评选，先后在本公司范围内评选出“敬业奉献”“孝老爱亲”“助人为乐”等道德模范。通过开展“践行社会主义核心价值观、争做最美地电人”演讲比赛，“弘扬中华传统美德”“礼仪讲堂”“官德”教育和关爱未成年人思想道德建设等活动，推动了“德为天下先”理念的深入，使社会主义核心价值观在三原地电落地生根，让“厚德陕西”主旋律得以弘扬和传承。

丰富活动，推动“企业文化”落地生根

三原县供电分公司将中华民族传统节日和丰富员工业余文化生活相结合，每年的中华民族传统节日都组织开展主题鲜明、内容丰富、形式多样、群众参与性强的节日文化活动。在“我们的节日”文化活动之外，还组织了

拓展训练、演讲比赛、“中华传统美德”经典诵读、员工钓鱼比赛、象棋比赛、乒乓球比赛、羽毛球比赛和篮球联谊赛，培养职工热爱生活、热爱集体、团结友爱的道德风尚。

每月组织基层站所员工在本所开展读书活动和娱乐活动，丰富站所文化，同时了解基层员工的想法和心声。企业文化进站所活动，突出体现了文明、健康、和谐的企业理念，努力营造和谐友爱的企业文化氛围，进而引导员工将“修己奉献、以文化成”等企业文化理念运用到实际工作中。

共建文明家园，助推“志愿活动”常态化

在“美丽乡村、文明家园”共建活动中，三原县供电分公司将嵯峨镇三社村结为帮扶包抓村，先后投入8万余元，用于村里的线路改造、环境卫生治理、村委会建设，为贫困户购置了树苗和家畜，以及种植、养殖技术专业书籍。公司派驻的村党支部第一书记为村民宣传党的政策，公司领导班子成员每人“一对二”帮扶两位贫困村民，组织志愿者服务队经常看望和帮助空巢老人、留守儿童、贫困村民，使帮扶工作精准到村、精准到户、精准到人。

为了更加有效培育社会文明新风，三原县供电分公司组建了“文明行动”志愿者服务队，多次开展“共植青年林，我们在行动”“呼吁环保，关爱环卫工人”、帮扶贫困儿童、慰问服刑人员子女、义务献血、“放飞希望，爱心助学”“缅怀先烈，弘扬正气”祭扫仪式等活动，以“奉献、友爱、互助、进步”助推志愿者服务常态化，为社会贡献正能量。

如今，文化、道德、信念、品质已成为三电人秉承的理念，渗透在工作和生活的实践中。文化的积淀，道德的传承，造就了三电人共同的价值观，文化已然成为大家的生活方式。

回望过去成绩斐然，展望未来任重道远。三原县供电分公司将继续秉持“没有最好，只有更好”的理念，以更加饱满的状态、追求卓越的豪迈激情、超越自我的拼搏精神，不断展现一流供电企业的风采！

发挥职能促发展　真情服务惠民生

——长武县供电分公司创建一流供电企业纪实

绵延流淌的泾河之水，伫立千年的昭仁唐碑，见证了长武大地的古老与文明。长武县，渭北高原上的璀璨明珠，地处关中西部陕甘交界，是古丝绸之路的重要驿站和关中通往大西北的重要通道，素有“三秦屏障”“秦陇门户”之称。这里被誉为“果乡煤城”，是国家新一轮扶贫开发工作重点县、陕甘宁革命老区县和关中—天水经济区三级节点城市。

推出片名：发挥职能促发展 真情服务惠民生——长武县供电分公司创建一流供电企业纪实

长武县供电分公司担负着全县9镇160个行政村的城乡居民生产、生活供电任务，为长武县经济跨越发展提供了源源不断的能源动力。

一流的设备，一流的管理，一流的队伍，是长武地电人孜孜不倦的不懈追求。用心服务、专业服务，自信自强、不断超越，开启了长武县供电分公司创建一流县级供电企业的新纪元。

近年来，长武县供电分公司在陕西省地方电力（集团）有限公司和咸阳供电分公司的领导下，在长武县委、县政府的关心支持下，紧扣集团公司

“创新型、资本型、多元化、信息化”总体发展战略，强化内部管理，优化电网结构，严格安全生产，狠抓经营管理，将一流标准融入企业管理的方方面面，努力打造“日常工作一流化、一流工作常态化”的现代企业管理机制。

长武地电人以辛勤的汗水为百姓照亮了致富的道路，为县域经济发展插上腾飞的翅膀，谱写出“新农村、新电力、新服务”的和谐乐章。

厚积薄发，打造一流坚强电网

坚强电网是供电企业赖以生存和发展的基础,是开拓电力市场、保证电量增长的物质保障。

长武县供电分公司始终把电网建设作为工作重点，扎实做好电网负荷需求、电网运行分析、电网项目初步设计、电网项目立项等各环节工作，努力建设安全水平高、适应能力强、配置效率高、互动性能好、综合效益优的坚强电网。

近年来，长武地电人顽强拼搏、知难而进，克服地形复杂、条件艰苦等困难，跋山涉水，风餐露宿，顶烈日架设线路，冒酷暑安装设备，在长武大地上建起了一座座铁塔，让银线连起千家万户，实现了全县村村通电，为广大群众送去了光明和温暖。

目前，长武电网形成了以2座110千伏变电站为枢纽，4座110千伏变电站为中心，3座35千伏变电站为节点的环网供电格局。

求真务实，构筑一流安全防线

安全生产是供电企业的生命线，长武县供电分公司坚持“安全第一，预防为主，综合治理”的方针，围绕“强化安全基础，促进安全发展”的主题，全面、全方位、全过程加强安全管理工作。

长武县供电分公司成立了安全工作领导机构，层层签订安全生产责任书，制定完善了《安全生产奖惩考核制度》《安全隐患排查治理考核制度》等，坚持“月有计划、周有安排、日能控制、完工汇报”的闭环管理，坚持每月召开一次安全分析会，每周一开展安全学习日活动，不断提高职工的安全防范意识。

注重培育安全文化，通过开辟安全知识专栏、事故案例展板巡展、悬挂安全标语横幅、举行安全宣誓、签名等形式，努力营造人人关注安全的良好氛围。

积极推行现场标准化作业卡、监督卡，规范安全作业，强化现场监督，实现了安全生产的可控、在控、能控。

加强安全教育培训工作，分阶段、分工种开展安全知识和业务技能培训。2013年共开展安全培训500人次，培训率100%，确保了安全生产长周期。

科学管理，提升一流经营水平

一流的管理，塑造一流的企业，创造一流的业绩。

近年来，长武县供电分公司按照“新农村、新电力、新服务”的发展战略，落实“公司化运作、集约化发展、精细化管理”的要求，竭心尽力推进企业各项管理工作。

从加强战略规划、安全生产、经营管理、工程建设、科技工作、优质服务、员工队伍建设、公共关系等方面，全面强化企业管理，健全管理机构，明确管理职责，注重指导，明确任务，规范管理，务求实效，切实把各项工作抓深、抓细、抓实、抓好，使企业管理工作逐步实现了制度化、规范化和标准化，有力推动了企业持续快速发展。

不断加快企业体制、机制改革步伐，成立了长武县地方电力工程有限公司，建立健全了职责、流程、制度、标准、考核“五位一体”的管理新机制，有效解决了权责不清、管理交叉等问题，实现了营配分开、运检分开、主辅分开，为企业后续发展积累了成功的经验。

心系群众，树立一流服务形象

长武县供电分公司始终把为客户提供优质、方便、规范、真诚的服务，作为电力企业永恒的主题。深入开展陕西地电第八个“供电服务宣传月”活动，以“心贴心服务百姓，手牵手惠及民生”为主题，在县城繁华地段设立宣传点，重点宣传了国家电监会“两个不准、五个提高”、安全用电知识、有偿服务收费标准、居民阶梯电价政策等供电服务知识，使广大用电客户切身感知“陕西电网、双优电网”的优质服务。

积极开展“五进入”“三点评”活动，组织职工深入到全县大中型企业、农村、社区、学校、政府机关，查找、点评、促改安全隐患，发放客服热线“96789”贴片，开展线路“义诊”活动，定期对客户进行服务质量电话回访及满意度调查，客户满意度明显提升。

严格执行供电服务“十项承诺”，向社会公开宣传服务承诺和“96789”客服热线，坚决践行服务承诺。营业窗口实行无周休日工作制，平均服务轮候时间小于5分钟，电话查询服务铃响3声内接听。

在电费回收工作中，不断探索和尝试新的服务模式，实现了“走收”电费向营业厅集中收费、预存电费、IC卡缴费等多种收费形式的转变，电费回收率、上解率100%。

凝心聚力，建设一流企业文化

企业文化是一个企业的灵魂，是一个企业核心竞争力的具体体现，是一个企业可持续发展的宝贵资源和精神财富。长武县供电分公司不断加强企业文化建设，积极发扬“自信自强、不断超越”的企业精神，全面贯彻落实企业文化宣传培训工作，开展了企业文化专题培训讲座和企业文化知识考试，营造了“人人学习、时时学习、事事学习”的良好氛围。

在公司机关和各基层站所设置了企业文化宣传栏，举办“地电之光”文艺晚会和体育比赛活动，加深职工对企业文化理念的理解，使企业文化深入人心。培养企业精神，增强员工的主人翁意识，使广大员工的思想道德水平得到提升，精神境界得到升华，爱岗爱企的意识更加强烈。

不断加强环境卫生建设，努力改善办公生活环境。积极争取项目资金，加大办公环境改善及基础设施建设的投入力度，为员工提供良好的办公生活环境，企业环境得到美化，为企业发展奠定了良好基础。先后被授予“省级卫生先进单位”“县级绿色示范单位”称号。

创建一流供电企业的艰辛历程，是长武地电人追求卓越、喜获硕果的过程，也是锻炼队伍、提升素质的过程，更是成就英雄、塑造楷模的过程。

近年来，长武县供电分公司连续3年荣获长武县政风行风测评第一名，先后获得“省级文明单位标兵”“省级平安单位”“市级平安单位”“先进基层党组织”“五个好党支部”“工会工作先进集体”“安全生产先进集体”“项目建设先进单位”等30多项荣誉。朝气蓬勃的长武县供电分公司，在艰难跋涉中塑造了企业之魂，奠定了发展之基。

一流供电企业的创建，是一个披荆斩棘、艰难跋涉的过程，也是一次挑战自我、不断超越的实践。尽管路途遥远，但长武地电人不气馁、不懈怠，正踌躇满志、意气风发地迎着初升的太阳，向电网坚强、资产优良、服务优质、业绩优秀的现代供电企业一路进发，努力在“十三五”规划的宏伟蓝图上创造新的业绩，书写新的辉煌！

旭日东升

——崛起的陕西科技大学附属中学

渭水潺潺，古韵幽幽。

漫步秦都，春风荡漾。

古都沃土滋养出一棵参天大树，科大巨手托起一颗璀璨新星。一路行歌，陕西科技大学附中在教育改革的浪潮中，激荡出“素质教育”的强音。一座“校风纯正，管理科学，质量优异”的知名中学，正迈步前进。

推出片名：旭日东升——崛起的陕西科技大学附属中学

坐落在咸阳市人民路的陕西科技大学附属中学，依托大学雄厚的教育资源和良好的教育环境，历经十余年的锐意改革，发展成为一所拥有省内一流办学条件，有170多名教职员工、5600多名学生的完全中学。而今，这里正成为莘莘学子放飞理想的圣地。

含芳流翠 筑造育人的乐园

“校园无闲处，处处皆育人。”漫步校园，棕榈蓄凉，丹桂吐翠，苍松凌雪，飞燕沉醉东风；林荫卅卷，石桌讨论，报栏驻足，孺子畅游学海。处处是俯拾不完的美丽，时时有言说不尽的愉悦，常常生无尽翱翔的思想。

浸透了每个师生汗水的校园环境，是最优秀的隐性课程。一帧帧醒目的学生照片，一句句温馨的做人箴言，一篇篇动人的佳作，一声声礼貌的问候，一串串真诚的话语，滋养着附中人自尊自爱、奋发向上的精神。

图书馆，博览群书；体育馆，舞动英姿；实验室，揭秘自然；大礼堂，彰显个性。学校的每一个物体、每一寸空间，都折射出文化的特色，成为“会说话的课堂”，学生在“桃李不言”中受到熏陶和感染。

（校长同期声）：“陕西科技大学积淀的厚重文化底蕴，是附中在新时代腾飞的基础。附中人秉承‘以人为本，健康发展’的办学理念，努力把附中办成让每一位学生都能健康发展的标准化中学，为培养厚德广能的经纬人才打下基础。”

天时人事日相催，冬至阳生春又来。

在高校工作环境下成长起来的王雯校长，熟于管理，精于研究，任职10年，附中实现了理念更新、质量上升、规模突进三级跨越。

近年来，在陕西科技大学党委、咸阳市教育局和秦都区教育局的关怀支持下，附中更是形成了一支由国家级优秀教师、省级骨干教师构成的坚强领导团队。他们凭借雄厚的理论基础，丰富的实践经验，扎实的工作作风，深入研究学校实际，积极推进改革，确立了“依法治校，质量立校，管理强校，科研兴校”的办学宗旨，制定渗透各项教育过程的规章制度，着力塑造“讲和谐，塑合力，讲进取，创佳绩”的团队，取得了令人瞩目的成绩。先后荣获陕西省首批“绿色学校”、陕西省“现代教育技术实验学校”、“陕西省素质教育优秀学校”等殊荣。

骄人的成绩，记载着陕西科技大学附属中学走过的光辉历程；闪光的匾额，镌刻着附中人执着的追求。

栽桐引凤 构建精英团队

“虎啸龙腾借风云，英贤奋发各因时”。十多年来，乘着教育改革的东风，附中强化培训、广纳贤才，形成了一支“结构合理、学科全面”，“专业知识、专业技能、专业情意”过硬的精良教师队伍，保证了新课改课程的全面开设和素质教育的有效实施。全校169名教职工，其中国家级、省级、市级骨干教师30多名，75%以上的教师具有中、高级以上职称，涌现出一大批学科带头人和优秀教师、教学能手。

问渠哪得清如许，为有源头活水来。

为了适应课程改革，有效地实施素质教育，采用各种形式提高教师综合素质，落实“三个一”工程：每学期读一本教育专著，写1万字读书笔记，写一篇教育教学心得。每位老师每学年上一节公开课，供大家学习、交流，实现教研组内、学科之间，不同风格、不同层次老师之间全方位的交流学习，使交流成为一种风气，使学习成为一种习惯。

加强班主任队伍建设。连续8年召开班主任研讨会，搭建班主任相互交流的平台，撰写论文200余篇，评出优秀论文90多篇。

“芳林新叶催陈叶，流水前波让后波。”为了给教师队伍储备生力军，加强对青年教师的培养，制定了青年教师发展规划，确定“一年入门，两年过关，三年成型，五年成熟”的培养目标。青年教师要通过两关——“两字一画”关、解题关，上好两课——微型课、汇报课。师徒结对，以老带新，以量化形成过程，以考核保证质量。师傅以示范课指导，徒弟借汇报课学习，使青年教师快速形成特色教学风格，发挥骨干作用。

种德锄经 培育时代英才

走进附中的学子，没有高分的骄傲，没有低分的自卑。附中人牢记责任与使命，以对学生高度负责的宽厚与慈爱，全面帮扶塑造学生的“知、情、意、行”。

（校长同期声）：“没有差生，只有差异。树立学生自信心，挖掘学生潜能，走‘特色办学’道路，促进学生全面发展，形成新型的教育观、学生观、人才观和质量关，让不同层次的学生能有自己的发展空间，是附中人神圣的使命。”

德器深厚就必大，修养浅薄成亦小。

附中每位老师既是“经师”又做“人师”，他们追求走向心灵的德育，使德育教育生活化，德育方法细微化，德育过程情感化。

教师探访宿舍，关心学生生活，做学生的知心朋友。

军训是德育的第一课，班会、晨会、国旗下的讲话让德育常规化，专题报告、成人宣誓、服务社区、英模事迹展板拓宽了德育的途径，升华了学生的心灵。

让学生在田径运动会、拔河比赛、篮球比赛中培养集体荣誉感。学生社团、诗文朗诵、征文比赛，将“知”内化为“行”。表彰先进集体、先进个人，激励学生奋发有为。

针对学生身心状况，把心理健康教育纳入德育工作，设立心理咨询室对学生进行心理辅导。

出色的德育工作使附中赢得了“陕西省实施素质教育优秀学校”称号。

“丹心未泯创新愿，教坛不懈求是辉。”教学工作是学校工作的中心环节。附中研究学情，积极探索，形成了“博学严谨、敬业爱生、创新发展”的教学风格。

近年来，附中依据新课程理念的要求，积极践行咸阳市教育局倡导的“有效教学”，紧扣“关注学生、师生互动”这两大主题，在合作、交流中深化学生的创新思维，逐步培养并强化学生的创新能力和创新品质。课堂上，“展示、交流、质疑、对抗”；实践中，“实验、演说、研究、创作”。假期里，观察社会，体验生活，实现从课内延伸到课外，从校园延伸到社会，从知识学习延伸到道德修养。一本本社会实践报告册，一册册研究学习论文集，将附中所有的赞叹都化为对素质教育的深刻理解。“求真、求善、求美、善思、善学、善问”的学习风气已然形成。

“规范称职育合格，特色特点促特长。”附中将特色教育作为全面实施素质教育、优化学校教育资源、均衡教育发展、丰富学校内涵、提升学校品位的重要举措。根据学生不同兴趣、特长，开设音乐、美术、体育特长训练班，组建文学社，举行各种形式的学生特长才艺展示活动，例如征文比赛、诗文朗诵会、书画展览、文艺会演等。

附中已成为西北唯一“CUBA”全国大学生篮球协会人才培训中心的挂牌训练基地，为各级、各类学校输送了近百名优秀体育人才。

创新科研 托起明天的太阳

（校长同期声）：“教育科研既是强校之本，是优化师资培训的主动力，还是课程开发、校本教材编纂的主要途径。一个学校，只有不断钻研，才能夯实发展的基础，丰满腾飞的羽翼。”

附中组建了科研管理机构——教研培训部，形成了组组有课题、人人搞科研的可喜局面，教育科研硕果累累。承担省级课题5项，市级课题10项，校级课题38项。公开发表论文200多篇，其中获奖论文60多篇，获奖课件十几个。多个自制教具荣获省、市级奖励。

开发校本教材，促进课程改革，优化课程结构，实现因材施教。目前，附中结合自身实际已开发出实用性强、操作性强、学生乐学的校本教材12种。

科研创新使附中的教育教学跨上了一个新台阶，为学校迎来了更加广阔的发展空间。

桃芳李艳 收获丰硕成果

“含泪播种笑收获，苦心雕琢器终成。”辛勤耕耘，苦心雕琢，为附中人带来收获的喜悦，学生潜能得以发掘，特长得以培养，人格得以重塑。

学科竞赛硕果累累，百十名学生在各种学科竞赛中获得国家级、省级、市级荣誉。先后有刘利群、尚世雄、党祎杰、张弢、曹翔、张璇等数十名学生考入清华、北大、浙大、复旦等知名院校。

海纳百川 打开交流窗口

“教育无边界，牵挂永相连。”附中积极与家长联手，请社会协助，伸友谊援手，创设良好的社会教育环境。

每学期与家长做好“一会二访多沟通”，了解学情，征得理解，形成合力；聘辖区派出所所长为法制副校长，请公安干警做法制报告，增强学生法制意识，创建平安校园。

“借它山之石攻玉，结四海朋友为师。”去课改先行省、区学习，与周边城郊学校结为兄弟共建学校，每年送教交流，携手同行。

“鹊桥飞架并两洲，中美联手谱华章。”2006年，附中与美国纽约罗切斯特市几所中学实现互访交流，双方学生入住结对家庭，感受中西文化差异，走进彼此课堂，交流学习经验。同时，利用网络、邮件往来，互交笔友。此举开阔了学生眼界，使双方在包容碰撞中实现共进。

击水三千 争创名校

（校长同期声）：“创建省级标准化普通中学的过程，就是提高我校办学水平和教育教学质量的过程。我们将不断完善，积极适应，迎接挑战。立足于创建省级标准化高中，着眼于占领基础教育的制高点。我们相信，通过创建一定会达到以创促建设、以创促管理、以创促改革、以创促发展的目的。”

渭水悠悠，征途漫漫。回首过去，喜悦与自豪溢满心怀；展望未来，自信与昂扬书写眉间。

走过风雨、蹚过泥泞的附中人，从来没有像今天这样意气风发、神思飞扬。

附中教师将智慧与汗水献给了祖国未来的建设人才。

附中学子用信念与激情描绘着永不褪色的人生画卷。

山河永恒，日月悠长，陕西科技大学附属中学将蹒跚的脚步留给了昨天；雨霁云开，千帆竞发，附中人以矫健的身躯托起明天的太阳！

绿色·人文·和谐

——礼泉县第一中学创建省级示范高中纪实

巍巍九嵕山下，滔滔泾水河畔，有一颗闪烁着耀眼光芒的璀璨明珠，它就是陕西省礼泉县第一中学。

学校始建于1959年，占地170亩，建筑面积48849平方米。现有78个教学班，4680名学生，286名教职工。

半个多世纪以来，礼泉一中人自强不息、励精图治，铸就了追求卓越、艰苦奋斗的精神品质，培养了数以万计的青年才俊。学校按照“以人为本、绿色教育、和谐发展”的教育理念，以“质量立校、管理兴校、科研强校、人才名校”为治校方针，以“打造名牌、提升品质、服务群众、奉献社会，办人民满意的教育”为办学宗旨，走出了一条独具特色的办学路，谱写了一篇又一篇华彩乐章。

厚重的文化积淀 优美的育人环境

学校以“绿色·人文·和谐”为基调，处处彰显“以人为本”理念。校园四季常绿，环境优美。学校绿化面积24198平方米，是一所规模宏大、视野开阔、布局合理的校园；是一所设备齐全、功能完善、网络多媒体技术覆盖的校园；是一所以高雅文化统领绿色学校环境，花间幽径构思精巧，名诗佳句随处可见，课堂内外处处洋溢着青春活力的校园；是一所绿树成荫、物种多样、环境教育资源丰富，体现人与自然和谐相处，充满可持续发展教育氛围的花园式“国家级绿色文明示范学校”。

学校处处体现着知识育人、文化育人的理念，校园文化建设成绩骄人。2006年，学校“绿色·人文·和谐”的校园文化走进中央电视台。同年9月，荣获“中国校园文化建设百佳示范学校”称号。2007年6月，被教育部、国家环境保护总局评为“国家级绿色文明示范学校”。

近年来，学校抢抓发展机遇，不断扩大办学规模，改善办学条件，相继建成新的教学楼、实验楼、公寓楼、多功能餐厅、图书楼等现代化设施。学校微机室、电子软件资料室、综合电教室、理化生实验室、学科探究室、师生阅览室、音乐舞蹈室、书画兴趣室等教学设施齐全，为师生的学习生活和学生的特长发展提供了良好条件，为学校的长远发展奠定了坚实基础。

科学的培养模式 精良的教师队伍

学校现有特级教师5名，高级教师76名，研究生学历教师30名，教师队伍结构合理，素质优良。有市级专家组成员6人，省、市级学科带头人和骨干教师20人，先后有24位教师分别荣获国家级模范教师、省级劳模、省市级教学能手等称号。几年来，教师发表教育教学论文362篇，出版专著18部。

学校始终坚持立足校本，聚焦素养，内涵发展，不断历练提升教师队伍素质。创建了教师培训“一三五七工程”：使青年教师一年基本过关，三年脱颖而出，五年达到优秀，七年成为骨干。推行“导师制”：青年教师拜特级和高级教师为导师，进行一对一指导，促进青年教师健康快速成长。积极开展新任教师汇报课、青年教师展示课、骨干教师示范课、教学能手探究课“四课”活动，促进了教师队伍整体素质的提高。

严谨的教学管理 丰硕的教育成果

细节决定成败，习惯成就未来，质量是立校之本。以张崇海同志为校长的新一届领导班子上任以来，立足校情，着眼长远，努力践行“为每个学生的健康成长奠基”的教育思想，强力推进有效教学，全面实施质量跟踪。

学校积极实施有效教学，充分发挥集体智慧，提高教学质量，优化教学过程，把有效教学的每个环节落到实处，真正做到让每一个学生“听得懂”“学得通”“用得上”。学校研发了质量跟踪体系，本着不放弃每一个学生、关注每一个学生成长过程的原则，全程跟踪，全面跟踪，确保学生“人人有进步，堂堂有收获，天天有提高”，教育教学质量不断迈上新台阶。

学校承担国家级课题3个、省市级课题5个，已结题的研究课题12个。其中，《现代信息技术环境下构建各学科新型教学模式的研究》《“数字化校园”的建设策略与有效利用研究》等课题，分获“十一五”优秀课题和优良课题。学校与长安一中等共同承担的陕西省教育厅重点课题《新课程环境下实验与实践教学研究》，取得阶段性成果。

教师在省级以上刊物发表论文共292篇，其中有部分论文获奖。特别值得一提的是，因校本研修成绩突出，学校作为市级先进单位，接受了陕西省校本研修指导检查组的检查指导，许多成果和经验受到了有关专家的高度肯定。

几分耕耘，几分收获。2010年，徐军同学以707分的优异成绩勇夺全市高考理科状元，被北京大学录取；2011年，高考二本上线人数首次突破千人大关；2012年、2013年，连续两年高考二本上线人数均1300余人，稳居全市第一。高考质量实现了3年翻一番、5年持续大幅增长的历史性突破。学校先后被授予“陕西省科研兴校明星学校”“陕西省素质教育先进单位”“陕西省文明校园”“陕西省卫生先进单位”“陕西省新课程示范学校”“中国师德建设示范单位”“全国和谐学校”“中国教育改革创新示范学校”等多项荣誉称号。2011年11月，联合国教科文组织授予学校“国际生态学校”绿旗。

校长张崇海同志2009年9月被评为咸阳市“知名校长”，2010年1月被评为“陕西省校园文化建设创新人物”，2010年4月被评为“第十届中国时代十大创新人物”，2010年12月被评为“全国百名优秀校长”。

丰富的德育活动 扎实的素质教育

学校坚持立德为先的教育理念，实施“德育工作三六九推进法”，构建师生“主动参与、自我教育”的德育模式。以课堂渗透、德育报告、法制教育、新生军训、业余党校、心理咨询、家长会等为载体，构建了学校、家庭、社会三位一体的德育工作网络。

学校坚持将素质教育贯穿于教育教学活动始终，遵循学生的个体差异及个性特长，力争让每个学生都有所发展。组建了舞蹈队、合唱队、文学社、记者站和体育、摄影等兴趣小组，定期举行演讲赛、朗诵会，书画作品、手工艺品、小发明、小制作展览，举办体育艺术节，国庆、元旦文艺演唱会，开展寒暑假读一本好书、写一篇好文章、做一件好事、搞一项调研、参加一项实践活动的“五个一”活动，丰富了学生课余生活，发展了学生特长，促进了学生全面发展。

学校开辟了袁家村关中印象体验地、昭陵博物馆、白村示范园区、礼泉工业园区、汇源果汁厂等社会实践基地，定期组织学生参加社会实践活动，提高了学生的创新能力和实践能力，强力推进了素质教育工作实施。

“问渠哪得清如许，为有源头活水来。”在礼泉县第一中学创建省级示范高中工作中，省教育厅、市教育局领导和专家多次检查指导，县委、县政府专门成立了创建工作领导小组，多次召开专题会议，解决了创建工作中存在的困难和问题。各级领导的关怀和支持，为学校创建工作注入了强大动力。

绿色、人文、和谐的礼泉县第一中学，是八百里秦川腹地冉冉升起的一颗教育新星。全体一中人一定会以创建省级示范高中为新的契机，同舟共济，扬帆起航，乘风破浪，追求卓越，共同创造礼泉县第一中学美好的明天！

梦想与辉煌

——兴平市西郊高级中学创建省级示范高中纪实

兴平，一座坐落在陕西关中平原腹地的历史文化名城，北依莽山，南临渭水，积淀深厚的文化，兴教重学的传统，孕育出一颗璀璨的教育明星——兴平市西郊高级中学。

兴平市西郊高级中学是兴平市校史最长的一所学校。他们秉承“厚德载物，积学益智”的校训，奋力拼搏使学校逐步发展成拥有60个教学班，4000名学生，226名教职工的省级标准化高中。

先进优美的育人环境

经过近70年发展，西郊高级中学现占地113707平方米，绿化面积9965.95平方米。拥有标准化教学楼5幢，学生公寓楼2幢，图书楼1座；实验室8个，微机室3个，阅览室3个，多媒体教室19个；田径运动场、球类运动场、大型集会广场、教工活动室等一应俱全。校园文化气息浓厚，校园环境干净整洁，三季有花，四季常绿，处处有景观，处处有文化，处处有思想，给人以美的享受。

科学务实的学校管理

西郊高级中学现任校长侯兴茂是一位专家型、学者型的领头人，他始终站在教育改革前沿，使学校管理实现了制度化、民主化、人性化。学校采用

“扁平式”管理模式，将决策权向组织结构的下层转移，让各级拥有充分的自主权，保证了学校决策层能及时、有效地和各级进行沟通、合作。减少教师的孤独感，增进教师对组织的投入效能，教师彼此成为专业发展的伙伴，实现了零距离管理、零距离服务。

教学常规管理，注重过程管理与目标管理相结合，对每一位教师的备课、上课、教学反思、课外辅导、作业批改、学生评价等环节进行全面严格的量化考核。实行“分层作业”，制定了详细的分层作业实施程序。建立“学情分析跟踪体系”，形成了以“试卷分析、成绩分析、作业管理”为分析对象，以“质量综合、推进状况、学科结构成绩”为内容，以“为学生指明发展方向”为目的的一整套具有学校特色的学生学习分析体系。

学生管理“全程立体化”，各个部门共同负责，引导学生学会学习、学会做人、学会关心社会。德育管理上形成了以“一组、两则、三课、四会”为基础，四支力量共同作用，分层分类重点教育，多种活动共同推动的运行机制。

在实施制度管理的同时，学校充分发挥民主管理的促进作用，加大校务公开力度，重大事情集体讨论，行政会决定，党支部、职工代表、工会广泛参与管理，起到了监督与保证作用。在这种管理模式下，全校师生团结一心，开拓进取，以昂扬的斗志，汇入百舸争流的奋进大潮，不断开创教育工作新局面。

严谨博学的教师队伍

西郊高级中学特别注重对教师业务能力和综合素质的培养。在教师培养上，实施梯级推进培训，注重引导教师树立终身学习的理念，通过新老教师挂钩，举办青年教师培训班等措施，让年轻教师在学习、实践、竞争中快速成长，为学校的可持续发展提供了源源不断的强劲动力。目前，学校师资结构合理，高级教师46人，国家、省、市级优秀教师、学科专家、学科带头人、教学能手等25人，一大批青年教师崭露头角。

“以研究促进教学，以教学带动研究”，西郊高级中学积极实施科研兴校战略。学校成立了科研处，专门主管学校的教育科研工作。创办了《西郊学报》《课改简讯》，狠抓教研教改。制定了《西郊高级中学集体备课制度》，既注重教师的资源共享，又关注到教师的个体特色，取长补短，相得益彰。

学校每学年都专门召开两次高考研讨会，举办专家学术报告会，还定期邀请高校或科研单位的专家、学者对学校的教育科研进行指导，逐步探索出了“双线六步”教学模式。“双线六步”教学模式以“提出问题→解决问题→实践问题”为主线，打破了常规教案预设不变的形式，“以学定教、动态变化”的教学模式极大地提高了课堂教学的有效性。学校现有6个市级科研课题、1个省级科研课题，在强有力的领导和充足的经费保障下，各项课题研究开展得有声有色，取得了阶段性成果。课题研究的有效开展，各项教研活动的深入，激发了广大教师向学习型、专家型的教师发展。侯兴茂校长以解决问题为中心的“问题教学法”和以学生为主体的“合作探讨式”教学方法，在兴平市物理教学领域得到大力推广。

克己勤奋的莘莘学子

西郊高级中学本着“教书育人、管理育人、环境育人”的原则，把素质教育融入课堂教育，融入日常生活，融入日常管理，把关注每位学生的发展作为核心理念，让每位学生都健康成长。

每学年定期开展的法制教育活动、安全教育活动、入团宣誓仪式活动、“十八岁成人宣誓”活动、捐资助学活动、读书征文活动、“爱我兴平，美化兴平”环保宣传活动、希望工程捐款活动，使人文素质、德育工作在丰富多彩的活动中落到实处。多种多样的活动小组，培养了学生的人文素养和合作能力，发展了学生特长。

素有“艺术人才摇篮”美誉的西郊高级中学，在注重音乐、美术、体育课教学质量的同时，成立了体操队、舞蹈队、篮球队、足球队、文学社等活动小组，积极开展第二课堂活动，让同学们在参与中体验快乐，在竞争中超越自我。舞蹈《东方红》获全国第一届中小学生艺术展演活动艺术表演类二等奖。2005级学生杨阳代表咸阳市参加了中日中学生乒乓球友好交流赛，2004级学生杨雷、2006级学生高诚被选拔为飞行员，李飞、张佟等十几名学生考入西安体育学院等高校深造。一滴汗水，一分收获，园丁的精心培育，自然会看到满园的百花争艳，万紫千红！

厚德载物、积学益智的校训，团结奋进、求实创新的校风，科学严谨、崇德敬业的教风，勤学好问、质疑求索的学风，从不同角度诠释着西郊高级中学的办学理念和办学目标。

近年来，学校教育教学质量不断攀升，为国家培养出一大批栋梁之材。从2004年到2009年，学校二本上线人数连续6年高居兴平市第一，学生在各级各类竞赛中获奖200多人次。先后有杨鹏涛、张来县、南京、张鹏等同学，分别被清华大学、北京大学、浙江大学等知名高校录取。

近年来，随着西郊高级中学办学质量不断提升，综合实力不断加强，学校的社会影响力也不断扩大。先后有杨凌中学、周至中学、三原南郊中学等学校来西郊高级中学参观学习。2008年、2009年连续两年，西郊高级中学被评为咸阳市提高普通高中教育质量“先进单位”，文、理科8个学科组均荣获咸阳市提高普通高中教育质量“优秀学科组”。

同舟共济创伟业，继往开来铸辉煌。展望未来，西郊人豪情满怀、信心百倍，决心在兴平这片人杰地灵的沃土上，创造更加美好灿烂的明天！

丝路重镇 开放乾州

这里，是中华民族的发祥地之一，是中华农耕文明的肇始地。

这里，是古丝绸之路的重要驿站，见证了一代女皇武则天与大唐王朝亘古未有的辉煌。

这里，才俊辈出，名人荟萃，孕育出了唐代宰相赵隐、元代巨儒杨奂、“东方莎翁”范紫东、著名外交官王炳南。

这里，是中国著名文化旅游县、陕西省历史文化名城，打造出了“陕西制造，乾县配套”的工业基地。

推出片名：丝路重镇 开放乾州

“东连秦晋涵关外，西抵甘凉巴蜀中。”自古以来，乾县就以独特的地理优势备受人们的重视。

乾县地处关中—天水经济区和西安咸阳半小时经济圈的核心地带，是古丝绸之路上的商贸重镇。距省会西安60千米，距西安咸阳国际机场35千米，312国道、福银高速、西平铁路和西银高铁穿境而过，107省道、108省道及市、县道路纵横交错，交通四通八达、方便快捷，为乾县经济社会发展插上了腾飞的翅膀。

乾县总面积1002.71平方千米，辖1个街道办、15个镇，173个行政村，人口61万。

“十三五”期间，乾县围绕“全面建成小康社会”这一目标，突出“打造国际化大都市产业配套基地和丝绸之路世界文化遗产旅游目的地”两大功能定位，做强“新型工业、特色农业、商贸旅游”三大产业，实现“经济发展、文化建设、民生改善、社会和谐、党的建设”五个突破。

按照“竣工项目抓投产、在建项目抓进度、拟建项目抓开工、储备项目抓前期”的要求，积极谋划招项目，集中精力抓项目，想方设法引项目，千方百计上项目，以项目建设的大提速，推动经济大发展！

乾县地处陕北黄土高原与关中平原过渡地带，地势西北高、东南低，北部为浅山丘陵沟壑，中部为带状平原，南部为黄土台原。主要农作物有小麦、玉米、油菜，是苹果、酥梨、红仙桃、红提、柿子等水果的适生区。境内有泔河、漠谷河、漆水河3条河流，大中小型水库22座，水灌条件优越。石灰石储量3亿立方米，属国家优质矿石，易于开采。矿泉水、地热水富含多种矿物质和微量元素，开发前景诱人。

近年来，乾县积极实施“工业强县”战略，按照“项目化支撑、园区化承载、产业化推进、集群化发展”的思路，不断优化产业结构，提升改造传统产业，大力发展支柱产业，积极培育新兴产业，强力推进新型工业化进程。县域工业实现了布局区域化、生产专业化、经营一体化、服务社会化的现代工业格局。纺织工业园、汽配产业园、新型建材工业园等三大工业园区已实现了“七通一平”，入驻企业81户。纺织工业园、汽配产业园已列入陕西省重点建设县域工业园区。

韩资三星配套项目PNT，2016年6月建成投产，当年实现销售收入1.5亿元。浩泽项目、高科项目、优利士羊奶粉项目、健民制药项目产销两旺。投资60亿元的王派电动车、43亿元正麒电驱、10亿元高科铝型材、浩泽三期、西咸物流园等项目开工建设。

乾县形成了以苹果为主的果业和以生猪、奶牛为主的畜牧业发展格局，苹果种植面积52万亩，年产果品56万吨，双矮苹果发展到4.2万亩，成为陕西省双矮苹果栽植示范区，被授予“全国果业十强县”“全国果菜加工十强县”“陕西省奶牛养殖大县”“全省果业转型升级示范县”等称号。

乾县是全国著名文化大县，境内历史遗存星罗棋布，文物古迹539处，帝王陵墓3座，文物数量居陕西省18个文物大县之首。

被誉为“皇陵之冠”和“露天石刻博物院”的唐乾陵，每年吸引着100多万国内外游客。2016年底，乾陵顺利通过了国家“AAAAA”级旅游景区资源评审，景区创建工作全面拉开。

乾陵唐文化景区被列入陕西省十大文化景区重点打造，景区规划已然完成，顺利通过了省政府审核。

规划中的大唐丝路风情小镇、乾陵古镇、乾陵大唐凤栖牡丹产业园、唐农苑现代农业示范苑、乾陵四季花谷等一批重点项目建设已全面启动。乾陵“唐诗碑林苑”“武则天和她的时代”创意文化演出、“守陵人居”农家乐、大地艺术生态农业休闲景观等一批项目等您来参与。这里即将成为全国一流、世界知名的旅游休闲胜地，成为西咸国际化大都市的后花园。

“祖籍陕西韩城县，杏花村里有家园。”这句唱遍三秦的秦腔《三滴血》唱段，就出自乾县籍人士范紫东之手。这位被誉为“当代关汉卿”“东方莎士比亚”的大戏剧家，为乾县这方土地留下了底蕴深厚的文化资源。

乾县的弦板腔、蛟龙转鼓、乾州四宝（锅盔、挂面、馇酥、豆腐脑）被列入国家级和省级非物质文化遗产，乾州四宝还被评为“中华名小吃”。

巍巍梁山，皇天后土；丝路重镇，雄起勃发。

站在新的历史节点上，今天的乾县正向着全面建成西部经济强县的宏伟目标迈进。乾陵脚下，漠谷河岸，到处呈现出一派生机勃勃的景象，一座人文富足、宜业宜居的现代化城市正在加速崛起。

61万勤劳、朴实的乾县人民热忱欢迎国内外有识之士来乾县观光旅游、投资兴业，在这块充满生机与希望的热土上，携手谱写更加辉煌壮美的创业篇章！

丝路重镇，开放乾州，正在掀起澎湃的开发浪潮，期待与您共同创造灿烂辉煌的明天。

唐韵乾州欢迎您！

西北菜乡——泾阳

泾河之滨，仲山南麓，八百里秦川腹地，有一片古老而富庶的土地。

自秦汉起，它以三辅名区、京畿要地，而为华夏瞩目，并以“关内膏腴之最”惠及长安。

这里自然条件优越，地势平坦，山肥水美，物产富饶，素有关中“白菜心”的美誉。

这里是祖国大地的原点之城。

这里是中国西北的蔬菜之乡。

推出片名：西北菜乡——泾阳

泾阳县地处关中—天水经济区核心板块，位于西咸新区产业密集带，县城距西安40千米，距咸阳28千米。

泾阳是传统的农业大县，积淀着华夏农耕文明的丰厚底蕴。50万泾阳人民以饱满的热情和百倍的信心，在这780平方千米的热土上播撒着幸福的梦想，收获着创造的喜悦，收获着丰收的喜悦。

农业是泾阳县的产业基础，蔬菜是泾阳县的亮丽名片。

泾阳县委、县政府立足资源优势，坚持把蔬菜产业作为调整农业产业结构，推动农村经济发展的重点来抓。按照“扩大种植面积，提高规模效益；发展设施蔬菜，提高集约效益”的发展思路，突出发展以日光温室为主的保护地栽培和无公害蔬菜生产，撑起了泾阳农民收入的半壁江山。

为了推动蔬菜产业发展，泾阳县委、县政府及时成立了蔬菜基地建设领导小组，采取领导包片、技术员包村入户的办法，层层落实工作责任，确保各个环节不留死角。同时，为每个基地拿出5万元作为基地建设启动资金，日光温室基地连片200亩以上，每亩补助200元；大拱棚基地连片300亩以上的，每亩补助750元。支持设施蔬菜发展，对集中连片建设50亩以上的大拱棚和日光温室，每棚分别协调贷款1万元和3万元，并贴息1年。对标准大棚每棚进行种苗补助200元，对专业合作社或种植大户发展200亩以上的基地，每亩奖励土地流转费用100元。

在发展设施蔬菜基地的同时，按照“做给农民看，带着农民干，帮着农民赚，风险自己担”的原则，不断加大新品种、新技术试验示范及引进推广力度。

先后在示范园引进了雷诺102（番茄）、安德烈（茄子）、满丰2号（辣椒）等40多个蔬菜新品种及新农资产品——双盈丰新陈代谢剂，试验推广了设施蔬菜水肥一体化管理技术、高垄栽培技术、秋冬茬晚覆膜技术、病虫害综合防治技术、宽行密植栽培技术等8项实用技术，带动了全县新品种、新技术的示范推广。

泾阳蔬菜不断创新发展生命力，绘就了一幅现代农业流光溢彩的精美画卷。龙头企业异军突起，蔬菜品牌群星闪耀，规模化种植，标准化生产，商品化处理，品牌化销售，产业化经营，铺就了蔬菜富民的康庄大道……

全县蔬菜种植面积39.2万亩，设施蔬菜面积17.2万亩，年产量180万吨，年产值19亿元。认定无公害蔬菜基地面积18.5万亩，认证无公害蔬菜产品19个。建成无公害设施蔬菜基地74个，形成百亩以上的蔬菜示范园85个，千亩以上的专业村82个，万亩以上的蔬菜主产镇8个。

无公害蔬菜生产基地按照“产品有标准、管理有制度、操作有规程、过程有记录、逆向可追踪、产品可召回”的要求，深入推进“无公害食品行动计划”，大力开展对农业生产环境、投入品、生产过程的治理。通过协会加强对农民的服务指导，全程按照绿色食品要求实行标准化生产。

全县蔬菜品种丰富，四季供应平衡。蔬菜种类有番茄、甘蓝、西芹、黄瓜、茄子、洋葱、大葱、大蒜、白菜等11类70多个品种。

云阳的反季节蔬菜，口镇的紫皮大蒜，王桥的香菜、黄心胡萝卜，安吴的甘蓝、洋葱、芹菜等富有泾阳地方特色的蔬菜品种，享誉省内外。

全县已组建流通服务组织150多家，从事蔬菜销售的大小机动车辆5300多辆，从业人员18.6万人。

积极参加各类农产品展销会，坚持每年在省、市各类媒体上进行广泛宣传，提升了泾阳蔬菜的知名度。“要吃放心菜，请到泾阳来”，在全省乃至西北地区都得到了广泛认同。

开通了蔬菜直销绿色通道。目前，泾阳蔬菜不仅销往省内各个城市，还远销甘肃、山西、新疆、内蒙古、湖南、青海、广东、湖北等地，部分蔬菜产品销往到港、澳和中亚地区。

高扬绿色旗帜，迈向市场前沿，泾阳蔬菜节向世人捧出了一道精致大气的农业盛宴。它以独特的创意、超前的思维和丰富的内涵，吸引了世人的目光。

蔬菜是饮食和文化，种菜更是科技与艺术。在泾阳，万紫千红辉映成婀娜多姿的新景致，万顷碧波摇曳成玲珑剔透的大观园。大众蔬菜、保健蔬菜、观赏蔬菜琳琅满目，立体栽培、无土栽培、生物组培令人眼界大开。

田野之间流连忘返，满园秀色，菜香醉人，让人感受到现代农业的无穷魅力。农业、农村、农民超脱了传统的概念，焕发出崭新的光华。

沐浴着各级领导的关心和厚爱，承接着群众致富的希望和梦想，泾阳落实科学发展的进程越来越好，越来越快。

滚滚泾河，流淌着泾阳儿女的豪情壮志；悠悠仲山，铭记着泾阳儿女辛勤耕耘的足迹。在这片美丽富饶、生机勃发的热土上，泾阳蔬菜产业一定会成为富民强县的强大引擎。

西北菜乡——泾阳的美誉必将走出陕西，走出西北，走向世界！

用信息惠民生　让智慧伴古城

——互联网+咸阳发展巡礼

岁月在天地间挥洒，把周秦汉唐的辉煌书写到这片富饶而美丽的大地上！

时间步入新的纪元，咸阳正循着信息时代日新月异的步伐，以信息惠民生，用智慧伴古城，率先站在互联网+的风口上！

推出片名：用信息惠民生 让智慧伴古城——互联网+咸阳发展巡礼

一个西部欠发达地区有没有钱玩“高大上”的新玩意？一个背负悠久历史的古城能不能消化“大云移物”的新事物？这座城市也曾彷徨。

但，看清时代大势的决策者最终站在了时代潮头，做出了创建国家信息惠民示范城市和智慧城市的战略决策，咸阳义无反顾地迈出了坚实的触网步伐。

“没有网络安全就没有国家安全，没有信息化就没有现代化”，当习总书记的重要讲话传遍四方，咸阳市委、市政府更加坚定了以信息化助推“四个全面”，用互联网+各行各业的决心和信心。

从最基础的顶层设计做起。出台信息化和信息产业规划，提出“前端加后端，两端整合；交换加沉淀，促进共享；线上加线下，统筹实施”。这些全新理念成为巧妙打破信息烟囱的高招，有效联通数字孤岛的利器，着力实施信息惠民的路线图，全面建设智慧城市的奠基石。

从最困难的共享难题改起。难题就是如何把千条垂直朝上的惠官系统，变成一张横向互联朝下的惠民网络。咸阳认真梳理共性元素，后端整合站在管理者的视角统一运维服务，实施老系统物理集中，新系统云端部署；前端整合站在老百姓的视角统一服务入口，建设了信息惠民“六个一”工程，成为上述千条垂直系统服务群众最后1千米的总入口。

“一网通”覆盖城区主要公共区域，免费快捷的无线网络，可以让您随时随地网上冲浪。

“一站通”配合简政放权和并联审批改革，让群众少跑腿，让网络多跑路，把权力晒在阳光下，打造不求人、不下班的网上政府。

“一卡通”让咸阳人公交出行、就诊报销、惠民资金、居家生活等服务事项一卡整合，村头兑付，全国通用。

“一格通”针对“生人”社会治理难题，整合上级各条业务线在这一个网格落地，让情况说得清，管理落得实，服务跟得上。

“一点通”真正把信息服务、智慧应用，推送到百姓指尖。戳戳手机，服务搞定。

“一号通”不仅仅整合政府部门服务热线，也将成为互联网时代服务信息弱势群体的直通车。

从最需要的民生项目建起。有限的资金投向哪里？没有问上级领导，没有问高校专家，没有问企业精英，8千张抽样问卷、3万个调查电话排出了老百姓最紧迫的民生需求（统计局调查结果镜头），也排出了信息惠民的时间表。

针对看病难看病贵、套保问题严重等问题，投资1.1亿元覆盖市、县、镇、村四级的智慧医疗项目全面铺开。

针对食品药品监管、安全生产监管等困难，投资3300万元的智慧监管平台基本建成。

针对环境污染、雾霾难除，投资3100万元的智慧环保项目正式启动。

着力推进信息化项目建设PPP模式，以政府最少的投入撬动社会资本参与，有效地扩大了惠民覆盖，缓解了投资压力，提高了建设效率，增加了信息消费，带动了信息产业。

从最掣肘的体制、机制抓起。市委书记兼任网信组组长，市长兼任信息惠民领导小组组长。专题召开全市信息化大会，市、县两级党政一把手全部到场，统一思想，落实任务。

撤销电子政务办、发改委信息中心、互联网管理办等机构，合并信息公开、信用建设职能，整合工信委信息化业务，成立市委网信办、政府信息办，一套人马多块牌子，统一负责两个领导小组的日常事务和全市信息化各项工作。

市委、市政府印发了涉及信息化项目、资金、数据、考核等方面的管理办法，从机制上确保顶层设计全面落实，重点项目统筹推进，各个系统互联互通。

“以群众需求为导向、以深度共享为基础、以信息惠民为突破、以创新体制为保障，大统筹、重应用、低成本、高效率”的“咸阳模式”，取得了实实在在的成效，得到了方方面面的认可。

国家信息惠民示范城市评审第十名，国家智慧城市第一批试点，2014年度中国十大智慧城市，国家智慧城市时空云平台示范市，陕西省唯一的智慧城市综合试点市。

我们也清醒地认识到，咸阳信息惠民和智慧城市之路，只是蹒跚起步，仍然任重道远。

只有继续树立互联网思维，落实“以信息惠民生，不图名与利，只盼群众赞；用智慧伴咸阳，要聚云和网，但谋百姓便”的工作理念，全面实现宽带网络无所不在、信息服务触手可及、智慧应用互联共享、信息产业全面发展的目标，咸阳才能在建设西部强市、迈向全面小康的道路上，再写辉煌，奔向未来。

走进“三八红旗”集体

咸阳，一方曾经涌现过无数英杰的大秦故都，一座曾经缔造过千古德善的城市。披着时代的风采，走过风雨四季，在这块美丽的大地上，240万咸阳女性在各自的工作岗位上创造着辉煌的业绩，以奋发的斗志和瞩目的成绩书写着属于时代，也属于当代女性的巾帼华章。

推出片名：走进“三八红旗”集体

“三八红旗”集体，一个承载着时代精神的光荣称号。

“三八红旗”集体，一个践行社会主义核心价值观的群体。

“三八红旗”集体，一个为咸阳精神书写光彩的奉献群体。

“三八红旗”集体，一方争光耀辉的璀璨星空。

走近她们，聆听时代故事，感受时代风华。

秦都区疾控中心，时刻以人民群众的生命健康为己任，发挥“半边天”作用，为重大传染病的卫生防疫工作付出了艰辛的努力和汗水。

渭城区统计局的17名女同志，她们遨游数海，挥洒汗水，奉献青春，用“数”字书写华美篇章。

兴平市西城办妇联，认真为全办妇女儿童办实事、好事，成为妇女的知心人、代言人。

“你所想的，就是我们要为你做的”，这是武功县人民医院的一贯精神，她们始终把患者放在第一位。

泾阳县环保局的女职工们，她们认真履行岗位职责，充分展现优良品质，为建设美丽泾阳做出了贡献。

三原县图书馆坚持利用送文化、科技下乡，开展丰富多彩的读书宣传活动。

在礼泉县妇幼保健院，随处都闪现着女性的倩影，她们以女性特有的温柔、善良、热情、细致服务患者，肩负起白衣天使救死扶伤的光荣使命。

乾县民政局婚姻登记处，率先设立了残疾人服务窗口、老年人服务窗口、军人服务窗口，把方便群众办事作为她们的目标。

永寿县人民医院秉承“汇聚爱心、呵护生命、共筑医患和谐”的服务理念，打造了一支技术精湛、作风严谨、服务热情、勇于创新的优秀护理团队。

旬邑中学把关爱女教师、女职工作为加快学校发展、促进教育质量提高的大事来抓，激发妇女在工作中的主动性和进取精神。

彬县自来水总公司广大女工以主人翁的姿态和奋发有为的进取精神，夏冒酷暑，冬冒严寒，在平凡的工作岗位上做出了不平凡的业绩。

长武县汽车客运有限责任公司，在女职工中开展“公司为我搭平台，我为客运添风采”竞赛活动，为长武县客运事业再上新台阶奠定了坚实基础。

淳化县法律援助中心，充分发挥法律援助的职能作用，维护弱势群体的合法权益，为受援人挽回经济损失350多万元，维护了弱势群体的合法权益。

咸阳市气象台的5名女职工在平凡的工作岗位上，架起气象与社会沟通的桥梁，赢得了大众的理解、支持和广泛赞誉。

咸阳市公交公司21路线，以“公交优先、我必优秀”为己任，加强企业文化建设，提高职工队伍素质，努力为广大市民提供安全、准点、便捷、舒适、文明的乘车环境。

时旬邑县地方税务局办税服务厅，采取“以纳税申报和优化服务为基础，以计算机网络为依据，集中征收，重点稽查”的征管模式，把办税服务厅变成税务机关与纳税人之间的桥梁和纽带。

咸阳市中级人民法院未成年人案件审判庭，对确有上学和就业条件的犯罪未成人，帮助联系学校和就业单位。

咸阳市检察院案管办，充分发挥管理、监督、服务、参谋职能，为全市检察机关司法规范化建设做出了积极贡献。

咸阳市公安局出入境管理处，坚持依法行政、服务民生，在实际工作中铭记“服务群众”的宗旨，解百姓之忧，利群众之便，以“换位思考”为工作思路，设身处地地为百姓着想。

咸阳市公安局交警支队渭城大队电影院十字女子形象岗，内强素质，外树形象。这些女警让自己的青春岁月在三尺岗台上熠熠生辉。

咸阳供电分公司财务部，积极发挥财务管理在各项管理工作中的引领作用，实现了纵向分层级、横向分专业管理的编制模式，形成了完善的全员预算管理体系。

咸阳市法律援助中心，将医疗事故、消费者权益、环境污染、假冒农资、就业上学等与民生密切相关的事项纳入法律援助范围，使受援对象基本上覆盖了各行业、各类型的困难群众。

咸阳市计划生育指导中心，以稳定低生育、提高农村育龄妇女生殖健康水平为目标，积极开展各项工作。

陕西中医药大学附属医院心血管一科，医护人员不断超越自我，寻求更高的护理技术操作水平，凭着对护理工作的执着，做着常人不敢想象的事情。

回首岁月，一路风雨一路歌；展望未来，长风破浪会有时。

在建设“富强、人文、健康”新咸阳的起跑线上，“三八红旗”集体的巾帼俊秀们，正以新的理念、新的精神、新的风姿，奔向“中国梦”的伟大目标。

殚精竭虑三十载 滋兰树蕙千万家

——咸阳市机关幼儿园30周年巡礼

她们，在故都咸阳，把“不能让孩子输在起跑线上”作为自己的奋斗目标，白手起家，奋力拼搏，使咸阳市机关幼儿园从无到有，解决了妇女干部们的后顾之忧。

她们，在渭水河畔，把多元化的兴趣培养和养成教育，作为幼儿智力开发和兴趣培养点，科学育儿，健康育儿，为孩子们的健康成长、快乐成长打下了良好基础。

推出片名：殚精竭虑三十载 滋兰树蕙千万家——咸阳市机关幼儿园30周年巡礼

栉风沐雨，披彩戴霞，咸阳市机关幼儿园已经走过了30年的辉煌历程。

30年，一首艰苦创业的奋斗之歌！

30年，一曲耕耘育苗的园丁之歌！

30年，由当初的13名幼儿教师发展到现在的153名教职员工，在园幼儿1240多名，辖总园和中华小区分园。

30年，培养了多名教学能手，幼儿园也先后获得国家、省、市级荣誉数十项。

然而在30年前，咸阳这座拥有400万人口的地级市，却没有一座设施齐全、师资力量雄厚、教育理念先进的机关幼儿园。这和它作为历史文化名城、新兴中等城市的地位多么不相称。

时任咸阳市妇联主席肖明，看在眼里，急在心里，踏上了创办机关幼儿园的艰辛之路。

（时任咸阳市妇女联合会主席肖明同期声）：“没有地皮，我找市政府领导呼吁，找规划和土地部门去协商；没有资金，我找市财政局呼吁，寻求各职能部门的帮助；没有人员，我亲自和教育部门协商，在西安幼师学校和咸阳市渭城二职中招收了第一批幼儿教师，共13名。”

1987年9月，阳光灿烂，秋风流金，咸阳市机关幼儿园在这天高气爽的日子，迎来了第一批新生。

那是年轻父母亲绽放笑靥的时刻。

那是孩子们开启心灵之窗的时刻。

那是教师们播种希望的时刻。

这一走，就是30年。30年弹指一挥间，却凝结着各级领导的心血，挥洒着教职员工们的汗水，谱写着幼教事业的时代交响曲。

领导重视，只为江山有来人

咸阳市机关幼儿园从1987年第一期招生至今，受到历任市委、市政府领导的支持和关爱，他们把办好机关幼儿园提高到培养社会主义接班人的高度。每年六一儿童节，他们都不忘看望这里的幼儿们。历届妇联主席肖明、张一敏、张秀英、肖芳、王玉娥、曹琳平，为机关幼儿园发展倾注了全部的爱心，她们关注着机关幼儿园的每一个进步、每一步发展、取得的每一个成绩和做出的每一点贡献。

30年来，市上先后多次投入巨资改善机关幼儿园硬件设施和对教玩具进行更新改造。如今的机关幼儿园，环境优美，绿树成荫，花草飘香。那一方标准的塑胶地和绿草坪，那一件件开发智力的大型玩具设施，那练意志的攀岩墙、长知识的文化长廊，那充满童趣和多彩文化知识的室外环境创设，给机关幼儿园增添了色彩。逃生通道、幼儿计算机室、阅读室、科学发现室、多媒体一体机教学室、舞蹈室、区角活动室等硬件设施齐全。数字化高清监控遍布机关幼儿园各个角落，全方位、无死角跟踪记录着幼儿在园里的全部活动。wifi全覆盖给数字化网络教学提供了便利，空调、微型计算机、钢琴等教学设施班班有。从硬件设施到教育内容，机关幼儿园都居于陕西省幼儿教育前列，1998年晋升为陕西省首批“示范幼儿园”。

幼教改革，峥嵘岁月领潮头

咸阳市机关幼儿园严格按照国家教育部《3－6岁儿童学习与发展指南》准则，尊重幼儿不同年龄段的发育要求，采取“寓教于乐、科学育儿、健康育儿”的教育理念。

以师资为根本，全方位、多渠道加大对教师教育能力和自身修养的培训力度。以“园本培训”为主，采取“请进来，走出去”的教师培养模式，提升教师的业务能力和职业道德水平。多次邀请教育专家为教师上示范课、做专题讲座，选派骨干教师赴北京、上海、广东、海南等地的示范园参观学习，做到了“请进来，走出去”的教师培养模式。先后开展了“一课三研”“一课多教”“同课异构”等多种形式的教研活动，造就了一批具有示范引领和辐射带动作用的专业化教师团队。

以改革为主线，在寓教于乐中培养孩子的兴趣，开发孩子的智力，开拓养成教育新境界。在一日常规上狠下功夫，提高了孩子独立生活能力，培养了健康的习惯；通过篮球、跳绳、踢毽子等活动，赋予孩子们健康的身体；多样多彩的陶艺、油画、水粉、剪纸等课程，培养孩子们的动手能力和独立设计能力；绘本阅读、国粹鉴赏、英语口语和会话能力等语言训练，促进了不同年龄段孩子语言的开发；精彩纷呈的音乐、舞蹈等课程，激发孩子的艺术想象力。

以家幼互动为载体，打造和谐、进步、青春、学习的良好氛围。在幼儿园推出的一系列家幼互动活动中，家长们都踊跃报名，积极参与。如“今天你来当老师”“亲子运动会”“我爱妈妈”主题活动、“六一儿童节”文艺演出等，都有多名家长参与其中；在消防演练安全教育、“腾飞的中国”等多种大型活动中，家长志愿者积极参与其中，成为机关幼儿园家幼互动的一道亮丽风景线。

结对帮扶，一花引来满园春

近10年来，咸阳市机关幼儿园充分发挥“省级示范园”的优质资源辐射作用，承担起了“结对帮扶”和“送教下乡”任务。她们与礼泉县金花幼儿园签订了为期3年“结对帮扶”计划，多次派出主管保教的领导，带领省市级教学能手和年轻有活力的青年骨干教师，到礼泉县金花幼儿园送教下乡，承担教师培训、业务指导和示范课引领。她们还和兴平市机关幼儿园、乾县人民政府幼儿园、淳化县教育局等进行了多年的交流活动和送教下乡活动。

2016年11月29日，陕西省国培培训班50名教师到咸阳市机关幼儿园观摩学习，纷纷赞赏青年教师示范课设计合理、环节紧凑、中心突出、寓教于乐。

安全保障，绿色家园谱新章

幼儿园的安全保障工作，是一切工作的前提和保障。

咸阳市机关幼儿园严把饮食采购烹制关，坚决杜绝三无产品和不合格产品流入到幼儿的“三餐一点”上，保证幼儿伙食营养搭配科学合理，保障幼儿各年龄段合理饮食。

她们加大安全管理力度，多次邀请交通、消防、公安、卫生等职能部门人员到幼儿园给教职工和幼儿讲解安全知识，提高幼儿自救能力和防骗防拐能力。同时，多次进行消防演练和大型自然灾害应急演练，在实践中让孩子扮演各种角色进行自救自保防御能力的练习，提高幼儿将来独立生活和健康成长的能力。

她们筑牢疾病防线，坚持一年四季晨午检不间断，时时提防各种流行疾病的传播蔓延，对各种流行疾病有应急预案，有宣传资料，有应对措施，有管理团队。

硕果累累，历史辉煌征程远

近10年来，咸阳市机关幼儿园积极响应国家号召，坚持公办幼儿园的公办性和普惠性，打破了入园学位仅供市直机关幼儿的条条框框，以办人民满意的幼儿园为宗旨，解决了一大批社会家庭和进城务工人员子弟的入园问题，担负起了应有的社会责任。

这是一支思想过硬、业务精湛的队伍。机关幼儿园教职工里现有省级“教学能手”4名，市级“教学能手”6名，市级“学科带头人”7名，全国“三八红旗手”一名，陕西省“三八红旗手”一名，陕西省“巾帼建功标兵”一名，咸阳市“三八红旗手”3名，咸阳市“优秀党员”8名，咸阳市“师德标兵”2名。

30年来，机关幼儿园先后荣获“全国三八红旗集体”“全国巾帼文明岗”“中国百佳幼儿园”“全国优秀幼儿园”“全国教育特色幼儿园”“陕西省示范幼儿园”“陕西省学前教育先进单位”“陕西省三八红旗集体”“陕西省巾帼文明示范岗”等荣誉称号。

30年的光阴已成为历史，前进的脚步始于当下。我们相信，在咸阳市委、市政府的正确领导下，在各级妇联的大力支持下，在社会各界及全体幼儿家庭的关注下，咸阳市机关幼儿园全体教职员工将一如既往、乘舟破浪、与时俱进、无私奉献，努力使咸阳市机关幼儿园整体工作再上新水平，再跃新台阶。

九嵕山下党旗红

——工行咸阳礼泉县支行党建工作纪实

他们，在“两学一做”学习教育中，开展“三亮、三比、三抓、三评”活动，充分发挥党支部战斗堡垒和党员模范带头作用。

他们，以服务利润链为指导，摒弃简单化、程式化、被动化的局限性思维，理顺关系，从源头做起，注重各层级的不同着力点和过程管理。

他们，建立“领导服务员工，二线服务一线，一线服务客户”的大服务格局，将服务转化为现实的生产力，为支行的经营发展提供了坚实保障。

推出片名：九嵕山下党旗红——工行咸阳礼泉县支行党建工作纪实

礼泉县历史悠久、钟灵毓秀，建县已有2200多年，因境内有泉味甘如醴，且旁有醴泉宫，故名为醴泉县，并留下了“天降甘露，地出醴泉”的佳话。

在这块美丽的土地上，工行咸阳礼泉县支行党支部在上级行党委的正确领导下，全力落实分行“扩总量、调结构、促转型”的工作部署，以党建为引领，持续深入开展“两学一做”学习教育。他们发扬迎难而上、勇于进取的精神，拓展深挖市场，抓核心指标，抓重点工作，推进“内控合规基础强化年、合规建设推进年”活动，实施“扫街”与精准营销，推行精确管理，加大激励考核，强化担当和进取精神。全体员工作风进一步转变，市场竞争能力和综合服务供给能力进一步提升。

工行咸阳礼泉县支行党支部现有在职党员22名，占全部人员的65%，下设4个党小组。

2016年，该行存款余额和储蓄存款增量获同业双第一，储蓄存款首次实现历史性的亿元级别巨额增长。存款余额166946万元，同业占比38%，位列同业第一。当年存款净增9200万元，同业占比24%，位列同业第二。储蓄存款余额128821万元，净增13437万元，同业排名第一，完成任务的159%。年日均增量6048万元，完成任务的146%，系统排名第二。本年储蓄存款净增过亿元。

该行充分发挥党支部的战斗堡垒作用和党员的先锋模范作用，努力建设学习型、服务型、创新型的基层党组织，提高了团队的凝聚力和战斗力，开创了党建工作和经营效益双提升、双发展的良好局面。

（工行咸阳礼泉县支行行长鲁建平现场声）：“现在，到了咱半年一个关键冲刺点，希望大家继续努力，强化服务，强化管理，做好营销，争取更大的成绩。”

信仰是一种精神，代表着责任和付出。

一个人有了信仰，就有了担当。

近年来，该行党支部把党建与经营管理有机结合，相互融合，相得益彰，相互促进。他们制订了学习教育计划，开展了重温入党誓词、朗诵烈士诗文、观看红色影视剧、参观陕甘边照金革命根据地纪念馆等活动，开展“三亮、三比、三抓、三评”活动，贯彻落实“三会一课”、支部书记讲党课、组织生活会、民主评议党员等制度，全面落实从严治党，全行风清气正，团结拼搏，各项工作稳步推进，实现了“稳健创新、客户首选、员工乐业”的发展目标。

该行用抓组织建设促进业务发展，通过中心组学习制度和民主生活会制度，不断提升党员干部的党性修养和班子成员的政治意识、大局意识、责任意识、创新意识，努力创建领导班子好、党员队伍好、工作机制好、发展业绩好、群众反映好的基层党组织。

该行党支部一班人认识到支行经营发展只能靠服务，支行最重要的工作就是服务，管理工作是服务员工、服务客户的一种形式。要搞好服务，只有建立逐级有效传导的大服务格局，才是最佳途径。大服务格局中的关键是管理层有效服务员工，重点是员工服务客户。

客户经理王向勇在全行融e联推广工作中，共营销融e联4727户，个人成绩分行排名市行第一、省行第二，获得省行“互联网金融先进个人”“分行融e联年度营销明星”称号。

大堂经理彭思琪服务热心周到，处事稳重妥帖，想客户所想，急客户所急。帮家长看护幼儿，搀扶老人上下台阶，一幕幕暖人的场景映入客户的眼帘。有客户赞扬道：“走进礼泉工商行，生机勃勃好风尚。思琪虽忙条理清，受益客户暖心上。”她用心服务客户，热心服务客户，得到了总行通报表扬，获得了“总行服务明星”“省行青年岗位明星”等荣誉。

（工行咸阳礼泉县支行员工彭思琪同期声）：“在日常工作中，我始终以一名优秀党员的标准严格要求自己，脚踏实地，立足本职，做好服务工作，用真心服务，把真情献给客户，是我一直追求的目标。”

该行党支部在经营发展中发挥党员模范带头作用，引导党员增强党员意识和党性观念，把党员的注意力吸引到党组织中，增强了党组织的凝聚力。号召党员在支行各类劳动竞赛中走在前列，发挥模范带头作用。通过“亮标准、亮身份、亮承诺”，提升干部和党员的党性自律，激发服务潜能。按照任务指标和工作要求，结合岗位职责明确服务标准、管理要求、目标任务，促进党员带头服务意识，带动身边员工提升服务水平，使人人都有一本“明白账”。用党员身份时刻提醒和警示党员干部严格要求自己。

获得“中国工商银行总行服务明星”的杨伟伟，就是在党员的带动和感召下，坚持以客户为中心，以客户利益优先，真心真情地为客户做好服务，令每一位往来客户宾至如归。

（工行咸阳礼泉县支行员工杨伟伟同期声）：“我在党员的影响下，这几年对自己要求比较严，特别是在业务学习上、对客户服务上都力求做到最好，让客户在我的身上感受到我行的优质服务。”

该行不断提高党员的业务能力和服务水平，充分发挥党员的先锋模范作用，通过党员带动身边的员工争先进位。在党员中开展“比技能、比作风、比业绩”和岗位练兵、技能比武、服务劳动竞赛、服务标兵评比等活动，通过活动检验党员是否合格，是否能让群众满意。使党员和普通员工形成比、学、赶、帮、超的学习氛围，互相激励，共同进步。

2017年初，一位客户办理存单支取业务，因时间久远，忘记密码，无法顺利取款。工行咸阳礼泉县支行的员工经过核查，该客户是在2010年使用老户口本开户办理的存款业务，开户记录只保存姓名及户口本号，无其他信息。由于老户口本的更换，当地公安系统已无存档，无法开具身份信息变更证明，导致客户无法重置密码，这让客户一筹莫展。该支行经过研究，由主管行长及营业室惠秋菊主动联系公安部门，陪同客户一起来到客户户口所在乡村，对客户身份和个人信息一一进行核实，冰解冻释，顺利为客户办理了现金取款。2017年3月14日《咸阳日报》以“时隔多年取款忘记密码　工行礼泉支行积极协助解决”为题进行宣传报道。

（陕西华骏机械制造有限公司总经理李峰同期声）：“我们企业这几年一直和工行合作，大家都感觉到工行不论在服务上，还是经营理念上，都比较超前。特别是在服务企业这一块，可以说做得比较好。”

（陕西京英实业发展有限公司总经理助理刘超恒同期声）：“刚开户就在工行开的，一直在和工行礼泉支行打交道。刚开始，工资都是用现金发的，后来在工行的帮助下，现在全部变成卡了，比较安全一点儿，再一个比较快捷一儿点，礼泉县工行从服务、信誉，都是相当不错的。”

辛勤耕耘，总有惊喜，追赶超越，砥砺前行。工行咸阳礼泉县支行先后获得了中银协“优质服务千佳网点”“党风廉政建设先进集体”“内控案防先进集体”等荣誉称号。该支行营业室获得“2016-2017年度咸阳银行业文明规范服务示范网点”、分行“内控合规示范网点”等荣誉称号。该支行行长鲁建平、副行长李晓煜连续3年获得分行“优秀服务管理人员”奖，多次获得分行“先进金融工作者”荣誉称号。

（工行咸阳礼泉县支行行长鲁建平同期声）：“在今后的工作中，我们会不忘初心，立足本职，在经营发展中强化党建工作。把党建落实到具体的工作措施上和实实在在的行动中，从源头做起，从基础和过程做起，从经营管理各环节做起，从日常服务细节做起。把党建作为特殊的生产力，专心、专注、专业地服务于礼泉的父老乡亲和县域经济发展。”

“雄关漫道真如铁，而今迈步从头越。”工行咸阳礼泉县支行全体员工将肩负重任，高举旗帜，勤恳耕耘，致力于工行，服务于人民，谱写服务社会、造福人民、促进发展的新篇章！

乾陵脚下铸警魂

——乾县公安局规范化建设侧记

他们，在乾州大地上，以稳为先、以打为主、以防为重、以建为强的工作思路，向全县61万人民群众兑现了保一方平安的庄严承诺。

他们，在漠谷河畔，面对落后不懈怠，迎难而上不言败，使全县社会治安和队伍管理，实现了由差向好、由优秀到最佳的可喜变化。

他们，在乾陵脚下，蓄势借力谋发展，自己动手建家园，以加快基础设施建设为抓手，实现了公安机关规范化建设的提档升级。

推出片名：乾陵脚下铸警魂——乾县公安局规范化建设侧记

乾县位于关中平原中段、渭北高原南缘，唐高宗李治与女皇武则天合葬墓——乾陵就在此地。古往今来，乾县以其独特的地理优势备受人们的重视，地处关中—天水经济区和西安咸阳半小时经济圈的核心地带，是古丝绸之路的商贸重镇。

近年来，乾县公安局在县委、县政府和市局党委的坚强领导下，坚决贯彻落实省厅、市局关于规范化建设的要求和部署，以加快基础设施建设为抓手，4年新建营房17530平方米，初步实现了公安机关规范化建设的提档升级，赢得了各级领导的充分肯定和一致好评。

多年来，乾县公安局没有独立的办公地点，大部分单位长期在外租房办公，梁山、峰阳、马连、王村、周城、新城6个派出所借住在农家屋舍，其他派出所虽解决了业务用房，但已完全不能适应形势发展，功能无法分区，办案区升级改造无法落地。这些成为了新一届局党委一班人无法放下的心头石，更是乾县公安局规范化建设中极为突出的短板。

2013年，乾县公安局新一届党委把握与经济发展同步推进公安基础设施建设这一机遇，筹备公安业务技术用房建设和无房派出所建设项目，与规划、国土等部门对接，开展可行性论证，第一时间向县委、县政府汇报。在他们的不懈努力下，乾县公安局业务技术用房建设纳入国家政法基础设施建设规划，6个无房派出所的建设项目得到了县委、县政府的批准，为乾县公安局规范化建设奠定了基础。

在项目实施过程中，各级领导先后深入乾县公安局开展调研。两任县委、县政府主要领导多次过问，落实了土地划拨使用、建设资金分担、规划建设手续从快从简等一系列相关事项，从政策、资金、土地等方面给予了有力保障。

2014年2月，乾县公安局业务技术用房开工建设。2015年，马连、王村、周城、峰阳、梁山派出所也陆续开建，在峰阳、梁山派出所建设中，县上将原梁山烟站、峰阳地税所无偿划转。2016年，新建新城派出所，设立了办案区、刑事技术室和技侦工作站。这些项目的建设，为规范执法打下了基础，标志着乾县公安局规范化建设翻开了崭新一页。

在项目实施过程中，乾县公安局严格督导问责，确保规范化建设安全、快速、有序推进。成立了以副县长、公安局长张继荣为组长，其他局党委成员为副组长的领导小组，组建了基建办，明确了“抓建设、强基础、求发展、促工作”的工作思路，形成了“条块结合双主体、上下联动一体抓”的工作格局。

针对建设资金短缺、土地征用难度大等薄弱环节，采取“缺什么、补什么”“向上借力、争取给力、业绩创力、内部挖力”的方式，争取各类资金4213万余元，征用土地59.7亩，确保了项目建设顺利进行。

在建设过程中，他们坚持标准、严把质量，严格按照公安部“四区分离”标准建设，发出了“自己家园自己建”的号召，发动广大民警开展了土方回填、道路硬化、绿化美化等工程的义务劳动。按照功能划分，先后建成了平安和谐苑、健康丰收苑、开心幸福苑和公平正义苑。自己家园自己建，建好家园为自己，广大民警互相配合、相互协作、不辞辛苦，队伍的向心力得到了空前凝聚。

将马连、王村、周城3个派出所建设为硬件完善、软件规范、特色鲜明、亮点突出、党政认可、群众满意的公安机关基层所队示范点，发挥他们在派出所规范化建设中的示范引领作用。随后，又投入200多万元，完成了临平、梁村、大杨、阳洪、薛录5个派出所的升级改造，整体推进了全县公安派出所建设再上新台阶。

在派出所新建和改建过程中，他们本着因地制宜、分类推进的原则，从派出所服务区、办案区、办公区、生活区四方面，对派出所分层级、分批次地进行改造，统一了外观标识，规范了内业台账。对派出所小食堂、小健身房、小阅览室等“五小工程”进行了全面升级改造，为每个派出所安装了空调，营造了“拴心留人”的工作生活环境。

先后为派出所更换车辆30余辆、电脑120余台，派出所正式民警实现了单警装备配备率80%。为每个派出所配备了标准化的武器警械柜，落实了专人管理，做到了“双人双锁”，保证了武器警械的安全和作用的有效发挥。

他们把立体化社会治安防控体系建设，作为规范化建设的重要内容。开展了城区“五定”机制防、信息研判精准防、物防技防结合防、便衣抓现源头防、农忙时节重点防、齐抓共管大家防的工作机制，着力织密社区防控、街面巡控、卡点查控、场所临控、视频监控“五张网”，基本实现了“点线面结合网格化、警便结合常态化、打防结合精准化、动静结合制度化、人技结合科学化、一警多能专业化、督检结合形象化、考核工作中队化”的巡逻防控新格局，实现了全县整体发案率连年下降的目标。

他们坚持把基础信息采集运用作为规范化建设的重要支撑，对公安派出所常用的各类基础台账统一设计制作，确保每一份台账资料规范、整齐、方便查询，又能客观真实反映辖区基本情况，记载民警工作成绩，为考核提供重要依据。

他们把机制创新作为公安工作切入点，紧密结合工作实际，逐步建立健全了警情动态分析研判制、涉毒警情领导必须一线制、经费拨付绩效挂钩制、重点工作督察提示制、城防工作五定常态制、重点工程领导包抓服务制、重大案件风险评估制、工作失误容错纠错制、温暖警心亲情制、灶务轮流管理制等十项工作新机制。十项机制的建立，强化了工作措施，提高了工作效率，夯实了工作责任，推动了公安工作再上新台阶。

他们坚持把精细化考核作为派出所规范化建设的主要抓手，创新了绩效经费考核机制，研究制定了派出所业务工作经费量化考核细则等一系列规范性文件，最大限度地激发了基层工作活力。

他们坚持把内务管理和作风养成作为增强队伍战斗力的主要手段，采取明察暗访与自查自纠相结合的方式，对存在问题进行“网上晒”“自己改”，着力推进内务管理的规范化建设。

公安机关规范化建设任重而道远。忆往昔，他们风雨兼程；谋新篇，他们众志成城。在今后的工作中，他们将立足新平台，凝聚正能量，以坚定的信念、饱满的激情、务实的作风，走出一条乾县公安规范化建设的追赶超越之路！

共享一片蓝天

——淳化县义务教育均衡发展“双高双普”创建纪实

绿色明珠，辉耀秦宫汉阙；空中花篮，装点泾水之阳。在这片历史悠久、文化古老的土地上，绿色生态的生命力、红色革命的战斗力和厚重朴实的创造力，孕育着一代又一代的勤劳儿女，这就是淳化县。党的十八大以来，淳化县委、县政府举全县之力，把义务教育均衡发展和“双高双普”工作当作最大的民生工程来抓，实施“一校一策，特色创建”，分年度制定创建规划，梯次推进、着力提升教育质量，努力办好让老百姓满意的每一所学校，让城乡孩子共享优质教育的同一片蓝天。

推出片名：共享一片蓝天——淳化县义务教育均衡发展“双高双普”创建纪实

淳化县位于陕西省中部偏西、咸阳市北部，全县辖7镇1办128个行政村，总面积983.81平方千米，总人口20.5万人，是典型的山区农业县、革命老区和国家新一轮扶贫开发重点县。

全县现有各级各类学校（园）115所。其中，高中1所，职教中心1所，初级中学14所，九年一贯制学校2所，中心小学10所，完全小学9所，农村教学点26所，公办幼儿园30所，民办幼儿园22所，教职工2395人，专任教师2036人，大专及以上学历2370人，中级以上职称1164人，在校学生20851名。2017年3月，陕西省政府教育督导团对淳化县义务教育均衡发展“双高双普”创建工作进行了督导评估，全县义务教育段学校达标率位居全市之首、全省领先，受到了各位督评专家的一致肯定和高度赞扬。

行政推动 凝聚合力

百年大计，教育为本。淳化县始终坚持教育优先发展战略，县委、县政府主要领导为义务教育均衡发展和“双高双普”工作构建总框架、设计路线图、确定时间表，多次召开协调会、推进会、现场办公会，建立县级领导包抓镇办（中心）、部门包抓学校（园）的工作机制。全县上下齐心协力追赶超越，形成了党政齐抓共管、教育部门组织协调、职能部门分工负责的创建工作格局。“资源盘活，均衡发展，队伍调优，内涵提升”成为全县党政部门的共识。

在工作推进过程中，县委、县政府领导多次深入学校一线现场指导，人大、政协经常性开展专题调研，有力地促进了全县创建工作的纵深推进。

加大投入 夯实基础

风雷动，人振奋，起宏图。淳化大地继“两基”验收之后，又一次刮起教育大投入的旋风。自义务教育均衡发展“双高双普”创建工作启动以来，全县累计投入资金2.72亿元，新建综合楼14栋、教师宿办楼2栋、学生宿舍楼15栋及厕所14栋，新建食堂33个、教师周转宿舍9栋，加固教学楼8栋，维修改造校舍22栋，硬（软）化体育场地39块，实施了中小学及教学点厕所围墙改造提升工程。同时，加大项目资金整合力度，统筹整合“民生八大工程”、薄弱学校改造计划项目、农村中小学生生活设施改造项目资金共计1.15亿元，为全县各类学校配备教学仪器及体音美器材231套、班班通设备530套、部室多媒体295套、教师用计算机733台、学生用计算机1618台、钢琴31架、电子钢琴48架、装备功能部室900余个、标准化录播教室10个、校园电视台2个，完成了36所学校取暖设备安装、电路改造、变压器安装等生活设施建设任务。全县中小学办学条件得到全面改善，校园面貌焕然一新，整体办学水平显著提升，为实现均衡发展奠定了坚实基础。

多措并举 铸造队伍

输血融入造血，打破城乡壁垒，教师资源共享。截至2017年秋季，全县教师校长交流轮岗185人。通过实施特岗计划、西部振兴计划等渠道，累计补充各级各类教师247名。采取“走出去”“请进来”的办法，深入开展国培计划、网络教育、名师大篷车送教下乡等教师培养活动，先后有53名教师荣获省市级“教学能手”“优秀教育工作者”“优秀教师”荣誉称号。严格落实农村教学点、艰苦边远地区教师生活补助和工作补贴政策，累计为90名乡村教师发放生活补助104.04万元，为1250名教师发放工作补贴104.31万元。全县教师队伍建设工作风生水起，有口皆碑。一串串数字，印证了淳化县师资队伍建设的累累硕果。

内涵发展 本真育人

全县中小学校坚持“立德树人”基本宗旨，以“文化教室、温馨宿舍、卫生厕所、节俭食堂”四个阵地创建为抓手，践行社会主义核心价值观，广泛开展中小学生规范汉字听写大赛、经典诵读大赛和“网上祭英烈”“童心向党”“新要求·大实践”等活动，成功举办淳化县未成年人思想道德建设暨创文工作汇报表演、“阅读淳化，感恩家乡，喜迎十九大”美文朗诵优秀节目展演等活动。城关小学3名拾金不昧学生荣获咸阳市“美德少年”称号，枣坪小学红色经典诵读荣获咸阳市三等奖，校园足球联赛荣获咸阳市初中男子组第三名。积极创建“书香、生态、文明、平安、和谐”为主要内容的美丽新校园，倾力提升校园“自然之美、精细之美、人文之美”。红色主题文化、学生社团活动、校园足球运动等各具特色的校园文化，彰显了“一校一品”的独特魅力。

创新举措 提升质量

严抓教学管理促质量。建立片区共同发展管理模式，实现了资源共享、优势互补、校际联动、协调发展。搭建三级联动教研平台，促进教师专业成长和学生共同进步。活动引领校际交流协作，联片学校通过建立QQ群、博客、微信公众平台等方式，开展专题讲座、理论学习、观摩课、示范课、评议课、教学研讨交流活动，先后涌现出方里中学“四环”教学、枣坪小学“一线五步”教学等多种教学模式。

狠抓教育管理促质量。开展校风、教风、学风“三风”建设督评校校行活动，形成了校风正、教风严、学风浓的教育氛围。实施“三考三服务”，考校长管理知识，考教师教育理论，检测学生课堂学习效果。持续举办“淳化教育大讲堂”，研修并举抓队伍素质。启动实施教育质量3年提升工程，全县义务教育呈现出快速、均衡发展的良好势头，教育教学质量全面提升。

惠民政策 阳光运行

为了让所有孩子都拥有成才的机会，加快推进教育扶贫工程，淳化县制订了《淳化县“教育脱贫”实施方案》，全面落实13年免费教育政策，建立了从幼儿园到大学的助学保障体系，确保不让任何一名贫困家庭孩子因贫失学，累计筹集资金694.6万元，帮助2107名贫困大学生顺利进入大学校园。国家生源地信用助学贷款工作运行良好，在全省率先实现助学贷款首贷业务两次办结的目标，县资助中心作为全省典型在央视财经频道以《陕西学生资助政策为贫困女孩铺平大学路》为题进行专题报道。与此同时，强力推行“三个炒菜、一个主食、一个热汤”的营养餐供餐模式，受到省教育厅的充分肯定，让孩子进得来、留得住、学得好。先后出台了《淳化县义务教育经费支出管理暂行办法》等系列制度，保障义务教育均衡发展经费的落实。近年来，教育支出累计8.73亿元，占公共财政支出比重为21.13%。

大计勿失时，固本树人无止境；长征须接力，扬鞭跃马启新程。

20万勤劳淳朴的淳化人民正以“立定巅峰向远望，更有群峰在眼前”的豪迈、自信与开拓，坚持以教育现代化建设为主线，以提高教育质量和促进教育公平为重点，把推进义务教育均衡发展作为办好人民满意教育、促进社会和谐的不懈追求。滚石上山，爬坡过坎，努力办好每一所学校，发展好每一位教师，培养好每一名学生，使优质公平的教育春风吹遍淳化大地。

草根学校盛开文明之花

——咸阳市渭城区文汇路小学创建“全国文明校园”工作侧记

这里是“空中丝绸之路”的起点，这里是大西安功能区的核心，得天独厚的区位优势让渭城在咸阳追赶超越的浪潮中砥砺奋进，扬帆远航。

在这片饱受秦汉文化浸润的沃土上，一颗璀璨的教育明珠正熠熠生辉，这就是咸阳市渭城区文汇路小学。

（1个学生、5个学生、20个学生同期声）：“我骄傲，我自豪，我爱文汇路小学。”

（4个教师同期声）：“草根学校盛开文明之花。”

（20个学生同期声）：“我们成功了!”

推出片名：草根学校盛开文明之花——咸阳市渭城区文汇路小学创建“全国文明校园”工作侧记

近年来，文汇路小学围绕“立德树人”的根本任务，将社会主义核心价值观教育融入文明校园创建和学校教育教学全过程，突出“习惯造就未来，智慧点亮人生”特色教育品牌，大力开展文明校园创建工作，先后荣获“全国青少年校园足球特色学校”等20项殊荣。2017年11月，文汇路小学被中央文明委评为第一届“全国文明校园”。

（文汇路小学党支部书记、校长孙耀卿同期声）：“我们在文明校园创建中，坚持党的领导，加强党员队伍建设，充分发挥党组织的战斗堡垒作用和党员的先锋模范作用。”

文汇路小学扎实开展“师德师风建设主题”教育活动，完善培养培训体系，发挥名师引领作用。

（文汇路小学副校长马银燕同期声）：“目前，已经涌现出4名省级教学能手，9名市级教学能手，11名区级教学能手。”

文汇路小学多措并举丰富载体，践行社会主义核心价值观。以传统文化奠基础，开发了“经典诵读”校本教材。在每天早操集会结束后，学生们排着整齐的队伍，诵读着国学经典步入教室。

（文汇路小学德育主任王永军同期声）：“在2015年咸阳市中小学生‘诵读国学经典 弘扬传统文化’大赛上，文汇路小学的《少年梦·中国梦》经典诵读节目喜夺桂冠。”

他们在全校开展上课讲“课德”，开会讲“会德”，用餐讲“食德”，走路讲“行德”，穿衣讲“衣德”，仪表讲“仪德”，说话讲“口德”，上网讲“网德”的八德教育活动。

（文汇路小学学生晁箐潞同期声）：“我们时时处处用八德教育要求自己、端正自己、修正自己，连父母亲都说我变了。”

开展“春笋文明卡”争先进活动，各班每月按照“德、智、体、美、劳”评选出5名表现突出的学生，颁发“春笋文明卡”。

（文汇路小学学生魏明睿同期声）：“我拥有‘春笋文明卡’最多，参与过校内国旗下演讲、红领巾广播台等一些大型活动，校长还亲自为我颁发了春笋勋章。”

近年来，文汇路小学先后投资600多万元，新建德育展厅、心理疏导室、校园电视台等。定期开展以“感恩”“安全”“文明”等为主题的学生手抄报评选活动，每学期开展班级阵地化建设评选工作，充分利用校园文化墙加大社会主义核心价值观、学生文明礼仪、安全常识的宣传教育工作。

（文汇路小学大队辅导员黄维同期声）：“我们学校有男女足球、播音主持、经典诵读等14个学生社团组织。截至2016年，学校已经连续多年荣获渭城区教育质量奖。4名学生在第三十一届少儿科幻画比赛中荣获国家二、三等奖，16人次获省级一、二、三等奖。”

文汇路小学以主题引领、文化熏陶，打造校园品牌。在校园文化建设中，确定以“手文化”为主题。

（文汇路小学教师李英同期声）：“我们设计的LOGO两手相合，寓意着团结、和谐、共同奋斗，造型为左手抱右手，具有儒家礼仪风范，传统礼仪与现代文明在此凝聚。”

形象墙、主题墙等展示了学校的办学方向、办学思想、校训等。特色纷呈的班级文化，给学生创造了一个温馨、美好的学习氛围。富有自然美和书香气息的厕所文化，引导和规范学生的行为习惯。

文汇路小学做到教学区域、活动区域布局合理、科学规划，为开展校园文化活动提供必要的场地和条件。做好校园净化、绿化、美化工作，实现校园环境干净整洁、优雅宜人。同时，利用升旗仪式和学生主题班队会，对广大师生进行法制宣传、交通安全教育等，有效地预防了意外事件的发生。2016年，学校被评为“陕西省平安校园”。

（文汇路小学党支部书记、校长孙耀卿同期声）：“经过我们全校师生7年来的不懈努力，于2017年喜获‘全国文明校园’称号。这不仅是对以往工作的肯定，还是我们在新时代扬帆起航的新起点。我们将在十九大精神的引领下，不忘初心，砥砺奋进，向着幼有所育、学有所教的目标奋进。”

文汇路小学全体师生正戮力以赴，大胆创新，开拓进取，总结经验，克服困难，营造和谐文明的育人环境，努力办好人民满意的教育。相信文汇路小学的明天将更加辉煌。

绿满礼泉

——礼泉县创建省级森林城市工作技术报告

九嵕山岚浮翠绕，刚峰峭拔，支撑起它博大沉雄的文化品格。

甘河谷清流汤汤，穿境而过，装点它明山秀水的婀娜风姿。醴泉水甘露天降，润泽大地。桃林飞霞，梨花如雪，杏花芬芳，石榴火红，铺展开它偎红倚翠的风光画卷，彰显出它钟灵毓秀的神奇。

这就是甘美礼泉。

推出片名：绿满礼泉——礼泉县创建省级森林城市工作技术报告

礼泉县地处关中平原腹地，距离西安55千米，距离咸阳28千米，是西安半小时经济圈卫星城市和关中—天水经济区三级城市。总面积1018平方千米，辖11镇1办3个社区，213个行政村，人口50万。县城建成区面积8.3平方千米，常住人口10万。

礼泉县委、县政府高度重视绿色生态建设，树立绿化生态的理念，将创建森林城市列入重点目标，深入开展绿化造林，积极建设生态家园。围绕创建森林城市，县上成立了领导小组，由县政府主要领导任组长，县委、县政府主管领导任副组长，相关部门为成员单位。

礼泉县在创森工作中，编制《礼泉县创建省级森林城市总体规划》，留足绿化空间，山水林田湖综合治理，与相关规划相衔接，通过政府审议并纳入城市发展总体规划。

截至2016年底，全县林业用地67.6万亩，森林面积54.17万亩，森林覆盖率35.67%，林果覆盖率74.8%，活立木蓄积50.34万立方米。

全县现有国家级湿地公园1个，AAAAA级景区1个，AAA级景区1个。先后荣获“全国生态示范县”“全国果业强县”“中国绿色名县”“中国苹果之乡”“中国名特优经济林苹果之乡”“陕西省省级园林县城”等殊荣。

礼泉县在创建森林城市中，以建设青山绿水的生态礼泉为目标，积极实施“北部森林化、中部果林化、南部园林化”的绿化战略。重点实施森林进城围城、绿色廊道、森林乡村、景区绿化、森林公园、湿地公园、苗木花卉、森林增量提质、森林生态文化、资源安全能力等“十大工程”，打造以林为主、林果结合、城乡一体的城市森林空间格局，促进经济、社会、生态协调发展。

仅2017年，全县就完成造林面积4万亩，道路绿化30千米，建成森林公园1个、湿地公园1个、森林乡村2个、社区公园2个，发展苗木花卉2万亩，全县森林覆盖率提高到37.8%。

认真开展全民义务植树活动，广泛开展林木绿地认建、认养、认管，建设“巾帼林”“青年林”“拥军林”等多种形式的公众参与绿化活动，建立义务植树登记卡和跟踪制度，建有各类纪念林基地，全民义务植树尽责率80%以上。

政府加强对境内古树名木的保护，县绿化委员会专门制定了《古树名木保护管理办法》，强化了管护措施，落实了管护责任。建立了古树名木信息库，对需要保护的古树名木全部采取了挂牌管理，古树名木保护率98%。

礼泉县县域森林覆盖率37.8%（2017年），且分布比较均匀。城区绿化覆盖率为34.3%，人均公园绿地面积为12平方米，且乔木种植、栽植面积占绿地面积的70%。城区街道树冠覆盖率为30%，新建地面停车场的树冠覆盖率为30.05%。城市集中供水区重要水源地森林植被保护完好、功能完善，森林覆盖率70%以上，水质净化和水源涵养作用得到了有效发挥。

礼泉县重点绿化了城北大道、旅游路、长宁路等20多条主要道路，打造了生态遗址公园、甘河湿地生态廊道，为白鹭、鸳鸯、秃鹫等动物的迁徙、繁殖创造了良好的生态条件。

绿色廊道以县域内高速公路和国、省道等主干道路为主，并进行林下花草种植，绿化率97%以上，形成了绿色景观通道。

礼泉县城内建有中心广场、龙腾广场、皇埔广场、礼泉生态遗址公园等休闲绿地，使居民出门有绿景，步步有绿荫。深入开展“园林式单位”创建工作，组织城区各单位见缝插绿、拆墙透绿，先后建成省级园林式单位5个，县级及以上园林式单位30个，让生态建设成果惠及社会公众。

近5年，乡村绿化面积逐年增加，村四旁基本绿化，所有镇办所在地绿化覆盖率在35%以上，村庄林木覆盖率30%以上。平均每年完成新造林面积4万亩，占县域面积的1.9%以上。积极倡导立体绿化，城乡适宜垂直绿化的主干道路、沿街单位，均进行了立体绿化。

礼泉县乡土树种数量占全县绿化树种使用数量的85%以上。县城周边和各镇办森林质量不断提高，森林植物群落演替自然度高于0.5。

礼泉县采取“建管并举、绿化提升、强化宣教”等方式，加强甘河国家湿地公园及各类动物栖息地的保护。注重选用和保护杨树、刺槐、沙棘、柽柳等留鸟、引鸟树种，为野生动物生活、栖息营造了良好的自然环境。

礼泉县造林绿化所用苗木以苗圃培育苗木为主，严格落实“一签两证”制度，所用苗木均达到国家要求。对大树及绿化植物采取严格的保护措施，新建公共休闲绿化、硬化面积比例小于20%。

礼泉县森林植被得到了有效保护，近两年没有发生乱捕滥猎野生动物、非法征用占用林地、滥砍乱伐林木、重大有害生物毁林、重大森林火灾等问题，有害生物防治目标管理指标（四率）达到了省市下达的控制标准。

礼泉县积极推行乡村旅游和人文景观旅游相结合的模式，以唐昭陵为重点，打造集观光旅游、休闲避暑、文化体验为一体的旅游胜地，实现了森林利用与保护双赢。

支持群众发展农家乐等绿色产业，形成了生产发展、经济繁荣、生态优化的格局。2016年，全县乡村旅游产值过亿元。

礼泉县重视民生林的发展，大力发展杂果经济林，全县建成以石榴、核桃、花椒等为主的经济林20万亩。

加快森林生态科普宣传设施建设，在中心广场、甘河湿地公园等公众游憩地，设有专门的科普宣传栏、宣传牌以及科普馆等生态科普知识教育场所。公众对创建森林城市的知晓率93%，支持率100%。

回首往昔岁月，在创建省级森林城市的道路上，礼泉县人民用辛勤和努力，使礼泉成了花的海洋、绿的世界；展望未来前景，全县人民将在甘河两岸任重道远从头越。

伴随着生态文明建设战略的深入推进，绿色礼泉正站在新的起跑线上，以崭新风姿迎接绿风浩荡的明天。

让绿水青山变为金山银山

——旬邑县马栏林场开展森林特色小镇建设工作侧记

这是一方山媚川晖、林芳木秀的画卷之地！

这是一方曾经播撒红色火种的热土，演绎过红旗漫卷、红星照耀、红流激荡的慷慨壮歌之地！

这是一方林业人艰苦创业的奋斗之地，他们在人迹罕至的大山中奉献了青春、奉献了欢乐，换回了绿染马栏的壮丽乐章！

现在，这里正利用林场老旧场部、工区和森林资源，通过科学规划设计、合理布局施工，建设接待设施齐全、基础设施完备、服务功能完善，能为游客提供森林观光游览、休闲度假、运动养生等生态产品和以生态服务为主要特色的平台，成为人与自然融洽相处的和谐之地！

推出片名：让绿水青山变为金山银山——旬邑县马栏林场开展森林特色小镇建设工作侧记

旬邑县位于陕西腹地、咸阳北缘，古称豳，秦封邑，汉置县，原面开阔，迤逦壮丽，马栏河国家湿地公园穿越全境。全县总面积1811平方千米，辖9镇、1个街道办、187个行政村、总人口30万，全县森林面积150万亩，森林覆盖率56.2%，是陕甘宁革命老区县、国家扶贫开发重点县。

马栏林场地处旬邑县东北部，是子午岭乔山山脉的一部分，以林木与草灌被覆为主，是垦殖不多的自然生态区。林场始建于1958年，下设关门、石底、杨家店、金盆、榆林子、上良6个森林管护区，清水沟、马栏两个森林管护站，长硷岭、黑牛窝两个森林防火瞭望台。全场职工共182名。

马栏林场总经营面积100.15万亩，林业用地面积98.96万亩，重点公益林50.78万亩，一般公益林20.82万亩，活立木总蓄积229.6万立方米，森林覆盖率81.69 %，林区珍稀野生动物有金钱豹、黑鹳、金雕等。

这里文化底蕴丰厚，是习仲勋、张仲良、汪锋等老一辈无产阶级革命家战斗过的地方。随着马栏红色旅游文化的发展，马栏地区的文化内涵被一步步发掘，红色文化、秦文化及绿色文化在马栏地区交相辉映，形成了浓厚的具有马栏地方特色的文化底蕴。

近年来，随着红色景区的开发建设，旅游、运动养生、休闲度假、特色种植养殖等产业迅速兴起，建成了马栏革命纪念馆、马栏革命旧址、烈士陵园、二十六军军部旧址等红色旅游景区，招商引进了青云农业生态园、鹿野苑等生态旅游项目。

马栏交通便利，距西安咸阳国际机场约为90千米，咸旬高速、铜旬高速穿越境内，融入了西安、咸阳一小时经济圈。医院、学校、银行、派出所等机构功能齐全，水、电、路、网络等基础设施完备。

马栏紧紧围绕“绿水青山就是金山银山”的发展理念，坚持生态立镇思路，以绿色作为底色，产业绘制基色，文化作为原色，塑造小镇典型风貌。融合当地主导产业、地域文化、旅游功能等，建设成以旅游观光、运动养生、休闲度假、特色种植养殖、中药材种植加工等生态产品与生态服务为主的特色产业，推动林区资源合理整合利用，促进产业融合集聚、创新和转型升级，改善林区生产、生活条件，增强林场发展后劲，提高森林生态产品和服务供给能力，不断满足广大人民群众日益增长的生态福祉需求，为生态与经济找到一个最佳耦合点，真正使“绿水青山”转变为“金山银山”。

建设休闲度假中心。依托清水沟鹿野苑和青云山庄项目，在杨家店管护区旧址及清水沟管护区建设住宿、餐饮、休闲垂钓、种植体验等服务功能区域。

建设特色种植养殖中心。改造关门、石底两个管护区管护用房，建设无公害蔬菜种植基地、中药材种植基地，在林下建设森林鸡养殖基地、梅花鹿养殖基地、森林猪养殖基地。

建设森林观光旅游中心。依托马栏革命旧址、红二十六军军部旧址等红色旅游资源和秦直道遗址的文化资源，利用长硷岭森林防火瞭望台、黑牛窝森林防火瞭望台，在马栏管护区、金盆管护区、转角管护站，建设以森林体验、森林观光及以出售森林生态产品为主的森林观光旅游中心。将场部迁建至金盆社区，建设以业务办公区、森林防火区、职工生活区、种植生产加工区为主的森林特色小镇管理服务功能区。

建设森林运动养生中心。依托旬马路沿线建设山地自行车运动专线，在岔沟、大南沟建设林区步行休闲便道，在榆林子管护区后山建设登山健身便道，打造“体育+运动+休闲+养生”的森林运动养生中心。

建设森林康养中心。依托柏岭寺水库景区，建设以森林体验、休闲度假、康复疗养为主的森林康养中心。

建设湿地公园休闲娱乐区。依托马栏河国家湿地公园现有资源，在城关连家河至马栏黑牛窝湿地两侧各征地20米，建设绿色生态廊道、休闲娱乐广场。

建设资金采取政府引导，马栏林场自筹自建，坚持生态优先的原则，积极争取各级财政对森林小镇建设的资金投入，并积极通过森林资源抵押贷款等方式自筹资金，由林场按照规划，高标准、高质量地建设相关项目。

建设资金采取招商引资、合资合作共建。优化林区投资环境，加大招商引资，对森林旅游资源实行有偿使用，允许企业通过入股、合资、合作的方式，共同建设森林小镇。采取使用权与经营权分离的方式，放活经营权，实现场企有效对接、互利共赢、融合发展。

建设资金采取整合资金、项目捆绑实施。把马栏森林特色小镇建设与生态扶贫、场部搬迁重建、森林康养基地、森林公园、湿地公园等项目建设相结合，同步规划，同步实施，有效利用项目资金。

马栏森林特色小镇建设将“低碳、健康、生态、文化、宜居、幸福”的生活理念变为旬邑民众的自觉追求，“红色旅游、生态旅游、民俗旅游”已成为旬邑的亮丽名片，“健康养老、运动休闲”会客厅的最强音符已经奏响。天然氧吧，绿色马栏，以博大的胸怀、健康的体魄、绿色的理念、淳朴的气质，欢迎君临！

第六辑 非遗申报片

周至翠峰饦饦

周至翠峰饦饦是陕西关中地区的特色面食之一。

周至翠峰地区家家会做、善做饦饦。

关于饦饦的来历有一段佳话。

相传隋末唐初，扶风索姑因抗婚到翠峰山修仙悟道，治病救人。恰逢李世民兵败至此，索姑用自己最爱吃的面食饦饦招待饥饿难耐的李世民。李世民登基后，将索姑封为“全贞娘娘”，立庙奉祀，并将饦饦带到宫廷作为御膳之品。

“上之所好，下必甚焉”，这种简单易学、营养价值高的面食，在周至地区传承至今。

周至饦饦选料十分讲究，主料面粉选用翠峰地区颗粒饱满的优质小麦清水淘净，晒到半干磨制，做出的面食口感绵软筋道。水用当地130～160米的深井水。辣椒是本地线辣椒，用石碾碾制。菜油用翠峰地区优质油菜土法压榨而成。蔬菜选用本地山野菜。醋用农家土法酿制的头茬醋。

周至饦饦以“筋、光、薄、辣、酸”为特点，烹制工艺精细考究，有“文武”之分。

“武饦饦”先用适量淡盐水将面粉和硬搅软，反复揉圆压扁，用干净湿布盖住，放入瓷盆醒半个小时再盘条，揪成面蛋，浸入温水中，用手撕薄或在勺背上抹平，然后下锅。出锅后，盛入大碗中，加食盐、辣子、香醋，再佐以底菜臊子菜。臊子菜以红萝卜、蒜苗、黄花、黑木耳、鲜豆腐等配成，取红、绿、黄、黑、白五色。饦饦配上臊子菜，色香味俱佳，食之耐饥寒、长气力，成为面食中的精品。

“文饦饦”用不加盐的开水和面，制作程序和武饦饦相同，煮熟后盛入碗中用红糖调味。这种甜饦饦又软又酥，易于消化，有养胃活血、养颜美容之功效。

艰苦的年代，只有老人、孩子、坐月子的产妇和病人才能享用饦饦。难怪当地流传着这样的俗语：“手里撕着薄闪闪，下在锅里莲花转，捞在碗里似银盘，吃到肚里乐开颜。”

饦饦这种极具地方特色的饮食，已成为周至县的文化名片。

2008年，中央电视台七套《乡土》栏目组，来周至县拍摄周至饦饦制作流程。2015年、2016年，周至饦饦获得周至美食大赛一等奖、特等奖。2016年4月，获“西安名小吃”称号。2017年，获得饮食行业“国家级标准化流程认证”。

为了保护该项目，周至县非物质文化遗产保护中心协同传承人及有关部门，制定了10年保护目标和5年保护计划。以开展生产性保护为主，以技艺研发为核心，采取建立分店、尝试制作相关方便食品、挖掘民间饦饦制作能手、培养传承人等措施，将保护、传承工作进一步推向深入。

周至皮影雕刻

周至皮影雕刻的发源地——周至县马召镇上孟家村，位于周至县城南5千米处。这里文化底蕴深厚，特别是周至皮影雕刻历史悠久。

周至皮影雕刻源于清光绪二十五年（1899），由老艺人赵艺刀创立，至今已有百余年历史。赵艺刀，礼泉县人，1909年领皮影雕刻班。年老后，由弟子葛沧海继续领班。数年后，传给葛吉山领班。周至皮影雕刻技艺多年来一直不景气，曾一度瘫痪。

1956年，正式成立周至皮影雕刻班，由第四代传承人葛忠信领班，周至皮影雕刻才得到发展壮大。

近几年，周至皮影雕刻班由葛忠信传给第五代传承人葛战锋。葛战锋，艺传两代，从事皮影雕刻30余载，在当地享有名气，人称“周至皮影人”。

周至皮影雕刻需要炮制好的牛皮，各种颜料，专用刻刀（多达30多个），平行四边形长条木块（专门光平雕刻刀口的毛茬）等。

制作过程：

1. 选皮：4～8岁的红牛皮。2. 泡皮：鲜牛皮，泡制7～8天。3. 刮皮：泡好的牛皮正面和反面都要用刀刮，刮到透明为好。4. 晾晒：刮好的牛皮晾晒1～2天，干到有硬度。5. 制皮：把晾晒好的牛皮潮软后，再进行光平（用平行四边形长条木），光平后，再过稿。6. 过稿：把牛皮拓到图样上，用钢针画到牛皮上。7. 雕刻：用专用刻刀照着过好的图样一刀一刀雕刻。8. 涂彩：用毛笔蘸上各种颜料，涂在雕刻好的影人道具上。9. 发汗、熨平：把涂好色彩的影人用热砖熨平（现在多用熨斗）。10. 上漆：把雕刻好的人物道具涂上清漆。11. 组装、合成：用牛皮丝连接牛皮影人道具。这样，一个皮影的制作工序就算完成了。

近几年，周至皮影雕刻经常参加省、市民间工艺展览，赢得了广泛赞誉。周至皮影雕刻作为民间艺术的优秀代表，被国外友人称为“中国民间艺术的瑰宝”。

2008年，西安外事办带领日本友人二次走进周至皮影雕刻发源地上孟家村，进行观摩考察，还将部分作品收藏。

周至皮影雕刻，造型较大，影人多通天鼻，图案花纹简明大方，色彩富丽堂皇，制作技巧较为粗放，与其豪迈奔放的音乐唱腔恰好和谐一致。其祖传皮影——灰皮影，平面放看似黑灰色，放在亮子上五颜六色，十分艳丽，堪称一绝。

周至皮影雕刻的特征是强调外形轮廓，内部装饰适合整体形象，平面化的构图处理，增加了场景的形式美感，更符合中国传统的求全、求稳、求美的审美观念。

周至皮影雕刻地处农村，经济基础较为薄弱。随着现代文化的渗入，传统民俗活动逐渐萎缩。人们的文化审美和价值观发生了变化，周至皮影雕刻失去了往日的风采。为了适应现代文化发展的趋势和要求，近几年周至皮影雕刻了现代卡通、动画等影人。

老艺人的相继辞世，使周至皮影雕刻面临着严重的危机。

随着市场经济的发展，周至皮影雕刻很难与经济大潮接轨，出现青黄不接、后继无人的局面。

目前，周至皮影雕刻正处于濒临灭绝的边缘，挖掘、抢救、保护周至皮影刻不容缓。

实施保护内容：

1. 组织专业人员，对周至皮影制作、历史渊源、发展、杰出价值，进行登记、录像，制成DVD存档。

2. 组织专业人员对原有的图案进行整理翻新、录像制成DVD存档。

3. 对周至皮影雕刻老艺人传承人给予生活补助。

4. 让周至皮影雕刻和市场经济接轨，在创造经济效益的同时，不断发展壮大。

5. 培养新一代周至皮影雕刻艺人。

周至殿镇八卦锣鼓

周至殿镇八卦锣鼓源于周至县集贤镇殿镇村。

赤峪河和田峪河从东、西绕村而出，环山旅游路从村北穿过，西有著名的风景名胜区楼观台，北有财神赵公明祖庙，东邻西安鼓乐祖地集贤镇。

殿镇村原名“殿紫头村”，取紫气东来之意。

周至殿镇八卦锣鼓原名殿镇老鼓，源远流长。

据传，八仙得道成仙之后，在楼观台聆听老子讲经论道，探研八卦易理，穷究天地奥秘。演练期间，形成了殿镇老鼓的雏形——八卦阵鼓。

殿镇老鼓由道教中的八卦阵演变而来，仿效八卦的形成过程，一面大鼓作太极，两面中鼓为两仪，四面堂鼓合四象，八面小鼓喻八卦，然后有八面桶鼓，八副小锣，八副小铰，三十二副大铙，象征六十四卦。

整个鼓阵形成后，浑然一体，敲打起来，恰如平地春雷，震撼山岳。

殿镇老鼓经过历史演变，在继承和弘扬民间传统艺术的基础上，不断吸取其他艺术之长，使其在打击与表演艺术上得到丰富和完善，形成强劲、粗犷、威风、震撼的风格，更具观赏性。表演人员已有300余人，保证百人规模的表演实力。

打击表演形式以传统的5种牛皮鼓为主，配合4种铜器敲打。编导按不同的配器策划分类，分8个专项表演队，轮流演练。导练成熟后，根据项目内容再策划大型百人综合打击表演节目，然后再按市场需求策划编排中小型表演节目。在变换陪衬的基础上，仪仗队助阵，加上彩伞舞、摆绸舞等内容，更是锦上添花。

周至殿镇八卦锣鼓分为五章节。第一节，“前奏锣鼓”，激烈、高昂、欢快、英武。第二节，“八卦阵鼓”，按八卦方位定员，依八卦动静结合、生克循环之理，敲到激烈之处，静如处子，动若脱兔。只见八副槌穗上下翻飞，8位鼓手循序渐进，在鼓阵中有序参差、绵绵不绝，更是幻化出天上人间的无限美景，象征着人间万物生生不息、永不中断。第三节，“仙女散花”，8～16位女桶鼓手紧随鼓点腾挪旋转，翩翩起舞，裙带飘扬，空飞散花，象征着众仙女播云布雨、歌舞升平，把美好的祝愿洒向人间。第四节，“天下太平”，三十二副大铙，四面镗鼓，打击起来如同五雷轰顶，周边空间陪衬小配器打击，显得格外沉稳、悠扬、清越，象征着国家安泰、天下太平。第五节，“喜庆锣鼓”，9种配器汇集打击，突如闪电瞬间汇聚，热烈、强劲、欢快地喜庆丰收。

殿镇老鼓鼓谱《长经鼓》《十样景》独具一格，快慢有致，层次分明，刚柔兼备，动静自然，整体表演起来，使人眼花缭乱，目不暇接。

2005年周至县大赛中，八卦阵鼓荣获表演艺术一等奖；2007年，参加秦岭国家植物园庆典、西安万汇公司庆典；2009年，参加西安第三届古乐文化艺术节，两场演出成功，受到省、市、县、镇领导及文化艺术专家的赞誉好评；2009年6月，《周至文艺》第三期刊载评价周至殿镇八卦锣鼓为“东方之星”；2009年，周至殿镇八卦锣鼓被载入《周至地区民间汇集大全》一书；2010年3月，周至殿镇八卦锣鼓队编导教练张天顺被《风云人物》杂志第二期刊登；2010年，西安市烟草总公司评定周至殿镇八卦锣鼓队编导教练张天顺为烟草系统风采人物；2010年，代表曲江管委会参加“中国楼观道文化展示区”建设奠基典礼活动。

周至殿镇八卦锣鼓是一种土生土长、原汁原味、底蕴深厚的道文化遗产，是老百姓喜爱的打击乐表演节目，具有产业优势。进一步挖掘、整理、编排、包装进入市场，对提升其产业化价值具有十分重要的意义。

周至殿镇八卦锣鼓原是本村农民在农闲、喜庆丰收、节日庆典时，举办的自娱自乐文化活动，对丰富农民文化生活，提高农民综合素质，构建和谐社会，建设社会主义新农村，具有积极的促进作用。

周至殿镇八卦锣鼓队招收300余人通过培训，可以进行各种大中小型打击乐表演，原来无艺术表演基础、不懂打击乐艺术表演的农民成为优秀演员。

周至殿镇八卦锣鼓需要强有力的组织和大量资金扶持。农村经济相对落后，受市场经济的影响，民间演出场次较少，农民挣钱少，演练过程苦，付出太大，一无补贴，二无工资，演出人员流失严重。加之服装、鞋帽、配器、鼓类、铜器、艺术装饰品破损严重，更换开支大，需要大量资金支持。更由于受到西洋乐器冲击，现在周至殿镇八卦锣鼓已难以传承和发展。

周至县委、县政府高度重视周至殿镇八卦锣鼓的濒危状况，责成文化部门深入细致地开展保护工作，制订出扎实可行的保护计划，加大对周至殿镇八卦锣鼓的保护力度：

1. 做好周至殿镇八卦锣鼓的调研工作，以及鼓谱、录像、照片、资料的整理工作。

2. 组织周至殿镇八卦锣鼓传承人培训班，让老艺人做好“传”“帮”“带”，培养一批年轻的传承人。

3. 建立周至殿镇八卦锣鼓演出团，合理开发利用，为周至殿镇八卦锣鼓提供演出平台，向外推介，打入市场，注入新的活力。

4. 加大对周至殿镇八卦锣鼓资金投入，添置和更新乐器、服装、道具，新建训练场馆，使其焕发时代风采。

随着周至改革开放步伐的加快，社会经济的持续增长，各项事业的蓬勃发展，周至殿镇八卦锣鼓对构建和谐社会、建设社会主义精神文明，将会起到极大的推动作用。

民间舞蹈“七曲高跷”

周至县哑柏镇，位于周至县城西15千米处，南连竹峪、翠峰两镇，北临渭水，东靠四屯镇，西接青化镇，西宝南线公路穿镇而过。

哑柏镇文化底蕴深厚，有省级文物保护单位3处，非物质文化遗产多个，其中刺绣与市场经济紧密结合，已形成哑柏镇的支柱产业之一。

高跷本属我国古代百戏中的一种，早在春秋时已经出现。我国有关高跷最早的文字记录出现在战国时代的《列子·说符篇》，春秋时宋国有个叫兰子的人，把两根比自己身体长一倍的木棍绑在双腿上，为宋元公作疾走如飞的表演，手上同时舞弄七把剑。由此可见，当时踩高跷的技术已达到很高水平，以此推算踩高跷的历史至少有2500年以上。

踩高跷是周至县哑柏镇民间盛行的一种绝活，它和周至县的许多传统文化活动一样，在保持原有内容的基础上，又赋予了新的内容，发展成为群众性的文体活动。在哑柏镇七曲村，踩高跷更是民间喜闻乐见的一种表演形式。

每逢春节，总能见到七曲高跷队在街头巷尾的精彩表演。那红绿花白的服饰，古戏曲里的造型和情节，踩在“嗒嗒”作响的高跷上杂耍般的表演，引来一大帮围观的群众。

七曲高跷是民间流传下来的一项独特绝技，表演形式丰富。表演者注重表演服饰，侧重“扮故事”，内容丰富多彩，可塑性强，乡土气息浓郁。

七曲高跷以传统秦腔戏为主要表演内容，表演者扮成各种戏曲中的角色，双脚踩蹬在1.5米高的柳木棍上行走，锣鼓伴奏，边走边舞。表演时，表演者穿上传统的戏剧服装，画上秦腔剧中人物的脸谱，拿上道具，排上长队，生、旦、净、末、丑俱全，凌空飞舞，场面热闹。

七曲高跷表演有时气势欢腾、热烈奔放，有时轻盈优雅、灵活飘逸，有时粗犷剽悍、朴实稳健，具有关中西部民间舞蹈的典型特点，是周至县极具特色的民间绝技，远近闻名。

七曲高跷作为一种祖辈相传的民间表演形式，从它产生至今基本上没有文字记载，没有相关的历史资料。居住在当地的农民世世代代、祖祖辈辈口传心授，自娱自乐。但是，没有谁去记录、挖掘、整理、采访报道这种极为独特的民间艺术。据老一辈人讲，七曲高跷兴起于20世纪20年代，是村民自发的一种民间舞蹈形式，原始功能为酬神娱人。每逢农历正月十五、正月二十三和二月二，在本村和邻村进行走会表演。七曲高跷经历着沿革和演变，在传承的基础上不断吸收其他艺术形式的养分，使其不断得到丰富。

因为各方面的原因，七曲高跷在发展、研究、创新、传承方面面临着困难，年轻爱好者因为经济和时间等原因，没有发展成熟。随着时代的发展和进步，人们娱乐活动的丰富，宣传手段多样化，高跷在其发展过程中，面临着诸多挑战。

仅靠村民自发表演的热情和村委会资金自筹，对于继承发扬七曲高跷这一民间传统艺术，难免捉襟见肘。要深入挖掘和继承、发扬这一民间文化遗产，需要在开展保护的同时，向社会多渠道筹集资金，建立保护机制，这样才能有足够的资金做保障，才能更好地传承七曲高跷艺术。

传统音乐《厚畛子山歌》

厚畛子镇地处周至县太白山脚下，与佛坪县、洋县、太白县、眉县相邻。厚畛子以山水而得名，山陵高大曰厚，黑河源头曰畛。

《山海经》有载“青山之姿，畛水出焉”，故得名厚畛子。

厚畛子镇在地理上兼跨长江水系、黄河水系，镇域内秦岭主峰太白山是暖温带和亚热带分界线，是我国生物多样性地区之一。

《厚畛子山歌》是周至县山区人民在劳动生产中口头创作的歌曲，经过一代代口耳相传，并在流传过程中不断地进行艺术加工，是山区劳动人民的音乐艺术结晶。

《厚畛子山歌》产生在野外劳动和日常生活之中，曲调高亢嘹亮，节奏自由悠长，具有抒发感情明白直畅、自由奔放的特点。大山人民借山歌抒发感情，倾诉或宣泄郁结在心头的愁闷，表现出对美好生活的憧憬和希望，对爱情的渴盼和赞美。《厚畛子山歌》的艺术特征有以下三点：

一、坦率、直露的表现方法和自由、奔放的音乐性格

不论山歌的歌词是否含蓄、曲折，它的音乐表现都是坦率、直露的，淋漓尽致地展露出歌词中的未尽之意。在音乐风格方面是直接的，往往曲调一开始就充满了激情，任其自由倾泻，而不需要层次的铺垫和感情的节制，即使歌唱的是内心悲苦的感情。

二、节奏、节拍的自由性

山歌一般无规整节拍，节奏悠长、自由，这主要表现在两个相互依存的方面：一是在陈述唱词的部分，山歌音乐的节奏接近自然语言的节奏，目的是直接而清楚地说出心里话；二是在唱词或成句读的后面，也就是旋律的乐节或乐句的尾部，常常出现自由延长音，为的是抒发心中的慨叹。实际上，在山歌的唱词陈述部分，节奏往往是有规律的，在词组和句读的内部是密集型的。这与作为感情的咏叹的自由延长音形成了鲜明对比，并且频繁而多样化的交替，使山歌的音乐具有一种戏剧性的冲突与激情，增强了山歌音乐的表现力。

三、曲调跳进多，音域广，旋律起伏大

《厚畛子山歌》一般在山野里放声高歌，大多用高腔。

在集体劳动中有时互相对歌，一领众和，此起彼伏，十分热烈，谓之“打对台”。有些山歌放在别的环境里，亦可平腔演唱。

山歌在历经数千年传播、流变、创新、积累后，适应不同社会阶层，以及不同民俗场景而形成的题材范围和体裁类别，都达到十分丰富成熟的境地。正是在这个意义上，《厚畛子山歌》是中华民族百科全书和民族文化宝库，也为其他民间音乐提供了丰富的营养和永不枯竭的源泉。

但是，《厚畛子山歌》现状并不容乐观。首先，山歌是在割草、放牧、耕地等劳动生活中产生的，由于劳动方式的改变，如外出打工，改变着山歌的生存基础。其次，山歌作为民间音乐，日益受到流行音乐和其他娱乐方式的冲击，山歌的听众越来越少。再次，后继乏人，山歌艺人年龄偏大，面临人亡艺绝的窘境。

为了深入保护、传承《厚畛子山歌》，周至县文化馆制订了切实可行的保护计划：一是进一步细致地挖掘、整理《厚畛子山歌》，包括录音、记谱、整理歌词，建立传承人档案。二是召开《厚畛子山歌》专题研讨会，邀请传承人及专家参与。三是建立完善的传承人机制，让传承人老有所养，老有所为。

咸阳炝菜

咸阳炝菜主要流传于武功县、乾县、兴平市一带，是农村老百姓深秋时节腌制的一种过冬菜。

咸阳炝菜已成为西北地区有名的特色小菜，以辛辣、蕴辛、清脆、色香、味美为特点。其具有较高的药用价值，富含多种维生素和人体所需的多种微量元素，具有利尿止泻、祛风散血、消肿止痛、提神醒脑、增强人体免疫力等作用，是世界公认的抗癌补钙防衰老的蔬菜之一。

每年初秋季节，老百姓就在自家的房前屋后及田间地头撒一些芥末种子，等到第一场霜降后，一是把叶、茎用镰刀割下，二是在菜苗密集的地方提苗，也可连根拔起作为炝菜材料。

制作炝菜时，首先把炝菜择净，反复洗干净，用撑子挂起来，自然晾干；再把叶和茎切成2~3厘米的小段，然后下锅略焯一下，捞出后挤出水分控干晾凉；再将其盛入瓷缸中，拌入芥末籽和盐，大约腌制两天，炝菜就做成了。

咸阳炝菜流传至今，不但成了农村老百姓的家常便饭，也得到了很多城市人的青睐和喜爱。

炝菜做得最地道、最有名气的，当属武功县贞元镇铺邑村的尚焕焕，她得到母亲郑菊梅真传。郑氏炝菜堪称当地一绝，在方圆百里闻名遐迩，到尚焕焕这代已有300多年历史，尚焕焕是第五代传承人。

郑氏烩菜以清脆爽口、辛辣蕴辛、色味俱佳而闻名，制作工艺精细考究，其味酸、辣、鲜、香，十分诱人食欲。

制作烩菜的原料是烩菜，辅料有芥末、盐、香油、醋、花椒、辣面、葱、蒜等，做成的烩菜只要封闭保存好，可食用到来年二四月左右。

制作烩菜的唯一器具就是瓷缸，量大就选较大的瓷缸，量小就选较小的瓷缸，但必须选择有盖子的瓷缸，而且封闭要严。取菜时不能沾油和水，尽量减少取盖的次数，这样就不易发霉，保存长久。

咸阳烩菜历史悠久，是农耕时代咸阳地区人民饮食文化的缩影，反映了当时人民的生活状况和饮食习惯。

咸阳烩菜完全是手工加工而成，制作考究、精细，技术含量较高。

咸阳烩菜是纯天然无污染食品，营养丰富，药用价值较高，也是当今人们回归自然、回归绿色、强身健体、保健养生的一种理想饮食。

咸阳烩菜是咸阳地区老百姓的一道家常菜，不但自己腌制自己食用，还可成批成量生产批发，打入各地市场，甚至可以对外贸易，具有较好的消费市场和较高的经济效益。开发、种植、包装咸阳烩菜，有着不可估量的经济价值。

但是近年来，咸阳烩菜受外来饮食文化影响，传统的手工做法越来越少，年轻人嫌传统做法烦琐，虽然喜欢吃但不常做。

另外，咸阳烩菜由于受现代社会影响，土地面积减少，烩菜种植面积受到限制，原材料愈来愈少，做烩菜的人也就越来越少。

老一辈会制作烩菜的人不是去世就是年事已高，会做烩菜的年轻人少之甚少，这种手艺濒临灭绝。

咸阳市非物质文化遗产保护中心对咸阳烩菜技艺制订了10年保护目标和5年保护工作计划，决心使这一古老传统的民间技艺传承下去并发扬光大。

后记

《镜头下的岁月》就要付梓了，看着这本40多万字的文稿，想想10多年的付出，我总想说些什么。

2007年4月17日，我从淳化县电视台台长的位置退居二线，但没有像其他人一样，组织部的免职文件一下，就可以离开单位。因为我的继任者还在公示中，不能立即来电视台和我交接工作，所以我又在电视台坚持工作了10天。直到4月27日，组织部来台里宣布交接后的当天下午，我才带了几部我喜欢的电视纪录片和我当导演时录制的两届《秦之声》的实况录像带，离开了我干了12年的电视台，离开了我连续植过3年树的爷台山，离开了我饮用了30多年的冶峪河，到了咸阳市这块陌生的地方，又干起了我一生喜爱的电视艺术事业。

日月轮回，斗转星移，不知不觉中，我已经在咸阳干了10多年了，流去的是匆匆岁月，收获的是艺术成果。粗略统计了一下，这10多年里，我已经拍摄制作了400多部纪录片、专题片。

这400多部纪录片、专题片中，有反映著名作家路遥从一位延川县回乡知青成长为享誉文坛的茅盾文学奖获得者的风雨历程的纪录片《寻找路遥的足迹》；有讴歌共产党人带领人民，改变穷山恶水，穿越贫困、走向富裕的纪录片《人民心中的好书记——李德馨》；有记录武功县人文、历史的纪录片《精彩武功》；有展示凡人善举的纪录片《好媳妇郭维维》《好媳妇罗亚婷》《最美女性胡继敏》《一个家庭对一个村子的改变》《呼秀珍和她的“雷锋家庭”》《我不管谁管》《一门三清华》《没有血缘的爱》等。它们凝结着我探索的心血，体现着我的审美视角，蕴含着我拥抱生活、热爱生活、走进生活的热情。

记得在拍摄制作民族管弦乐《和音神韵》和张新怀《欢韵》板胡独奏曲专辑时，张新怀老师已经患上了严重的肾病，每个星期需要透析两次，但他为了艺术而将疾病置之度外，每天从早上5点多起床一直工作到晚上12点。那时，张新怀老师的脚已经肿得连穿鞋都困难，每次排练时只能光着脚站在指挥台上，但他仍然一丝不苟地指挥着，要求乐队演奏员完美演奏每一段乐句。北京残疾人民族乐团的队员们为了录音效果，把自己的被子裹在柱子上、挂在窗子上，以追求最佳的录音效果。每当播放这段只有现场音乐声而没有解说的素材时，听者都会为这种追求音乐完美的执着、追求事业的认真精神所感动。直至今日，每当别人邀请我介绍拍摄制作纪录片、专题片体会时，我都会讲这种职业精神，与大家一起分享。

这400多部纪录片、专题片，有我的心血，也有老师、朋友们的付出。

这是与影视界同行肝胆相照的10年。我记得2008年，张井导演邀请我担任《寻找路遥的足迹》的总摄影，也就是从签约的那天起，我们3个春节都是在陕北过的。我们趴在冰天雪地里一起拍摄过陕北村头的潺潺流水，一起拍摄过村里的几头驴拉磨。

我的朋友，中国作协会员、咸阳市作协原主席、评论家杨焕亭，虽然我平常称他为老师，但是在纪录片、专题片的文稿上，总是我给他派任务，一有什么难事、棘手事，包括纪录片的名称等，都会想到他。不管是夜晚十一二点，还是早晨六七点，只要有需要，我都会给他打电话，他再忙都会第一时间改好给我发过来。

这是与各界精英同行的10年。咸阳市妇女联合会的肖芳（现任咸阳市人大常委会常务副主任）、王玉娥（现任中共渭南市委常委、宣传部长）、曹琳平主席都给予我很大的支持，给了我最大的创作空间，使我拍摄制作出了在咸阳有影响的《好媳妇郭维维》《好媳妇罗亚婷》《最美女性》等40多部纪录片，拍摄制作出了在全国评为最美家庭的《一个家庭对一个村子的改变》《呼秀珍和她的"雷锋家庭"》《我不管谁管》《一门三清华》《没有血缘的爱》等。还有程燕、白洁、屈惠玲、南翠英、侯晓娟、余西英、刘旭东、王新蕾、史旗，她们都在拍摄制作过程中为我提出了好的建议，使作品更具感染力。

和我有着20多年友情的原咸阳市财政局副局长、咸阳市人大常委会财经委主任万民，在我最困难的时候给予我精神和资金上很大支持；咸阳市委大数据局局长、咸阳市政府信息办主任张鹏，我们在一起已经合作拍摄、制作了7年咸阳市委、市政府目标考核类的专题片，留下了许多美好记忆，相信广大读者会从收在集子中的作品感受到。

我忘不了已故咸阳广播电视台副台长王飞，我们很多次在一起探讨作品、交流人生，他对我的工作提出了很多中肯意见。

我还要感谢王佳、王宏民、王斌、杨建军、刘晶、张程蕾、窦夏莉、黄卫华、卜军、张娟、周刚、郝全记、胥正齐、魏锋、高翔、侯仲泉、马洛魁等朋友们，他们在百忙中为纪录片、专题片的策划、撰稿、拍摄、制作出谋划策，没有他们就没有这本集子的出版。

收集到《镜头下的岁月》这部书中的纪录片、专题片脚本有40多万字，原本打算把成片一并呈现给读者，但因为没有办法和图书同时出版，只有留下遗憾。

因为我的水平有限，大多数纪录片、专题片脚本只局限在咸阳市区域内，有的作品因为保密的缘由，也没有在这部作品集中展示。

永寿县广播电视局原副局长孙权利承担起了这部《镜头下的岁月》的选编工作，他用2个月时间从400多部纪录片、专题片中选出了现在和大家见面的100多部作品。

值此《镜头下的岁月》出版之际，我向关心和支持我的各位领导、朋友，向与我一起经历过风雨岁月的人们表示深切的谢意！

2017年10月